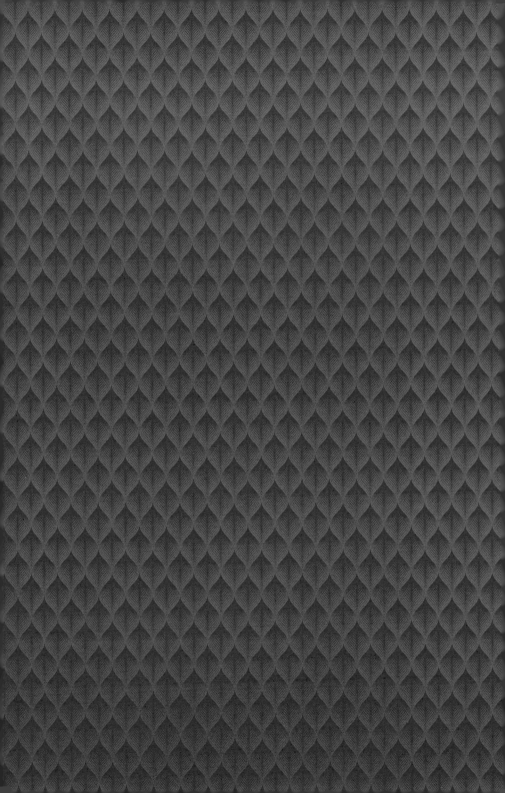

무 덤 속 의 죽 음

무덤 속의 죽음

을지문덕탐정록

ⓒ 정명섭 2020

초판 1쇄   2020년 7월 6일

지은이   정명섭

출판책임	박성규	펴낸이	이정원
편집주간	선우미정	펴낸곳	도서출판 들녘
디자인진행	김정호	등록일자	1987년 12월 12일
편집	이동하·이수연·김혜민	등록번호	10-156
디자인	한채린	주소	경기도 파주시 회동길 198
마케팅	전병우	전화	031-955-7374 (대표)
경영지원	김은주·장경선		031-955-7381 (편집)
제작관리	구법모	팩스	031-955-7393
물류관리	엄철용	이메일	dulnyouk@dulnyouk.co.kr
		홈페이지	www.dulnyouk.co.kr

ISBN	979-11-5925-558-8 (03810)	CIP	2020025269

이 도서의 국립중앙도서관 출판예정도서목록(CIP)은 서지정보유통지원시스템 홈페이지(http://seoji.nl.go.kr)와
국가자료공동목록시스템(http://www.nl.go.kr/kolisnet)에서 이용하실 수 있습니다.

을지문덕 탐정록

무덤 속의 죽음

정명섭 장편소설

주요 등장인물

을지문덕

살수대첩의 영웅이다. 이 작품에서는 고구려의 왕실 직속 기관인 중리부에서 일하고 있는 것으로 나온다. 명석하고 뛰어난 두뇌를 자랑하지만 중리부를 둘러싼 왕실과 귀족들 간의 다툼에 골머리를 앓고 있다. 담징을 살리기 위해서 온달장군의 무덤 안에서 발생한 살인사건을 파헤친다.

담징

고구려의 화가. 610년경 백제를 거쳐 일본으로 건너가 종이와 먹의 제작법을 알려줬으며, 호류사의 금당벽화를 그렸다고 알려져 있다. 이 작품에서는 온달장군의 무덤에 벽화를 그리는 일에 참여했다가 누명을 쓰는 것으로 나온다.

이문진

고구려의 태학박사로 영양왕의 명령으로 기존의 역사서인 백여 권의 『유기(留記)』를 새로 편집해서 다섯 권의 『신집(新集)』으로 만들었다. 본 작품에서는 을지문덕의 조력자로서 셜록의 왓슨과 같은 역할을 하고 있다.

거타지

온달장군의 벽화를 그리는 화가 집단의 우두머리. 나이가 많아서 눈이 거의 보이지 않지만 엄청난 명성을 자랑하고 있다. 무덤에 홀로 들어가서 벽화를 그리던 중 의문의 죽음을 당한다.

연태조

연개소문의 아버지. 신흥 귀족으로 급부상하는 연씨 가문의 수장으로 냉철한 성격을 자랑한다. 중리부를 통해 귀족들의 세력을 억누르려는 왕실 세력을 못마땅하게 여긴다. 거타지의 죽음을 통해 을지문덕을 압박해서 중리부를 장악하려고 시도한다.

건무

영양왕의 이복동생으로 중리부의 수장이다. 을지문덕을 탐탁지 않게 여기지만 능력을 높이 사고 있다. 반항하는 귀족들의 세력을 억누르고 왕실을 지키기 위해 안간힘을 쓰는 중이다. 훗날, 을지문덕과 함께 수 양제의 침략을 물리치는 데 앞장선다.

차례

序章

첫 번째 날

늙은 화공은 어둠 속에서 눈을 감았다. 죽은 자를 위해 만든 무덤 안에는 오직 고요함만 가득했다. 거타지는 어둠의 눈속임에 절대 놀아나지 않았다. 죽은 자를 위해 창조된 무덤은 항상 산 자를 질투했다. 장안성 남쪽의 한시산에서 떼어온 커다란 하얀 돌들과 압록강 남쪽의 욕이성에서 캐낸 흙, 대곡산에서 파온 석회석은 죽음을 담는 거대한 그릇의 재료이자 산 자를 질투하는 영혼의 매개체들이었다. 아무것도 모르는 자들은 새로 만들어진 무덤 위를 날아다니는 푸른 불을 보고 기겁하곤 했다. 가끔은 무덤 속에서 흘러나오는 기이한 노랫소리와 바람소리를 듣고 '귀신을 보았다'며 조상님을 찾기도 한다.

"다 쓸데없는 짓이지."

감았던 눈을 뜨며 거타지가 중얼거렸다. 죽음은 다만 죽음일 따름이다. 기름진 음식에 젖은 무거운 몸으로 시녀들이 받쳐주는 일산(日傘)을 쓰고 수레에 몸을 싣고 다니는 귀족에게나, 하루 벌어서 하루 먹고 사는 미천한 백성에게나 유일하게 공평한 것이 있다면 죽음뿐이다. 비단 이불을 휘감고 누워 죽은 사람도 살린다는 의원들에게 둘러싸였어도 죽음은 죽음이고, 추위에 못 이겨 길바닥에서 얼어 죽어도 죽음은 죽음일 따름이다. 다만 권세 있고, 재물이 많은 귀족의 죽음은 많은 사람들에게 일거리를 준다는 것만 다를 뿐이다. 특히 그림으로 먹고사는 화공들에게…….

어둠이 눈에 익기를 기다리는 동안 거타지는 주름진 손으로 주변을 더듬었다. 무덤 속에 홀로 들어온 것은 실로 오랜만이지만 손은 마치 눈이라도 달고 있는 것처럼 주변의 물건들을 잘도 찾아냈다. 우선, 앞에는 긴 널빤지 위에 그릇이 여러 개 놓여 있었다. 손으로 대충 빚어 불에 구운 그 그릇들은 오랜 세월이 지나는 동안 금이 가고 이빨이 빠졌지만 거타지는 가끔 깨진 것만 바꾸었을 뿐 끝까지 버리지 않았다. 그 안에는 눈치 빠르고 솜씨 좋은 담징이 담아놓은 물감들이 담겨 있었다.

거타지는 오랜 세월 붓을 만지느라 뭉툭해진 둘째손가락으로 그릇 안의 물감을 듬뿍 찍어서 입안에 넣었다. 끈적끈적하면서 질감 넘치는 물감을 입안에서 녹이면서 그는 다시금 눈을 감았다. 땅속 깊은 곳에서 캐낸 돌덩이와 고운 체로 걸러낸 색깔 있는 흙은 물에 녹인 석회와 섞이면서 색(色)이라는 생명을 얻었다. 거타지는 혓바닥으로 스며드는 물감을 입천장으로 으깼다. 물감은 사라지고 반쯤 녹은 흙 알갱이만 혓바닥 위에 남았다. 왼손을 뻗자 뚜껑이 달린 작은 그릇이 잡혔다. 뚜껑을 여니 어둠과 비교할 수 없을 만큼 작고 미약한 빛이 새어나왔다. 거타지는 숨을 들이키며 입술을 모아 '호 호' 하며 천천히 불씨를 키웠다.

그릇 안에서 나온 불빛이 차츰 주변을 밝혀주었다. 거타지는 자신이 만들어낸 거대한 괴물들을 보았다. 무덤 안의 영혼들을 지켜주리라는 믿음이 만들어낸 괴물들은 툭 튀어나온 눈동자로 거타지를 노려보고 있었다. 그들이 뿜어내는 알 수 없는 냉기에 기침을 콜록거리며 거타지가 괴물들을 향해 중얼거렸다.

"왜? 내 영혼도 빼앗아가고 싶냐? 절대 안 될 거다. 나는 너희들을 만든 주인이니까."

거타지가 헐거운 나무 울타리처럼 듬성듬성한 이빨을 드러내며 웃었다. 그러고는 발치에 놓인 커다란 등잔에 담긴 심지로 불을 옮겨 붙였다. 동쪽 바다에서 잡힌 고래의 기름을 묻힌 심지는 그을음이 없고 불빛이 오래가서 무덤 안에서 벽화를 그릴 때 요긴하게 쓸 수 있었다. 미리 갖다 놓은 받침대에 등잔을 올려놓은 거타지는 파도치는 불빛을 따라 모습을 드러낸 사신(四神)*들을 천천히 바라보았다. 십사 년 전에 만들어진 대묘처럼 잘 다듬은 돌로 만들어진 각각의 벽에 방위를 상징하는 신수(神獸)*들이 그려져 있었다. 아니 정확히는 북쪽의 현무 머리만 빼고 그려져 있었다. 얼굴 부분에 그려진 희미한 윤곽선이 지독한 어둠 속에서 자신의 존재를 어스름하게 드러냈다. 거타지는 늘 널방의 벽에 그려진 사신들이 살아서 숨을 쉬는 존재들이라고 믿었다. 털이 두꺼운 붓으로 한 번에 그려낸 백호(白虎)의 옆구리는 숨을 쉬는 것처럼 들썩거렸고, 뻣뻣한 머리털 속에 자리 잡은 두 눈은 불이라도 뿜을 것처럼 뜨거워 보였다.

거타지는 무덤 속의 주인을 지켜주기 위해 창조된 사신들에게서 눈을 돌렸다. 백 년 전 고구려의 화공들은 그 전까지는 묘주의 주변에 작게 그려지던 사신들이 점차 다른 그림들을 몰아내고 홀로 널방을 차지하는 과정을 곤혹스러운 눈길로 바라봐야만 했다. 귀족들이 자신과 자신의 부모가 묻히는 무덤의 벽에 그림을 그려 넣기 시작한 것은 거의 사백 년에 달했지만 사신의 등장과 독점은 다양한 그림을 그리던 화공들에게는 충격이었다.

오직 사신뿐이었다. 나중에는 배경으로 나오는 구름무늬와 인동초 무늬조차 사라졌다. 무덤을 만드는 귀족들은 나쁜 기운으로부터 묘주를 지켜준다는 오행*사상의 화신인 사신에 흠뻑 빠져들었고, 다양했던 그림들은 모두 사신으로 통일되었다.

자존심 강한 화공들은 선택을 강요받았다. 자신의 실력을 맘껏 뽐내줄 다양한 풍속도와 선인들을 그리지 못하게 된 화공들은 무덤 벽화를 포기하거나 자존심을 꺾고 사신을 그렸다. 물론 시간이 흐르면서 우스꽝스럽던 사신은 웅장하게 변모했지만 한 번 꺾인 화공들의 자존심을 세워주지는 못했다.

"너희들은 괴물이야. 다 잡아먹고, 고작해야 지붕의 연꽃무늬만 남겨놓았지. 예전에는 널방의 네 벽 모서리와 천장의 고임에 집을 지탱하는 기둥과 도리를 그려 넣었지. 그 옛날에는 무덤이 죽은 후에 머무는 집이었어. 하지만 지금은 죽은 자를 숨기는 음습한 공간이 되고 말았다.

너희들은 쥐새끼처럼 숨어버린 죽은 귀족 놈들을 지켜주는 문지기에 불과하다고."

나쁜 기운이 범접하지 못하게 하려고 어두운 밤 홀로 무덤 안에서 사신을 완성해야 한다는 엄숙한 불문율은 때로는 일개 화공의 농지거리로 전락했다.

"그런 게 인생이지. 안 그래?"

거타지가 다시 한 번 키득거리며 발밑에 놓인 붓통을 살짝 걷어찼다. 반질반질 손때가 묻은 낡은 붓통이었다. 가는 붓에서부터 굵은 붓까지, 쥐의 수염에서부터 소의 꼬리털까지 다양한 종류의 털로 만든 수십 개의 붓이 덜그럭거리는 붓통 안에 꼿꼿이 누워 있었다. 거타지는 고개를 흔들었다. 한 번 상념에 잠기기 시작하면 시간을 허비하기 십상이다. 무덤 안에서 시간의 흐름을 알 수 있는 것은 타들어가는 심지의 길이뿐이었다. 목이 텁텁해진 그는 잠시 그대로 서서 숨을 골랐다. 어찌 되었든 그림을 그리는 순간 화공은 그림과 하나가 되어야만 한다. 단순히 벽에 물감을 바르고 선을 긋는 것만이 화공의 일이 아니었다. 사람들의 머릿속에 들어 있는 생각과 기억들을 현실로 구현하는 것, 그것이 바로 화공이 할 일이다. 그래서 황소머리에 벼이삭을 든 농부들의 신과 수레바퀴를 만드는 장인들의 신, 대장장이가 섬기는 불의 신과 해와 달을 지키는 여신, 그리고 학을 탄 선인과 장구와 현금을 연주하는 선인들까지, 화공들은 사람들이 보고 싶어 하는 것들을 무덤이라는 가장 은밀한 공간에 창조해냈다.

"견우와 직녀도 빼놓을 수 없겠구나."

거타지는 발치에 놓인 붓통을 집어 들고 낄낄거렸다.

이제 일을 해야 할 시간이다. 어차피 머리만 그리는 일은 시간을 오래 잡아먹는 일이 아니다. 석회가루를 물에 개서 그림을 그릴 부분에 펴 바른 다음 석회가 마르기 전에 굵은 붓으로 전체 윤곽을 잡고 그다음에 작은 붓으로 색색의 물감을 바르면 끝이다. 나쁜 기운이니, 영험함이니 하는 말 따위는 화공들이 몸값을 올리기 위해 부리는 쓸데없는 수작이다. 어쩌면 화공들은 보통 때라면 감히 얼굴을 똑바로 쳐다보지 못할 존귀한 귀족들이 엄숙한 얼굴로 자신들의 거짓말에 귀를 기울이며 고개를 끄덕이는 그 시간을, 오직 그때에만 맛볼 수 있는 희열을 즐기는 것인지도 몰랐다.

화공들은 불에 구워 칠 일 동안 물에 띄운 후 천천히 식힌 석회덩어리를 물속에 넣었다가 하나둘 물 위에 뜨는 것만 골라냈다. 그러고는 절구에 빻아 모래처럼 부스러트렸다. 그릇 안에 들어 있는 석회가루는 이런 과정을 거쳐 만들어진 것이다. 거타지는 손을 뻗어 그릇 안에 담긴 석회가루를 한 움큼 움켜쥐었다. 손가락 사이로 천천히 흘러내려가는 석회가루의 매캐한 냄새를 들이키며 몸을 떨었다.

이제 시작할 시간이다. 빨리 끝내고 한숨 자고 싶다고 생각하며 거타지는 사타구니를 가린 고쟁이 안으로 손을 넣어 허벅지를 긁었다. 석회가루가 담긴 그릇 옆에는 물이 담긴 네 귀짜리 항아리가 놓여 있었다. 그 옆에는 석회가루를 물에 풀 때 쓰는 나무주걱이 있었지만 거타지는 항아리를 기울여 그릇 안에 물을 부으면서 물속에 손을 담갔다. 손끝에서 풀어지는 석회가루의 미끈거림이 그대로 전해졌다. 따뜻하고 부드러웠다. 물과 혼합된 석회가루가 쉿 쉿 소리를 내며 밝은 빛을 냈다. 눈부시도록 밝은 빛 앞에서 거타지는 조용히 눈을 감았다. 무덤 안을 꽉 채운 환한 빛은 어느 순간 소멸되었다. 거타지와 함께……

사람들이 야트막한 구릉으로 몰려들고 있었다. 앞장선 광대패들이 우스꽝스러운 춤을 추며 뿔 나팔을 불어대자 숲에서 잠들어 있던 새들이 날아올랐다. 깨끗한 흰 저고리와 바지를 입은 수십 명의 일꾼들과 석공들, 그리고 화공들이 어깨춤을 추며 광대패의 뒤를 따랐다. 행렬은 시뻘건 속살을 드러낸 구릉 가운데 회색빛 돌들이 어지럽게 흩어진 곳에서 멈췄다. 행렬의 제일 뒤를 따라온 담징은 광주리에 들어 있는 떡과 고기들을 봉분 주위에 뿌렸다. 담징의 뒤를 따르던 미오가 목이 긴 술병에 담긴 술을 땅바닥에 조금씩 쏟았다. 구성진 노랫가락과 귀를 울리는 나팔소리가 어우러진 구릉 위는 자그마한 마을에서 열리는 동맹제(東盟祭)처럼 활기찬 분위기였다. 일꾼들의 노랫가락에 맞춰 춤을 추던 담징은 이마를 적신 땀을 닦아내며 널방의 지붕돌을 흘끔거렸다. 미오도 같은 곳을 바라보다가 담징과 눈이 마주치자 어색하게 웃었다.

둥글게 원을 그린 일꾼들과 화공들의 마지막 춤이 끝나자 사람들은 두건을 적신 땀을 씻어낼 틈도 없이 곧장 천장의 고임돌을 들어올리기 위해 몰려들었다. 전날 봉인을 닫으면서 가져다놓은 무덤 천장의 마지막 고임돌은 사방으로 다리를 뻗은 기중기와 밧줄로 연결되어 있었다. 일꾼들이 도르래와 연결된 밧줄을 잡아당기기 시작했다. 구령소리에 맞춰 고임돌이 조금씩 들썩거렸다. 낡은 베옷에 검은 천으로 만든 허리띠를 두른 일꾼들의 우두머리인 두상들의 고함소리가 점점 커졌다. 그러면서 고임돌도 조금씩 위로 올라갔다. 고임돌이 천장에서 어느 정도 떨어지자 기다리고 있던 다른 일꾼들이 고임돌의 허리에 묶여 있던 다른 밧줄을 천천히 잡아당겼다. 허공에 뜬 고임돌이 조금씩 옆으로 움직였다. 이번에는 기중기의 도르래와 연결된 밧줄을 잡고 있던 일꾼들이 조금씩 밧줄을 놓기 시작했다. 땀에 젖은 후끈한 고함소리가 아직 설익은 햇살 사이를 파고들었다.

그 광경을 지켜보던 담징이 곁에 선 미오에게 물었다.

"봉인한 무덤 안에 들어가면 죽은 사람과 얘기할 수 있다고 하던데 사실일까?"

"그럴지도 모르지. 그래서 가끔은 죽은 영혼이 화공을 데리고 함께 저승에 간다고 하잖아."

비슷한 나이의 미오가 인상을 찡그리면서 대답했다.

"그나저나 공주마마는 매일 저렇게 나와 계시는 거야?"

한 무리의 일꾼들이 허공에 뜬 고임돌을 내려놓으려고 부산스럽게 움직이며 위치를 잡고 있었다. 그 모습을 바라보던 담징이 눈길을 돌려 들판 한구석에 서 있는 천막을 흘끔거리며 물었다.

"오죽하시겠어. 온달장군께서 돌아가시고 부인이 울면서 관을 쓰다듬으니까 그제야 관이 움직였다잖아. 나쁜 신라놈들 같으니라고……."

땅바닥에 침을 뱉은 미오가 험악한 표정으로 대답하고는 귀찮다는 듯 입을 다물었다. 머쓱해진 담징도 입을 다물고는 천천히 내려오는 고임돌을 쳐다보았다. 바닥에 깔아놓은 통나무 위에 고임돌이 놓이자 구경하던 사람들이 환성을 질렀다. 고임돌이 놓여 있던 자리 옆에서 초조하게 기다리던 욱도해가 널방 안쪽으로 고개를 들이밀며 스승의 이름을 불렀다. 밧줄을 놓은 일꾼들은 저고리를 벗어던지고 땀에 젖어 번들거리는 몸통을 바람에 맡겼다. 고임돌이 있던 구덩이 안을 살펴보던 욱도해가 잔뜩 굳은 표정으로 약간 떨어진 곳에 서 있는 담징과 미오에게 소리쳤다.

"얼른 가서 불 가져와."

둘은 약속이나 한 듯 구릉 아래 일꾼들이 머무는 움막으로 뛰어갔다. 사람들의 발길에 파헤쳐지고 단단해진 길은 곧장 움막으로 이어져 있었다. 미오보다 한 걸음 앞서 도착한 담징은 나뭇가지로 덮은 움막의 입구를 들추고 문 바로 안쪽에 쌓아둔 횃불을 집어 들었다. 움막 앞 모닥불에 횃불을 쑤셔 넣어 불을 붙인 후 구릉 위쪽으로 뛰어갔다.

일꾼들은 불안한 표정으로 어두운 널방 안쪽을 들여다보는 욱도해에게 손가락질을 하고 있었다. 바짝 따라붙은 미오의 씨근덕거리는 숨소리가 땀에 젖은 담징의 귓가에 들러붙었다. 담징은 일꾼들을 헤치고 지나가면서 그들의 눈에 비친 불안감을 보았다. 숨 돌릴 틈 없이 도착한 담징에게서 횃불을 뺏다시피 넘겨받은 욱도해가 횃불을 널방 안쪽으로 비췄다. 담징도 어둠으로 가득 찬 널방 안쪽으로 슬쩍 고개를 들이밀었다. 벽에 달라붙은 어둠이 화르륵 하는 횃불의 빛을 순식간에 집어삼켰다. 널방 안에서 서늘하고 섬뜩한 바람이 밀려 올라왔다. 담징은 그만 자신도 모르게 얼어붙고 말았다. 손등으로 턱과 목덜미에 달라붙은 바람의 찌꺼기를 문지르던 담징의 귀에 욱도해의 중얼거림이 파고들었다.

"설마……."

뜻 모를 욱도해의 말이 채 끝나기도 전에 웅성거리는 사람들 사이로 걸걸한 목소리가 들려왔다.

"대체 무슨 일이야?"

덥수룩한 머리에 까무잡잡한 얼굴을 한 마량이 모습을 드러내자 사람들은 약속이나 한 듯 자리를 비켜주었다. 천을 꼬아서 만든 머리띠를 두른 마량이 창백한 얼굴의 욱도해에게 물었다.

"스승님이 또 실신하신 거야?"

"그 정도가 아닌 것 같아. 아무래도 들어가 봐야 할 것 같은데 좀 도와주겠어?"

마량은 대답 대신 멍하니 옆에 있던 일꾼의 어깨를 쳤다.

"멍청하게 보고만 있지 말고 가서 사다리를 가져와."

고개를 끄덕인 일꾼이 다른 동료들과 함께 밧줄을 찾으러 가자 마량은 욱도해 곁으로 다가와서 한쪽 무릎을 꿇고 아무것도 보이지 않는 널방 안쪽을 내려다보았다.

"너무 무리하신 게야. 끝까지 말렸어야 했는데……."

"우린 할 만큼 했어. 우리 말 따위는 귀담아 듣지 않을 분이라는 거, 자네도 잘 알잖아."

몇 발자국 떨어진 곳에서 두 사람의 대화를 듣고 있던 담징은 왠지 두 사람에게서 스승에 대한 껄끄러움이 묻어나오는 걸 느끼면서 우르르 몰려온 일꾼들에게 자리를 비켜주었다. 욱도해는 일꾼들이 가져온 사다리를 널방 아래로 집어넣더니 양손으로 사다리를 잡고 널방 안으로 사라졌다. 밧줄을 잡고 있던 일꾼들의 불안한 수군거림은 잠시 후 들려온 욱도해의 외침에 순식간에 지워졌다.

욱도해가 끌고 올라온 것은 스승이었다. 담징은 숨을 쉴 수조차 없었다. 온갖 색깔의 물감으로 얼룩진 스승의 앙상한 몸통. 생명의 기운 따위는 단 한 줌도 찾아볼 수 없이 낚시 바늘에 걸린 생선처럼 길게 늘어진 스승 거타지를 보고 마량은 두 주먹을 불끈 쥔 채 눈만 깜빡거렸다. 욱도해는 거타지의 시신을 조심스럽게 바닥에 내려놓으며 마량에게 소리쳤다.

"그렇게 넋 놓고 서 있지 말고 의원 좀 찾아봐. 지난번처럼 그냥 실신하신 건지도 몰라. 너희들은 빨리 스승님을 움막으로 옮겨."

욱도해의 다그침에 퍼뜩 정신을 차린 담징과 미오는 흙더미 위에 누워 있는 스승을 들어올렸다. 겁이 난 미오가 훌쩍거리면서 다리를 잡고 있던 담징에게 속삭였다.

"아무래도 돌아가신 것 같아. 난 시체를 이렇게 가까이서 본 적이 없는데, 토할 것 같아."

"난 많아."

어찌할 줄 몰라 하는 선배와 일꾼들을 보면서 담징이 중얼거렸다. 곧이어 평강공주가 머물고 있는 천막 쪽에서도 비명소리가 들려왔다. 당장이라도 토할 것처럼 헛구역질을 하는 미오에게 담징이 다시 한 번 대답했다.

"아주 많이 봤어."

죽음 같은 정적이 허름한 움막 주변을 감쌌다. 어리둥절한, 혹은 당혹한 표정을 짓고 있는 일꾼들과 화공들이 허공을 올려다보며 깊은 한숨을 내쉬었다. 한걸음에 달려온 평강공주가 풍성한 연분홍색 주름치마를 만지작거리며 움막 안쪽을 흘끔거렸다. 터질 것 같은 긴장감에 지친 담징은 주변을 흘끔거린 후 움막 뒤쪽에 지어놓은 다락창고 뒤로 향했다. 예상대로 그곳에는 미오가 먼저 와 있었다. 미오 옆에 주저앉은 담징은 무의식중에 하늘을 올려다보았다. 이글거리는 태양이 이제 막 봄을 관통하는 세상을 낱낱이 비추고 있었다.

"일꾼들이 온달장군의 영혼이 스승님을 데려갔다고 수군거리고 있어."

왠지 서글퍼진 담징은 미오의 말에 대답하지 않았다. 메마른 흙냄새가 약간의 물기를 품은 채 그의 코를 간질였다. 담징이 아무 대꾸를 하지 않자 미오가 다시 입을 열었다.

"왜 지난달에도 널길의 돌이 갑자기 넘어져서 일꾼 둘이 심하게 다쳤잖아. 그 닷새 전에는……."

"그만해. 그건 그냥 사고였어."

버럭 소리를 지른 담징이 자리에서 일어났다. 발끈한 미오가 뒤따라 일어나며 소리쳤다.

"왜 신경질이야!"

"연로하신 스승님이 돌아가셨는데 넌 여기저기서 주워들은 소문이나 떠들어대고 있잖아."

"떠들다니, 난 그냥 겁이 나서……."

"제발 그만하란 말이야!"

담징이 미오의 멱살을 움켜잡고 소리쳤다. 땀에 젖은 담징의 눈에 사 년 전 불타오르던 정릉사의 탑이 어른거렸다. 그 거대한 불기둥. 삶을 태우고 녹여버리던 불길. 무기력하게 부처님만 찾아야 했던 그 순간……

담징의 손길이 느슨해진 틈을 탄 미오가 발을 걸자 담징은 그대로 바닥에 넘어졌다. 여전히 씩씩거리는 미오에게 소리쳤다.

"이건 귀신의 장난 따위가 아니야."

"이게 무슨 짓들이야! 당장 그만두지 못해!"

두 사람은 걸걸한 마량의 목소리에 약속이나 한 듯 고개를 돌렸다. 바닥에 침을 탁 뱉은 마량이 두 사람에게 걸어와 호통을 쳤다.

"연로하신 스승님께서 벽화를 그리다가 돌아가셨는데 싸움질이나 하고 있어? 이놈들이 요즘 안 맞으니까 이러는 거야?"

마량은 죄인처럼 고개를 숙인 두 사람의 귀를 잡아당기며 으름장을 놓았다. 귀가 떨어질 것 같은 아픔에 얼굴을 가득 찡그린 미오가 더듬거리며 변명을 늘어놓았다.

"그게 아니라 얘가 갑자기 소리를 지르는 바람에……."

"넌 어째 허구한 날 변명이냐. 나이를 그만큼 처먹었으면 어른답게 굴어."

인상을 쓴 마량이 혀를 차며 말했다. 담징은 마음속에서 요동치는 과거를 억지로 삼키며 우두커니 서 있었다. 신물 나는 과거는 눈가의 눈물로 맺어졌다가 땀과 흙이 범벅이 된 낡은 저고리 위로 떨어졌다.

마량이 사라지자 그렁그렁 맺힌 눈물을 훔쳐낸 미오가 성난 눈초리로 담징을 쏘아보았다. 담징은 굳게 입을 다문 채 환한 빛을 두른 태양을 올려다보았다. 태양에서 불어오는 아스라한 바람결 속으로 비명과 아우성소리가 들려오는 것 같았다.

장씨 성을 가진 의원이 온몸이 푸르게 변한 거타지의 시신을 뒤집었다. 뼈가 없는 것처럼 흐느적거리던 시신은 시간이 지날수록 딱딱하게 굳었다. 앞으로 옆으로 움직일 때마다 시신에서 마른 장작 뒤집는 소리가 났다. 입구 쪽에서 팔짱을 낀 채 서 있던 욱도해는 시신 밑에 가라앉아 있던 시큼한 냄새에 고개를 돌렸다. 시신의 항문을 유심히 들여다보던 의원이 딱딱하게 굳은 표정으로 옆에 있던 젊은 사내에게 소곤거렸다.

"눈에 보이는 외상은 양손의 화상뿐입니다. 심하긴 하지만 죽을 정도는 아닙니다."

"그럼 사인이 뭐란 말이냐? 무덤의 주인이 동반자 삼아서 함께 저승으로 데려갔단 말이냐?"

젊은 관리의 날카로운 추궁이 이어졌다. 고운 결의 붉은색 비단으로 만든 절풍(折風)*의 양쪽 끝에는 얇은 금판으로 만든 새의 깃이 꽂혀 있었다. 젊은 관리가 머리를 움직일 때마다 잘게 잘라서 꼬아놓은 금판의 끝부분이 진짜 새의 깃털처럼 흔들렸다. 오랫동안 흙바닥에 한쪽 무릎을 꿇은 채 시신을 살펴보던 의원이 다리를 펴며 대답했다.

"그럴 수도 있습니다만, 여기랑 입안을 살펴보면 귀신의 소행은 아닌 것 같습니다."

턱 끝으로 뒤집힌 시신의 항문을 가리킨 의원의 말에 젊은 사내가 고개를 갸우뚱했다.

"그럼, 살해당했다는 말이냐?"

"입안의 혀는 검게 타서 바짝 말라붙어 있었습니다. 항문 역시 주변이 검게 변색되었습니다. 무덤 안을 살펴봐야겠지만 만약 구토한 흔적이 있다면 독살이라고 봐야 합니다."

오랫동안 관청 일을 해온 의원은 말 한마디 한마디에 신중을 기하면서 입을 열었다. 더군다나 눈앞에 있는 혈기왕성한 젊은 관리가 말 한마디로 자신의 운명을 좌우할 수 있는 만큼 더더욱 신중하게 굴어야 했다. 의원은 눈앞의 젊은 관리가 살인을 보고 몹시 흥분하고 있다는 사실을 처음부터 알아차렸다. 온달장군이라는 고귀한 무사의 영혼이 휴식을 취해야 할 신성한 무덤 안에서 벌어진 살인은 관직에 첫발을 내디딘 관리에게는 탐낼 만한 일이었다. 보통 이제 막 부임한 젊은 관리가 의욕을 내면 어떤 일이 벌어지는지 잘 알고 있던 의원은 재촉하는 듯한 젊은 관리의 눈길을 애써 피했다. 복숭아 모양의 금판을 줄지어 이어 붙인 허리띠에는 그의 전 재산을 털어도 겨우 하나를 살까말까 한 부여의 옥이 수십 개나 매달려 있었다. 예상대로 젊은 관리는 독살이라는 말에 눈빛을 반짝였다. 주먹까지 불끈 쥐며 의기양양하게 말했다.

"그럼 그렇지. 처음부터 의심스러웠다고."

젊은 관리가 뒤를 돌아보며 말하자 창백한 얼굴의 몸종이 말없이 고개를 끄덕였다.

"하지만……."

의원은 마치 범인을 잡기라도 한 것처럼 좋아하는 젊은 관리에게 조심스럽게 운을 떼었다.

"죽은 화공은 아무도 없는 무덤 안에 혼자 있었습니다. 화공이 들어가고 난 후에는 고임돌을 덮어서 아무도 들어가지 못하는 걸로 알고 있습니다만……."

의원은 젊은 사내의 표정이 굳어지는 것을 보고 괜스레 입을 열었다고 후회했다.

"이봐. 네가 죽은 화공의 제자라고 했지?"

주변을 두리번거리던 젊은 사내의 말에 그때까지 움막 입구에 서 있던 욱도해가 팔짱을 풀고 고개를 끄덕거렸다.

"이 사람이 언제 무덤에 들어갔느냐?"

욱도해는 누워 있는 스승의 시신에 손가락질하며 묻는 관리를 향해 한쪽 눈썹을 치켜떴다.

"어제저녁 해가 떨어졌을 때니까 신시(申時:오후 세 시~다섯 시) 끝 무렵이었을 겁니다."

"무덤 안에 혼자 들어갔다고 했는데 사실이냐?"

"맞습니다. 그날 널방 북쪽 벽에 현무도를 그리러 들어가셨습니다. 무덤 안의 사신도를 그릴 때에는 영험함을 받기 위해서 홀로 들어가서 밤새 작업을 하는 것이 관례입니다."

"혼자서 밤새 작업했다면 음식을 따로 챙겨서 들어간 것이냐?"

젊은 관리의 계속된 물음에 욱도해는 고개를 가로저으며 침을 꿀꺽 삼켰다.

"스승님께서 가지고 들어가신 건 벽화를 그릴 붓과 물감, 그리고 널 방의 벽에 칠할 석회가루와 그걸 녹일 때 쓸 물뿐이었습니다."

"그래? 그럼 무덤에 들어가기 전에는 뭘 먹었느냐?"

"들어가시기 전날에도 거의 드시지 않았습니다. 뱃속을 깨끗이 비워 놔야 머릿속에 잡념이 들지 않는다고 항상 말씀하셨거든요."

"그럼 대체 뭘 먹고 독살되었다는 거야?"

욱도해의 대답에 결국 짜증이 난 젊은 관리 대신 뒤쪽에 서 있던 몸 종이 의원에게 물었다.

"혹시 물에 독이 들었는지 확인하셨습니까?"

"경황이 없어서 미처 꺼내지 못했소이다. 지금이라도 꺼내서 확인해 보겠소."

퉁명스럽게 대답한 욱도해에게 몸종이 계속 질문했다.

"지난번에 금강사에 갔을 때 금당의 벽화를 그리던 화공이 입으로 붓을 빠는 걸 보았습니다. 혹시 돌아가신 분께서도 붓을 입으로 빠신 경우가 있었는지요."

"붓에 묻은 물감의 색을 빼기 위해서 그렇게 하오. 물에 씻으면 붓에 물기가 남아 색감이 번져서……."

"남은 물감이 있으면 물과 함께 확인해보는 게 좋을 듯싶습니다."

젊은 몸종은 조심스럽게 자신의 의견을 피력하고 뒤로 물러섰다. 그 러고는 주인의 눈치를 흘끔거렸다. 관리가 어정쩡하게 서 있는 욱도해 를 바라보았다.

28

움막 뒤 다락창고에서 나온 담징은 매일 걸었던 길을 따라 무덤 쪽으로 걸어갔다. 평소대로라면 돌을 나르는 일꾼들의 땀방울과 와자지껄한 말소리로 가득 차 있어야 할 길에 텅 빈 적막만이 흐르고 있었다. 담징은 느린 걸음으로 구릉에 올라섰다. 공구들이 여기저기 어수선하게 흩어져 있었다. 마치 어느 한순간 그곳에서 일하던 수십 명의 일꾼들이 한꺼번에 사라져버린 듯했다. 스산한 바람이 우두커니 선 담징의 등을 때렸다. 담징은 바람에 밀리듯 천막으로 가려진 무덤의 널방으로 향했다.

고임돌이 열린 널방으로 빛과 습기가 들어가는 걸 막기 위해 쳐놓은 천막 안에 빠져나가지 못한 영혼이 자리 잡고 있는 것처럼 음습했다. 옆으로 치운 덮개돌 크기만큼 공간이 생긴 구덩이 안에서 쏴아아 소리와 함께 바람이 밀려나왔다. 한 발만 더 내딛으면 안으로 떨어질 것 같았다. 담징은 조심스레 발길을 멈추고 검은 구멍 안쪽을 바라보았다. 제대로 닫히지 않은 천막 입구에서 흘러들어온 빛이 서쪽 벽을 비추었다. 회칠이 된 벽 위에서 길게 혀를 내민 백호가 그를 노려보고 있었다. 세차게 가슴이 뛰기 시작했다. 그는 벽에 그려진 백호에 눈길을 고정시켰다. 색깔을 내는 여러 가지 물질과 화공의 손놀림이 만들어낸 하얀 호랑이는 맑고 투명한 눈으로 담징을 빨아들였다. 몇 개의 굴곡진 선과 점으로 만들어진 호랑이의 얼굴은 무덤 속 벽화들이 가지는 특유의 슬픔과 초연함을 지닌 것 같았다. 무한한 슬픔과 기억들이 무덤 안으로 발을 디딘 빛을 따라 반짝거리며 묻어나왔다. 빠르게 흘러가는 구름을 등진 백호의 터질 듯한 기운에 빠져든 담징은 자신도 모르게 한 발 앞으로 내디뎠다. 그의 발이 허공을 내딛는 순간 누군가 그의 어깨를 움켜잡았다.

"벽화를 보지 말거라. 계속 벽화를 보면 혼을 빼앗기니까."

정신을 차린 담징은 구멍 안으로 쏟아지는 흙먼지에서 눈길을 돌렸다. 담징은 그의 어깨를 붙잡은 손길과 함께 천막 밖으로 빠져나왔다. 햇살을 등진 낯선 사람이 그를 향해 히죽 웃으며 덧붙였다.

"벽화에 혼을 빼앗기면 영원히 벽화 속에 갇혀 지내야 한단다."

"누구신지요?"

담징은 낯설고 두려운 것을 만날 때마다 습관적으로 만지는 부러진 붓 조각을 움켜잡으며 물었다. 사내가 쓰고 있는 땀에 젖은 누런색 두건엔 구멍이 숭숭 뚫려 있었고, 빛바랜 저고리에도 오랫동안 바깥을 떠돈 흔적이 역력했다.

"이봐, 거기서 뭐 하는 거야?"

등 뒤에서 들리는 험악한 목소리에 담징을 잡고 있던 사내가 고개를 돌렸다. 붉은색 관복을 차려 입은 젊은 관리와 함께 구릉을 올라온 욱도해가 담징과 함께 있던 사내를 보고 얼굴을 찡그렸다.

"왜 돌아온 거야?"

"스승님께서 돌아오라는 전갈을 보내서 왔네. 내가 돌아온 게 반갑지 않은 모양이군."

담징은 옆걸음으로 물러서서 두 사람 사이의 날카로운 신경전을 지켜보았다. 불 같은 성격에 툭 하면 주먹질을 해대는 마량과 달리 항상 차갑고 냉정한 모습만 보여주던 욱도해가 마치 다른 영혼이 들어선 사람처럼 초조하고 불안해했다.

"자넨 파문당했어."

"아니야. 난 자유롭게 그림을 그리기 위해 뛰쳐나간 것뿐일세."

욱도해가 상기된 얼굴로 숨을 들이키며 눈앞의 사내에게 말을 쏟아냈다.

"다시 돌아오지 않겠다며 제멋대로 떠나놓고 고작 스승의 전갈을 핑계로 돌아오다니, 왜 국내성에서도 더 이상 자네 그림이 필요 없다고 하던가?"

"그때나 지금이나 여전하군. 아무튼 난 스승님의 전갈을 받고 돌아온 것이니 자네가 왈가왈부할 일이 아닐세."

"스승님은 돌아가셨네. 스승님이 보냈다는 전갈을 보여주기 전에는 자네 말을 믿을 수가 없어."

욱도해의 말에 사내가 피식 웃으며 대꾸했다.

"스승께서 글씨를 못 쓴다는 사실을 알면서도 억지를 부리는군. 스승께서 일부러 사람을 사서 나를 수소문하셨네. 무조건 돌아오라는 말에 나는 아무 미련 없이 짐을 싸서 돌아왔고."

"무슨 일인지는 모르겠지만 두 사람 사이의 일은 잠깐 뒤로 미루고,

어서 무덤 안에 있는 물감과 물이 든 항아리를 꺼내 거라."

욱도해의 옆에 서 있던 젊은 관리가 버럭 소리를 지르자 사내를 흘끔 쳐다본 욱도해가 뒤따라온 일꾼들에게 손짓했다. 나무를 엮어서 만든 사다리가 지붕돌이 빠진 구멍을 통해 널방 안으로 내려갔다. 주저하던 일꾼들은 욱도해의 성난 눈초리에 찔끔했다. 곁에서 지켜보던 담징이 앞으로 나섰다.

"제가 들어가겠습니다."

"주제넘게 나서지 마라. 어서 들어가지 않으면 앞으로 아무 일도 주지 않을 테니 각오해."

욱도해의 협박에 결국 일꾼들 중 하나가 떨리는 손으로 사다리를 잡고 널방으로 내려갔다. 잠시 후 사다리를 타고 올라온 일꾼이 긴 나무 받침에 올려놓은 물감 그릇을 들고 올라왔다.

"항아리는 너무 커서 혼자서 못 들겠습니다."

일꾼의 말이 끝나기 무섭게 욱도해가 곁에 있던 일꾼들 중 하나의 등을 떠밀었다. 울상이 된 일꾼이 앞장선 일꾼을 따라 널방 아래로 사라질 때까지 아무도 입을 열지 않았다. 일꾼들이 눈앞에서 사라지자 욱도해는 옆에 서 있던 젊은 관리에게 귓속말을 건넸다. 가만히 고개를 끄덕인 젊은 관리가 날카로운 눈빛으로 담징을 쏘아보았다. 담징은 주눅이 들어 뒷걸음질을 쳤다. 뒤쪽에서 창을 들고 서 있던 병사 한 사람이 굳은 표정으로 담징을 가로막았다. 알 수 없는 두려움에 휩싸인 담징은 주변을 두리번거렸다. 무섭긴 했지만 무작정 화를 내지 않았던 욱도해가 마치 다른 사람처럼 그를 대했다. 방금 만난 낯선 사내 역시 무거운 표정으로 널방에서 항아리를 가지고 올라오는 일꾼들을 바라보고 있었다. 아무도 의지할 수 없다는 불안감 때문에 담징은 순간 두려워졌다.

낑낑대며 항아리를 밖으로 끄집어낸 일꾼들은 뒤도 돌아보지 않고 동료들 틈으로 사라졌다. 밖으로 끌려나온 물감 그릇과 항아리들을 신중하게 살펴본 젊은 관리가 뒤에 서 있던 종자에게 손짓하자 키 큰 종자는 품 안에서 낑낑대는 검정 강아지를 들고 항아리 곁으로 다가왔다. 움막에서 머무는 일꾼들이 기르던 강아지는 낯선 사람들 틈에서 담징만큼이나 두려워하는 것 같았다. 몸을 일으킨 젊은 관리가 발끝으로 항아리를 밀어서 안에 담긴 물을 쏟아냈다. 항아리 안에 갇혀 있던 물이 흙 위에서 부글거렸다. 바닥에 내려진 강아지가 잠시 주저하다가 발밑으로 흘러온 물을 핥았다. 혀를 날름거리며 쩝쩝거리던 강아지가 흐르는 물을 따라 사람들 발밑을 지나갔다. 자기가 머물고 있는 움막을 향해 걸어가는 중이었다. 그 모습을 본 욱도해가 실망한 듯 입을 열었다.

"물은 아무 이상 없습니다."

"물감을 살펴보아라."

젊은 관리의 말에 강아지를 들고 왔던 키 큰 종자가 좁은 소매에서 긴 은젓가락을 꺼내들었다. 한쪽 무릎을 꿇고 신중하게 그릇에 담긴 물감 안에 은젓가락을 넣었다. 종자는 잠시 시간을 두었다가 물감

이 가득 묻은 은젓가락을 항아리 안에 넣고 휘저었다. 담징은 욱도해
가 침을 꼴깍 삼키는 소리를 들었다. 잠시 후 종자가 물이 담긴 항아리
안에서 은젓가락을 꺼내 들었다. 눈을 부릅뜨고 기다리고 있던 사람들
모두 감탄사를 내뱉었다. 물이 뚝뚝 떨어지는 은젓가락의 윗부분 절반
이 불에 탄 것처럼 검게 변색되어 있었다. 뜨거운 햇살 아래 젓가락 끝
에 모인 물방울이 반짝거렸다. 종자가 담담한 말투로 주인을 향해 입을
열었다.

"물감입니다. 물감에 독이 들어 있었습니다."

종자의 말에 젊은 관리는 그럴 줄 알았다는 듯 흐뭇한 표정으로 고
개를 끄덕였다.

"그럼 이제 물감을 만든 자만 찾으면 되겠군."

젊은 관리의 시선을 받은 욱도해는 어깨를 한 번 으쓱거리고서 담징
을 가리켰다.

"스승님의 물감을 탄 사람은 저기 저 담징이라는 아이입니다."

담징은 자신을 향해 곧게 뻗은 욱도해의 손끝을 응시했다. 힘을 잔
뜩 준 탓인지 손가락 끝이 바람맞은 가지처럼 가늘게 떨리고 있었다.
그 손끝은 어느새 화살로 변해 담징의 가슴을 파고들고 있었다. '살인
자, 살인자, 살인자……'라고 속삭이면서.

"이제 고작 열다섯 살 정도인 것 같은데?"

실망감 가득한 젊은 관리의 반응에 욱도해가 재빨리 대답했다.

"스승님의 실력을 질투한 자들이 저 아이를 시켜서 물감에 독을 탄

게 틀림없습니다."

"그거야 뭐 끌고 가서 심문해보면 알겠지. 어서 저놈을 묶지 않고 뭐
하느냐?"

젊은 관리의 호통에 병사들이 우르르 달려들었다. 담징은 울음을 터
트렸다. 병사들의 억센 손길에 눌린 담징은 저 앞쪽에서 자신을 바라보
는 욱도해에게 애원하듯 소리쳤다.

"전 스승님을 죽이지 않았어요. 제가 어떻게 감히 스승님을 죽일 생
각을 품었겠어요. 제발 도와주세요."

욱도해는 담징의 간절한 외침을 외면했다. 그 모습을 보고 사내가 이
죽거렸다.

"몇 년 동안 동고동락한 아이를 그렇게 간단히 살인자로 몰다니, 자
넨 참 여전하군."

"저놈도 함께 문초하시는 게 어떻겠습니까? 지난 몇 년 동안 모습을
보이지 않다가 하필이면 오늘 모습을 드러낸 게 수상합니다."

욱도해의 말에 젊은 관리가 고개를 끄덕거렸다.

"저자도 묶어서 함께 끌고 간다."

"전 죽이지 않았습니다. 제발 살려주세요."

"시끄러워. 지금 여기서 네놈 말을 믿을 사람은 아무도 없어. 그러니
까 얌전하게 있어."

병사가 담징의 머리를 쥐어박았다. 그 순간 담징의 머릿속에 누군가
의 이름이 떠올랐다. 담징은 목에 걸고 있던 부러진 붓 조각을 움켜잡

으며 소리쳤다.

"을지문덕 어르신을 불러주십시오. 을지문덕 어르신이라면 제게 죄가 없다는 걸 밝혀주실 겁니다."

을지문덕이라는 말에 얼굴을 찡그린 젊은 관리가 병사들을 헤치고 담징 앞으로 다가왔다. 젊은 관리를 올려다보는 순간 담징의 눈앞에 하얀 번갯불이 번쩍였다. 정확하게 턱을 얻어맞은 것이다. 담징은 입안에 가득 고인 피 때문에 더 이상 말을 할 수 없었다. 젊은 관리가 얼굴을 찡그리며 손목을 흔들었다. 그러고는 충격 때문에 아무것도 보이지 않아 눈을 껌뻑이는 담징에게 소리쳤다.

"한 번만 더 내 앞에서 그자의 이름을 입에 올렸다가는 내 손에 죽을 줄 알아."

신경질적으로 몸을 돌린 젊은 관리의 어깨 위로 햇살이 산산이 부서져 내려앉았다. 담징은 입안 가득 고인 피를 뱉어내며 필사적으로 매달렸다.

"제발, 제 말을, 을지문덕 어르신을 불러주세요. 제발……."

두 발로 버티던 담징은 당주의 손짓을 받은 병사가 휘두른 창대에 목덜미를 맞고 기절해버렸다. 앞으로 쓰러진 담징의 입안에 고여 있던 피가 확 터져 나오면서 당주의 가죽신에 튀었다. 당주는 상스러운 욕설을 내뱉으며 기절한 담징의 어깨를 걷어찼다. 병사들은 기절한 담징을 양쪽에서 끌고 젊은 관리를 따라 구릉 아래로 향했다. 소란이 가라앉고 먼 발치에서 지켜보던 일꾼들이 하나둘 사라지자 무덤 주변에는 다

36

시금 적막이 흘렀다. 잠시 후 언덕길을 걸어 올라온 젊은 관리의 키 큰 몸종이 담징이 흘린 핏자국 위로 뒹굴고 있던 부러진 붓 조각을 집어 들었다.

犇

도성 안으로 들어섰는지 심하게 요동치던 수레가 잠잠해졌다. 온달 장군을 모실 무덤 안에서 시신이 나온 뒤로 을지문덕은 영 마음이 불편했다. 어디론가 멀리 도망치고 싶다는 생각이 신물처럼 입안에 가득 고였다. 눈을 감은 을지문덕은 의자의 팔걸이에 몸을 기댔다. 갑자기 피곤이 엄습했다. 이대로 눈을 뜨고 싶지 않았다. 하지만 눈만 감으면 계속되는 악몽 때문에 차마 그러지 못하고 마른침을 삼키며 눈을 비벼 댔다.

그가 보지 못했던 것들을 보여주고, 사건의 실마리를 찾아주던 꿈은 어느 순간부터 글자 그대로 악몽으로 돌변했다. 을지문덕은 반복되는 꿈속에 짙게 드리운 공포로부터 벗어나기 위해 안간힘을 썼지만 그럴수록 꿈은 깊은 수렁처럼 그를 끌어당겼다. 땀으로 흠뻑 젖은 침대에서 비명을 지르며 깨어나기를 반복하는 동안에도 을지문덕은 쫓기듯 잠을 피해 도망 다녔다. 잠을 쫓는다는 차를 주전자째로 들이켜도, 온몸이 땀에 젖을 정도로 축국(蹴鞠)*을 해도 잠은 항상 어둠의 끝자락을 타고 나타나는 새벽안개처럼 갑작스럽게 출현했다. 비명은 물론 공포 그 자체조차 삼켜버린 꿈은 견고하기로 소문난 요동성의 성벽처럼 그를 가두었다.

제대로 잠을 잔 기억은 어린 시절의 추억처럼 까마득한 과거가 되어버렸고, 언제부터인가 을지문덕은 무거워진 머리로 뻣뻣해진 혓바닥을 놀리며 사람들을 상대해야 했다. 걱정스러운 눈길로 그를 쳐다보는 상대방조차 그에게는 악몽의 한 조각처럼 느껴졌다.

어느 순간 잠이 든 을지문덕은 마지막 남은 의식의 끈을 놓지 않기 위해 필사적으로 이를 악물었다. 하지만 언제나 그렇듯 잠은 을지문덕의 의지를 꺾고 그를 수렁 속으로 끌고 들어갔다. 소용돌이치는 검은 아가리가 입을 활짝 벌리고 그를 빨아들였다. 반쯤 빠진 얼굴을 따라 부글거리는 거품들이 남은 한쪽 눈마저 덮을 무렵 수레가 갑자기 멈춰섰다. 코뚜레가 뒤로 당겨진 소가 신경질적인 숨소리를 내며 발을 구르는 소리 너머로 수레를 호위하던 가병들의 험악한 외침이 들렸다.

의자 앞으로 쓰러졌던 을지문덕은 구겨진 두루마리 자락을 펴면서 한쪽으로 기울어진 머리의 책을 바로 썼다. 수레 주변으로 가병들이 탄 말이 또각또각 소리를 내고 있었다. 잠시 후 수레의 차양이 열리더니 곤란한 표정을 지은 술간의 모습이 나타났다. 그가 의자에 앉아 있는 을지문덕에게 말했다.

"죄송합니다. 어떤 놈이 갑자기 수레 앞으로 뛰어나오는 바람에……."

"대체 누가 수레를 가로막았다는 말이냐?"

"제 수하들이 붙잡아서 묻고 있습니다만, 그냥 주활 어르신을 뵙고 싶다는 말밖에는 하지 않습니다. 담징이라는 사람의 일 때문이라고 하던데 그냥 쫓아버릴까요?"

"누구? 지금 담징이라고 했느냐?"

깜짝 놀란 을지문덕이 무거운 머리를 들어 술간을 바라보았다.

"네. 만나보시겠습니까?"

"이리로 불러오너라. 당장."

또 다시 찾아온 어지러움을 서둘러 쫓기 위해 혀끝을 이빨로 깨문 을지문덕은 혓바닥을 타고 목구멍으로 넘어오는 비릿한 통증을 삼키며 아직도 묻어 있는 잠을 쫓아버렸다.

두꺼운 가죽신을 신은 술간의 타닥타닥 하는 발자국 소리 뒤로 짚이나 천으로 만든 신발에서 나는 끌리는 소리가 들렸다. 수레 앞에 멈춘 발자국 소리의 여운이 채 가시기도 전에 수레의 차양이 활짝 열렸다. 한 손으로 차양을 연 술간이 먼저 입을 열었다.

"아무 이상 없습니다."

몸 수색을 마쳤다는 뜻이다. 살짝 고개를 끄덕인 을지문덕은 술간 뒤에 서 있는 사내를 보았다. 잠이 아직 멀리 떨어져나가지 않았는지 왼쪽 눈 아래가 파르르 떨렸다. 가느다란 수십 개의 바늘이 한꺼번에 머리를 쿡쿡 쑤셔대는 것 같았다. 억지로 침을 삼킨 을지문덕이 입을 열었다.

"오랜만이구나."

"육 년, 아니 칠 년 만입니다. 어르신을 찾아오면서도 혹시 못 알아볼까 봐 내심 걱정했는데, 아직 기억해주시다니 정말 감사합니다."

"내 너를 어찌 잊겠느냐? 내가 보내준 책이 유용했는지 모르겠구나."

"소인은 아직도 집사에게서 그 책을 넘겨받던 순간을 기억합니다. 한시도 어르신의 은혜를 잊은 적이 없었습니다."

활짝 웃는 찬노의 눈에 눈물이 고였다.

"아까 내 수하가 얘기하길 담징에 관한 얘기를 했다고 하던데 네가 담징을 어찌 아느냐?"

을지문덕의 물음에 찬노는 웃음을 멈추고 주변을 돌아보았다.

"사실 제 주인께는 등자를 고친다는 핑계를 대고 나온 겁니다. 사람들 눈에 띄지 않게 드릴 말씀이 있습니다."

"수레에 타거라. 등자를 고치는 대장간까지 가는 동안이면 충분히 얘기할 수 있겠느냐?"

"그럴 것 같습니다. 서쪽 시장 초입에 있는 애꾸눈 영감네 대장간입니다."

고개를 끄덕인 을지문덕이 술간에게 말했다.

"수레 방향을 돌리거라."

불만 가득한 표정으로 짧게 대답한 술간이 앞쪽으로 사라지자 을지문덕은 한쪽으로 열려진 수레의 차양을 내렸다. 녹색 차양에 물들여진 녹색 햇살이 다시 움직이기 시작한 수레 안으로 하나 가득 쏟아졌다. 평평한 돌을 깔아둔 길 위로 말의 편자소리가 울려 퍼졌다. 을지문덕은 엉거주춤하게 수레 안으로 들어온 찬노에게 맞은편의 접이식 의자를 권하고서 계속 떨리는 왼쪽 눈을 손끝으로 눌렀다. 머릿속의 생각을 정리하는지 반쯤 눈을 감고 있던 찬노가 작은 헛기침과 함께 이야기를 시작했다.

"오늘 낮에 강서군에 만들어지고 있던 온달장군님의 묘에서 살인이 발생했습니다."

"나도 거기 있었다. 벽화를 그리던 화공이 죽은 것 같던데……."

"맞습니다. 거타지라는 늙은 화공이었는데 널방의 벽화를 마무리하기 위해 어제저녁 홀로 봉인된 무덤 안에 들어갔습니다."

"봉인되었다면 죽은 화공 외에는 아무도 없었다는 뜻인데, 그럼……."

"독살이었습니다. 화공이 쓰던 물감에 독이 섞여 있었고, 입으로 붓을 빨면서 독이 들어간 것 같습니다."

을지문덕은 심각한 생각에 잠긴 척하면서 거칠게 눈을 깜빡거렸다. 시큰한 눈물이 눈가로 밀려나왔다.

"그 일과 담징이 무슨 관련이 있는 것이냐?"

"담징이라는 어린 화공이 살인범으로 몰렸습니다."

을지문덕은 그 말의 뜻을 바로 이해하지 못했다. 담징을 기억하는 데도, 살인이라는 말이 가리키는 의미를 받아들이는 데도 시간이 조금 필요했다. 아무런 표정 없이 앉아 있던 을지문덕을 물끄러미 바라보던 찬노가 소매에서 뭔가를 꺼냈다.

"담징이 끌려가기 전 이걸 움켜잡고는 어르신의 이름을 불렀습니다. 어르신이라면 자신에게 죄가 없다는 것을 밝혀주실 거라면서요."

을지문덕은 무의식중에 내민 오른손에 놓인 부러진 붓 조각을 내려다보았다. 손때가 묻어 반들거리는 붓 조각은 분명 담징이 목에 걸고 다니던 것이 틀림없었다. 을지문덕이 징표를 받아들고도 별다른 반응을 보이지 않자 찬노가 재차 물었다.

"잘 아는 사이가 맞사옵니까? 사실은 제가 물감에 독이 들었던 것 같다고 말하는 바람에 담징이라는 화공이 잡혀갔습니다. 미안한 마음도 있고, 어르신과 아는 사이라고 해서……."

"지금 그 아이는 어디 있느냐?"

순서를 건너뛴 을지문덕의 물음에 잠시 어리둥절해하던 찬노가 대답했다.

"아마 도성 남쪽을 관할하는 남부 욕살*의 관사로 끌려갔을 겁니다. 담징과 함께 있던 사람도 같이 끌려갔습니다."

찬노의 대답을 듣는 동안 어딘가에서 막혔던 생각들이 봇물처럼 터져 밀려들기 시작했다. 많은 생각에 머리가 어지러워진 을지문덕이 얼굴을 찡그리며 입을 열었다.

"너의 주인이 누구인지는 모르겠지만 단순히 독이 든 물감을 탔다는 이유만으로 조사도 제대로 하지 않고 끌고 가다니 너무 성급했구나."

"제 생각입니다만……."

을지문덕의 눈치를 살피며 찬노가 조심스럽게 입을 열었다.

"아마 어르신 이름을 들은 것 때문에 그런 것 같습니다."

"내 이름? 그게 왜?"

"정말 모르고 계셨습니까?"

의아한 눈으로 을지문덕을 쳐다보던 찬노가 계속 말했다.

"제 주인이신 연태조 어른께서는 어르신께 중군 주활 자리를 빼앗긴 것을 두고 아직까지 분을 삭이지 못하고 계십니다. 아까도 담징이라는 화공이 어르신의 이름을 들먹이니까 몹시 격분하시던데요."

을지문덕은 아무런 대꾸도 하지 못했다.

애꾸눈 영감의 대장간에서는 쉭쉭 소리와 함께 불길이 솟구치고 있었다. 숨을 쉬는 것처럼, 발 풍로를 밟을 때에 맞춰 들쭉날쭉 하는 불길이 세상을 향해 뜨거운 혀를 날름거렸다. 조심스럽게 주변을 둘러보던 찬노가 수레에서 내린 후 을지문덕은 후우 하고 한숨을 뱉으며 의자 등받이에 몸을 던졌다. 당장이라도 터져버릴 듯 욱신거리는 두 눈을 손가락으로 꾹 누른 뒤 감겨진 눈꺼풀 사이로 밀려드는 피곤함을 향해 중얼거렸다.

"오늘도 나를 괴롭히겠지. 그런데 말이야, 제발 부탁인데 내가 무슨 꿈을 꾸는지나 알려주면 안 될까?"

단순히 두렵다는 말로 지금의 이 심정을 표현할 수 있을까? 나는 아까부터 몇 번이고 되뇌었던 말을 중얼거렸다. 봄과는 어울리지 않는 유난히 쌀쌀한 바람이 몇 번이고 등을 치고 지나갔지만 생각에 잠겨 있던 나는 아무것도 느끼지 못했다. 신에게 맹세코 살인은 충동적이었다. 어린 시절 소를 잡던 아버지 덕분에 도살장에서 살다시피 했던 나는 붉은색만 보면 가슴이 요동쳤다. 특히 덩어리처럼 질감 있는 선홍색은 한동안 눈을 떼지 못할 만큼 나를 미치게 만들었다. 그 붉은색이 살인을 부른 거야…….

흩날리는 먼지처럼 나의 말은 바람결에 부스러졌다.

나는 죽였다. 아니 죽이고 말았다. 내 부모보다 더 오랜 세월을 함께 했던 스승을…….

나는 소용돌이치는 바람에 쓸려가는 죄책감을 물끄러미 바라보았다. 토해낸다고 죄악이 씻겨나갈까? 또 다시 손이 떨려왔다. 물감에 독약을 넣었던 순간이 떠올랐다. 처음에는 기름처럼 둥둥 떠 있던 투명한 독약이 침몰하는 배처럼 순식간에 붉은 물감 안으로 빨려 들어갔다. 내가 무슨 짓을 저질렀는지 이해하기도 전에 나는 독약이 들어 있던 작은 병을 풀숲 깊숙한 곳으로 던져버렸다. 정신을 차렸을 때에는 이미 스승이 물감과 함께 무덤 안으로 들어간 후였다. 스승이 홀로 들어간 무덤 주위에서 나는 떠들썩하게 춤을 추며 노래를 부르던 무리들 틈에 끼어 팔을 흔들고 허리를 굽히며 춤을 추었다. 다른 사람들처럼 힘껏 노래를 부르고 발을 쿵쿵 구르면서 땅의 신이 무덤 속에 홀로 들어간 화공을 질투하지 말라고 기원했다.

그게 다 무슨 소용이란 말인가? 그 시간 스승은 싸늘한 무덤 안에서 고통 속에 죽어가고 있었을 텐데…….

갈피를 잡을 수 없는 혼란 때문에 나의 마음은 더욱더 죄어들었다. 오늘 낮에 있었던 소동은 나로서도 미처 예상하지 못했던 일이었다. 젊은 관리는 무엇 때문에 그런지 몰라도 지나치게 흥분했고, 그런 흥분이 일을 더 크게 만들었다. 하지만 그 일로 인해서 살인의 죄에서 벗어날 것이라고는 믿지 않았다. 관리에게 붙잡혀서 벌을 받건 안 받건 마음속에 또렷하게 각인된 기억은 죽기 전까지 결코 사라지지 않을 테니까……. 붉은 물감, 그 위에 기름처럼 떠다니던 독약, 순식간에 스며들어가서 흔적도 남아 있지 않은 물감이 작은 멍울이 되어서 허공을 떠돌았다. 지치고 지친 나는 두 손으로 머리를 감싸 안았다.

🐾

"왜 그가 자네를 미워하냐고?"

고추가 건무가 어이없다는 듯한 표정으로 을지문덕에게 반문했다.

"저는 동부대인의 아들을 단 한 번 보았을 따름입니다. 그런데 그분이 왜 저를 그렇게 미워하게 되었는지 연유를 알 수 없습니다."

을지문덕의 단호한 물음에 고추가 건무는 손바닥으로 노란 비단이 깔린 탁자 위를 천천히 쓸었다. 생각에 잠기거나 대답하는 데 시간이 필요할 때 하는 버릇이었다. 올이 촘촘한 붉은색 비단 두루마기가 건무의 어깨를 따라 바스락거렸다.

"올 초에 온달의 죽음으로 공석이 된 중군 주활 자리를 놓고 자네와 그가 경합을 벌였네."

"전 한 번도 중군 주활 자리를 원한 적이 없습니다. 병이 나서 집에 누워 있는데 고추가께서 보내신 사절이 절과 관복을 가져온 연후에야 알았습니다."

약간은 화가 난 듯 뻣뻣해진 을지문덕의 음성에 건무가 피식 웃으며 탁자에 올려놓은 손으로 깍지를 꼈다. 열 개의 손가락이 오래된 나무 뿌리처럼 서로 엉켜들었다.

"자넨 태왕폐하를 암살하려는 신라의 음모를 밝혀냈어. 더불어 뒤처리도 아주 잘했고 말이야. 자네를 중군 주활에 임명한다고 했을 때 대로회의에 나오는 그 말 많은 늙은이들 중에 반대한 사람이 아무도 없었네. 심지어 연태조의 아버지인 연자유조차 입을 다물었지."

"아시다시피 저는 건강이 좋지 않아 도저히 중군 주활의 직을 수행할 수 없습니다. 물러나고 싶으니 허락해주십시오."

"그럴 수 없네. 자네를 중군 주활에 올린 태왕폐하의 깊은 뜻을 정녕 모르겠나?"

"그런 건 관심 없습니다."

"아니, 관심을 가지게. 안원태왕 시기부터 동부에서 장악한 중리를 다시 되찾기 위해서 태왕께서 얼마나 많은 힘을 기울였는지 안다면 말이야. 강이식장군의 갑작스러운 죽음이 아니었다면 나 역시 이 자리에 앉지 못했을 것이고, 온달장군이 사라지지 않았다면 자네 역시 그 자리에 올라가지 못했을 거야."

"결국 우리는 누군가의 죽음을 딛고 올라선 셈이군요."

을지문덕의 차가운 대답에 건무가 눈썹을 파르르 떨었다. 누구보다 냉정하고 차가운 사내, 태왕의 이복동생이라는 위태로운 줄타기 같은 자리를 굳건히 지키는 것은 물론 국내성 귀족들의 지지까지 받아낸 사내. 감정을 담은 영혼이라고는 단 한 조각도 가지고 있지 않은 것처럼 보이는, 그러나 어느 순간 뜨거운 급류 같은 분노를 여과 없이 쏟아내는 사내……

이번에도 건무는 분노를 삭이는 중인 듯싶었다. 다시 한 번 넓게 편 손바닥으로 탁자를 쓸어내는 동작을 반복하더니 한쪽 입술을 비틀어 올리며 대답을 쥐어짜냈다.

"세상 모든 일은 서로에게 영향을 미치는 법이지. 여기에서 어떤 일이 벌어지면 그 일은 전혀 연관이 없을 것 같은 먼 훗날의 어떤 일에 지독한 영향을 미친다네. 그 두 사람의 죽음이 우릴 이 자리에 올린 건 부인할 수 없는 사실이야. 하지만 은혜를 입었거나 미안한 마음 따위는 가지지 않아. 자네는 몰라도 나는 그럴 만한 자격이 있으니까. 물러나고 싶다는 자네 뜻은 받아들일 수 없네."

"하지만……"

건무가 그만하라는 듯 활짝 편 손바닥을 저으며 덧붙였다.

"자넨 너무 이기적이야. 지금 자네가 물러난다면 후임으로 올 사람은 동부대인 연자유의 아들 연태조밖에 없네. 그자가 중리부에 들어오면 지난 십 년간 장악하기 위해 애써왔던 중리부를 다시 빼앗기는 건 시간문제겠지."

"다른 귀족들도 많이 있습니다."

"물론 그렇지만 동부의 원한을 사면서까지 중군을 차지할 배짱을 가진 자는 없어. 설사 있다고 해도 결국은 거기서 거기일 따름이지. 자네가 몸이 안 좋아서 등청한 날이 손으로 꼽을 정도라고 해도 상관없어. 일을 하지 않는다고 해도 개의치 않겠어. 그러니까 말일세."

건무는 자리에서 벌떡 일어나 네모난 탁자의 모서리를 빙 돌아 을지문덕 앞으로 바짝 다가갔다. 을지문덕은 또 다시 찾아오는 아찔한 현기증에 아랫입술을 꼭 깨물었다. 건무가 말을 이어갔다.

"적어도 내후년까지는 딴 생각하지 말게. 내 말 무슨 뜻인지 알겠지?"

을지문덕은 그 순간 자신이 고개를 끄덕였는지 저었는지 알 수 없었다. 다만 흐릿해진 눈동자 너머에서 그를 응시하는 건무의 지독한 눈빛만 보았을 따름이다. 흥미로운 눈초리로 그의 얼굴을 뚫어지게 바라보던 건무가 갑자기 코웃음을 쳤다.

"병에 걸려서 오늘내일하는 늙은이 같군."

"계속 악몽을 꾸고 있습니다."

"악몽? 그건 심약한 자들이나 겪는 일이지. 하여간 자네라는 사람도 참으로 흥미로워. 물러가서 쉬게. 원한다면 자네 혼을 도로 찾아올 솜씨 좋은 기녀들 몇을 보내줄 수 있네."

"그보다는……."

을지문덕은 기침을 콜록거리는 척하면서 머릿속에 헝클어진 생각들을 다듬었다.

"동부대인의 아들을 만나고 싶습니다."

"동부에 원한을 사고 있다는 사실이 두렵나?"

을지문덕은 눈앞에서 껄껄거리는 건무의 얼굴을 향해 뜨겁게 내뱉었다.

"그건 아닙니다만, 풀어야 할 일이 생겼습니다."

"그럼 잘 됐군. 내일이 바로 오 년 전 연광이 죽은 날일세. 사직에서 제를 올린다고 했으니 나 대신 참석하게. 그리고 조심하게. 연태조가 아직 맹수까지는 못 되어도 삵 정도는 되는 인물이니까."

동부를 지배하는 연씨 가문의 사당은 동부의 위상에 걸맞지 않게 작은 규모였다. 거대한 저택의 뒤뜰 한쪽에 자리 잡은 사당은 양쪽에 나래채를 하나씩 붙인 중간 크기의 전각이었다. 을지문덕은 의외의 모습에 입을 다물지 못했다. 황궁의 종묘만큼은 아니라 해도 다른 부의 사당 정도는 되리라 생각했던 탓이다. 하얀 두루마리에 금빛 테를 두른 책을 쓴 연자유가 홀로 사당 안으로 들어갔다. 제례 역시 간소해서 잘 차려입은 문객이 연광의 업적을 읽어 내려가는 것을 시작으로 하여 간단히 제례무를 올리고 악(樂)을 베푸는 것으로 끝이 났다. 물론 거의 벌거벗은 듯한 옷차림에 덩치 큰 서역인들이 사당 앞에서 고인을 기리는 씨름을 하기는 했지만 다른 가문의 제에 비하면 너무나 약소했다. 간소한 의식에 놀란 을지문덕과 달리 다른 참석자들은 이미 익숙해진 듯 앞에 놓인 작은 상 위의 음식들을 집어먹으며 담소를 나누고 있었다.

담소를 나누던 참석자들은 의식을 마친 연자유가 사당의 돌계단을 밟고 내려오는 것을 보고 일제히 입을 다물었다. 모두가 그의 움직임을 주시했다. 을지문덕은 자신의 주변에 앉은 사람들이 연자유가 인사를 건네는 참석자들을 부러움 가득한 눈으로 흘끔거리는 모습을 지켜보았다. 그들이 작게 내뱉는 질투의 대사들을 귓전으로 흘리며 차를 마셨다.

모든 사람의 시선을 듬뿍 받은 연자유는 앞에서 두 번째 줄까지 앉은 참석자들과 인사를 나눈 뒤 사라졌다. 뒤쪽에 앉아 있던 다른 참석자들은 발을 동동 구르며 안타까워했다. 을지문덕은 남아 있는 차를 다 마신 뒤 가병에게 둘러싸인 연자유한테서 시선을 거두었다.

웅성거리던 참석자들은 활짝 열린 문을 흘끔거리며 한두 명씩 몸을 일으켰다. 바람결에 스쳐지나가는 연광의 이름을 들으며 을지문덕은 예전 기억들을 되살렸다. 젊고 무모한 시절이었다. 사건을 해결한답시고 막리지의 저택에 숨어들 생각을 하다니…….

을지문덕도 다른 사람들처럼 자리에서 일어났다. 감히 중군 주활을 머릿수나 채우려고 불러들인 그렇고 그런 사람들 틈에 홀로 앉혀 놓은 결례를 범하기는 했지만 굳이 따지고 싶지도 않았다. 다만 만나고 싶었던 사람이 보이지 않는다는 사실이 신경 쓰였다. 관례대로라면 나중에 사람을 보내 정중함이 가득 찬 편지 말미에 약속을 잡아야겠지만 서둘러야만 할 상황이었다. 생각에 잠겨 있던 을지문덕이 오른손을 흔드는 속 깊은 떨림에 눈살을 찌푸렸다. 손바닥에 남은 건 상처가 아니라 기억이자 고통이었다. 이번 일 역시 그런 기억으로 내 마음속에 각인될까? 을지문덕은 떨리는 오른손을 들어 뺨을 어루만졌다. 작년 여름 학고재에서 화살을 맞은 곳은 농부의 삽질에 살점을 한 움큼 빼앗긴 땅처럼 움푹 파여 있었다. 손끝의 요동이 더욱 심해졌다. 지나가는 참석자들의 시선을 피해 몸을 돌리던 을지문덕은 눈앞에 서 있는 찬노를 보고 어색한 웃음을 지었다.

"주인님께서 뵙자고 하십니다."

"알겠다. 어디 계시느냐?"

"연병장에 계십니다. 따르시지요."

을지문덕은 정중하고 격식을 차린 몸짓으로 앞장선 찬노를 따라갔다. 밖으로 나가려는 사람들을 거슬러 사당의 동쪽 문으로 나선 그는 기암괴석으로 치장된 넓은 뜰을 지나 회랑을 돌아갈 때까지 굳게 입을 다물었다. 붉게 칠해진 문을 연 찬노가 옆으로 물러나 안으로 들어가라고 손짓했다. 문 안으로 들어서는 순간 쩌렁쩌렁 울리는 구령소리가 귓가를 울렸다. 문 앞에 서서 훈련을 하는 가병들을 보고서야 을지문덕은 찬노가 왜 연병장이라고 했는지 이해할 수 있었다. 회랑으로 둘러진 넓은 뜰은 그냥 혈기왕성한 젊은 귀족들이 놀이 삼아 마사희를 즐기거나 활을 쏘는 곳이 아니라 작은 병영을 옮겨놓은 것 같아 보였다. 을지문덕은 회랑을 따라 세워 놓은 긴 창들을 살펴보던 중 연태조가 한 무리의 가병들과 함께 다가오는 것을 보았다. 사 년 전 어두운 밤에 단 한 번 보았을 뿐이지만 가까이 다가온 연태조는 마치 오래된 친구를 대하듯 을지문덕을 쳐다보았다. 한쪽 발을 뒤로 빼고 무릎을 꿇은 을지문덕이 두 손을 모으며 인사했다.

"중리부 중군 주활 을지문덕 인사드리옵니다."

"인사는 무슨, 어서 일어나시오. 딱딱한 격식은 딱 질색이니까. 아까 집사가 와서 당신이 나를 만나고 싶어 한다고 전하더군. 무슨 일로 중군 주활이 나를 보자고 한 것이오?"

무릎의 흙을 털고 몸을 일으킨 을지문덕은 번뜩이는 눈빛으로 노려보는 연태조의 시선을 옆으로 흘렸다.

"부탁드릴 일이 있습니다만……."

"걸으면서 얘기합시다. 연병장은 처음이지요?"

연태조는 짚단으로 만든 허수아비를 능숙하게 베어 넘기는 가병들을 턱 끝으로 가리키면서 입을 열었다.

52

"저택 안에 연병장이라고 해서 약간 어리둥절했습니다. 마치 군대의 병영을 옮겨놓은 것 같습니다."

"조만간 수나라와 큰 싸움이 있을 것 같소. 육 년 전 임유관 싸움 때에는 내가 너무 어려서 출전하지 못했지만 다시 한 번 싸움이 벌어진다면 난 말을 타고 선두에 서서 싸울 것이오. 저 가병들과 함께 말이오."

을지문덕은 연태조의 반짝거리는 눈을 통해 죽음을 숭배하는 탐미를 느꼈다. 푸른색 저고리를 입은 덩치 큰 가병이 민첩하게 칼을 휘두를 때마다 허수아비들의 목과 팔이 잘려나갔다. 잘게 부스러진 지푸라기들이 눈처럼 흩날렸다. 둥그렇게 배치된 여섯 개의 허수아비들을 해치운 덩치 큰 가병이 숨을 고르며 칼집 속으로 칼을 밀어 넣었다.

"수나라는 여러 면에서 우리와 비교할 수 없을 정도로 강대한 국가입니다. 가능하면 전쟁은 피하는 게 좋습니다."

"다른 사람도 아니고 중군 주활 입에서 그런 말이 나오다니 믿을 수가 없구려. 왜 전쟁을 두려워하는 거요? 무사라면 마땅히 전쟁터에서 공을 세우는 것이 꿈이거늘……."

"제가 전쟁을 두려워하는 건 그것이 가져올 고통들과 상처들 때문입니다. 수나라는 지난 번 싸움에서도 한 번에 삼십만 명이나 되는 병력을 모았습니다. 우리하고는……."

"전쟁은 숫자만 가지고 하는 게 아니오. 찬노!"

버럭 고함을 지른 연태조가 뒤따르던 찬노에게 손짓했다. 허리에 찬 칼을 뽑아 든 찬노가 옆에 세워진 허수아비들을 향해 뛰어갔다. 훌쩍

도약해서 허수아비들 가운데로 뛰어든 찬노가 순식간에 허수아비들을 베어나갔다. 춤추듯 부드러운 동작으로 허수아비들을 죽인 찬노를 보며 연태조가 말을 이었다.

"저런 용맹한 무사들이 하는 거요."

연태조는 곁으로 다가온 찬노의 어깨를 두드리며 계속 말했다.

"이 아이는 원래부터 가병이 아니라 뜰을 쓰는 노비였소. 언제부터인가 혼자서 칼을 쓰는 연습을 하는데 가병들도 쉽게 이기지 못한다는 소문이 돌았지. 불러다가 직접 봤는데 칼을 쓰는 모습이 아름답더군. 저 아이 말이 칼을 쓸 수 있는 용기와 방법을 알려준 게 당신이었다고 하더이다."

"저는 그냥 몇 마디 격려의 말과 검술 연습서를 한 권 보내주었을 따름입니다."

"당신을 아는 모든 사람들이 그러더군. 겸손하고 욕심이 없다고 말이야."

"과찬입니다."

"겁쟁이기도 하고."

한쪽 입술을 비틀어 올린 연태조의 마지막 말에 을지문덕은 숙였던 고개를 들었다. 연태조의 어깨 너머에 자리 잡고 있던 찬노가 살짝 고개를 저으며 염려스러운 눈길을 보냈다.

"전쟁은 찬노 같은 무사가 하지만 찬노만 가지고 이길 수는 없습니다. 이 땅이 전쟁터가 된다고 생각해보십시오. 집은 허물어지고 밭은 황무지로 변할 겁니다. 칼을 가지고 하는 싸움은 상대를 죽이고자 하는 마음가짐이면 충분하지만 밭을 다시 일구고 집을 만드는 건 용기만 가지고 안 되는 일입니다."

을지문덕은 최대한 차분하게 입을 열었다. 당장이라도 터질 것 같던 연태조는 의외로 차분하게 그의 말에 귀를 기울이고 있었다.

"좋소. 중군의 말도 일리는 있으니까. 그런데 그 얘길 하려고 나를 찾은 건 아닐 테고 무슨 일로 날 보자고 한 거요?"

을지문덕은 자신의 말 한마디 한마디에 담징의 목숨이 걸려 있다는 생각에 저도 모르게 침을 꿀꺽 삼켰다.

"어제 강서군에 있는 온달장군님의 무덤에 벽화를 그리던 화공이 죽었습니다. 그때 그 자리에 계셨던 것으로 알고 있습니다만."

"소식을 들은 남부 욕살께서 나보고 그곳에 가서 일을 수습하라고 명을 내리셨다오. 그곳에서 화공을 독살한 젊은 제자를 범인으로 체포했고 말이오."

"실은 범인으로 지목된 담징이라는 화공 때문에 찾아온 것입니다."

"안 그래도 그자가 당신 이름을 부르면서 죄가 없다고 떠들었다오. 정말로 아는 사이였소?"

연태조의 은근한 물음에 을지문덕은 흩뿌려지는 빗줄기 사이로 불타오르던 정릉사의 팔 층 목탑을 떠올렸다. 더불어 그 뜨거운 불속에 녹아내린 삶에 대해서도…….

잠시 상념을 넘나들던 을지문덕이 대답을 기다리고 있던 연태조에게 살짝 고개를 끄덕거렸다. 적어도 눈앞의 그에게는 그때의 기억을 내비치고 싶지 않았다.

"그 아이는 살인을 저지를 만한 나쁜 품성을 가지고 있지 않습니다. 더군다나 부모 같은 스승을 죽일 아이는 아닙니다."

"당신답지 않게 성급하군. 내가 당장 그 아이를 죽이기라도 할 것처럼."

노련한 사냥꾼 같은 연태조의 눈빛에서 불길함을 읽어낸 을지문덕은 또 다시 떨려오는 오른손을 소매 안으로 감추며 대꾸했다.

"그 어떤 관리보다도 정당하게 처리하실 것이라고 믿어 의심치 않습니다."

"거짓말이라는 거 다 알고 있소. 그리고 사실은 오늘쯤 문초했다가 자백을 받으면 내일이나 모레쯤에 목을 벨 생각이었지."

을지문덕은 소매 안에서 떨고 있는 오른손을 꽉 쥐었다. 떨림은 멈췄지만 머릿속은 한층 복잡해졌다. 재미있다는 표정으로 을지문덕을 바라보던 연태조가 걸음을 옮기며 말을 이었다.

"그렇게 서두를 생각은 없었지만 그자가 당신 이름을 들먹이는 바람에 나도 모르게 화가 치밀었지. 죽일 마음도 먹었고 말이오."

"절 미워하십시오. 그 아이는 아무 죄가 없습니다."

"내가 당신을 대놓고 미워한다면 난 고작 주활 자리나 탐내는 옹졸한 사람이 되어버리지. 하지만 내 앞에서 당신 이름을 들먹인 그놈을 죽인다면 세상 사람들은 내가 무슨 말을 하고 싶어 하는지 알 거요."

"자신의 의지를 내보이기 위해 죄 없는 사람을 죽일 필요는 없습니다."

흥분한 을지문덕의 말에 연태조가 냉혹한 웃음을 지어 보였다.

"돌아가신 할아버지께서는 일단 결심하면 절대로 바꾸지 말라고 말씀하셨소. 주저하고 망설이는 건 지배하는 자에게는 죄악이라고, 차라리 실수나 잘못을 저지를지언정 남의 말을 듣고 뜻을 바꾸지 말라 하셨지."

"만약 제가 진짜 살인자를 잡으면 어찌하실 겁니까?"

착 가라앉은 을지문덕의 말에 연태조의 얼굴이 굳어졌다.

"죽은 화공은 홀로 무덤 안에 들어갔소. 화공이 들어간 후 고임돌을 덮어서 무덤 안에는 죽은 화공밖에 없었지. 찌른 사람도 없었고, 목을 조른 사람도 없었어. 주활이 아무도 못 푸는 살인사건들을 곧잘 풀어낸다는 건 잘 알고 있지만 이번 일은 너무나 명백하오."

"그렇게 명백한 일이었다면 담징은 스승의 시체가 발견되기 전에 자취를 감추었을 겁니다."

"자기 소행이라는 게 들통 나지 않을 것이라 자신했겠지. 아니면 너무 겁이 나서 도망치지 못했든지……."

"일단 사건을 파헤쳐보고 싶습니다. 그때까지 담징에 대한 처벌을 미뤄주십시오."

을지문덕이 연태조에게 한 발 다가서면서 입을 열었다. 연병장을 가득 매우던 구령소리가 한층 높아졌다.

"자네가 진짜 살인자가 따로 있다고 생각하는 건 뭐라 말하지 않겠지만 그것 때문에 처벌을 미루고 싶지는 않소."

연태조도 한 발짝 앞으로 다가서는 바람에 두 사람은 서로가 숨을 내뱉을 때 나오는 뜨거운 기운을 느낄 수 있었다.

"그럼 이건 어떻겠습니까?"

을지문덕은 품속에 넣어두었던 서찰을 꺼내 연태조에게 건네주었다. 서찰을 넘겨받은 연태조의 얼굴이 서찰 속에 쓰인 글씨를 읽어 내려가는 동안 차츰 굳어졌다.

"평강공주께서 쓰신 서찰입니다."

"물론 공주를 충동질한 건 당신일 테고."

"전 다만……."

잠깐 동안 연태조의 반응을 살핀 을지문덕이 덧붙였다.

"공주마마께 무덤 안에서 벌어진 살인사건 때문에 온달장군님을 모실 무덤이 제때 완성되지 못할 수도 있다는 것을 알려드렸을 뿐입니다. 혹시라도 억울한 죽음이 돌아가신 장군님의 안식에 방해가 될 모른다는 것과 함께 말이죠."

을지문덕은 처음으로 연태조와의 대화에서 주도권을 잡았다는 사실에 조심스럽게 기뻐했다. 목덜미의 둥근 옷깃을 신경질적으로 만지작거리던 연태조가 서찰을 접으며 말했다.

"활쏘기를 좋아하시오?"

을지문덕이 미처 대답하기도 전에 연태조가 그의 팔을 잡고 연병장

한쪽에 나무로 만든 사대(射臺)*를 가리켰다.

"어차피 벽화야 거의 다 마무리했으니 일을 다 끝내고 다시 잡아가 두면 되겠지."

"그 전에 거타지를 죽인 진짜 살인자를 찾아내겠습니다."

"너무 좋아하진 말게. 아직 한 가지가 남았으니까."

연태조를 따라 사대에 올라선 을지문덕은 까마득히 보이는 과녁을 보며 아찔한 현기증을 느꼈다. 사대 앞에 길게 만들어진 탁자 위에는 여러 종류의 화살과 활이 놓여 있었다. 연태조의 의도를 짐작한 을지 문덕이 천천히 입을 열었다.

"저와 활쏘기 내기를 하고 싶으신 겁니까?"

"미안하지만 틀렸소."

손을 든 연태조가 길게 휘파람을 불자 붉은 머리끈을 두른 무사가 탄 말이 질주해왔다. 노란 삼각기가 달린 긴 창을 옆구리에 단단히 고 정시킨 무사는 나무울타리로 양쪽을 막은 좁은 길을 따라 달렸다.

"내가 지시해서 만든 거요. 순서를 잘 지켜보시오."

곧게 뻗은 길을 따라 질주하던 무사가 말과 호흡을 같이하며 내뱉 는 거친 숨소리가 들려왔다. 옆구리에 바짝 붙은 창을 옆으로 비스듬 히 돌린 무사는 완만한 곡선으로 변한 길을 능숙하게 지나가며 첫 번 째 허수아비를 노렸다. 창은 보병들이 쓰는 주발 같이 생긴 투구와 길 고 좁은 나무방패를 든 허수아비의 목덜미를 꿰뚫었다. 반쯤 떨어져나 간 허수아비의 목이 꺾어지면서 머리에 씌워둔 투구가 굴러 떨어졌다.

"방패나 투구를 맞추면 일 점, 다른 곳을 맞추면 이 점이오. 아무 곳도 맞추지 못하면 물론 점수는 없소."

연태조의 짤막한 설명이 끝날 즈음 곡선으로 된 길에서 벗어난 무사는 길옆에 세워진 짧은 창 두 개를 집어 들었다. 긴 창날이 여린 잎사귀처럼 흔들렸다. 투창 하나를 입에 물고, 다른 하나는 머리 위로 치켜든 무사가 조금 전과 반대쪽으로 꺾어지는 곡선을 돌면서 창을 던졌다. 반짝거리는 햇빛을 쪼개며 날아간 짧은 창이 아까보다 훨씬 작은 허수아비의 몸통에 꽂혔다. 울타리 주변에 서서 구경하던 가병들이 손을 흔들며 환호성을 질렀다. 환호성과 박수를 뚫고 날아간 두 번째 창은 허수아비의 머리를 살짝 스치고 지나갔다.

"창을 던지는 건 더 어려운 일이라서 명중하면 삼 점이지."

연태조의 설명을 귓가로 흘리며 을지문덕은 담장 위로 떠오른 햇살 속으로 사라져버린 무사를 찾기 위해 안간힘을 썼다. 햇살을 등지는 바람에 잠시 사라졌던 무사가 다시 나무울타리에 길게 드리워진 햇살들을 잘라먹으며 나타났다. 그는 한 손에 활을 쥐고 있었다. 활을 쥔 오른손을 새의 날개처럼 들어 올린 무사가 말 위에 몸을 바짝 붙인 채 새로운 목표물을 노려보았다. 긴 장대 끝에 매달린 허수아비들은 바람 때문인지 빙글빙글 돌고 있었다. 순식간에 화살을 시위에 맨 무사가 쏜 첫 번째 화살은 허수아비가 매달려 있던 장대 위로 날아갔다. 안타까운 탄성 사이로 힘을 내라고 격려하는 외침이 들렸고, 말을 타고 있던 무사는 동료들의 격려 덕분인지 두 번째와 세 번째 허수아비에 화살을 정확히 꽂아 넣었다. 마지막으로 쏜 네 번째 화살은 시위를 놓는 순간 호흡을 놓쳤는지 나무울타리에 꽂히고 말았다.

목에 활을 건 무사가 동료가 던져준 두꺼운 날이 달린 맥도를 움켜잡고는 허공 위로 휘둘렀다. 울타리가 끝나는 곳에는 허수아비들이 좌우로 서서 마지막 힘을 내는 무사를 기다리고 있었다. 을지문덕은 얼굴을 살짝 흔들어서 이마에 묻어낸 땀을 털어내는 무사를 바라보았다. 드러난 팔 위로 핏줄의 헐떡거림이 느껴졌다. 고요한 질주 안에 당장이라도 터질 것 같은 힘을 담고 있던 무사는 어느새 눈앞에 다가온 허수아비들을 향해 번개같이 맥도를 휘둘렀다. 네 개의 허수아비 모두 목이 잘려나갔다. 을지문덕은 깨끗하게 잘려나간 단면을 보고 몸을 부르르 떨었다. 피가 배어나올 것 같았기 때문이다.

동료에게 맥도를 넘겨준 무사가 환하게 웃으며 말에서 내리자 다시 한 번 요란한 박수소리가 터져 나왔다. 박수를 치던 연태조가 미소를 지으며 을지문덕을 돌아보았다.

"만점은 이십 점이오. 보통 십오 점이 넘으면 상을 주고 오 점 이하로 나오면 벌을 받지. 가병들을 경쟁시키는 데 저만 한 게 없소. 내 눈에 들 수 있는 가장 확실한 방법이니 말이지요."

"그렇겠군요. 연공서열이 아니라 능력대로 대접을 받을 수 있을 테니까요."

"평강공주의 서찰에 쓰인 내용에는 담징이 무죄라거나 아니면 죄를 가볍게 해달라는 표현은 없었소. 다만 부군의 무덤이 제때 완성되지 못해 애써 잡은 기일을 놓칠까 염려스럽다는 말만 있었고 말이오."

"맞습니다."

을지문덕은 불안감을 달래며 입을 열었다. 젊지만 영악한 연태조가 눈빛을 반짝이며 다시 한 번 미소를 짓자 그의 불안감은 증폭되었다.

"죽은 화공의 제자가 말하길 벽화에서 남은 건 북쪽 벽에 그려진 현무의 머리와 서쪽 벽의 백호에 그릴 척목(尺木)*뿐이라고 했소. 참, 고임돌에 그릴 연꽃도 남았고 말이오. 그런 것쯤이야 하루가 아니라 반나절이면 충분하니까 내가 담징이라는 화공을 풀어주면서 군사를 딸려 보내서 작업이 끝나자마자 다시 끌고 온다면 공주도 뭐라고 하지 못하겠지."

을지문덕은 냉혹한 연태조의 미소를 부숴버리고 싶다는 충동을 억누르며 가까스로 입을 열었다.

"무덤을 수호하는 사신 중 가장 중요한 현무의 머리와 백호의 척목을 나중에 그리는 것은 사신에 영험함을 주기 위해서입니다. 좋은 날을 따져 기다리는 거죠. 날을 다시 잡으려면 역관을 불러서 다시 점을 쳐야 합니다만……."

"그쯤이야 역관을 불러다가 날을 빨리 잡으라고 일러두면 되오. 주활은 나와 우리 가문의 힘을 너무 우습게 여기는군."

"저는 이번 일이 연씨 가문의 명성에 흠을 낼까 염려스러울 따름입니다."

"푸하하하!"

갑작스럽게 터져 나온 연태조의 폭소에 사대 위에 올라선 두 사람을 조용히 지켜보던 가병들의 얼굴이 굳어졌다. 사대 바로 아래 있던 찬노의 얼굴이 파랗게 질리는 것을 본 을지문덕은 조용히 숨을 들이켰다.

"한 가지만 묻겠소. 왜 그 미천한 어린 화공을 그리 감싸는 거요?"

"죄가 없기 때문입니다. 그리고 아직 살아갈 날이 많기 때문이기도 하고 말입니다."

"관리답지 않아. 자네를 알고 있는 사람들 모두가 입이 마르도록 칭찬하지만 난 알고 있어. 그들이 자네를 좋아하는 가장 큰 이유가 야심이 없기 때문이라는 것을."

"전 제가 원해서 이 자리에 오른 게 아닙니다. 할 수만 있다면 제가 가지고 있는 이 직책을 넘겨주고 담징의 목숨을 구하고 싶습니다."

을지문덕의 말에 연태조는 코웃음을 쳤다.

"한 가지 더, 경솔하기도 하군. 내걸 수 없는 조건을 내걸고 자기는 어쩔 수 없었다라고 하면 듣는 사람이 갑자기 고분고분해지기라도 할 것 같소?"

"최소한 제 본심은 알 수 있겠죠."

을지문덕은 연태조가 다시 한 번 폭소를 터트리지 않을까 내심 걱정했지만 연태조는 웃음 대신 거만한 턱짓으로 사대 아래에서 기다리고 있는 찬노를 가리켰다.

"찬노는 지금까지 만점을 다섯 번이나 받았소. 저 아이를 시기하던 자들도 적어도 그 실력 앞에서는 불만을 가라앉혀야만 했다오. 이제 당신 차례요. 담징을 살리고 싶다면 말에 올라타시오."

"지금 한낱 유희거리에 한 사람의 목숨을 걸자는 말씀이시옵니까?"

"물론 나에게는 그렇소. 하지만 내 앞에서 말을 타고 화살을 날리는 저 가병들에게는 그냥 유희가 아닐 거요. 목적이 없는 삶을 끌고 가느니 치열한 삶을 맛보다가 죽는 게 더 무사답지 않겠소?"

을지문덕은 대답 대신 연태조를 쳐다보았다. 이제 고작해야 이십대 중반 정도의 나이라고는 믿기지 않을 만큼 빈틈없고 노련했다. 더 이상 빠져나갈 곳이 없다는 생각이 머리를 스쳐 갈 무렵 연태조가 다시 입을 열었다.

"본래 오 점을 넘기지 못하면 아예 점수 축에도 들지 못하지만 처음이니까 특별히 봐주겠소. 점수마다 하루의 시간 여유를 주는 걸로 하면 어떻겠소?"

을지문덕은 마른침을 삼키며 널빤지로 만든 사대의 계단을 내려다보았다. 도망치고 싶다는 생각이 간절했다. 을지문덕이 고개를 끄덕이자 연태조가 소리쳤다.

"내 마구간에 가서 황색 말을 끌고 오너라."

찬노가 사라지자마자 몇 명의 노비들이 다가와 그를 사대 앞으로 데리고 갔다. 사대 앞에 놓인 기다란 탁자 위에는 화살을 쏠 때 오른손 엄지손가락에 끼는 깍지들과 손목에 차는 팔찌, 그리고, 말을 탈 때 머리에 쓰는 두건들이 차곡차곡 정리되어 있었다. 가장 나이든 늙은 노비가 그에게 다가와 정중하게 물었다.

"깍지는 어떤 걸 쓰시겠습니까? 이건 순록의 뿔로 만든 암깍지들이고 그 옆은 암소가죽으로 만든 숫깍지들입니다."

잠시 고민하던 을지문덕은 화살을 여러 번 빨리 쏠 때는 혀가 있는 암깍지보다 혀가 없는 숫깍지가 좋을 것 같다는 생각에 손가락으로 숫깍지를 가리켰다. 가만히 고개를 끄덕인 늙은 노비가 을지문덕의 엄지손가락에 맞을 만한 숫깍지를 조심스럽게 건네줬다. 엄지손가락에 숫깍지를 끼운 을지문덕에게 늙은 노비가 재차 물었다.

"팔찌는 병사들이 쓰는 가죽으로 된 걸 하시겠습니까? 아니면 천으로 된 완대를 쓰시겠습니까?"

"가병들이 쓰던 걸로 주세요. 활은 소의 갈비뼈를 댄 각궁으로, 화살촉은 넙적한 날로 준비해주세요."

무례할 정도로 거침없는 찬노의 말에 늙은 노비가 눈썹을 꿈틀거리며 노골적인 반감을 드러냈지만 찬노는 네모난 가죽에 끈이 달린 팔찌를 집어 들고는 을지문덕의 팔을 잡아당겼다.

"제 말 잘 들으십시오. 끌고 온 황색 말은 성격이 너무 순해서 고삐를 짧게 잡고 세게 당기지 않으면 잘 움직이지 않습니다. 화살을 쏠 때 안장에서 엉덩이를 살짝 드셔야 하는 것쯤은 알고 계시지요? 등자는 둥근 나무에 쇠를 입힌 게 아니라 넓적한 쇠판을 대서 만든 거니까 창으로 찌를 때 끝까지 힘을 주셔도 됩니다. 짧은 창은 던져도 잘 맞지 않으니까 자신 없으면 아예 포기하시고 대신 활쏘기와 마지막에 맥도를 쓰는 일에 집중하세요."

사대에 서서 바라보고 있는 연태조의 눈을 피해 을지문덕에게 바짝 붙은 찬노가 빠른 속도로 주의사항을 들려주었다. 미처 대답할 사이도 없이 바닥에 엎드린 찬노가 어서 말을 타라는 눈짓을 던졌다. 찬노의 등을 밟고 말 위에 올라선 을지문덕은 늙은 노비가 활과 화살을 가져오는 동안 왼쪽 팔목에 팔찌를 찼다.

가죽으로 만든 화살통에 화살을 던지듯 떨군 늙은 노비가 물러나고 재촉하는 듯한 북소리가 울리자 젊고 건장한 노비들이 긴 창을 어깨에 짊어지고 그의 옆으로 다가왔다. 창대의 가운데 가죽으로 감은 곳을 움켜잡은 을지문덕은 창을 받치고 있던 노비들이 물러나자 갑작스러운 무게에 못 이겨 기우뚱거렸다. 말 위에서 휘청거리는 을지문덕을 보고 가병들이 손가락질을 하며 껄껄거렸다. 간신히 균형을 잡은 을지문덕에게 말고삐를 넘겨준 찬노가 속삭였다.

"말고삐를 짧게 잡으십시오."

크게 숨을 들이켠 을지문덕이 눈을 들어 첫 번째 표적을 바라보았다. 긴 창은 무게 때문인지 양쪽 끝에 무거운 물건을 매단 저울대 같이 축 처졌다.

점점 빨라지던 북소리가 어느 순간 뚝 그치고 고요한 정적만이 남았다. 발을 끄는 소리, 손으로 입을 막고 내뱉는 잔기침 소리까지 모두 들릴 정도의 적막을 뚫고 을지문덕은 말고삐를 세차게 당겼다. 시위를 떠난 화살처럼 순식간에 속도를 높인 말 등 위에서 본 세상은 어지러울 정도로 흔들리고 있었다. 시야가 바짝 좁아진 탓인지 울타리 너머의 모습들이 빠르게 흘러가는 강물 표면처럼 뿌옇게 보였다. 바람 속을 파고 들어간 창날이 약간 고개를 들었다. 창날 바로 아래 달린 노란색 삼각기가 불꽃처럼 파르르 떨렸다. 숨을 고르며 목표물을 찾던 을지문덕은 눈앞에 나타난 허수아비가 순식간에 지나가는 것을 보고 혀를 찼다. 등 뒤로 가병들이 한껏 비웃는 소리가 들리는 것 같았다.

을지문덕은 잔뜩 굽어진 활처럼 기울어진 울타리를 따라 돌다가 그만 옆구리에 낀 창을 떨어뜨리고 말았다. 던지는 창을 세워 놓은 곳이 가까워졌지만 을지문덕은 창을 잡는 대신 안장 뒤쪽에 걸려 있는 활을 집어 들었다. 명주실을 꼬아서 만든 활줄이 잘 벼린 칼날처럼 눈앞에서 번뜩였다.

몇 번의 실패 끝에 전통(箭筒)에 담긴 화살을 잡은 을지문덕은 어느새 가까워진 첫 번째 허수아비 대신 두 번째 허수아비를 노렸다. 달리는 말 위에서 화살을 쏘는 것은 말과의 호흡은 물론, 말을 탄 궁수의 자세가 곧아야만 가능한 일이다. 을지문덕은 오른손 엄지의 깍지에 걸린 시위를 검지와 장지로 감싸듯 움켜잡아서 뺨까지 끌어당겼다. 하지만 그 순간 엄청난 힘을 받은 왼쪽 팔에 가해진 통증 때문에 하마터면 활을 놓칠 뻔했다. 흔들리는 활을 고쳐 잡는 사이 두 번째와 세 번째 허수아비를 지나치고 말았다. 이를 악문 을지문덕은 눈앞에 나타난 네 번째 허수아비를 신중히 겨냥하며 시위를 놓았다. 그 순간 활이 흔들린 것을 눈치챈 을지문덕은 날아간 화살을 뒤따라 뱉어낸 호흡이 흐트러지기 전에 다시 화살을 꺼내들었다. 정신없이 달리는 말의 속도를 줄이고 싶었지만 활을 쏘기 위해 양손을 모두 놓은 상태라 어쩔 수 없었다. 을지문덕은 스쳐 지나간 네 번째 허수아비를 찾아 달리는 말 위에서 허리를 틀어 몸을 돌렸다. 그 순간 위아래로 흔들리던 화살촉이 갑자기 고요하게 정지한 것 같았다. 눈 안으로 스며든 땀 때문인지 아무것도 보이지 않았지만 을지문덕은 주저하지 않고 부드럽게 시위를 놓았다. 위에서 아래로 떨어지는 폭포처럼 눈앞을 가로막던 희뿌연 안개 속으로 빨려 들어간 화살은 도무지 행방을 찾을 길이 없었다.

을지문덕은 활을 버리고 미친 듯이 달리는 말고삐를 두 손으로 바짝 잡아당겼다. 고개를 위로 치켜든 말이 신경질적인 울음소리를 내뱉으며 속도를 늦췄다. 땀에 젖은 말갈기를 휘날리자 시큼한 땀 냄새가 날벌레처럼 흩어졌다.

"받으십시오."

사람들 사이에 서 있던 찬노가 소리쳤다. 여전히 희뿌연 안개를 뚫고 뭔가가 날아든 것을 느낀 을지문덕은 본능적으로 손을 뻗어서 그것을 잡았다. 소금물에 담가 단단하게 만든 참나무에 가는 삼줄을 단단히 묶어서 만든 창대였다. 긴 창이나 투창과는 다른 느낌을 주었다. 두껍고 뭉툭한 맥도의 빛이 우리 안에 갇힌 맹수처럼 요동쳤다. 맥도는 한결 짧고 무거웠기에 첫 번째 창처럼 균형을 잡기 위해 애쓰지 않아도 된다. 도무지 이해할 길 없는 광포함에 살리고 싶은 이의 목숨이 걸려 있다는 무시무시한 절박감이 무거운 맥도를 한 손으로 휘두를 수 있게 해주었다. 을지문덕은 미친 듯이 포효했다. 양쪽에 늘어선 허수아비들이 섬광처럼 그의 눈가를 스쳐지나갔다. 옆으로 눕힌 맥도의 날이 그 섬광을 가르고 흉포한 두려움도 찢어버렸다.

어느 순간 을지문덕은 모든 것이 끝났다는 것을 눈치챘다. 마구 달리던 말은 갑자기 얌전해졌고, 요란스럽게 웃고 떠들던 가병들도 입을 다문 채 그를 쳐다보고 있었다. 굵은 땀방울이 눈썹 끝에 매달렸다가 아래로 떨어졌다. 지친 을지문덕은 맥도를 땅에 떨어뜨렸다. 요란한 쇳소리의 여운이 채 가시기도 전에 다가온 찬노가 늘어진 말고삐를 잡아주었다. 을지문덕은 뜨거운 숨을 들이키며 찬노에게 물었다.

"점수는?"

찬노는 대답 대신 을지문덕의 뒤쪽을 눈짓으로 가리켰다. 노비들이 가져온 허수아비는 세 개였다. 가슴 한복판에 화살을 맞은 허수아비 두 개와 깨끗하게 목이 잘린 허수아비 한 개가 나란히 세워진 것을 보고 을지문덕은 실망감에 고개를 떨어뜨렸다.

"어르신, 그래도 닷새는 버셨습니다. 사실 처음 말을 타고 울타리를 돈 것치고는 잘 하신 편입니다."

절망에 빠진 을지문덕을 위로해주던 찬노는 을지문덕이 타고 있는 말 너머를 흘끔 바라보고는 굳은 표정으로 바닥에 엎드렸다. 사대를 내려와 을지문덕이 서 있는 곳으로 성큼성큼 다가온 연태조가 죄수에게 사형을 선고하듯이 냉혹한 목소리로 휘청거리는 을지문덕에게 말했다.

"오늘 빼고 닷새를 주겠소. 그 안에 벽화를 마무리 짓고 진짜 범인을 잡아내지 못한다면 담징을 처형하겠소. 맘에 드시오?"

턱 끝에 모인 땀을 손등으로 문지른 을지문덕은 고개를 끄덕이며 대답했다.

"좋습니다. 대신 그동안 담징을 풀어주십시오."

"그자는 살인죄를 저지른 죄인이오. 함부로 풀어줄 수 없소."

을지문덕은 엎드린 찬노의 등을 밟고 땅을 디뎠다. 아찔한 현기증과 함께 두통이 엄습했다. 헛기침을 하는 척하면서 두통이 사라지기를 기다렸다. 을지문덕은 통증 때문에 얼굴을 찡그렸지만 다행히 머릿속에 담긴 생각들은 흩어지지 않았다.

"제 생각이 틀리지 않는다면 살인자는 거타지와 가까운 사람입니다. 시간이 있다면 천천히 살펴보면서 살인자를 찾겠지만 그럴 여유가 없으니 그들을 잘 아는 누군가의 도움이 필요합니다."

"아이를 빼돌릴 생각은 하지 않는 게 좋을 거요."

을지문덕은 입안에 고인 신물 때문에 제때 대답하지 못했다. 잠시 사라졌던 두통이 다시 찾아왔다. 머리가 산산조각 나는 것 같았다. 눈꺼풀을 들어 올리는 것조차 힘겨웠다. 을지문덕은 온몸의 힘을 쥐어짜냈다.

"제 아버지와 추모성왕의 이름을 걸고 이번 일을 정당하게 처리하겠습니다."

"자네가 거짓말을 하지 않으리라고 어찌 믿나?"

"저는 연태조가 아니라 을지문덕입니다."

그의 마지막 말에 연태조는 두 눈을 가늘게 뜨고 그를 노려보았다. 가까이서 그의 말을 듣고 격분한 가병들이 허리춤에 달린 칼에 손을 가져갔다. 고개를 돌린 연태조가 가병들에게 소리쳤다.

"지금 뛰쳐나와서 이자를 죽일 용기와 배짱이 없다면 허튼 짓을 하지 말거라."

잠잠해진 가병들에게서 눈을 돌린 연태조가 을지문덕 앞으로 다가왔다. 잘 벼린 창끝, 혹은 차가운 죽음 같은 연태조라는 존재 앞에서 을지문덕을 휘감던 현기증은 말끔하게 사라져버렸다. 연태조가 입을 열었다.

"도무지 알 수 없군. 할아버지도 항상 당신을 궁금해했어. 당신 도대체 누구야?"

"죽음을 지나치게 많이 본 사람입니다. 죽은 자의 아우성이 가슴속에 자리 잡게 되면 삶 따위는 꿈처럼 느껴지지요."

온몸을 적신 땀이 식어가면서 을지문덕은 갑작스럽게 한기를 느꼈다. 입속에 담아두었던 죽음과 삶이 그의 혀를 바짝 말려버렸다. 목을 졸랐다. 뭔가 더 말을 하려던 연태조가 고개를 살짝 끄덕이고는 뒤로 물러났다. 을지문덕이 멀어져가는 연태조를 보고 안도의 한숨을 쉬는 순간 연태조의 눈빛이 다시 반짝거렸다. 연태조의 눈빛은 그대로 찬노에게 향했다.

"당신을 믿고 담징을 풀어주도록 하지. 대신 찬노가 나의 눈이 될 것이오. 만약 맹세를 어기고 나를 속인다면 찬노가 당신을 벌할 것이오.

찬노의 칼이 얼마나 날카롭고 정확한지는 직접 보셨으니까 알 것이오. 그리고……."

세차게 휘두른 채찍 같은 눈빛을 을지문덕에게 돌린 연태조가 손가락으로 옆머리를 두드리며 말을 이어갔다.

"고문해서 받은 자백은 믿지 않겠소. 오직 당신의 그 똑똑한 머리로만 진짜 범인을 잡아오시오. 닷새 후에 병사들을 보낼 테니 진짜 범인이 있다면 그때까지 찾아내시오. 못 찾아내면 담징을 데려오겠소."

🐀

담징은 쭉 뻗은 다리를 타고 넘어가는 쥐를 바라보았다. 쥐는 피가 뭉쳐진 것 같은 초점 없는 눈동자로 잠시 벽에 기대앉은 담징을 바라보았다. 짧은 순간 담징은 사람들이 알고 있는 쥐와 실제 쥐 사이에 적지 않은 차이가 있음을 눈치챘다. 쥐는 간사하거나 비겁해 보이지 않았다. 뾰족한 코끝을 쉴 새 없이 킁킁거리며 주변을 둘러볼 뿐이다. 비굴하기는커녕 오히려 당당함이 느껴졌다. 작은 몸통을 둘러싼 갈색 털은 당장 뽑아서 붓으로 만들고 싶을 정도로 윤기 있고 깔끔했다. 바닥에 깔린 지푸라기를 헤치고 어둠이 자리 잡은 구석으로 사라진 쥐는 구멍 안으로 들어가기 전 담징을 흘끔 바라보았다. 그 순간에도 담징은 쥐의 특징과 모습들을 기억하느라 여념이 없었다.

돌 틈에 난 구멍으로 쥐가 사라지고 나자 감옥 안엔 다시 적막이 감돌았다. 조금 전부터 어두운 감방 통로를 따라 들려오던 흐느낌 소리는 잠잠해졌지만 감옥 그 자체가 품고 있는 형용할 수 없는 두려움은 여전히 고스란히 느껴졌다. 두려움은 감옥 어디에나 자리 잡고 있었다. 푸른 이끼가 낀 차디찬 바닥에도, 사람과 쥐의 배설물 냄새가 밴 감방 안 공간에도, 고문 받는 죄인들의 고통스러운 비명 속에도 두려움은 배어 있었다. 진득한 악취처럼 바닥에 고여 있던 두려움은 그 안에 갇힌 사람들을 한 움큼씩 베어 먹었고, 사람들은 눈에 보이지 않는 피를 흘리며 차츰 죽어갔다. 담징은 사람들이 느끼는 두려움을 그림으로 그려보면 어떨까 하는 생각에 빠졌다. 어떤 모양이 나올까? 이빨을 드러낸 현무 같을까? 아니면 불꽃같은 척목으로 온몸을 휘감은 백호일까? 담징의 이런한 상상은 함께 갇혀 있던 몽부라는 사내가 입을 열 때까지 계속되었다.

"넌 항상 그림만 생각하는구나."

담징은 힘겹게 고개를 돌려 몽부를 바라보았다. 두 사람은 남부 욕살의 관사에 있는 감옥으로 함께 끌려와 간수들이 자행하는 가혹한 신고식을 함께 받으며 가까워졌다. 몽부는 자신이 왜 스승의 곁을 떠나 국내성으로 가야만 했는지 털어놓았고, 담징은 정릉사에서 지냈던 어린 시절을 들려주었다. 물론 가장 중요한 얘기는 빼놓았다.

"그림 생각만 하면 아무리 지치고 힘들어도 기운이 나거든요."

꿈에서 깨어났다는 사실에 시무룩해진 담징의 힘없는 대꾸에 몽부가 피식 웃었다.

"나도 그럴 때가 있었지. 그래서 스승님에게 죽음을 어떻게 그려야 하느냐고 물었더니 갑자기 종이를 자르시던 칼을 내 목에 바짝 들이댔단다."

"왜요?"

"그러면서 그러시는 거야. 지금 눈앞에 떠오른 모습이 바로 네 마음속에 있는 죽음이라고 말이야."

담징은 고개를 끄덕거리며 다시 물었다.

"그때, 목에 칼이 닿았을 때, 어떤 느낌이 들었어요?"

"아무 생각도 들지 않았어. 그런데 정말로 죽을지 모른다는 생각이 드니까 저절로 눈물이 흘러나오던걸. 마지막으로 하늘을 올려다보았는데 구름 한 점 없는 하늘이 얼마나 푸르렀는지 지금도 기억이 나. 나한테는 죽음이 곧 하늘이지. 너에게는 무엇이 죽음으로 비춰지니?"

담징은 잠시 몽부의 얼굴을 쳐다보았다. 오직 자기 일밖에 모르는 장인 특유의 순박함과 고집스러움이 고스란히 드러난 얼굴이지만 왠지 그 얼굴 한구석에 자신과 같은 말 못할 과거가 숨어 있을 것 같다는 느낌이 들었다. 잠시 고민하던 담징은 재촉하는 듯한 몽부의 눈길에 입을 열었다.

"불이요. 정릉사에 있었을 때 팔 층 목탑에 불이 나는 바람에 많은 스님들이 돌아가셨어요. 그때 주지스님께서도 무너지는 탑에 깔려서 돌아가셨고요. 한밤중에 불이 나서 새벽까지 타들어갔는데 나중에는 탑에서 자욱한 연기만 흘러나왔어요. 안개처럼요."

몽부는 아무 말도 하지 않고 담징의 말에 고개를 끄덕거렸다. 어제 갑자기 닥쳐온 불행은 끔찍했지만 담징은 고통을 함께 나눌 사람이 있다는 사실에 그나마 안도했다. 더군다나 몽부는 미리 예상이나 한 듯 차분하게 모든 것을 받아들였다. 입을 다문 몽부가 굵은 통나무로 막힌 감방 너머를 바라보자 담징도 입을 다물고 맞은편 벽을 쳐다보았다. 두 사람은 고통을 잊기 위해 온갖 이야기들을 주고받았다. 담징은 지난 이 년간 거타지 스승 밑에서 일하면서 다른 동료들과 주고받은 말보다 하룻밤 동안 몽부와 나눈 얘기가 더 많다는 사실을 떠올리며 씁쓸해했다. 낮이 시작되었는지 어디선가 스며들어온 빛줄기가 감옥 안을 떠돌았다. 신비롭고 아름답게 떠도는 빛을 기억하기 위해 담징은 천장을 흘러가는 빛줄기를 응시했다. 만약 살아서 나갈 수만 있다면 신비로운 빛과 죽음에 관한 것들을 그리고 싶다. 그러는 사이 감옥의 천장과 허공에 자리 잡고 있던 빛줄기들이 차츰 소멸되었다. 안타까운 시선으로 사라져가는 빛들을 바라보던 담징은 빛줄기들이 떠돌던 자리를 대신 차지한 사람 모양의 검은 그림자를 보고 흠칫 놀랐다.

"어르신!"

발목에 차인 무거운 족쇄가 몸을 일으키려던 담징을 다시 쓰러뜨렸다. 차갑고 딱딱한 돌바닥에 부딪친 무릎에서 올라온 시큼한 통증이 머리끝을 울렸지만 담징은 바닥을 기어서 을지문덕 곁으로 다가갔다. 귀를 완전히 덮은 가죽으로 만든 투구를 쓴 간수가 창 대신 쓰는 긴 몽둥이로 담징의 얼굴을 때렸다가 을지문덕의 엄한 눈초리를 받았다. 고개를 숙이고 옆으로 물러난 간수를 노려보던 을지문덕이 담징을 내려다보며 말했다.

"아직 끝난 게 아니니 너무 기뻐하지 말거라. 불가에서는 전생에 수많은 인연이 쌓이고 쌓여야만 현세에 옷깃을 스칠 수 있다고 말한다. 너와 난 목숨을 걸고 서로를 도와준 인연이 있었기에 오늘 너를 도와주기로 결심한 것이다. 한 가지만 묻겠다. 솔직하게 대답해다오."

"뭐든 대답하겠습니다."

"네가 화공 거타지를 죽였느냐?"

담징은 순간 눈앞이 흐려졌다. 주저하는 담징을 본 을지문덕이 다시 말했다.

"네가 죄가 없다는 확신을 가지지 못한다면 그 시간은 물론 그 후의 시간들 모두 나에게는 더 없이 가혹한 추억이 될 게 틀림없다."

"확신이 없으셨으면서 왜 저를 도와주십니까?"

담징의 말에 을지문덕이 대답했다.

"가까운 사람들을 더 이상 잃고 싶지 않기 때문이다."

담징은 어쩐지 자신보다 을지문덕이 더욱 두려워하고 있다는 느낌을 받았다. 어색한 침묵이 흐른 뒤 기다리던 간수가 손에 꺼내 쥔 열쇠로 묵직한 자물쇠를 풀어주었다. 간수는 담징의 발목에 있던 족쇄까지 풀고 나서 을지문덕에게 물었다.

"함께 갇혀 있던 자도 풀어줍니까?"

미처 예상하지 못했다는 듯 눈만 깜빡거리던 을지문덕에게 담징이
말했다.

"돌아가신 거타지 스승님의 제자분이십니다."

"풀어주거라. 어차피 죄가 있다면 둘 다 다시 돌아와야 하니까……."

몽부의 족쇄까지 풀어준 간수가 밖으로 사라지자 긴장이 풀린 담징
은 일어서려다가 도로 주저앉고 말았다. 아무리 해도 두 다리에 힘을
줄 수가 없었다. 을지문덕이 손을 내밀었다. 그러나 담징은 애써 그 손
길을 무시하고서 자신의 두 팔에 의지해 몸을 일으켰다. 그 모습을 물
끄러미 바라보던 을지문덕이 손에 쥐고 있던 부러진 붓 조각을 건네주
었다. 붓 조각을 목에 건 담징은 절뚝거리며 감방 밖으로 나섰다. 담징
은 좁은 통로 끝의 문에 걸린 환한 빛을 보고 저도 모르게 미소를 지
었다.

🙝

을지문덕은 담징이 몇 번이고 입을 열려고 하다가 나란히 앉은 찬노
때문인지 끝내 입을 열지 않는 것을 보았다. 소를 끌던 수레꾼이 혀를
끌끌 차며 수레를 멈춰 세우자 뒤따르던 어린 몸종이 잽싸게 달려와
수레바퀴 뒤에 나무 쐐기를 박고 발판을 꺼냈다. 차양이 열리면서 환
한 빛이 쏟아졌다. 담징은 한 손을 들어 빛을 막으며 중얼거렸다.

"여긴……."

"너를 도와줄 또 한 사람이 있는 곳이지. 어서 내리거라."

검은색 기와가 올라간 문루는 지붕선의 양쪽 끝이 하늘을 향해 날카롭게 치솟아 있었다. 수레에서 내려온 담징은 한참을 비틀거렸다. 그러다가 문루의 처마 아래 첨차(檐遮)*에 그려진 귀신이 자신을 노려보고 있다는 생각에 몸을 떨었다. 문을 향해 곧게 뻗은 바닥돌을 밟고 안으로 들어선 을지문덕에게 담징이 물었다.

"여기가 온 나라의 수재들이 모인다는 태학(太學)인가요?"

"맞다. 옛 친구가 있는 곳이지. 아마 너도 누군지 알 거다."

담징은 옷소매에 녹색 띠를 두른 태학의 학생들이 삼삼오오 떠들면서 지나가는 광경을 쳐다보며 을지문덕의 뒤를 따랐다. 을지문덕은 햇살에 반짝이는 녹색 기와가 올라간 커다란 건물을 지나는 중이었다. 넓은 후원엔 공부에 지친 학생과 박사들이 쉴 수 있도록 일부러 구불구불하게 만든 산책로가 끝없이 이어지고 있었다. 고개를 숙인 버드나무 끝이 땅에 끌린 채 바람에 흔들거렸다. 일정한 크기의 자갈들을 깔아 만든 산책로는 돌이 흩어지지 않도록 끝을 붉은색 벽돌로 막아놓았다. 덕분에 회색빛 도는 자갈들이 붉은 선 안에 갇힌 것처럼 보였다. 멀어질수록 가늘어지는 붉은 선은 끝없이 휘몰아치면서 자갈들을 옭아매는 것 같았다. 급격하게 꺾이는 길 옆으로는 지친 발을 쉴 수 있게 해주는 작은 정자(亭子)들이 있었다.

앞장서서 걷던 을지문덕은 잠시 길을 잃었다는 생각에 발걸음을 멈추었다. 머리가 지끈거렸다. 당장이라도 터질 것처럼 귓속이 윙윙거렸고, 초점을 잃고 무거워진 눈에 비친 세상은 안개 속처럼 흐릿했다. 갈 길을 정하지 못한 채 서 있던 을지문덕은 아련하게 들려오는 현금(玄 琴) 소리에 빙긋 미소를 지었다. 담징과 찬노가 뒤따르고 있다는 사실 도 잊어버린 채 그는 어린아이처럼 발을 질질 끌면서 현금 소리가 울리 는 곳으로 걸어갔다.

현금 소리는 치렁치렁한 버드나무 사이에 자리 잡은 작은 정자에서 들려왔다. 하얀 저고리에 긴 머리를 뒤로 묶은 어린 시동 둘이 정자 아 래 서 있는 것이 보였다. 한 폭의 그림 같은 광경이었다. 뒤늦게 을지문 덕과 일행을 발견한 시동 하나가 쪼르르 달려왔다.

"이쪽으로 오시지요. 아까부터 기다리고 계셨습니다."

을지문덕은 징검다리처럼 놓인 작은 돌들을 밟고 정자로 다가갔다. 시리디 시린 햇살은 차가운 안개처럼 그의 몸을 휘감았다가 물러나기 를 반복했다. 모든 것이 고요했다. 정자와 접해 있는 작은 연못 위에 떠 있는 오리들조차 현금 소리에 취했는지 꼼짝도 하지 않았다. 삐걱대는 나무 계단을 밟고 정자 위로 올라선 을지문덕은 눈을 감은 채 현금을 연주하고 있는 이문진의 맞은편에 조용히 앉았다. 검게 물들인 술대를 본 담징이 그의 귀에 소곤거렸다.

"먹에 담가서 물들인 게 틀림없어요. 차라리 옻에 담가 물들이는 편 이 나았을 텐데요."

담징의 속삭임이 마치 신호라도 된 것처럼 이문진은 오른손 식지와 장지 사이에 끼어 현금의 줄을 뜯던 술대를 조용히 내려놓았다. 현금

소리마저 사라진 세상은 뻥 뚫린 구멍처럼 공허했다. 가늘고 긴 숨을 뽑아낸 이문진이 좁게 뜬 눈으로 일곱 개의 줄을 천천히 뜯어보다가 이내 가늘고 하얀 손끝으로 쓰다듬었다.

"학이 내려와서 춤을 춘다고 해도 전혀 이상하지 않겠군."

고요함을 깨뜨린 을지문덕의 말이 메아리처럼 멀리 퍼졌다. 이문진은 차분한 미소를 지으며 두 사람을 천천히 바라보았다.

"기억한다는 것은 슬픔과 같다고 생각합니다. 좋은 추억은 금방 사라지지만 아픈 기억들은 그때 흘린 눈물처럼 오래가는 법이지요."

칠현금의 오동나무 몸체를 옆으로 내려놓은 이문진이 태학박사들이 쓰는 납작한 책을 벗어서 칠현금 위에 내려놓고는 담징을 쳐다보았다.

"잘 컸구나. 너의 얘기는 잘 듣고 있다."

짧은 말이었지만 그 안에는 지나온 세월에 대한 추억이 고스란히 담겨 있었다. 담징은 대답 대신 눈물을 글썽거렸다. 이문진이 을지문덕에게 말했다.

"어제 사람을 보내시지만 않으셨어도 오늘 출발했을 겁니다."

"발목을 잡을 생각은 없었네. 하지만 우리에게 주어진 시간은 오늘 빼고 고작 닷새뿐이야. 난 벽화에 대해선 아무것도 아는 게 없네. 주변에 도와줄 사람도 없고."

"닷새라, 벌써 육 년 전 일이군요. 주활과 제가 시조묘의 사당에서 벌어진 살인사건에 뛰어든 게……."

침을 삼킨 을지문덕이 이문진에게 몸을 기울이며 입을 열었다.

"이번 일은 그때 일어난 사건과 여러 모로 유사하네. 누구보다도 자네의 도움이 절실해."

"너의 스승이 왜 무덤 안에서 그렇게 죽었어야 했는지 생각해보았느냐?"

이문진의 갑작스러운 질문에 담징은 더듬거리며 대답했다.

"그, 그러니까, 저의 스승께서는 고집스럽고, 완고하신 분이셨습니다. 평생 그림만 그리셨던 분이라 다른 일에는 일절 관심을 보이지 않으셨기 때문에 잘 모르는 사람들은 그림에 혼을 빼앗긴 미치광이라는 뜻으로 화광(畵狂)이라고 불렀지만 저한테는 잘해주셨어요."

"자세한 얘기는 다시 들어봐야겠지만 무덤 안에서 홀로 벽화를 그리다 살해된 걸 보면 일에 관련된 자의 소행이 틀림없는 것 같다. 주활께서도 같은 생각이시겠지요."

을지문덕은 대답 대신 고개를 끄덕였다. 그 사이 차 주전자와 찻잔이 담긴 검은색 쟁반을 든 시동들이 사뿐사뿐 올라와서 낮은 탁자 위에 이것들을 내려놓았다. 시동들이 사라질 때까지 굳게 입을 다물고 있던 이문진이 작은 찻잔을 감싸 쥐듯 들어 올리며 다시 말했다.

"그렇다면 죽은 화공의 주변 인물들을 조사하는 것부터 시작하면 되겠군요."

"술간이 거타지의 제자들과 온달장군의 무덤을 만드는 데 참여한 일꾼들을 일터에 그대로 잡아두고 있네. 살인이 벌어진 그 순간에 그곳에 있었던 사람들 모두 말이야."

"담징, 네가 보기엔 누가 너의 스승을 죽인 것 같으냐?"

이문진의 질문에 담징은 아무 대답도 하지 못했다. 그 말을 듣는 순간 누군가의 얼굴이 떠올랐기 때문이다. 며칠 전, 죽음이 느껴지는 무덤 안을 들여다보며 심상치 않은 표정으로 중얼거리던 욱도해의 모습 말이다. 담징은 잠시 고민했지만 입을 다물기로 마음먹었다. 아무런 대답도 하지 않는 담징을 바라보던 을지문덕이 탁자 위에 놓인 찻잔을 손끝으로 어루만지며 운을 떼었다.

"일단 관련자들을 만나보는 게 좋을 듯싶네. 무덤도 한 번 둘러보고 말이야. 함께 가겠나?"

"그리하겠습니다. 그런데……"

잠시 뜸을 들인 이문진이 정자 입구에 서 있는 찬노를 가리키며 을지문덕에게 물었다.

"저 아이는 혹시 막리지 연광의 저택에서 보았던 그 아이가 아닙니까?"

"역시 알아보는군. 찬노라고 하네. 지금은 내 감시역이지."

이문진은 호탕하면서도 쓸쓸하게 웃는 을지문덕에게 뜻 모를 미소를 지어 보였다.

第一章

두 번째 날

아침식사를 마친 일꾼들이 하나둘 움막 앞으로 모여들었다. 두상들은 팔짱을 끼고 휘하에 둔 일꾼들의 이름을 불러대느라 여념이 없었다. 을지문덕은 한쪽에 따로 모인 화공들을 흘끔거리는 중이었다. 담징을 포함해 모두 다섯 명이었다. 을지문덕에게 술간이 다가왔다.

"어젯밤 늦도록 화공 둘이 은밀히 이야기를 주고받았답니다."

"누구와 누구라고 하더냐?"

"저기 가운데 서 있는 자와 왼쪽 제일 끝에 있는 자입니다."

턱 끝으로 조심스럽게 화공들을 가리킨 술간이 을지문덕의 표정을 슬쩍 훔쳐보면서 말을 이었다.

"저, 연막리지 댁에서 온 가병 말입니다."

"무슨 일이 있었는가?

"제 부하들과 대련을 시켜보아도 되겠습니까?

"개의치 않네만 나이가 어리다고 쉽게 봤다가는 큰코다칠 걸세."

"칼 잡은 자세를 보면 어느 정도 실력인지 알 수 있습니다. 시비를 걸려는 게 아니고 연씨 가문의 가병들이 쓰는 검법을 봐두고 싶어서입니다. 그리고 칼잡이들은 새로운 상대를 보면 꼭 실력을 겨뤄봐야 직성이 풀리거든요."

왠지 들뜬 듯한 술간의 말에 을지문덕은 고개를 끄덕였다. 양쪽에 검은색 꿩깃을 꽂은 붉은색 절풍(折風)*을 쓰고 소매가 없는 찰갑(札甲)*을 입은 찬노가 멀리서 지켜보고 있었다. 일꾼들의 점고(點考)를 끝낸 두상들이 욱도해에게 눈짓을 보냈다. 머뭇거리던 욱도해가 을지문덕을 바라보며 헛기침을 했다. 을지문덕이 잠자코 입을 다물고 있자 욱도해는 다시 한 번 헛기침을 하더니 큰 목소리로 입을 열었다.

"봉분은 일단 고임돌이 있는 곳까지만 올릴 겁니다. 그리고 고임돌이 빠진 자리에 천막을 하나 쳐주세요. 햇빛 때문에 벽화가 상할지 모릅니다."

덥수룩한 수염을 단 늙은 두상이 고개를 끄덕거리며 물었다.

"다시 봉인하고 벽화를 마무리 지을 건가?"

"그렇습니다……."

주저하던 욱도해가 마량의 눈치를 살피며 입을 열었다.

"제가 마무리 지을 겁니다."

"되도록 빨리 끝내주게. 벽화가 완성되고 나면 봉분을 다지는 일이야 반나절이면 충분하니까. 다들 일당을 안 받아도 좋으니 빨리 끝내달라고 아우성일세."

두상이 가래침을 뱉으며 못마땅한 듯 눈치를 주자 욱도해는 억지로 미소를 지었다. 두상이 일꾼들에게 돌아간 뒤 욱도해가 오른쪽 뺨에 커다란 점이 있는 늙은 일꾼을 바라보았다.

"회를 다시 발라야 할 것 같습니다. 물에 떠어놓은 석회가 있을까요?"

늙은 일꾼은 고개를 끄덕거리며 못마땅한 소리로 대답했다.

"한 바닥 그릴 정도는 남아 있네. 지금 이런 얘기를 해도 되는지 모르겠지만 벽화를 그린답시고 석회를 다른 곳에 비해 거의 두 배나 썼어. 어제 양가 놈이 와서 빨리 셈을 해달라고 하더구먼."

"다음에 찾아오면 저한테 보내세요. 오늘 백회를 바르면 언제쯤이 되어야 그림을 그릴 수 있을 정도로 마를까요? 시간을 좀 앞당겼으면 하는데."

욱도해가 가볍게 한숨을 내쉬었다. 늙은 일꾼은 찡그린 얼굴을 펴지 않은 채 대꾸했다.

"원래는 닷새지만 요즘처럼 더운 날씨에는 이틀하고 한나절 정도면 충분할 거야."

대답할 기운도 없다는 듯 고개를 끄덕인 뒤 욱도해는 뒤쪽에 서 있던 화공들을 돌아보았다.

"마량은 물감에 탈 동유를 만들게. 담징과 미오는 마량을 도와주고, 늦어도 이틀 후에는 그림을 그려야 하니, 송청유도 미리 타놓게."

마량은 고개를 끄덕이고 당혹스런 얼굴로 몽부를 바라보았다. 마량과 제일 반대쪽에 있던 몽부는 아무런 감정도 드러내지 않고 있었다.

을지문덕은 이것을 놓치지 않고 보았다. 마량을 바라 본 욱도해가 마른 침을 삼켰다.

"자넨 나와 함께 스승님의 짐을 좀 뒤져보아야겠네."

"스승님의 짐은 왜?"

먹물로 그려놓은 것 같은 눈썹을 꿈틀거리며 마량이 심상치 않은 표정을 짓자 다른 화공들도 바짝 긴장했다.

"현무를 다시 그려야 하잖아. 지금쯤이면 먹 선이 다 지워졌을 거야. 다시 그리려면 스승님이 그려놓으신 그림을 봐야지. 싫으면 네가 다 지우고 처음부터 그리던가."

날카롭게 쏘아붙이는 욱도해의 말에 마량은 굵직한 신음소리를 냈다. 그 틈을 놓치지 않고 욱도해가 계속 말했다.

"공주마마께서 돌아오기 전에 현무를 다 그려놓아야 하네. 벽화를 못 그리면 역관이 정해준 날짜 안에 무덤 속으로 관을 들일 수 없단 말이야. 스승님의 죽음을 애통해하는 시간은 그 후에 가져도 늦지 않아."

욱도해의 설명에 마량은 한층 누그러진 말투로 입을 열었다.

"알았어. 그나저나 봉인하기 전에 백희기악(百戲伎樂)*을 다시 베풀어야 하잖아."

"마침 위도에 서역인들이 끼어 있는 광대패가 있다고 해서 사람을 보낼 작정이었어. 봉인을 열고 풀 때는 백희기악를 베풀 수 있을 테니 너무 걱정하지 말게."

"서두르는 게 좋을 거야. 오른쪽 귀가 울리는 걸 보니 사흘 안에 큰 비가 내릴 것 같군."

"자네 귀는 한 번도 틀린 적이 없으니 그리하도록 하겠네. 자, 그만 떠들고 일들 하자고."

화공들은 각자의 일을 찾아서 흩어졌다. 을지문덕은 그들을 바라보다 이문진에게 말했다.

"자네는 마량이라는 화공을 좀 살펴봐주게."

"알겠습니다. 주활께서는 어딜 살펴보실 작정이십니까?"

"일단 남부 욕살의 관사에 있는 거타지의 시신을 살펴봐야겠네. 사건 현장에 별다른 단서가 없었다면 시신을 살펴보는 게 순서겠지."

🏃

나는 을지문덕이라는 이름의 관리가 던지는 눈길을 애써 무시한 채 동료들을 응시했다. 만약 고개를 돌리거나 불안한 모습을 보였다가는 귀신을 볼 줄 안다는 그 관리가 당장이라도 뒷덜미를 움켜잡고 호통을 칠 것 같았다.

스승의 죽음을 인식한 후 내가 느끼는 삶과 죽음의 경계는 우스워졌다. 십 수 년 전 신성에서 돌궐족을 물리친 고흘장군의 무덤에 벽화를 그리고 푼돈을 받았다. 그때 처음 도성 나들이를 갔던 나는 죄를 짓고 목이 잘리는 죄수들을 보았다. 귀신 가면을 쓴 자가 꽁꽁 묶인 자의 온몸을 불로 지져대면서 살을 태우자 진득한 냄새가 퍼졌지만 죽음을 눈앞에 둔 죄수들은 고통을 느끼지 못하는지 꼼짝도 하지 않았다. 처음에는 박수를 치고 깔깔거리던 구경꾼들도 살을 녹이는 끔찍한 냄새에 그만 고개를 돌리고 말았다. 그날 온갖 산해진미를 먹었지만 동료들끼리 늘 땅바닥에 주저앉아서 먹은 보리밥보다 도리어 맛이 없었다. 결국 나는 휘황찬란한 도성의 거리 한구석에서 속에 든 것을 게워내고 말았다. 죽음이라는 말을 단순히 섬뜩하다거나 두렵다는 표현으로 설명할 수 있을까?

죽음은 마주치고 싶지 않은 두려움이자 곤혹스러움이었다. 온갖 고통을 당하던 사형수의 목이 생선 토막처럼 툭 떨어지는 것을 보고 안심이 되었다. 나는 죽음을 몰랐다. 그래서 죽음과 마주쳤을 때 크나큰 충격을 받았다. 가까이 있지만 느끼지 못했던 것에 대한 창백한 두려움은 그 후 내 곁을 떠나지 않았다. 그런 죽음을 털어버리기 위해서 나는 벽화를 그리는 일에 더 매달렸다. 죽은 자의 주변을 둘러싼 생전의 삶들은 나에게는 단순히 돈벌이나 생계의 수단이 아니었다. 나는 죽음을 잊기 위해, 죽음을 지우기 위해 벽화 속의 삶에 집착하게 되었다. 하지만 어느 순간부터 벽화에서 삶이 차지하는 비중은 점점 줄어들었다. 웅장한 무덤 안에 벽화를 그릴 수 있게 해주는 귀족들이 생전의 삶을 기억하는 것보다 악한 기운으로부터 자신을 지켜줄 사신에게 관심을 기울였기 때문이다. 오! 그 끔찍함이란……

화공들은 본래 자신이 직접 볼 수 있는 것만 그릴 수 있는 존재들이다. 그래서 옛 화공들은 사냥 장면을 집어넣을 때는 몰이꾼들과 함께 산등성이 너머에서 노루를 쫓는 귀족들을 지켜보았고, 남녀 무용수들이 춤을 추고 노래를 부르는 그림을 그리기 위해서 직접 노래를 부르기도 했다. 약모리라는 이름으로 전해지고 있는 그 화공은 자신의 경험을 남기고 자랑하기 위해 한 줄로 서서 노래를 부르던 무용수들 사이에 서 있는 자신을 여자처럼 그려 넣었다. 나는 신성한 벽화에 그런 짓을 저지른 약모리의 무모함을 비웃었다. 무덤 속에 관이 안치되고 문이 닫히면서 그의 무모함은 묻히는 듯했다. 하지만 얼마 후 그의 딸과 밀통하던 제자가 무덤의 주인에게 고변하면서 그의 죄가 세상에 드러났다. 격분한 묘주의 아들은 약모리가 다시는 그림을 그리지 못하게 두 눈을 뽑아버리고, 양손의 엄지와 검지를 잘라버렸다. 장님이 된 약모리는 시장 바닥에 누워서 자신의 이야기를 들려주며 사람들에게 먹을 것을 구걸했다. 그의 삶은 이전과 비교할 수 없을 정도로 비참했지만 그의 이름은 백 년이 지난 지금까지 남아 있다. 나는 잠자기 직전 썩은 가마니에 엎드려서 보이지 않는 눈을 두리번거리며 자신의 이야기를 들려주는 약모리의 모습을 상상해보았다. 어쩌면 약모리는 사람들의 짐작보다 훨씬 더 행복했을지도 모른다.

예전 무덤의 벽화에는 삶을 단정 짓는 모든 것이 있었다. 무덤의 주인들이 생전에 누렸던 지위를 죽음 건너편의 삶에서도 누리기를 염원했기 때문에 그 시절 무덤의 벽화는 살아 움직이는 것처럼 생동감이 넘쳐흘렀다. 관이 모셔지는 널방은 음침한 죽음이 고여 있는 공간이 아니라 생전의 삶이 이어지는 집으로 인식되었다. 그래서 화공들은 무덤의 널방을 흡사 묘주가 생전에 살던 집처럼 단청이 새겨진 기둥을 세우고 대들보를 지탱할 도리와 화반을 그려 넣었다. 화공들은 비록 널문이 닫히고 심지가 다해서 불이 꺼지면 아무도 보지 못할 벽화였지만 묘주가 누렸던 생전의 삶들을 꼼꼼히 그려 넣었다. 백 년 전 강서군 남쪽 백수성 처려근지의 무덤을 그리던 화공은 묘주가 생전에 살던 저택의 기둥과 도리에 새겨진 단청을 보느라고 하루종일 사다리 위에서 기둥을 지켜보았다는 이야기도 전해진다. 결국 저택의 기둥과 도리에 새겨진 인동무늬의 꺾임새까지 놓치지 않고 똑같이 그려낸 화공은 소름 끼치는 그림을 그려낸 대신 눈을 잃고 말았다. 오직 죽은 자에게만 보여줄 수 있는 벽화를 위해 더 이상 빛을 볼 수 없게 된다는 것은 공평한 대가일까? 오직 화공들만이 보여줄 수 있는 보이는 것에 대한 집착은 삶에 대한 비극일까? 아니면 상처 입은 삶에 대한 욕심일까?

침을 삼키듯 생각을 삼킨 나는 조심스럽게 주변을 흘끔거렸다. 다행스럽게도 을지문덕이라는 관리는 평생 햇빛 한 번 보지 않은 것 같은 하얀 얼굴을 한 태학박사와 뭔가를 수군거리더니 자신이 머무는 천막 쪽으로 돌아갔다. 그들의 눈치를 살피던 동료들도 제각각 할 일을 하기 위해 흩어졌다. 축 처진 그들의 어깨가 안쓰럽기는 했지만 나는 아무런 내색도 하지 않았다. 널방의 벽에 바르는 회를 다루는 장인의 말을 듣는 순간 을지문덕의 눈썹이 미세하게 떨리는 것을 눈치챘기 때문이다.

어쩌면 스승의 비밀이 탄로 날 수 있다는 직감이 머리끝을 스치고 지나가자 텅 빈 것 같던 몸속으로 뜨거운 기운이 넘쳐흐르는 것 같았다. 무슨 일이 있어도 비밀을 지켜야만 한다는 생각에 내 몸은 다시 살인을 결심했을 그때처럼 긴장감으로 팽팽하게 당겨졌고 전율했다.

나는 흩어지는 동료들 틈에 자연스럽게 섞였다. 사흘만 버티면 이제 비밀은 영원히 지킬 수 있다. 하지만 그 얇디얇은 한 겹의 장막이 사흘 동안 버텨줄 수 있을까? 비밀을 지키기 위해서 다시 살인을 저질러야 할지 모른다는 예감이 코끝까지 당겨진 시위처럼 팽팽한 생각의 끝에 주렁주렁 매달려 나왔다. 움켜쥔 주먹이 두려움으로 떨려왔다. 올이 풀어지기 시작한 소매 속으로 떨리는 주먹을 숨기면서 나는 스스로에게 물었다. 또 다시 살인을, 가까운 동료였던 사람이나 존귀한 관리를 죽여야 한다는 것이 두려움의 실체인지, 혹은 서슴지 않고 살인을 마음 먹는 내 자신이 두려운 것인지 속삭이듯 물었다. 내 마음은 속을 드러내지 않고 킬킬거리며 깊이 숨어버렸다.

을지문덕은 비스듬히 몸을 돌린 채 시신을 바라보았다. 창살을 통해 들어온 햇빛이 시신의 차가운 몸을 군데군데 물들이고 있었다. 더운 날씨 탓에 시신은 빠르게 부패 중이었다. 시신에 남은 생명의 찌꺼기들을 잔뜩 빨아들인 탓일까? 얼굴을 새까맣게 덮고 있는 파리들이 왠지 통통해 보였다. 을지문덕은 좁은 창고 안에 가득 찬 끔찍한 죽음을 슬며시 피해 창문 너머를 바라보았다. 바깥세상은 햇빛으로 찬란했다. 나무창살 때문에 조각난 하늘은 늙은 화공의 죽음 따위 신경도 쓰지 않는 듯 무심해 보였다.

을지문덕은 낡은 경첩이 삐거덕거리는 소리에 고개를 돌렸다. 활짝 열린 문으로 밀려들어온 누런 먼지 사이로 검은색 저고리와 하얀 마름모꼴의 점이 찍힌 통 넓은 감색 바지를 입은 사내가 엉거주춤한 표정으로 그에게 고개를 숙였다.

"의원 장물덕이라고 합니다. 분부하신 대로 시신을 가져다놨습니다."

"수고했네. 그런데 시체가 너무 빨리 썩는 것 같군. 날씨 탓인가?"

을지문덕이 턱 끝으로 창고 한가운데 낮은 탁자 위에 놓인 시신을 가리키며 물었다. 무심코 시신 쪽으로 고개를 돌린 장물덕이 얼굴을 가득 덮은 파리 떼를 보고서 인상을 찡그렸다.

"그것도 그렇지만 독 때문에 내장이 상한 게 제일 큰 탓인 듯합니다."

장물덕이 옆구리에 끼고 있던 두루마리를 공손히 바치면서 대답했다. 양손으로 두루마리를 펼친 을지문덕은 먼지가 흐르는 햇빛에 의지해 두루마리에 쓰인 글씨들을 읽어 내려갔다. 그 사이 장물덕은 코끝을 싸쥔 채 바지에 달라붙은 먼지를 털어냈다. 한동안 두루마리를 읽어 내려가던 을지문덕이 고개를 들고 물었다.

"거타지의 사인이 독살이라는 근거는 혀와 항문에 있는 흔적 때문인가?"

"그렇사옵니다. 혀는 불에 탄 것처럼 바짝 말라서 뒤틀어져 있었고, 항문 주변도 새까맣게 변색되어 있었습니다."

"사인이 독살인지 명확히 하려면 시신을 부검해야 할 텐데?"

장물덕은 시신의 얼굴을 핥던 파리가 자신에게 날아오자 얼른 뒷걸음질을 쳤다.

"외부에 드러난 흔적이 워낙 명확하면 부검을 하지 않는 경우도 종종 있습니다. 거기다 독살한 범인까지 잡은 상황이어서 따로 부검할 필요가 없었습니다."

"자네가 보기에는 독살 말고 다른 사인이 있을 것 같은가?"

"죽은 화공은 이미 육십을 넘긴 노인입니다. 얼굴에는 군데군데 검버섯이 폈고, 이빨도 거의 없습니다. 길을 가다가 넘어져서 죽거나 심하게 기침을 하다가 죽는다고 해도 이상할 게 없는 나이입니다. 여러모로 건장한 사내보다 허약했을 테니 아주 약간의 독만 가해져도 죽을 수 있습니다. 약초 달인 물로 몸을 씻어냈지만 특별한 외상은 없었습니다."

장물덕은 살짝 말아 쥔 주먹으로 입을 가린 채 대답했다.

"이걸 한 부 필사해주게."

"그게 필사본입니다. 시신을 보러 오신다는 전갈을 받고 필요하실 것 같아서 준비해두었습니다."

"고맙네. 그나저나 이제 시신은 어찌할 건가?"

"주활 어르신의 전갈이 없었다면 시신을 가족에게 넘겨주거나 태워버릴 작정이었습니다."

"가족? 듣기로는 이 사람에겐 가족이 없었다고 하던데?"

"관사를 지키는 문지기 말이 어제 아침 날이 밝자마자 젊은 사내가 찾아왔답니다. 시신을 거두어가고 싶다고 해서 가족임을 증명할 수 있는 호적단자나 신분패를 가져오라고 하니까 곧장 사라져버렸답니다."

"여기에도 화공이 있느냐?"

"화공은 없고 솜씨 좋은 관노가 한 놈 있습니다만……."

"그 문지기에게 관노를 붙여 시신을 거두러왔다는 자의 용모를 그리도록 하라."

"문지기는 어제부터 휴가입니다. 지금쯤 철매홀에 있는 제 집으로 가고 있을 겁니다."

"그러면 그림을 그릴 줄 안다는 관노를 문지기의 고향으로 보내서 받아오너라."

을지문덕은 귀찮다는 표정이 역력한 의원에게 옷섶 안에 달린 작은 주머니에 손을 넣어서 동전을 몇 개 꺼내 쥐어주었다. 의원은 표정을 잽싸게 바꾸더니 공손히 대답했다.

"분부대로 하겠습니다. 더 물어보실 말씀이 있으신지요?"

"되도록 서둘러주었으면 하네. 그림이 완성되면 나에게 보내주게. 이걸로 문지기와 그림 그릴 관노 몫으로 짚신 값 좀 챙겨주고, 나머지는 자네가 가지게."

손바닥에 놓인 동전을 잽싸게 소매 속으로 넣으며 장물덕이 활짝 웃었다.

"감사합니다요. 그럼 소인은 이만 물러가겠습니다."

"수고하게나. 나는 여기 조금 더 있다 가겠네."

을지문덕의 말에 고개를 갸우뚱거린 장물덕은 동전이 들어간 소맷자락을 꼭 움켜잡은 채 뒤도 돌아보지 않고 창고 밖으로 나갔다. 을지문덕은 시신을 물끄러미 쳐다보았다. 시신이 살인에 대한 어떤 답을 줄지 모른다는 기대감으로 시선을 고정시켰으나 죽은 자는 역시 말이 없었다. 을지문덕은 다시 떨려오기 시작하는 오른쪽 눈꺼풀을 손가락으로 꾹 누르며 어금니를 깨물었다.

⁂

좁은 천막 안은 후끈거리는 열기로 가득했다. 사방을 터놓았지만 환기는 되지 않았다. 이문진은 두루마기의 허리띠를 느슨하게 풀고 머리에 쓴 책도 벗었다. 그러나 가마솥에서 쏟아져 나오는 열기는 좀처럼 그를 놔주지 않았다. 흙을 다져 만든 작은 아궁이에 쉴 새 없이 장작이 날아들었다. 물이 가득 찬 가마솥 안에는 양쪽 귀가 달린 동복(銅鍑)*이 들어 있었고, 동복 안에 담긴 동유(桐油)*에서는 끊임없이 거품

방울이 부글부글 일었다. 마량이라는 이름의 화공은 웃통을 벗어젖힌 채 커다란 주걱으로 천천히 끓고 있는 동유를 젓고 있었다. 지글거리는 아궁이 앞에 엎드려 불을 보던 담징이 마량에게 말을 건넸다.

"불을 좀 더 넣을까요?"

"아니, 잠깐 숨을 죽이고 꺼낼 거야. 지랄 맞게 덥군."

마량이 땀에 젖은 팔뚝으로 이마를 훔쳐내며 말했다. 담징은 무릎에 묻은 흙을 털고 일어나 입구 옆 작업대에 놓인 긴 쇠꼬챙이를 집어 들었다. 한 아름 장작을 들고 천막 안으로 들어선 미오라는 담징 또래의 아이가 장작을 내려놓고는 한쪽 구석에 놓인 항아리의 나무뚜껑을 열었다. 거품이 가득한 동유에서 나무주걱을 꺼낸 마량이 손짓하자 바로 옆에서 기다리고 있던 담징은 동유가 든 동복의 양쪽 귀에 쇠꼬챙이를 조심스럽게 꿰었다. 양쪽으로 빠져나온 쇠꼬챙이 끝을 잡은 마량과 담징이 눈짓을 주고받으며 천천히 동복을 들어올렸다. 동복에서 떨어진 물방울들이 아궁이 위에 떨어지면서 만들어낸 짙은 연기가 순식간에 천막 안을 가득 채웠다. 동복에 든 동유가 쏟아지지 않게 조심스럽게 발을 맞춰가며 움직이던 두 사람은 미오가 열어놓은 항아리 안으로 천천히 동복을 집어넣었다. 항아리 안에 든 물이 부글거리며 넘쳐흘렀다. 바닥에 떨어진 물거품이 하나둘 터지면서 자취를 감추는가 싶더니 어느새 항아리에서 흘러나오던 연기도 잦아들었다.

이문진은 당장이라도 넘칠 것 같은 동복 안의 동유가 거품을 그대로 품은 채 천천히 식어가는 걸 보면서 감탄의 눈길을 보냈다.

미오에게서 넘겨받은 지저분한 천으로 얼굴과 가슴에 맺힌 땀을 씻어낸 마량이 씩 웃으며 입을 열었다.

"뭘 그렇게 놀라십니까?"

"저울로 무게를 잰 것처럼 너무나 정확해서 그렇다네."

"평생 하는 짓이 이건데요, 뭘."

마량은 이문진의 칭찬이 싫지 않다는 듯 뒤통수를 긁으며 웃었다.

"그럼 이걸 벽화에 쓸 물감에 섞는 건가?"

"아니요. 이건 너무 끈적거려서 그냥 물감에 타면 섞이지 않습니다. 송정유로 묽게 만든 후에 물감과 섞습니다요."

"송정유?"

"네, 송진이나 소나무 뿌리를 쪄서 나온 물을 송정유라고 합니다. 가끔은 장뇌유를 쓰기도 하지만 무덤 안에 어울리는 묵직한 색을 내는 데엔 송정유가 제격이지요."

마량의 눈치를 보던 담징과 미오가 아궁이 속처럼 뜨거운 천막 바깥으로 슬금슬금 사라졌다. 이문진도 마량과 함께 천막 바깥으로 나갔다. 한낮의 열기가 찌는 듯했다. 그러나 천막 안과 비할 바는 아니었다. 천막 안의 열기에 지친 담징과 미오는 바람이 타고 흐르는 경사진 길바닥에 주저앉아 숨을 헐떡거렸다. 돌 위에 올려놓은 물통에서 물을 한 바가지 퍼낸 마량이 이문진에게 물을 권했다. 그는 긴 옷소매가 물에 젖지 않도록 조심스럽게 움켜쥐고 물을 한 모금 들이키더니 바가지를 마량에게 넘겨주었다. 벌컥거리며 물을 마시는 마량에게 이문진이 물었다.

"그런데 요즘 무덤에는 사신만 들어가는 건가? 듣자 하니 화공들은 사신 그리는 걸 싫어한다고 하던데."

이문진의 물음에 마량이 얼굴을 찡그렸다.

"어떤 놈이 그런 소리를 합니까? 돈 받고 일하면 시키는 대로 하면 됩니다. 다 배가 부르고 등이 따뜻하니까 그런 헛소리들을 하는 거죠."

마량이 버럭 소리를 지르는 통에 담징과 미오가 놀라서 벌떡 일어났다.

"그런가? 나는 화공들이 자존심이 강하다는 얘기를 들어서 말이야."

이문진의 말에 화가 약간 누그러진 마량이 굳어졌던 표정을 풀었다.

"'부경(桴京)*이 비면 자존심만 커진다'는 속담이 있지 않습니까? 천대받고 무시당하니까 괜스레 목에 힘을 주는 것이지요."

"그럼 자네는 사신을 그리는 게 아무렇지도 않은가 보군."

"나으리, 봉분을 올리고 널방과 널길을 만드는 건 상주입니다. 저희들은 그곳을 채울 그림을 그리는 것뿐입니다. 상주의 말을 듣고 그것을 그림으로 만들어내고 의미를 심어주는 건 당연히 화공의 몫입니다만 어떤 그림은 되고 어떤 그림은 안 된다는 말은 진정한 화공의 자세가 아닙니다."

마량의 손짓에 엉거주춤 일어나 있던 담징과 미오는 이미 어디론가 사라진 뒤였다. 산자락에 박힌 눈부신 햇살을 피해 고개를 돌린 마량이 이문진에게 던지듯 말했다.

"물론 화공에게는 그리고 싶은 걸 그리지 못하는 게 불행입니다. 하지만 세상 어느 누가 자기가 하고 싶은 것만 하고 살 수 있답니까? 잘 모르겠지만 무덤에 들어가는 그림이 변한 건 귀족 나리들의 생각이 변했기 때문입니다."

"생각이 변했다고?"

"처음, 그러니까 맨 처음 무덤에 벽화를 그리기 시작했을 때에는 지금의 삶이 죽음 이후에도 이어진다고 믿었답니다. 그래서 생전에 누렸던 영화와 기쁨을 벽화에 남겨놓았던 것이고 말입니다. 그러다가 언제부터인가 죽은 다음의 삶이 현세와 다르다는 생각을 하게 되었고, 그런 생각들이 결국은 널방의 고임돌이나 배경으로만 그려졌던 사신을 무덤 안으로 들여 결국에는 무덤을 독차지하게 만든 거죠. 내세가 생전의 삶과 아무런 연관이 없을 것이라고 믿게 되니 널방 안의 그림도 변하게 된 것이죠. 묘주가 잠든 널방을 묘주가 지내던 웅장한 저택으로 보고 모서리에 기둥을 그려놓고 고임돌에 도리와 보를 더 이상 그려 넣을 필요가 없어졌다는 겁니다. 그건 그냥 시간이 흐르면서 생각이 변한 것이고, 생각의 흐름을 따라 벽화의 주제가 바뀐 것뿐입니다. 소수림태왕 시절 널리 퍼지기 시작한 불교를 믿는 귀족들이 늘어나면서 공양도(供養圖)*나 연화화생도(蓮花化生圖)*가 그려졌던 것처럼 말입니다. 참, 사신이 오행사상과 연관이 있다는 건 박사님도 아시죠? 최근 사신도가 많이 그려지는 것 역시 도교의 세가 커지는 것과 무관하지 않을 겁니다."

마량은 나팔처럼 주둥이가 벌어지고 네 개의 귀가 달린 항아리를 양쪽에서 들고 나타난 담징과 미오를 바라보며 말을 끝맺었다. 험상궂은 외모 속에 숨겨진 열정에 놀란 이문진은 아무 말 없이 마량의 뒤를 따랐다. 천막 안에 항아리를 내려놓은 미오가 구석에 놓인 긴 나무국자를 항아리 안에 넣었다. 나무국자에 담긴 것은 찬물에 식혀진 진한 갈색의 동유와 달리 깊은 우물에서 갓 길어온 것처럼 맑은 물색을 띠고 있었다. 이를 조심스럽게 들여다보던 마량이 뒤따라 온 이문진에게 말했다.

"이게 바로 송정유입니다. 이걸 넣어야만 동유의 끈적거림이 줄어들죠."

"얼마나 부을까요?"

양손으로 나무국자를 힘겹게 들고 있던 미오의 말에 마량이 혀를 끌끌 차며 대답했다.

"동복에 든 동유는 한 말짜리다. 그럼 송정유는 얼마나 부어야 하느냐?"

우물쭈물하던 미오의 곁에 있던 담징이 대답했다.

"두 홉 반입니다."

"맞다. 벌써 몇 번을 가르쳐주는 건지 모르겠구나."

미오에게서 나무국자를 뺏어든 마량이 담징에게 국자를 넘겨주었다. 국자 가득 송정유를 퍼낸 담징이 동유 위로 송정유를 골고루 뿌렸다. 다시 한 번 국자에 송정유를 담아서 뿌린 담징은 마지막으로 국자에 절반쯤 담은 송정유를 동유에 뿌리고는 얼른 나무국자를 집어 들었다. 걷어 부친 양손으로 천천히 동유를 젓는 담징을 흡족한 표정으로 지켜보던 마량이 미오의 머리통을 쥐어박으며 소리쳤다.

"넌 가서 저녁 준비하고 움막이나 치워."

이문진은 양손으로 머리를 감싸 쥔 미오가 당장이라도 울 것 같은 표정으로 천막을 뛰쳐나가는 것을 보고 상념에 잠겼다. 어린 나이에 태학에 처음 들어갔을 때 받았던 서러움이 연상되었기 때문이다. 마량이 이문진에게 물었다.

"다리는 어쩌다 그렇게 되셨습니까? 듣기로는 태학에 다니는 학생들이랑 박사들은 군역을 지지 않는다고 들었는데 말입니다."

"이거 말인가?"

이문진은 절름거리는 다리를 숨기기 위해 일부러 풍성하게 만든 두루마기를 슬쩍 걷어 보였다.

"불타는 탑에서 뛰어내리다가 다쳤다네."

"외람된 말씀이지만 그런 일을 하실 분 같지 않아 보입니다요."

"다들 그렇게 얘기하지. 사실은 탑에서 사람도 죽였다네. 그것도 절친한 친구를 말이야."

다친 다리를 떠올리는 순간 잊고 싶었던 기억이 비를 맞은 꽃망울처럼 삽시간에 터져버렸다. 이문진의 창백한 미소에 마량은 슬쩍 고개를 돌리며 헛기침을 했다. 그 사이 기억들을 수습한 이문진이 지나가는 말처럼 마량에게 물었다.

"그 욱도해라는 화공과는 오랫동안 함께 일했나?"

"여덟 살 정도부터 함께했으니까 얼추 이십 년 넘게 함께 있는 것 같습니다요."

"아까 보니 마치 손윗사람처럼 굴더군."

이문진은 지나가듯 물으며 마량의 표정을 훔쳐보았다. 예상대로 얼굴을 잔뜩 찡그린 마량이 굵은 가래침을 뱉고서 손등으로 입을 훔쳤다.

"항상 남을 아래 두어야 직성이 풀리는 놈이죠. 잔꾀를 부리고 아부하는 데는 따라갈 자가 없습니다요. 아까도 보십쇼. 당장이라도 내칠 것처럼 보이던 몽부랑 둘이 스승님이 쓰시던 천막을 뒤진다고 하잖습니까. 여우같은 놈이죠. 속상하긴 하지만 뭐 어쩌겠습니까."

어깨를 한 번 으쓱해버린 것으로 감정을 털어버린 마량이 주걱으로 동유를 열심히 젓고 있는 담징을 대견스러운 눈길로 바라보았다.

"앞으로 어찌할 건가? 계속 이렇게 지내면 욱도해가 아예 아랫사람처럼 대할 것 같은데."

"어차피 이번 일이 끝나면 한 달 정도 푹 쉴 생각이었습니다. 그동안 모아놓은 것 가지고 실컷 술이나 마시면서 생각해보죠."

"자네가 보기에는 누가 스승을 죽인 것 같나?"

이문진의 물음에 마량은 아무 대답도 없이 담징에게 걸어갔다. 담징의 손에 쥐어져 있던 나무주걱을 뺏어든 마량이 천천히 동복 안의 동유를 저으며 중얼거렸다.

"주활 어르신과 박사님께서 무슨 생각을 하고 계시는지 대충 압니다. 아마 우리들 중 누군가가 스승님을 미워한 끝에 독살했다고 믿으시겠지요. 사실대로 말씀드리면 저도 스승님을 죽이고 싶다고 생각한 적이 여러 번 있었습니다. 저뿐만 아니라 육도해나 쫓겨났다가 돌아온 몽부도 그럴 겁니다. 그리고 열심히 일 하다가 쫓겨난 화공들까지 하면 아마 열 명은 족히 넘을 겁니다. 하지만 말입니다."

천천히 휘젓던 나무주걱에서 손을 뗀 마량이 이문진을 향해 돌아섰다. 마량의 손을 떠난 나무주걱은 마치 손이 달린 것처럼 천천히 움직이다가 옆으로 기울어졌다. 손바닥을 늘어진 옷자락에 쓱쓱 문지른 마량이 천천히, 또박또박 말을 이어갔다.

"제가 만약 스승님을 죽이려고 마음먹었다면 독살 따위는 하지 않았을 겁니다. 그냥 칼로 찌르거나 아니면 몽둥이로 죽을 때까지 두들겨 팼을 겁니다. 독을 써서 죽였다면 분명 육도해의 짓입니다."

거타지가 혼자 쓰던 움막도 다른 움막과 비슷했다. 둥글게 파낸 땅 한가운데 기둥을 세우고 거기에 나뭇가지를 엮은 다음 인근 마을에서 거둬온 보릿짚을 덮어서 만든 것이다. 못 쓰는 두루마리를 잘라서 만든 허름한 문을 열고 안으로 들어선 육도해와 몽부는 아무 말도 하지 않았다. 지붕 겸 벽을 덮은 보릿짚 사이로 새어 들어온 작은 빛줄기들이 먼지가 자욱한 움막 안을 군데군데 찔러대는 중이었다. 움막 안의 어둠이 눈에 익기를 기다리던 욱도해는 곧 한쪽 구석에 놓인 버들고리 상자들의 뚜껑을 하나씩 열어나갔다. 검은색 끈이 달린 버들고리의 뚜껑을 여니 차곡차곡 쌓인 두루마리 뭉치들이 보였다. 욱도해는 아무 말 없이 상자 안에 든 두루마리 뭉치들을 꺼내 움막 한가운데 있는 낮은 평상 위에 펼쳐놓았다. 그때까지 잠자코 있던 몽부가 먼저 말문을 열었다.

"전체라면 몰라도 일부분만 그리는 건데 스승께서 그리신 그림을 봐야 하나?"

"그럴 필요는 없어. 자네가 떠나고 나서 스승께서는 밑선을 그리는 일이랑 물감의 농도를 맞추는 일밖에는 하지 않으셨거든. 아 참, 봉인된 무덤 안에서 벽화를 마무리 짓는 일도 하셨군."

욱도해가 코웃음을 치면서 대답하고는 두루마리를 하나씩 펼쳤다.

"그런데 스승님의 두루마리는 왜 보자고 한 거야?"

"우리들 중 누군가가 스승님을 죽였다는 건 확실해. 살인자가 누구인지 알아내려면 살인을 저지른 이유 먼저 찾는 게 순서겠지."

"뭐 특별한 이유가 있겠어? 스승님이 미워서 그런 거겠지. 입이 삐뚤어져도 말은 바로 하라고……. 그간 우리들에게 좀 심하게 대했나?"

"어젯밤에 곰곰이 생각해봤는데, 다른 이유가 있는 것 같아."

"무슨 이유?"

몽부의 질문에 두루마리 그림들을 바라보던 욱도해가 고개를 들고 대답했다.

"자네가 떠나고 나서 스승님께서는 부쩍 우리들한테 일을 많이 넘겨주셨네. 근래 그린 벽화는 대부분 나와 마량, 그리고 백선이가 그렸지. 백호와 청룡의 척목은 물론 주작의 날개와 몸통까지 말이야. 그 이전에는 상상도 못할 일이었다네. 물론 우리가 그린 모든 그림이 결국엔 스승님의 작품으로 둔갑했지만……."

욱도해가 씁쓸한 듯 말끝을 흐렸다.

몽부는 눈앞의 두루마리를 펼쳤다. 세모꼴 불꽃 문양이 휘어진 불꽃을 날름거리고 있었다.

"그렇다면 자기 그림을 빼앗긴 제자들 중 하나가 스승님을 해쳤다는 뜻인가?"

"하나의 문양이나 곡선을 만드는 데 얼마나 많은 노력을 들여야 하는지는 자네도 잘 알잖아. 스승님조차 수십 년 동안 종이에 따로 그림을 그려두실 정도였네. 우리가 지금 열다섯 살이라면 아마도 처음 그리기 시작한 그림을 가져간 걸 영광으로 알겠지만, 이제 스승님과 우리들의 차이는 오랜 경험과 명성밖에 없어. 최근 스승님이 혼자 그리신 사신도를 몰래 훔쳐본 적이 있지."

"어떻던가?"

"말라비틀어진 괴물들이었어. 사신의 영험함과 역동성은 보이지 않았네. 그 그림을 보고서야 왜 최근에 그리신 그림을 우리한테 자랑하지 않으셨는지 짐작이 가더라고. 왜 우리가 그린 사신도를 가져다 썼는

지도 말이야.'

"그런 식으로 따지면 자네와 나, 우리 둘 다 스승님을 죽일 이유를 가지고 있는 셈이네. 어떻게 특별히 한 사람만 골라낸단 말인가? 자네 역시 스승님이 자기 그림을 가져다 쓰는 걸 아무렇지 않게 생각하지는 않았을 텐데."

"사실 스승께서 이번 무덤의 벽화를 그리기 전에 나에게 현무를 그리라고 하셨네. 물론 봉인을 하고 마무리를 짓는 건 스승님이 하신다고 했지만 나에게 물려준다는 선언이나 다름없었지. 그 순간 옆에서 얘기를 듣던 마량의 표정이 확 굳어졌지."

"그거야 당연한 일 아닌가? 함께 들어온 동료지간인데……."

"내가 마량의 눈에서 살의를 읽었다고 하면 너무 억지를 부리는 걸까?"

탁자 위에 어지럽게 놓인 두루마리 쪽으로 시선을 돌린 욱도해에게 몽부가 반문했다.

"그런데…… 마량의 눈에 비친 것이 살기라는 것을 어찌 알았나?"

"그거야, 뭐 나도 그런 기분을 느낀 적이 많았으니까."

"알겠네. 그런데 어떻게 살인자를 찾아낼 건지 아직 얘기하지 않았어."

"나한테 좋은 생각이 있네."

자신만만하게 말하는 욱도해에게 몽부가 다시 의심스러운 눈초리로 물었다.

"어떤 생각?"

"그 친구 성격은 여전히 다혈질이라네. 일단 화가 나면 속에 있는 얘기를 모조리 쏟아놓지. 그게 설사 자기에게 불리한 거라 해도."

🐦

골짜기와 계곡을 비추던 햇살이 점점 힘을 잃어가면서 일꾼들의 손놀림도 더뎌졌다. 쇠못으로 돌을 쪼던 석공들은 햇살이 다 타들어간 심지처럼 불안하게 흔들리는 걸 보고 흥얼거리던 콧노래를 멈추었다. 도구를 잘 챙기라는 두상들의 잔소리만 희미해진 햇살의 메아리처럼 들판에 울려 퍼졌다. 흙으로 대충 빚어 올린 움막의 굴뚝에서 나온 하얀 연기가 붉은 석양 사이로 서서히 퍼져나갔다.

바지에 묻은 흙을 털어내면서 언덕길을 내려오는 일꾼들의 왁자지껄한 웃음소리가 을지문덕의 천막까지 들렸다. 사방에 난간을 두른 평상에 앉아 있던 을지문덕이 천막 입구를 열고 들어온 이문진에게 말을 건넸다.

"온통 땀투성이군. 어디 아궁이에라도 들어갔다 왔나?"

"그런 셈이지요. 어떻게 성과가 좀 있으셨습니까?"

입구 옆에 놓인 대야에 손을 씻은 이문진이 머리에 쓴 흰색 책을 벗으며 물었다.

"없었네. 시신이 너무 심하게 상해서 부검한다고 해도 사인을 정확히 밝혀내기 힘들겠어."

"살인 현장이나 시신에서 아무 단서도 찾을 수 없다면 생각보다 일이 어려워지겠는데요."

"그럴 것 같아. 아무래도 시간이 너무 촉박하다는 게 문제네. 이들 중에 살인자가 있다는 건 확실한데 말이야."

이문진은 을지문덕의 손이 가늘게 떨리는 것을 보았다. 자색 비단 두루마리 안에 겹쳐 입은 하얀색 저고리의 소맷자락 사이로 빠져나온 길고 앙상한 손끝의 진동은 난감함이나 당혹스러움보다는 두려움 때문인 것 같았다. 이문진의 시선을 눈치챈 을지문덕이 살짝 웃으며 소맷자락 안으로 손을 숨겼다. 겸연쩍어진 이문진이 시선을 돌리자 을지문덕은 옆에 놓아두었던 두루마리를 이문진 쪽으로 밀었다.

"의원이 건네준 검시 보고서일세. 부검을 실시하지 않아서 아쉽기는 하지만 어쩔 수 없는 노릇이지."

두루마리를 펼친 이문진이 글을 다 읽을 때까지 을지문덕은 아무 말도 하지 않고 기다렸다. 잠시 후 두루마리에서 눈을 뗀 이문진이 고개를 갸웃거리며 입을 열었다.

"죽은 자의 양쪽 손에 팔목까지 화상을 입었다고 나와 있는데요. 손 전체가 붉은색으로 변했고 부풀어 오른 것으로 봐서는 심한 화상이지만, 살이 녹거나 탄 흔적이 없는 걸 보면 불에 직접 닿은 것은 아니다 ⋯⋯. 널방 안에 거타지의 양손에 화상을 입힐 만한 게 있었답니까?"

"아니. 담정에게 물었더니 거타지가 가지고 들어간 것 중 불씨라고는 벽화를 그릴 때 쓰는 고래기름 등잔뿐이었다고 했네."

"태학에서 밤늦게까지 공부하다가 잠결에 등잔불에 손이 닿은 적 있습니다. 불꽃이 닿은 부분이 붉게 달아오르기는 했지만 손 전체에 화상을 입지는 않았죠. 무언가 다른 것이 거타지의 손에 상처를 남긴 게 분명합니다."

"내 생각도 같네. 거타지가 널방에 들어갔을 때 함께 가지고 들어간 물품들을 조사해봐야겠어."

"지금 하시겠습니까?"

이문진은 평상 위에 꼿꼿하게 앉아 있는 을지문덕에게서 불안함을 읽어냈다. 누군가 목에 칼을 들이대도 당당할 것처럼 강건해 보이지만 그 내면에는 왠지 서역에서 들여온 유리잔처럼 조그마한 충격에도 깨질 것 같은 섬세함이 숨어 있는 것 같았다. 을지문덕은 이문진의 눈길을 의식했는지 어색하게 웃었다.

"저녁 때 할 일이 있네."

"무슨……?"

이문진의 물음이 채 끝나기도 전에 천막 입구가 열리면서 새깃을 꽂은 조우관에 붉은색 관복을 차려입은 술간이 들어왔다.

"주활 어르신. 집사가 준비를 다 마쳤답니다."

"알겠네. 시작하라고 이르게."

고개를 숙인 술간이 천막 밖으로 사라지자 을지문덕이 싱긋 웃으며 몸을 일으켰다.

"미리 귀띔해주지 못해서 미안하네. 나와 함께 가세나."

"어딜 말입니까?"

"실은 집사에게 일러서 음식들을 좀 준비하라고 시켰네. 일꾼들과 화공들을 대접하려고 말이야."

이문진은 을지문덕이 평상 아래 놓인 가죽신을 신을 수 있도록 손을 잡아주며 그를 올려다보았다.

"그냥 대접하시는 건 아닐 테고, 무슨 목적이 있으시겠죠."

"살펴보고 싶어서 그랬다네. 아무래도 술과 음식 앞에서는 조금은 더 드러내지 않을까 해서."

"무엇을 드러낸다는 말씀이십니까?"

"살인자의 속마음."

🏃

움막 옆에 새로 지어진 천막 안으로 들어선 일꾼들은 긴 탁자 위에 놓인 음식을 보고 어리둥절해졌다. 뚜껑이 열린 그릇에는 고기가 들어간 된장국이 있었고, 넙적한 접시에는 통째로 쪄낸 생선이 놓여 있었다. 다른 무엇보다 일꾼들의 눈길을 끈 것은 한쪽에 피워놓은 숯불 위에서 지글지글 익어가는 맥적이었다. 자리에 앉지 못한 채 서로의 얼굴만 쳐다보던 일꾼들은 을지문덕이 들어서자 일제히 고개를 숙였다.

"그렇게 서 있지들 말고 어서 앉게나. 내 고생하는 자네들의 노고를 위로해주고자 마련한 자리일세."

을지문덕의 말이 끝나기 무섭게 일꾼들이 자리를 잡고 앉았다. 잠시 주저하던 일꾼들은 머리를 틀어 올린 여자 노비들이 나팔 모양의 주둥이를 가진 항아리를 들고 들어와 빈 잔에 술을 따르자 환성을 지르며 젓가락을 집어 들었다.

술잔이 돌고 숯불에 익혀진 맥적이 탁자에 놓이자 천막 안은 순식간에 떠들썩한 웃음소리와 말소리로 가득 찼다. 제일 안쪽에 놓인 평상에 앉아 있던 을지문덕은 따로 만들어진 자리에서 조용히 음식을 들던 화공들에게 걸어갔다. 그들은 다른 일꾼들과 달리 무거운 얼굴로 묵묵히 음식을 들고 있었다. 을지문덕이 손수 술을 따라주자 화공들은 양손으로 술잔을 받치며 고개를 조아렸다.

"너무 부담 갖지 말고 편안하게 들게. 음식은 많이 준비했으니 더 필요하면 얼마든지 얘기하게."

그러자 동료들을 대표해 욱도해가 말했다.

"감사합니다만 스승님의 죽음이 얼마 지나지 않아서 맛있는 음식을 먹기가 민망할 따름입니다."

"그렇기도 하겠지. 하지만 돌아가신 스승도 자네들이 기운을 내어 벽화를 마무리해주기를 바라실 거야. 자, 한잔들 하게. 오늘 이 자리는 자네들을 위한 자리나 다름없으니까."

아예 자리를 옮긴 을지문덕의 권유에 화공들은 떨떠름한 표정을 지으면서 술잔을 기울였다.

잠시 잦아들던 분위기는 하얀 깃이 달린 황색 저고리를 입은 무희들과 완함*을 든 악공들이 들어서면서 다시금 달아올랐다. 술기운에 얼굴이 붉게 달아오른 일꾼들이 박수를 치며 무희들의 춤사위에 열중했다. 아무 말 없이 술잔을 내려놓은 을지문덕이 욱도해를 응시했다.

"그런데 말일세. 이번 일을 조사하면서 들었는데, 무덤 안에 그리는 그림이 좀 바뀌었다면서? 예전에는 주로 묘주의 살아생전 모습을 그렸지만 근래 들어서는 사신만 그려진다던데. 연유가 무엇인가?"

술잔을 내려놓은 을지문덕이 긴 탁자에 나란히 앉은 화공들을 한 사람씩 뚫어지게 쳐다보았다.

"여러 가지 이유가 있겠지만……. 제 생각에는 죽음에 대한 관점이 변한 게 가장 큰 탓인 듯합니다."

"관점이 변했다고?"

짐짓 흥미롭다는 표정으로 의자를 당겨 앉는 을지문덕에게 욱도해가 말했다.

"예전, 그러니까 무덤의 널방 안에 벽화를 처음 그려 넣기 시작했을 때에는 죽음 다음의 삶이 생전과 다를 바 없다고 믿었답니다. 그래서 현세에 누렸던 삶처럼 저택과 곳간, 부경이 필요했던 거죠. 시녀들과 종자들도요. 예전에는 무덤의 주인이 부인들과 함께 아랫것들의 시중을 받거나 백희기악을 즐기는 모습도 그려 넣었답니다. 죽음 다음의 삶 역시 지금의 삶처럼 영화롭기를 바랐을 테니까요."

"흥미롭군. 벽화에 그려진 풍속들 모두 죽은 자가 누리고 싶어 하는 삶을 표현했다는 뜻이로군?"

"그렇습니다. 벽화 속의 세상은 묘주가 살던 모습이자 죽음 이후에도 지속되기를 바라는 모습입니다. 어느 하나만 그려 넣을지 아니면 둘 다 그려 넣을지는 묘주나 상주의 뜻에 따라 달라집니다."

시끄럽게 떠드는 일꾼들만큼이나 목소리를 높인 욱도해가 술잔에 남아 있는 술을 들이키며 말을 이었다.

"벽화의 내용은 묘주들과 상주들이 느끼는 현세와 내세에 대한 관념에 따라 변합니다. 소수림태왕 시절 불교가 들어오면서부터 연꽃과 인동무늬가 그려졌고, 예불도나 연꽃 속에서 환생하는 모습을 담은 연화화생도도 그려졌지요. 묘주가 믿는 신들도 고임돌과 천장에 그려졌습니다. 소머리를 한 농사의 신인 신농이나 옷자락에 불꽃을 단 불의 신 모두 묘주의 생각과 믿음이 화공의 손끝을 타고 그림으로 완성된 것이지요. 쇠를 다루는 대장장이 신이나 수레바퀴의 신도 마찬가지입니다."

"참으로 다양하군. 그에 비해 요즘은 온통 사신뿐이라 좀 서운하겠네 그려. 솜씨를 맘껏 뽐내지 못하니까 말이야."

을지문덕이 맞장구를 치자 그때까지 잠자코 있던 몽부가 말문을 열었다.

"화공들이 눈에 보이는 것을 그리려고 고집하는 건 어설픈 자존심 때문이 아닙니다."

욱도해는 갑작스럽게 끼어든 몽부에게 날카로운 시선을 던졌지만 몽부는 그의 시선을 외면한 채 이야기를 이어갔다.

"이백 년 전 남쪽 한성지방에 만들어진 유주자사 진의 무덤이나 미천태왕의 무덤 안에 그려진 벽화 속 사람들은 한결같이 통통한 얼굴에 가느다란 눈을 가지고 있었습니다. 지금처럼 갸름하고 간결한 얼굴선으로 바뀌는 데 무려 백 년이 넘게 걸렸어요. 화공들은 아무리 하찮아 보이는 곡선이나 무늬라 해도 그냥 그리는 법이 없습니다. 오랜 시간을 익히고 또 익혀 그려내지요. 벽화에 그려지는 수많은 선 중 단 한 개만 일그러지거나 빗나가도 벽화 전체를 망치게 되니까 말입니다. 석회 위에 그릴 때는 그림이 잘못되면 다시 그리면 그만이었습니다. 하지만 요즘처럼 널방의 벽에 직접 그리는 경우는 상황이 다릅니다. 화공들이 선과 곡선들을 손에 익히기 위해 수없이 많은 붓질을 하는 이유입니다."

"화공들이 변화를 두려워한 탓도 있어. 스승에게 배운 것만 옳은 줄 알았던 고집 때문이기도 하지."

욱도해가 날카로운 목소리로 반박했지만 몽부는 그쪽을 쳐다보지도 않고 계속 말했다.

"화공이 그리는 불꽃무늬나 작은 구름무늬 하나에도 의미가 있습니다. 그냥 불교를 받아들이거나 묘주가 그려달라고 하는 그림을 그리는 것과는 차원이 다릅니다."

음탕한 농담을 주고받으며 시끄럽게 떠드는 일꾼들과 달리 굳게 입을 다문 화공들은 흥분한 몽부의 목소리에 차분히 귀를 기울였다. 을지문덕은 확신에 가득 찬 대답을 한 몽부에게 물었다.

"그럼 자네가 보기에 무덤 속에 그리는 벽화는 어떤 의미를 가지고 있어야 한다고 믿는가?"

"그것은…… 연결입니다."

"연결?"

"네. 관이 들어간 널방은 그 자체가 하나의 작은 우주이자 세상입니다. 그래서 옛 화공들께서는 고임돌에 세상을 받치는 용이나 역사를 그렸고, 천장에는 스물여덟 개의 별자리와 해를 상징하는 삼족오, 그리고 달을 의미하는 두꺼비를 그려 넣었던 겁니다. 주활 어르신께서는 잘 모르시겠지만, 널방의 벽화에는 돌아가신 분의 장례 때 열렸던 각저희(角抵戱)*나 마사희(馬射戱)* 장면을 넣는 경우가 많았습니다. 단순히 장례식 풍경을 넣었다는 의미가 아니라 조상 곁으로 돌아가는 여정에 대한 배웅의 의미죠. 그곳에 묻히는 사람이 죽은 후에 가야 할 세상으로 떠날 때 그 과정이나 길을 안내하는 것이 곧 벽화가 하는 일이자 진정한 의미라는 겁니다."

열정. 을지문덕은 속으로 중얼거렸다. 형태는 틀려도 본질은 다르지 않았다. 자신이 믿는 바에 대한 한없는 달음질과 매몰은 믿음을 증폭시키게 마련이다. 그리고 때로 그것은 자신이 믿는 바를 지키기 위해 다른 사람의 삶을 거두어가는 일에 대한 정당한 논리가 되기도 한다. 천막의 입구가 열리고 황색 깃이 달린 하얀색 두루마리를 입은 이문진이 들어왔다. 을지문덕은 눈짓으로 옆자리를 가리키고, 자연스럽게 비어 있던 몽부의 잔에 술을 채웠다. 단숨에 술잔을 비운 몽부가 을지문덕에게 물었다.

"주활 어르신께서는 죽음이 무엇이라고 생각하십니까?"

"깊게 생각해보지 않았네."

을지문덕은 놀랄 만큼 빨리 대답했다. 뜻밖이라는 듯 겸연쩍은 미소를 지은 몽부가 코를 한두 번 킁킁 대더니 말을 이어갔다.

"죽음은 조상님 곁으로 돌아가는 겁니다. 저는 그렇게 봐요. 그런 의미에서 보자면 널방의 벽에 그려진 것들은 현세에서의 삶을 그린 것이 아니라 내세에서 경험할 새로운 삶의 모습을 그린 것이겠지요. 물론 고임돌과 천장에 그려진 별자리와 해나 달 같은 것들은 새로운 세상의 하늘을 그려 넣은 것이고 말입니다."

그때 거친 목소리 하나가 조용히 앉아 있던 화공들 머리를 타 넘고 들려왔다.

"뭐야? 예전 그림들은 그런 숭고한 의미를 가지고 있고, 지금 그려지는 사신도는 다 쓰레기란 말인가?"

일꾼들의 거친 상소리와 확연히 구별되는, 단단한 감정이 실린 목소리였다. 을지문덕은 소리가 난 쪽으로 고개를 돌렸다. 마량이라는 이름의 화공이었다. 아무 말 없이 앉아 있는 담징과 미오를 밀치고 몽부의 앞에 선 마량이 삿대질을 하며 따졌다.

"얼마나 안다고 벽화에 대해서 논하는 건가?"

앞에 놓인 술잔을 손끝으로 살짝 만지작거리며 몽부가 대꾸했다.

"사신도의 근본이 되는 오행사상은 중국의 음양가 추연에 의해 시작되었네. 우주의 순환을 얘기하는 음양오행은 그냥 우주와 하늘의 이치를 설명하는 것에 불과해. 사신은 그냥 천장 고임에만 있기에 족한 존재였어."

"사신은 단순히 하늘의 별자리를 형상화한 게 아니야. 우리가 고임돌이나 천장에 그렸던 별자리나 연꽃은 그냥 하늘을 그려 넣은 게 아니라는 말일세. 그건 그곳에 묻힌 사람이 가고 싶어 했던 세상을 비추는 빛이자 중심이야."

"너무 복잡하게 만들지 말게. 그냥 죽은 묘주의 신분이나 지위를 상징하기도 하잖나?"

몽부는 냉담하게 대꾸하며 마량의 시선을 외면했다. 격분한 마량이 몽부가 앉아 있던 탁자를 힘껏 내리쳤다. 꽝 하는 울림은 점차 빨라지는 완함 소리에 묻혀버렸다. 을지문덕과 이문진은 논쟁을 벌이고 있는 두 사람에게서 눈을 떼지 못했다. 마량은 이글거리는 눈빛으로 몽부를 쏘아보며 입을 열었다.

"사신이 단순히 무덤 속에 잠든 고인의 지킴이라는 생각을 버리게. 사신은 널방이라는 우주를 수호하는 상징이자 염원이야. 사신에 대한 악평은 처음 사신을 그려야 했던 옛 화공들의 곤혹스러움에서 나온 불평일 뿐일세."

마량은 이글거리는 눈빛을 을지문덕에게 돌렸다.

"나리께서는 옛 화공들이 맨 처음에 사신들을 어떻게 그렸는지 아십니까?"

"모르네."

"사신들은 별자리를 형상화한 것입니다. 그동안 보이는 것만 그리던 화공들에게는 단순한 붓놀림뿐 아니라 보이지 않는 것까지 그릴 수 있는 능력까지 지녀야만 하는 상황이었죠. 덕분에 그 이전에 화려한 명성을 얻었던 화공들은 하루아침에 웃음거리로 전락해버렸습니다. 처음에 그려졌던 청룡은 뱀의 몸통에 찢어진 눈과 길게 내민 혀를 가진 어색한 모습이었습니다. 눈에 보이지 않는 것을 그리면서 뱀의 몸통과 호랑이의 얼굴에 사슴의 뿔을 붙였으니 당연히 이상한 모습이 나올 수밖에요. 백호 역시 꼬리만 길게 그렸을 뿐 사냥하는 그림에 나오던 호랑이와 똑같았습니다. 결코 신비롭지 않은 모습들이었죠. 고민하던 화공들은 그 우스꽝스러운 백호의 뒷발 쪽에 흘러가는 구름을 그려 넣었습니다. 호랑이와 다르다는 걸 보여주려고 말입니다."

을지문덕을 향한 마량의 대답을 들은 몽부가 끼어들었다.

"눈에 보이지 않는 것은 그림으로 남을 만한 자격이 없어."

"그럼 자네는 흘러가는 구름무늬와 타오르는 불꽃을 보고 그린 건가? 태양 속의 삼족오나 달 속의 두꺼비는 어떻고? 생각은 곧 관념이야. 관념을 표현해내는 것이야말로 진정한 화공일세."

몽부와 마량 사이의 팽팽한 긴장감은 소란스러운 천막 안의 분위기에 파묻혔지만 가까이 있는 사람들에게만큼은 뚜렷하게 전달되었다.

"우리가 무덤 속에 그리는 세상은 고정될 수가 없네. 무덤 안의 세상이라는 것도 결국 바깥세상의 연장선이니까. 하지만 무덤 속에 그려지는 벽화의 진정한 가치는 결코 기술로 매길 수 없네. 오직, 현세와 이어지는 내세의 삶을 얼마나 잘 담아냈느냐에 달려 있지. 물론 난 타오르는 불꽃의 모양을 보거나 구름을 보고 그리지는 않았네. 하지만 세상 어딘가에 존재하고 또 그 형상을 상상할 수 있다면 그 역시 화공의 손에 담겨질 가치가 있지."

"치졸한 말장난 좀 그만두게. 그러면 태양 속의 삼족오와 달 속의 두꺼비도 실재하는 건가? 사신이 어색하게 그려진 건 화공들이 사신을 잘 못 그린 탓도 있지만 사신이 가지고 있는 진정한 의미를 이해하지 못했기 때문이야. 마음이 담겨 있지 않은 손놀림은 단순한 손짓에 불과해. 음양과 오행에 대한 믿음을 가지고 있다면 얼마든지 아름다운 사신을 그릴 수 있어. 십오 년 전 평원태왕폐하의 무덤 안에 그려진 스승님의 사신을 떠올려 보게. 자네의 그 악의에 찬 비난은 사신에 대한 의미 없는 질투에 불과해."

"그때 스승께서 나에게 말씀하셨지. 현무의 몸통과 머리를 이루는 거북과 뱀의 뒤틀림이 잘못되었다고 말이야. 화려한 색채와 섬세한 묘사만으로는 덮을 수 없는 무언가가 있다고 고민하셨지. 자네야말로 화공들이 만들어낸 색과 선의 조화 말고 그것을 그리는 화공들의 마음을 염두에 두게."

거침없는 말들이 오고 가면서 긴장과 흥분이 점차 고조되었다. 주먹을 불끈 쥔 두 사람은 당장이라도 주먹다짐을 할 태세였지만 눈앞의 을지문덕 때문에 망설이는 것 같았다. 을지문덕의 눈치를 살핀 욱도해가 두 사람 사이에 끼어들었다.

"그만하게. 그 문제는 밤새 얘기해도 결론 낼 수 없는 거잖아. 진정들 하고 내 술이나 한 잔씩 받게."

두 사람을 진정시킨 욱도해가 두 사람에게 술을 따라주었다. 두 사람은 불편한 심기를 애써 억누르며 술잔을 기울였다. 그때 누군가 비틀거리며 화공들이 앉아 있는 자리 쪽으로 걸어왔다. 한쪽 뺨에 커다란 점이 있는 늙은 사내였다. 그가 욱도해에게 술잔을 넘겨주며 혀 꼬부라진 목소리를 냈다.

"내 술 한잔 받게. 소원하던 으뜸 자리에 올랐으니 기분이 좋겠네 그려."

"무슨 말씀을 그리하십니까. 취하셨으니 자리로 돌아가세요."

당황한 기색이 역력한 욱도해가 비틀거리는 늙은 사내를 돌려보내려고 했지만 그는 물러가지 않고 계속 떠들었다.

"에이, 좋으면서 뭘 그래. 사내답게 속 시원하게 털어놓고 술이나 한잔하세. 그 망할 놈의 석회값도 빨리 셈해주고. 열 근이면 족할 줄 알았는데 네 근이나 더 들어갔잖아. 거타지 그 영감이 어디 다른 곳에 또 벽화를 그렸나 봐."

술 때문에 부풀어 오른 기분을 주체하지 못한 늙은 사내의 횡설수설은 욱도해가 반 강제로 그를 쫓아버릴 때까지 계속되었다. 투덜대며

122

멀어진 늙은 사내를 물끄러미 보던 을지문덕에게 욱도해가 고개를 조아렸다.

"정말 죄송합니다. 벽에 회를 바르는 일은 정말 잘하는데 술만 들어가면 딴 사람이 되어버립니다."

"자네가 사과할 일은 아니네. 그만 자리에 앉게."

연신 고개를 조아리는 욱도해에게 말을 하면서도 을지문덕은 아까부터 느껴지던 이상한 기운이 신경에 거슬렸다. 목 안에 걸린 가시 같은 느낌이 아까부터 그를 조롱하고 있는 것 같았다. 살인자는 분명 천막 안에 있었다. 웃고 떠드는 무리들 사이에서 간교한 비웃음을 숨기고 살인의 가면을 숨기고 있는 것이 확실했다. 보이지 않는 끈이 그를 잡아당긴 것처럼 을지문덕은 천천히 고개를 돌렸다. 무희들의 하늘거리는 율동에 빠진 일꾼들이 내뱉는 탁한 고함소리 사이로 살인자의 비웃음이 메아리쳤다. 그 순간 이번 살인의 본질을 엿볼 수 있었다. 살인은 단순한 증오나 울분 때문에 벌어진 것이 아니었다. 살인자만이 품고 있는 정당함이 살인이라는 자물쇠를 열어버린 것이다. 살인자의 잔혹한 낄낄거림은 어느새 살인을 중얼거리는 목소리로 변해갔다. 을지문덕은 살인의 의식이 점점 부풀어 오르는 것을 확연히 느끼며 가늘게 몸을 떨었다.

　-이토록 순수한 살인을 받아들여본 적이 있었던가?

나른한 혼자만의 중얼거림은 살인에 대한 그의 신념을 흔들었고, 초조하게 만들었다. 그의 얼굴이 조금씩 굳어가는 것을 본 이문진이 염려스러운 눈길로 그를 바라보다가 입구 쪽에 서 있던 술간에게 손짓했다. 팔짱을 끼고 있던 술간이 한걸음에 달려와 식은땀을 흘리는 을지문덕을 부축했다. 잘 익은 맥적을 후후 불며 입에 넣으려던 담징이 놀란 눈으로 을지문덕을 바라보았다. 을지문덕은 희미한 미소를 지어보이며 술간의 어깨를 잡고 천천히 일어났다.

나는 아랫것들의 부축을 받으며 자리에서 일어나는 가증스러운 을지문덕을 노려보았다. 난데없이 잔치를 베풀어준다고 했을 때 무슨 의도가 숨겨져 있으리라 짐작했지만 그가 뿌린 불화의 씨앗이 이토록 빨리 동료들의 가슴속에 심어지리라고는 상상하지 못했다. 살살거리는 표정으로 다가와 그림에 대한 이야기를 꺼냈을 때 우리들의 속마음을 떠보면서 살인의 실마리를 잡으려는 그의 의도를 어렵지 않게 짐작했지만 내가 나서서 말할 수 없는 노릇이었다. 예상대로 동료들은 자신의 속마음을 고스란히 드러내었고, 을지문덕은 흡족해했다. 사신을 바라보는 화공들의 극단적인 시선은 살인의 토양으로 더 없이 적합해 보일 것이다. 자존심 강한 화공들이라면 그런 일로 충분히 살인을 저지를 수 있을 테니까.

하지만…… 을지문덕이라는 관리는 내가 모르는 특별한 능력을 가지고 있는 것이 분명했다. 동료들을 바라보는 그의 눈은 사람들의 겉모습 말고도 다른 것들을 빨아들이고 있었다. 정녕 이자는 소문대로 죽은 자와 소통한단 말인가?

아주 잠깐 두려움이 들었지만 그것은 이내 키득거림으로 변했다. 을지문덕이 죽은 스승님과 이야기를 주고받을 수 있다고 한들 무슨 소용이란 말인가? 나는 스승님을 직접 죽인 게 아니다. 스승님은 내가 물감에 독을 넣은 사실을 몰랐다. 아니, 짐작이나 했을까?

을지문덕이 부축을 받으며 나가는 동안 잠시 침묵하고 있던 일꾼들은 그가 사라지자마자 다시 춤을 추는 무희들에게 음탕한 농담을 던지며 떠들었고, 나의 키득거림은 흔적도 없이 메워졌다. 하지만 웃음의 끝에 씁쓸함이 찾아왔다. 아주 귀한 차를 마시고 난 뒤의 여운처럼 혓바닥에 달라붙은 불안감은 아무리 혓바닥을 굴려도 사라지지 않았다. 앞으로 이틀 후면 무덤의 비밀은 완전히 덮어지겠지만 저 영악한 관리는 그 이전에 비밀을 밝혀낼 것만 같다. 그 두려움은 곧 두 번째 살인에 대한 결심으로 이어졌다.

―누굴 죽일까?

다시 낄낄거림이 찾아왔다. 첫 번째 저지른 살인이 두려움과 흥분으로 범벅되었다면, 두 번째 살인은 짜릿함이었다. 맨 처음 떠오른 사람은 저 가증스러운 을지문덕이라는 관리였지만 금방 포기하고 말았다. 그의 죽음이 가져올 파장이 너무나 컸다. 거기다 칼을 든 무사들이 빈틈없이 따라붙는 걸 보면 기회를 엿보는 것도 어려울 것 같았다. 그렇다면……

나의 시선은 마치 잡아당긴 것처럼 천천히 웃고 떠드는 일꾼들 사이를 훑고 지나가다가 어느 한곳에서 정확히 멈추었다. 어깨를 움찔거리며 떠드는 늙은 사내, 무덤의 벽에 석회를 칠하는 막두지였다. 아까 그가 다가와서 예상보다 석회를 많이 썼다고 이야기할 때 가슴이 철렁했다. 물론 아무것도 모르는 을지문덕이야 그냥 넘어갔겠지만 눈치 빠른 동료라면 충분히 의심할 만한 단서를 제공한 셈이었다. 어깨를 흔들며 실컷 웃는 막두지를 보면서 나는 어금니를 깨물었다. 저자의 입을 다물게 하면 된다는 생각이 머릿속을 소용돌이치던 다른 생각들을 말끔히 몰아냈다. 물론 막두지의 죽음이 앞서 벌어진 살인과 연관되었다는 사실은 눈치챌 수 있겠지만 며칠 정도의 시간은 벌 수 있을 것 같았다.

ㅡ그다음에는……?

그다음에는 어떻게 해야 할까? 텅 비어버린 머릿속이 점점 살인으로 가득 차는 걸 느끼면서 나는 스스로에게 물었다. 또 다시 살인을 저질러야 한다는 괴로움보다 이번 일이 어떤 결말을 가져올지 모른다는 두려움이 더욱 컸다. 이런 저런 생각에 빠져 있는 사이 술에 취한 일꾼들이 하나둘 자리를 뜨기 시작했다. 저고리의 옷섶 안에 숨긴 음식과 술을 가지고 움막이나 밖에서 먹으려는 속셈이겠지. 막두지 역시 다른 동료들과 어깨동무를 한 채 밖으로 사라졌다. 결심한 이상 빨리 해치워야 했다. 나는 술에 취한 척 한 손으로 입을 가리고 비틀거리며 일어섰다. 밖으로 나가는 동안 누군가 나를 미심쩍은 눈길로 바라볼지 모른다는 생각에 식은땀이 났지만 떨리는 마음과 달리 살인에 적셔진 몸은 자연스럽게 밖으로 나가는 이들과 섞였다.

봄인데도 아침저녁으로는 여전히 겨울의 기운이 남아 있었다. 추위를 피해 등을 잔뜩 구부린 일꾼들이 동료들과 함께 흥겹게 노래를 부르거나 임시로 만들어놓은 뒷간에 가서 속에 든 걸 게워내고 있었다. 몇몇 패거리들은 움막 앞에 피워놓은 모닥불 주위에 앉아 천막에서 가져온 술과 음식들로 다시 술자리를 시작하고 있었다. 흐릿한 달빛 때문에 막두지를 놓쳤던 나는 잠시 초조해졌다. 살인을 결심한 후부터 가슴은 미세하지만 쉴 새 없이 뛰었다. 숨이 가빠질 정도로 거북했지만 살인에 들뜬 가슴은 좀처럼 진정되지 않았다. 세차게 뛰는 가슴은 흡사 피와 죽음을 갈망하는 것 같았다.

떨리는 오른손이 느슨해진 허리띠에 달린 작은 주머니를 열었다. 가죽으로 만든 주머니 안에는 화공들이라면 하나씩 가지고 있을 작은 끌이 들어 있었다. 물감을 만들 때 쓰거나 널방에 칠해진 회를 벗겨낼 때 사용하는 물건이었다. 끌은 손바닥 안에 숨길 수 있을 정도로 작았지만 넓적한 끝부분은 숫돌로 갈아놓아서 칼날처럼 날카로웠다. 손잡이로 쓰이는 사슴뿔의 완곡한 굴곡이 주름지

고 거친 손끝에 닿았다. 주변에서 떠드는 일꾼들 모르게 끌을 손
바닥 안에 숨긴 나는 막두지를 찾았다. 일꾼들이 함께 잠을 자는
움막 안에 들어가버리면 기회가 없어질 테지만 누구보다 술을 좋
아하는 막두지가 벌써 잠을 잘 리는 없었다. 하지만 모닥불 탓인
지 하나 같이 붉게 물든 얼굴들 사이에서 막두지를 찾아내기는 쉽
지 않았다. 누가 누군지 구분하기 힘들었다. 상대방의 얘기는 듣지
도 않고 떠드는 일꾼들의 거친 목소리가 어두운 벌판을 가랑잎처
럼 굴러다녔다.

한참을 헤매던 나는 좀 더 작은 모닥불 주위에 앉아 있는 일꾼
들 중에서 막두지를 발견했다. 거의 정신을 잃을 정도로 마신 사
람들만 모인 듯 하나같이 혀 꼬부라진 목소리에 몸을 가누지 못할
정도로 휘청거렸다. 흐느적거리는 낄낄거림이 머나먼 과거에서 끄
집어낸 슬픔으로 변했는지 이름이 기억나지 않는 땅딸막한 일꾼
하나가 어린아이처럼 울고 있었다. 막두지는 옆자리에서 우는 동료
를 장난스럽게 떠밀고서 비틀거리며 일어났다. 다른 누군가가 어디
가느냐고 물었지만 막두지는 못 들었는지 그냥 어둠 속으로 휘청휘
청 걸어갔다.

주변을 한 번 흘끔 둘러본 나는 막두지를 따라갔다. 거적을 둘
러서 만든 뒷간에는 여전히 구토를 하는 사람들이 많았다. 잠시
주춤하던 막두지가 어둠 속으로 걸어갔다. 아무도 없는 곳에서 일
을 볼 생각인 것 같았다. 무덤의 벽을 만들고 남은 돌들이 아무렇

게나 버려진 곳으로 가던 막두지는 창을 든 무사의 호통에 뒤통수를 긁으며 주변을 둘러보다가 발길을 돌렸다. 무덤이 만들어지고 있는 작은 구릉의 중턱을 둘러싼 소나무 숲으로 들어갈 생각인 것 같았다. 이름 모를 풀들이 엉켜 있던 언덕은 무덤이 만들어지면서 사뭇 다른 모습으로 태어났다. 불을 놓아 깨끗이 태운 후 각지에서 실어온 소나무들로 무덤을 빙 둘러 병풍처럼 심었기 때문이다.

나는 막두지를 따라 무덤을 지키는 신성한 소나무 숲으로 들어섰다. 손바닥에 감췄던 작은 끌을 꾹 움켜쥐었다. 가슴이 세차게 뛰기 시작했다. 멀리서 우는 새소리가 마치 처형을 재촉하는 북소리처럼 음산하게 들렸다. 소나무 숲은 한층 더 진한 어둠과 코를 찌르는 역한 송진 냄새로 가득 찼다.

막두지를 찾아서 두리번거리던 내 귀에 약한 노랫소리가 들렸다. 소리 나는 쪽으로 고개를 트니 우뚝 솟은 소나무 사이로 두 다리를 벌린 채 등을 돌리고 선 막두지가 보였다. 흥얼거리는 콧노래 중간 중간 딸꾹질 소리도 들렸다. 땀에 젖은 손바닥을 바지에 문지른 나는 창백한 빛을 토해내는 작은 끌을 단단히 움켜잡았다. 정신없는 밤이었지만 주변엔 여전히 감시하는 병사들이 많았다. 자칫 소리를 냈다가는 낭패를 보고야 말 것이다. 물론 나는 어린 시절 내내 아버지가 소 돼지 잡는 모습을 지겹도록 보아왔다. 어디를 찌르고 때려야 숨소리조차 못 내고 죽는지 잘 알고 있었다. 하지만 내가 찔러야 할 상대는 소나 돼지가 아니라 사람이었다. 숨을 쉬고, 움직이고, 눈동자를 굴리며 말을 하는…….

양심의 가책과는 다른 주저함이 나의 발걸음을 잡아챘다. 이번 일이 오히려 일을 더 크게 만들지 모른다는 우려가 마음속에서 눅눅하게 녹아내렸다.

"누구야?"

일을 보면서 고개를 돌린 막두지의 물음에 순간 할 말을 잃은 나는 그냥 웃고 말았다. 어둠 속이라 잘 보이지 않았는지 가늘게 눈을 뜨고 살펴보던 막두지가 온몸을 부르르 떨면서 허리 아래로 흘러내린 바지를 끌어올렸다. 고개를 숙인 채 바지춤의 끈을 만지작거리던 막두지가 투덜거렸다.

"이런, 빌어먹을 당*에 또 묻었군. 일 보러 온 거면 저리 가서 봐. 왜 계집애처럼 졸졸 따라다녀."

히죽거리던 막두지가 술과 음식 찌꺼기로 지저분해진 턱수염을 손으로 훔쳤다. 맹세코, 난 살인에 대해서 주저했다. 솔직히 고백하고 도움을 요청하면 될지도 모른다는 생각이 나를 한 발 앞으로 밀어버렸다. 그 순간 나를 향해 돌아서던 막두지의 얼굴이 굳어졌다. 딱딱한 그의 시선은 내 오른손이 쥐고 있었던 작은 끌에 고정되었다. 핏기가 싹 가신 얼굴로 옷자락을 움켜쥔 그의 두려움이 작년 겨울에 떨어져 푸석해진 솔잎과 솔방울로 가득 찬 바닥에서 바스락거렸다. 그 순간 소나무 숲을 관통한 거대한 바람이 내 몸에서 풍겨 나오는 살인의 역한 냄새를 그에게 실어갔다. 살인의 냄새를 맡은 막두지는 도살장의 피비린내 앞에서 죽음을 예감한 황소처럼 고개를 저으며 내 시선을 피했다.

"너, 왜, 무슨……."

막두지는 손을 휘저으며 뒷걸음질을 쳤다. 주저함과 망설임은 막두지가 소리를 칠지 모른다는 두려움으로 옮겨졌다. 몸속에 두려움의 불길이 확 지펴졌다. 혈관을 타고 흐르는 피의 전율에 미쳐버리는가 싶었던 순간 나는 그에게 달려들었다.

왜 목을 노렸는지 잘 모르겠다. 아마 소리를 지르면 안 된다는 절박함 때문이었을 것이다. 손가락 두 개 굵기의 잘 갈려진 끌은 막두지의 턱 밑을 파고들었다. 너무 힘을 주었는지 사슴뿔로 만든 손잡이까지 턱 안으로 빨려 들어간 것 같았다. 막두지는 소리를 지르려고 입을 벌렸지만 피에 젖은 혀는 목구멍 깊은 곳에서 솟구치는 붉은 피를 뱉어낼 뿐이었다. 주사로 만든 붉은 물감 같은 피를 토해낸 막두지가 두 팔을 허우적거리며 나를 잡으려고 했다. 나를 공격하려고 했을까? 아니면 도와달라고 했을까?

무릎을 꿇은 막두지가 턱에 난 상처를 두 손으로 막았지만 상처에서 새어나오는 피는 손가락을 타고 하염없이 흘러내렸다. 소름 끼치는 꺽꺽거림이 한참 동안 계속되었다. 기침하는 것처럼 옆으로 쓰러진 몸을 앞뒤로 꿈틀대던 막두지는 사그라지는 불꽃처럼 천천히 식어갔다. 나는 그제야 정신을 차리고 두 손에 묻은 피를 보았다. 이제 막 몸속에서 빠져나온 피는 마치 살아 있는 것처럼 꿈틀거렸다. 어찌할 줄 모르던 나는 바닥의 솔잎과 흙을 움켜잡고 미친 듯이 비벼댔다. 차가운 습기가 따끈한 피의 온기를 빨아들이면서 손바닥 안의 생명감은 급격히 사라졌다. 옷소매와 옷섶에도 피가 튄 것이 보였다. 벗어버릴까 생각했지만 아무리 술에 취해도 저고리를 벗고 돌아다니는 걸 보면 누군가 의심할지 모른다는 생각에 옷을 뒤집어 입었다. 예전, 물감에 잔뜩 얼룩진 옷을 뒤집어 입었던 게 떠올랐다. 그 기억이 여전히 떨리던 나의 두 손을 바쁘게 움직여주었다.

저고리를 뒤집어 입고 허리띠를 다시 묶어서 매듭을 옆구리로 돌린 나는 그때서야 끌을 잃어버렸다는 사실을 눈치챘다.

황급히 주변을 둘러보았지만 구름 속으로 숨어버린 달이 빛을 거두어버리는 바람에 아무것도 보이지 않았다. 산자락을 타고 도는 바람결에 사람들의 말소리가 들려왔다. 지금쯤이면 막두지와 함께 있던 누군가가 의심을 가질 법한 시간이다. 더 이상 지체할 수 없었다. 나는 몸을 돌려 그곳에서 멀어졌다. 내 두 번째 살인을 남겨두고……

꽃

"괜찮으십니까?"

식은땀을 조심스럽게 닦아준 이문진이 물었다. 희미해진 눈길이 천막 안에 켜놓은 불빛의 긴 꼬리를 힘없이 따라갔다. 살짝 고개를 끄덕인 을지문덕은 이문진이 조심스레 입안으로 흘려 넣어준 차를 힘겹게 넘겼다.

"아무래도 의원을 부르는 게, 아니 그만 도성으로 돌아가는 게 좋겠습니다."

"그럴 수는 없어. 내가 가면 담징은……."

"같이 데려가시면 되지 않습니까? 명확한 물증이 없었으니 조금만 지나면 흐지부지될 겁니다."

"연태조를 직접 보지 않았다면 나도 그렇게 생각했을 거야. 하지만 그자는 절대 포기하는 법이 없어."

몸 안에서 솟아나오는 가느다란 떨림에 말소리가 울렸다. 고개를 갸우뚱거리던 이문진이 물었다.

"막리지 연광처럼 말입니까?"

"맞아."

"하여튼 그놈의 집안은 왜 다 그 모양이랍니까? 물이 안 좋아서 그런 겁니까?"

이문진의 농담에 을지문덕은 땀에 젖은 미소를 지었다. 연씨 집안이 자신들의 조상이 연못에서 태어났다고 믿는 것을 비꼰 것이다.

"그런 모양이지."

맞장구를 친 을지문덕이 평상의 난간에 기대었던 몸을 억지로 일으

컸다.

"그래도 화공들이 속에 품고 있던 생각을 들었으니, 오늘밤 연회는 나름대로 성공적이었어. 자네가 보기에는 어땠나?"

"욱도해와 마량, 몽부 셋 중 하나가 살인자라고 생각하십니까?"

"자네 생각은 그들이 아닌 것 같나?"

"그건 아닙니다만, 너무 확신하시는 것 같아서 우려스럽습니다."

"오늘 확실히 느꼈네. 살인은 스승에 대한 미움이나 증오 때문에 벌어진 게 아니었어. 그림에 대한 다른 생각과 입장이 살인을 불러왔다고 확신하네."

"화공들 중 하나가 그런 이유로 스승을 죽였다는 말씀이십니까?"

믿을 수 없다는 듯 고개를 흔드는 이문진에게 을지문덕이 말했다.

"자네도 아까 저들의 대립을 보았잖나? 우린 저들을 그림이나 그리는 미천한 화공이라고 생각했지만 신분이나 처지가 미천하다고 생각조차 없는 건 아니지."

"그들의 속마음을 고스란히 들여다보았다고 장담하십니까? 만약 제가 살인자였다면 단서가 될 만한 얘기는 입도 뻥긋하지 않았을 겁니다."

"물론 그랬겠지. 하지만 머리싸움이라면 나도 지지 않을 자신이 있네."

"이 일에 집착하시는 진짜 이유를 들려주십시오. 안 그러면 돌아가겠습니다."

싸늘한 목소리로 이문진이 말했다.

"나는 다만 담징을……."

"정말 그러실 생각이라면 지금 당장 세 사람을 잡아다가 부하들에게 문초하라고 하십쇼. 하루 정도면 충분히 자백을 받을 수 있을 겁니다. 아니면 담징을 어디 멀리 보내버리시든지 말입니다."

이문진의 고함소리에 문 밖을 지키던 가병이 입구를 열고 살짝 안을 들여다보았다. 입을 굳게 다문 이문진이 팔짱을 낀 채 을지문덕의 대답을 기다렸다. 을지문덕은 탁자에 놓인 등잔불을 응시하며 한숨을 푹 쉬었다.

"사실은 이 일을 생각하고 나서부터 밤마다 꾸던 악몽이 사라졌네. 물론 오늘밤은 잠을 자봐야 알겠지만 불면증도 없어진 것 같아."

을지문덕의 대답에 이문진은 어이가 없다는 듯 코웃음을 쳤다.

"고작 불면증과 악몽 때문에 일을 이렇게 어렵게 만드신 겁니까?"

"겪어보지 않은 사람은 모르지. 내가 왜 꿈꾸는 걸 두려워하는 줄 알아? 꿈속에서 내가 알고 있던 모든 사람들이 죽기 때문이야."

"저도 그런 꿈은……."

"그것도 내 손으로 말이야. 내가 살인자가 된 것이지. 산처럼 쌓인 시체가 모두 내가 알고 있는 얼굴들이었어. 자고 일어나면 어떤 꿈을 꾸었는지 전혀 기억에 없지만 오직 그 장면만은 생생해. 그리고…… 마치 안개가 내 곁을 감싼 채 떠나지 않는 것 같은 기분이야. 항상 축축하고 음습하지."

을지문덕은 천천히 손바닥을 들어 올려 뚫어지게 쳐다보며 중얼거렸다. 이문진은 아무런 대답도 하지 않았다. 그 모습을 물끄러미 바라보며 을지문덕이 다시 물었다.

"살인자가 여기 남아 있다면 그 이유는 무엇일까? 자넨 그 생각을 해본 적 있나?"

"그거야 당연히 자기 삶을 망가뜨리지 않기 위해서겠지요. 어디 멀리 도망가면 그 순간 자기가 범인이라고 자백하는 꼴이니 말입니다. 더불어 지금까지 쌓아왔던 명성과 경력도 포기해야 하고요."

"그렇겠지. 그런데 그것 말고도 여기를 떠나지 않는 이유가 하나 더 있는 것 같아."

"그게 뭡니까?"

"뭔가를 지키기, 아니 숨기기 위해서인 것 같네."

착 가라앉은 을지문덕의 음성이 심지 타들어가는 소리만 들리던 천막 안을 떠돌았다.

"직감이십니까?"

"믿음일세."

고개를 끄덕인 이문진이 의자에서 몸을 일으켰다. 천막 입구를 열고 밖으로 나가려던 이문진이 발걸음을 멈추고 어깨 너머로 을지문덕을 바라보았다.

"마량이 왜 사신도를 옹호하는지 그 이유를 아십니까?"

"아니, 모르겠네."

"그자의 옷섶 사이에서 붉게 칠해진 나무 조각이 달린 목걸이를 보았습니다."

자신이 입고 있는 저고리의 옷섶이 맞닿은 곳을 가리키며 이문진이
말을 이었다.

"도교를 신봉하는 자들이 액운을 쫓기 위해 걸고 다니는 장식품입
니다. 마량은 오두미교*를 신봉하는 신자인 것 같습니다."

"역시 자네는 내가 보지 못하는 것들을 보는군. 고맙네. 푹 자게나."

🐦

초조함을 이기지 못해 움막 안을 서성이던 욱도해가 등받이 없는 의
자에 앉아 있는 몽부에게 소리쳤다.

"사람들 앞에서 그런 식으로 얘기하면 어떡해. 그 관리 놈이 왜 그런
말을 했는지 몰라서 그런 거야? 관리는 무시하고 원래 계획대로 마량
을 취하게 한 다음……."

"어차피 내가 사신 싫어하는 건 다 알고 있잖아. 다른 얘기를 하면
오히려 이상하게 보았을 거야."

몽부가 대수로운 일이 아니라는 표정으로 대답했다. 그러면서 타는
듯한 욱도해의 시선을 피해 고개를 돌렸다.

"그냥 나처럼 명확하게 얘기하지 않거나 입을 다물고 있으면 될 일이
잖아. 아까 그 관리 놈 표정 보니까 눈빛을 반짝이더군. 뭔가 꿍꿍이가

있는 게 틀림없어."

"난 스승님을 죽이지 않았어. 그러니 난 무슨 말을 하든 떳떳해."

"이 바보야!"

버럭 소리를 지른 욱도해가 몽부의 멱살을 움켜잡았다.

"중요한 건 누가 죽였느냐가 아니야. 오늘 빼고 이제 나흘 남았어. 그 안에 살인자를 찾아내지 못하면 그 관리가 어떻게 나올지 정말 몰라서 그러는 거야?"

"자네답지 않게 흥분하는군."

흥분에 못 이겨 떨고 있는 욱도해의 팔을 천천히 풀어내며 몽부가 말했다. 순간 붉게 상기된 욱도해의 목덜미가 꿈틀거렸다.

"난 다만 일이 잘 풀리기를 바랄 뿐이야."

"맞아. 자넨 어릴 때부터 항상 머리를 잘 썼지. 또래인 우리들보다 훨씬 더 영악했어. 이번에도 스승님이 돌아가시고 관리가 찾아오니까 대뜸 어린 담징을 범인으로 몰더군. 그걸로 마무리하겠다는 속셈이었겠지."

"물감에 독이 들어갔으니 당연히 그 물감을 만든 담징을 의심한 건데, 왜 뭐가 잘못됐나?"

"물에 띄운 붉은 황토로 만든 물감은 햇볕 아래 반나절은 놔둬야 한다는 걸 잘 알면서 무작정 그 아이를 의심하다니, 이상하지 않아? 아무도 지켜보지 않을 때 슬쩍 독을 넣는 건 누구든 할 수 있는 일이야. 내 예상이 틀리지 않았다면 그때 그 아이는 분명 다른 일을 하고 있었을 거야. 내 말이 맞지?"

몽부의 말에 욱도해는 아무 말도 하지 못했다. 구겨진 옷섶을 매만
진 몽부가 자리에 도로 앉으며 욱도해에게도 앉으라고 손짓했다. 불안
감이 가득 고인 얼굴로 작은 평상에 걸터앉은 욱도해가 입을 열려는
찰나 몽부가 손을 들어 그 입을 막았다.

"그리고 하나 더. 나에게는 마량을 의심한 이유가 물감에 들어간 아
교를 만들었기 때문이라고 했지? 아교는 혼자서 만드는 거니까 마량이
마음만 먹었다면 그 안에 독 넣는 것쯤은 어렵지 않았을 거야. 그런데
그런 마량을 놔두고 담징에게 죄를 덮어씌운 이유가 대체 뭔가? 경쟁
자를 없애려고 했다면 어린 담징보다는 마량이 훨씬 나았을 텐데."

"거기서 동료를 범인으로 몰아붙였다가는 자칫 질투한다는 의심이
나 살 게 뻔했으니까."

"그래서 아무것도 모르는 담징을 범인으로 지목한 건가? 그런데 이
제 와서 마량이 의심스럽다고 내게 털어놓은 이유는 또 뭔가?"

몽부가 차갑게 쏘아붙이며 욱도해를 노려보았다. 오른손 엄지손톱
을 물어뜯으며 초조함을 숨기던 욱도해는 의심에 찬 몽부의 시선을 애
써 외면하고 있었다.

"자네는 항상 뒷일을 생각하고 일을 벌였지. 이제 그만 속 시원하게
털어놔보게. 무슨 목적으로 날 끌어들인 건가? 마량을 쫓아낸 다음에
는 내 차례인가? 가만있지 말고 어서 대답해보게."

"할 말이 없어서 입을 다무는 게 아니야. 바깥에서 무슨 일이 벌어

진 모양이야."

움막의 입구 쪽을 힐끔거린 욱도해의 말이 끝나기가 무섭게 낡은 옷
가지로 막아놓은 움막 입구가 활짝 열렸다. 단숨에 달려온 듯 거친 숨
을 몰아쉬던 미오가 두 손을 무릎에 댄 채 소리쳤다.

"또 사람이 죽었대요."

송진과 기름에 푹 젖은 천들이 열기를 빨아들이면서 빛을 뿜어냈다.
두터운 어둠의 장막을 덮어쓴 세상은 방향을 잡지 못해 화가 난 듯 성
난 외침과 고함 소리를 뿜어내고 있었다. 춤추듯 흔들리는 횃불들을
따라 정신없이 달려간 을지문덕은 우뚝 솟아 있는 소나무 숲 사이로
어지럽게 흔들리는 사람들의 그림자를 보고 혀를 찼다. 턱까지 차오른
숨을 뱉어내던 을지문덕 앞에 장식 없는 둥근 고리 칼을 든 찬노가 나
타났다. 을지문덕 곁에 서 있던 이문진이 다급하게 물었다.

"시신은 어디 있느냐?"

"저쪽 굵은 가지가 옆으로 뻗은 소나무 아래 엎드려 있습니다. 피가
굳지 않은 것으로 봐서 죽은 지 얼마 안 된 것 같습니다."

"지금 당장 저들을 쫓아내고 시신 주위 삼십 보 안에 아무도 들어가
지 못하게 하라. 내일 날이 밝자마자 자세히 살펴볼 것이다."

"알겠습니다."

을지문덕의 지시를 받은 찬노가 목에 걸고 있던 호각을 힘껏 불어 부하들을 불러 모았다. 이문진은 그 사이 동료들과 함께 달려 온 욱도 해에게 무엇인가를 지시했다. 땀의 열기가 증발된 한밤의 서늘함에 가슴이 차가워졌다. 깊은 한숨을 쉬던 을지문덕은 여전히 조용한 표정으로 서 있는 찬노를 발견했다. 불과 육 년 사이에 희망에 들떠 있던 아이는 온데간데없이 사라지고 차가움만 간직한 무사로 변해버렸다. 그런 찬노가 을지문덕에게는 절망처럼 낯설었다. 그의 시선을 느꼈는지 찬노가 다가왔다.

"산책을 나왔다가 발견했습니다. 처음에는 그냥 바위인 줄 알았는데 새 우는 소리가 심상치 않아 살짝 뒤집어 보고서야 시신인 줄 알았습니다."

을지문덕이 소나무 숲 한가운데 쓰러져 있는 시신과 찬노를 번갈아 바라보며 입을 열었다.

"달빛도 저문 어두운 밤에 이렇게 길에서 한참 벗어난 숲으로 산책을 나왔다는 말이냐?"

을지문덕의 날 선 추궁에 찬노가 꾹 다물었던 입을 열었다.

"사실은 내일 주활 어르신의 수하들과 검술을 겨루기로 했습니다. 사람들이 없는 조용한 곳에서 연습할 생각이었습니다."

찬노의 대답을 들으며 을지문덕은 약간 떨어진 곳에서 일꾼들을 밀어내고 있는 술간을 쳐다보았다. 술간은 틀림없다는 듯 고개를 끄덕거렸다. 그 사이 욱도해에게 몇 가지 지시를 마친 이문진이 을지문덕에게 다가왔다.

"사라진 일꾼이 있는지, 옷에 피가 묻거나 오랫동안 자리를 비운 자가 있는지, 그것부터 알아보는 게 좋겠습니다."

"알겠네. 술간은 두상들에게 일러서 의심스러운 일꾼들을 찾아내라고 명하게. 오늘 저녁에 죽은 게 분명해."

"탐문보다 먼저 도망치려는 일꾼들부터 막아야 할 것 같습니다. 다들 겁에 질려 있습니다."

술간의 말에 을지문덕이 차갑게 대꾸했다.

"일당을 두 배로 올려줄 테니 이틀만 참으라고 하게. 그리고 몰래 도망치려는 자는 거타지와 오늘 죽은 자의 살인범으로 몰릴 것이라고 전하게. 아, 그리고 담징을 찾아오게."

"알겠습니다."

웅성거리는 일꾼들을 다독이는 두상들에게 술간이 달려갔다. 그 모습을 바라보며 을지문덕이 계속 물었다.

"죽은 자가 누군지 알아낸 건가?"

"무덤의 널방에 석회 바르는 일을 하던 막두지라는 일꾼이랍니다. 아까 술자리에 끼어들었던 자입니다."

"벽화를 그리는 데 석회를 너무 많이 썼다고 투덜거리던 그자인가?"

"맞습니다. 그런데…… 설마 지금 웃고 계신 건가요?"

"사실 어떻게 풀어야 할지 고민했는데, 살인자가 어떤 길로 가야 할지 알려준 셈이니까. 첫 번째 살인이 벌어진 현장이나 시신에서 아무것도 얻어낼 수 없었다면 이번에는 많은 걸 얻어낼 수 있을 거야. 어두운 밤이었으니 뭔가 떨어뜨렸을 수도 있고."

번져 나오는 미소를 감추기 위해 살짝 얼굴을 찡그리며 을지문덕이 말했다. 이문진은 달려오는 횃불을 보고 입을 다물었다. 횃불을 든 가병의 뒤로 술간과 담징이 보였다.

"담징을 데려왔습니다."

헐떡거리는 숨소리와 함께 후끈거리는 땀 내음이 훅 밀려왔다. 양손을 모은 채 고개를 조아리는 담징의 눈빛이 불안감에 흔들렸다.

"이리 오너라. 소식은 들었느냐?"

"네, 미오가 얘기해줬습니다."

"욱도해가 이 박사에게 물었더니 화공들은 모두 오랫동안 자리를 비우지 않았다고 하던데 사실이더냐?"

담징은 한동안 대답을 하지 않았다. 가병이 들고 있는 횃불 아래 비친 담징의 얼굴에 곤혹스러움이 그대로 배어나왔다.

"저보고 동료들을 밀고하라는 말씀이십니까?"

"너희들 중에 살인자가 있는 것이 분명하다. 나흘 후까지 그놈을 찾아내지 못하면 너는 다시 끌려가게 된다."

"모두 다 있었습니다."

반항하듯 대꾸하는 담징에게 을지문덕이 쏘아붙였다.

"살인이 언제 벌어졌는지도 모르지 않느냐?"

"제 동료들은 살인을 저지르지 않았습니다."

"아니, 너의 동료들 중 하나가 스승을 죽였다. 그것도 아주 악렬하고 고통스러운 방법으로 말이다."

"제 동료들을 모욕하지 마십시오. 그들에 대해서 얼마나 아신다고 함부로 그리 말씀하십니까!"

"적어도 자존심과 고집 때문에 스승을 죽일 만한 자들이라는 것은 알고 있다. 오늘 또 한 명이 죽었다. 남은 이틀 동안 얼마나 더 죽일지 모르지."

"그때 차라리 어르신의 이름을 부르지 않았으면 좋을 뻔했습니다. 일이 너무 커져버려서 고통스럽습니다."

거칠어진 담징의 숨결에서 온전한 고통이 느껴졌다. 을지문덕이 조용히 말했다.

"살인은 결코 용서되지 못할 죄악이다. 그런 죄를 지은 자가 편안한 삶을 산다는 건 있을 수 없는 일이지."

"만약 제가 스승님을 죽였다면 어찌하실 겁니까?"

"넌 스승을 죽이지 않았다."

"어찌 그렇게 확신하십니까? 저 역시 스승님을 죽이고 싶을 만큼 미워했던 적이 많았습니다."

횃불만큼이나 타오르는 눈빛으로 자신을 바라보는 담징에게 을지문덕이 대답했다.

"넌 너무나 많은 죽음을 보았으니까. 그때 죽음 앞에서 고통스러워하는 너의 모습을 잊지 않고 있다. 상대방의 가슴에 칼을 꽂는 순간 똑같은 칼이 찌른 자의 가슴에도 꽂히는 법이다. 그렇게 찔린 칼은 남은 생애 동안 아물지 않는 상처를 남긴다. 무슨 말인지 이해하지?"

을지문덕의 말에 담징은 고개를 끄덕거렸다. 을지문덕은 떨리는 가슴을 애써 진정시키며 남은 말을 이어갔다.

"네 심정이 어떤지는 이해한다. 하지만 여기서 살인자를 멈추지 못하게 한다면 그자는 또 다시 살인을 저지를 거야. 첫 번째 살인은 독을 넣어서 직접 죽이지 않았다만, 두 번째는 자기 손으로 직접 죽였지. 그만큼 살인의 수법이 대담해지고 죄책감도 사라졌다는 뜻이지."

"잔치가 끝나고 욱도해 형님과 몽부 형님은 예전에 스승님이 쓰시던 움막에 들어가셨어요."

"마량은?"

"그게……."

담징은 잠시 우물쭈물했다.

"저와 미오는 잔치가 끝나고 뒷간에서 소변을 본 다음에 바로 움막으로 들어왔지만 마량 형님은 한참 후에 들어오셨습니다."

"언제쯤?"

"사람이 죽었다는 외침이 들리기 조금 전에요. 소리를 듣고 놀라서 일어나다가 들어오시는 형님을 보았어요."

주저하며 조심스럽게 말한 담징이 텅 빈 시선으로 시신 주위에 늘어선 병사들을 바라보았다.

"혹시 옷에 피가 묻어 있지 않았더냐?"

"없었어요. 사실 있다고 해도 우리들이 입는 저고리와 바지에는 항상 물감이 튀어 있어서 언뜻 보면 분간하기 힘들어요."

"알겠다. 너무 상심하지 말고 돌아가서 쉬거라."

아랫입술을 굳게 깨문 담징이 당장이라도 울 것 같은 표정으로 을지문덕에게 물었다.

"정말로 그 세 분 중 한 분이 스승님을 죽인 걸까요?"

"아직은 모르겠다. 이제 곧 밝혀지겠지."

뭔가 더 말하려던 담징은 입을 굳게 다물고 물러났다. 부하들을 지켜보던 술간이 을지문덕과 눈이 마주치자 한걸음에 달려왔다.

"마량의 동태를 잘 감시하라. 내일 중에 심문할 것이니 준비하도록 하고."

"문초하실 거면 형구를 따로 가져와야 합니다만……."

"아니, 그냥 천막 안에서 차를 마시면서 얘기를 나눌 걸세."

을지문덕이 빙긋 웃으며 대답했다. 술간은 영문을 모르겠다는 표정으로 고개를 끄덕였다.

"알겠습니다. 그나저나 저 아이와의 검술 대련은 뒤로 미뤄야 할 것 같습니다."

"아무래도 그게 좋겠네."

물러난 술간이 손짓으로 부하들을 불러 모았다.

"그럼, 내일 아침에 뵙겠습니다. 주활 어르신도 눈을 좀 붙이시지요."

146

이문진의 말에 을지문덕이 중얼거리듯 대답했다.

"그렇게 하겠네. 그나저나 기분이 이상하군."

"어디 또 몸이 안 좋으신 겁니까?"

이문진의 물음에 을지문덕은 고개를 가로저으며 턱 끝으로 한쪽에 모여서 웅성거리는 일꾼들을 가리켰다.

"꼭 살인을 저지른 놈이 지켜보고 있는 것 같은 느낌이야. 마치 잡을 테면 잡아보라는 듯 말이지."

"그럴지도 모르겠군요. 괜히 움막에 남아 있다가 남의 눈에 띌 수도 있을 테니까요. 어쨌든 들어가셔서 잠깐이라도 눈을 붙이시는 게 좋을 듯싶습니다."

"알겠네. 정말 기나긴 하루였어."

밤새 높고 험준한 산과 계곡 사이에 갇혀 있던 해가 서서히 떠오르자 어둠은 황급히 물러났다. 붉은 기운을 띤 황금색 햇살이 밤새 어둠에 속박 당했던 세상에 드리워지자 무덤을 둘러싼 소나무 숲도 서서히 제 모습을 드러냈다. 늦은 새벽부터 경계를 서고 있던 초병은 다 꺼지고 연약한 속살만을 남겨놓은 모닥불 불씨를 뒤적거리며 하품하다가 언덕을 올라오는 술간을 발견하고서 얼른 입을 다물었다. 잠이 부족한

지 푸석푸석한 얼굴을 한 술간이 바짝 긴장한 초병에게 물었다.

"아무 이상 없었느냐?"

"밤새 아무도 얼씬거리지 않았습니다."

술간은 굳은 표정으로 고개를 끄덕거리면서 뒤따라온 을지문덕과 이문진을 바라보았다.

"자네는 수하들을 거느리고 저쪽부터 이쪽 숲을 수색하게. 그리고 자네는 나를 따라오게."

날씨가 제법 쌀쌀했다. 담비털 외투를 걸친 을지문덕은 이문진과 함께 밤새 시신이 엎드려 있던 곳으로 다가갔다. 오른손을 위로 뻗은 채 숨진 시신의 등에 새벽이슬이 떨어져 있었다. 을지문덕이 손짓하자 뒤따라온 가병들이 시신을 뒤집었다. 바스락거리는 소리와 함께 굳어버린 시신이 뒤집어졌다. 바닥을 굴러다니던 나뭇가지로 시신의 얼굴에 달라붙은 낙엽들을 하나씩 떼어낸 이문진이 시신의 턱에 난 상처를 가리키며 말했다.

"턱 가운데 상처가 있습니다. 상처 주위가 심하게 찢어진 걸로 봐서 날카로운 칼은 아닌 듯싶습니다."

"피가 심하게 났군. 그런데 왜 가슴이나 목이 아니라 턱을 노렸을까?"

이문진 옆에 쪼그려 앉은 을지문덕이 피곤에 젖은 얼굴을 손바닥으로 쓸어내리며 물었다. 을지문덕의 눈가 아래 자리 잡은 검은 어둠을 흘끔거리며 이문진은 한 손에 쥐고 있던 나뭇가지로 시신의 턱을 들추고는 이리저리 살펴보았다.

"일단 가져가서 자세히 살펴야겠습니다만, 턱에 난 상처가 유일한 것 같습니다. 턱을 노린 건 의도적이 아닐 수 있다는 뜻으로 봐야 하지 않을까요?"

"의도적이 아니라면 처음부터 살인을 결심하지 않았다는 말인가?"

"아니면 마지막 순간까지 망설였을 수 있고 말입니다."

시신 쪽으로 몸을 좀 더 숙인 이문진은 들고 있던 나뭇가지를 턱에 난 상처 안으로 조심스럽게 밀어 넣었다. 둘째손가락 정도 깊이로 들어가던 나뭇가지가 막히자 이문진은 도로 나뭇가지를 끄집어냈다. 나뭇가지 끝에 아직 마르지 않은 피가 묻어나왔다.

"상처는 가운데 나 있고, 오른쪽으로 약간 기울어져 있습니다. 이 정도 깊이까지 들어갔다면 최소한 한두 발자국 앞에서 찔렀다는 뜻인데요……."

이문진은 시신의 손바닥을 뒤집어 꼼꼼히 살폈다. 그러고는 옷소매를 걷어 손목을 살펴보았다.

"멍이 없고 상처도 없는 걸로 보아 결박을 당하거나 반항하지 않고 죽은 것 같습니다."

"그 얘긴 살인자가 혼자였고, 죽은 자와 알고 있다는 뜻이로군."

"어제 잔치가 끝난 시각이 대략 술시(戌時: 오후 일곱 시에서 아홉 시 사이) 끝 무렵으로 알고 있습니다. 시신이 발견되고 소동이 벌어지기 직전에 세 번째 초병의 교대를 알리는 북이 울렸으니 자정초각(子正初刻: 밤

열두 시 십오 분경) 전에 살인이 일어났을 겁니다. 게다가 어제는 구름이 제법 많았으니 그 시각에 불 없이 서로의 얼굴을 알아보기는 힘들었을 테고요. 아주 가까운 사이가 아니었다면 그 깊은 밤에 자신에게 가까이 다가올 동안 그냥 있지는 않았겠지요."

나뭇가지 끝에 묻은 피를 뚫어지게 쳐다보던 이문진이 무릎을 털며 일어났다. 싱싱한 햇살이 야금야금 흘러들어온 소나무 숲은 어제의 음침함을 이미 털어버린 듯했다. 길게 늘어선 가병들이 허리를 굽힌 채 소나무 숲 사이를 뒤지고 있었다.

"한밤중에 바로 옆에 다가와도 전혀 위험을 느끼지 않았다는 건 …… 안면이 있었던 자란 뜻입니다."

"왜 이렇게 다급하게 살인을 저질렀을까? 마지막 순간까지 주저하면서 말이야. 첫 번째 살인에서는 자신의 존재를 철저하게 숨겼으면서. 여길 둘러보게. 정돈되어 있지 않고 혼란스러워."

허리를 편 을지문덕이 창백함으로 가득 찬 주변을 천천히 둘러보며 말했다.

"첫 번째 살인을 저질렀던 이유와 동일하다고 보십니까? 제 생각은 ……."

이문진의 말은 소나무 숲 *끄트머리*에서 들려오는 외침에 묻혀버렸다. 기쁜 표정의 가병이 한 손에 뭔가를 들고 흔들어댔다. 가병들 뒤에 서 있던 술간이 가병에게서 뺏은 것을 들고 두 사람에게 달려왔다. 을지문덕과 이문진은 말없이 술간의 설명을 들었다.

"작은 끌입니다. 피가 묻은 걸 보니 저자를 죽인 흉기가 틀림없는 것 같습니다."

"수고했네. 뭔가 더 나올지 모르니까 나머지도 철저히 수색하게. 이 걸 찾아낸 가병에게는 따로 상을 내리도록 하고."

술간에게 넘겨받은 작은 끌을 만지작거리던 을지문덕은 점차 강렬해 지는 햇살을 향해 끌을 들어올렸다. 정교하고 세심한 담금질이 생략된 끌의 날 부분은 울퉁불퉁했다.

"뿔로 만든 손잡이까지 피가 묻어 있습니다. 정말 온 힘을 다해 찌른 듯싶습니다."

이문진의 말에 을지문덕이 날 부분에 묻은 피를 뚫어지게 쳐다보며 대답했다.

"그러고는 당황해서 손을 놓았다가 끌을 놓쳤겠지. 보통 이런 도구 에는 자기 이름이나 무슨 표식 같은 걸 해놓던데……."

을지문덕은 피가 덕지덕지 말라붙은 끌의 쇠날 부분을 엄지와 검지 로 조심스레 붙잡고 피가 스며든 손잡이 부분을 세심하게 살펴보았다. 손잡이를 더듬던 을지문덕이 아쉬움을 감추지 못하며 혀를 끌끌 찼다.

"아무것도 없군."

"이런 끌을 가지고 있는 일꾼들이 몇 명이나 될까요?"

이문진은 을지문덕에게서 넘겨받은 끌을 살피며 물었다.

"글쎄, 한 절반 정도는 가지고 있지 않을까?"

"한 사람당 하나씩 가지고 있다면 살인자는 없는 셈이겠군요."

무릎이 불편한지 한손을 내려 무릎을 쓰다듬던 이문진이 씩 웃으며 덧붙였다. 을지문덕 역시 환하게 웃으며 손을 들어 술간을 불렀다.

"지금 즉시 일꾼들 중에 이런 걸 가진 자들이 누구인지 탐문해서 한곳에 따로 모으거라."

술간이 시신을 운반할 두 명을 제외한 남은 부하들을 거느리고 움 막 쪽으로 사라졌다. 그 사이 끌을 자세히 살펴보던 이문진이 을지문덕 에게 눈길을 돌렸다.

"여기 이 부분을 좀 보십시오. 움푹 파여 있는데요. 무슨 표시를 지 운 흔적이 아닐까요?"

"어디……, 그건 아닌 것 같고 오랫동안 사용하면서 닳은 것 같네만."

"하지만 이 부분은 특별히 힘을 줄 만한 부분이 아닙니다. 살인자가 오른손잡이였다면 분명 끌을 이렇게 잡고 사용했을 텐데요."

피가 엉겨 붙은 끌을 움켜잡은 이문진이 다른 손으로 끌 잡은 손을 가리키며 계속 말했다.

"끌을 잡았을 때 힘이 들어가는 부분은 여기 끝부분의 엄지손가락 과 손바닥 부분입니다만, 여기는 반대쪽 끝부분입니다."

"글쎄, 주인을 찾아내면 직접 물어보도록 하지. 살인자가 실수해준 덕분에 일이 쉽게 풀릴 수도 있을 것 같네."

"살인자를 붙잡거든 왜 그렇게 서둘러 두 번째 살인을 저질렀는지도 물어봐주시겠습니까?"

"어째 살인자가 잡히지 않기를 바라는 것 같군."

휙 몸을 돌린 을지문덕의 날카로운 추궁에 이문진은 맥 빠진 목소리로 대답했다.

"겉으로 드러난 것이 아닌 다른 무언가가 있다는 느낌 안 받으셨습니까? 이건 그냥 스승을 증오한 제자가 저지른 짓이 아닙니다."

"나도 알고 있어. 벽화를 둘러싼 질투와 증오가 살인을 부른 거지."

"그뿐이었다면 왜 굳이 벽에 석회를 칠하는 사람을 죽였을까요?"

"그것도 붙잡고 나면 물어보겠네. 이제 할 얘기 다 끝났으면 나와 함께 일꾼들을 조사하러 가겠나?"

화를 꾹 누른 을지문덕의 말에 이문진은 차갑게 대답했다.

"저는 시신을 살펴보겠습니다. 다른 단서가 나올지도 모르니까요."

무덤의 봉분을 마무리하다가 갑자기 끌려온 일꾼들은 영문을 모른 채 불안에 떨었다. 잠시 후 겸연쩍은 표정으로 나타난 두상들이 길게 늘어선 일꾼들 중 몇 명을 지목하자 가병들이 달려들어 그들을 앞으로 끌어냈다. 본능적인 두려움에 두 발로 버티던 일꾼들은 가병들의 주먹세례를 받았다. 앞으로 끌려 나온 자의 두려움과 남겨진 자의 공포가 뒤범벅이 될 무렵 을지문덕이 나타났다. 그 순간 소란스러움이 사라지고 정적만 맴돌았다. 술간의 눈짓을 받은 늙은 두상이 울상이 된 얼굴로 머뭇거리며 앞으로 나섰다.

"흠, 지금부터 내 말 잘 들어. 시키는 대로만 하면 아무 일 없을 테니까……. 그러니 지금 가지고 있는 작은 끌들을 꺼내 봐. 그것만 확인하면 된다고 하시니까 말이여."

늙은 두상의 말이 끝나기가 무섭게 사방에서 아우성소리가 터져 나왔다. 마른침을 삼킨 두상이 술간을 쳐다보았고, 술간이 사나운 눈초리로 일꾼들을 노려보자 일꾼들은 다시 입을 다물었다.

"어서 끝내고 돌아가서 쉬자고, 어서들 꺼내 봐."

두상의 재촉에 서로 눈치를 보던 일꾼들이 허리춤에서 하나둘씩 끌을 꺼내들었다. 일터나 움막에 놓고 왔다고 말한 일꾼들에게 가병들을 붙여서 보내고 나자 앞쪽으로 끌려 나왔던 열다섯 명의 일꾼들 중 남은 건 네 명이었다. 파랗게 질린 네 명 앞에 선 을지문덕이 피 묻은 끌을 보이며 말했다.

"이 끌이 누구 것이냐?"

숨 막힐 것 같은 정적이 흘렀다. 네 사람은 아무 말도 하지 못한 채 눈만 굴렸다. 그들을 한 명 한 명 뚫어지게 쳐다보던 을지문덕이 어느 순간 혀를 찼다. 그들에게서 읽어낼 수 있었던 것은 오직 두려움뿐이었다. 참다못한 을지문덕이 끌을 높이 들어 올리며 뒤쪽에 서 있던 일꾼들에게 소리쳤다.

"이 끌이 누구 것인지 말하는 자에게는 큰 상을 내리겠다."

하지만 아무도 입을 열지 않았다. 눈물을 흘리며 무릎을 떨던 젊은 일꾼 중 하나가 더듬거리며 변명을 시작했다.

"저, 그러니까, 사실은……."

을지문덕의 곁에 있던 술간에게 팔을 잡힌 일꾼이 결국 울음을 터트렸다.

"어젯밤에 잃어버렸습니다요……."

을지문덕은 나머지 세 일꾼을 차례로 바라보았다. 그들 역시 희미하게 떨리는 턱을 끄덕거렸다. 한쪽으로 물러나 있던 두상이 을지문덕의 앞에 무릎을 꿇고 읍소했다.

"저기 저놈과 이놈은 잔치가 끝나고 술이 너무 취해서 제가 움막에서 재웠습니다. 다른 두 놈도 모두 동료들과 함께 있었고 말입니다. 못 배우고 무식한 놈들이기는 하지만 사람을 죽일 정도로 흉악하지는 않습니다. 저 말고 다른 일꾼들도 다 보았습니다요."

머릿속이 띵해진 을지문덕에게는 두상의 애원이 더 이상 들리지 않았다. 적대감을 애써 숨긴 일꾼들의 시선은 햇살보다 따가웠다. 을지문덕은 더 이상 참지 못하고 눈길을 돌렸다. 끌을 찾으러 무덤과 움막으로 향했던 일꾼들과 병사들이 돌아왔다. 그들이 가지고 있던 끌들을 내놓자 모여든 일꾼들은 당장이라도 폭동을 일으킬 것처럼 흥분했다. 심상치 않은 분위기를 감지한 술간과 부하들이 을지문덕 주위를 에워싸며 허리에 매단 칼자루에 손을 가져갔다. 일꾼들 중 몇 명이 허리를 굽혀 돌을 줍는 모습이 눈에 보였다. 누군가 불씨를 던지기만 하면 당장이라도 큰 충돌이 일어날 것 같았다.

을지문덕은 실책을 인정해야 했다. 흥분한 일꾼들 사이에 섞여 있을 살인자의 비웃음이 귓가에 울리는 것 같았다. 칼날같이 날카로운 양쪽의 분위기를 무디게 한 것은 놀랍게도 무릎을 툭툭 털고 일어난 늙은 두상이었다. 일꾼들을 향해 돌아선 늙은 두상이 카랑카랑한 목소리로 소리쳤다.

"뭣들 해. 다 끝났으니까 일터로 돌아가지 않고, 어서들 올라가!"

두상의 말에 일꾼들이 하나둘 움직이기 시작했다. 떠나는 그들을 보며 어금니를 깨물고 있던 을지문덕에게 두상이 다가왔다. 그는 을지문덕의 손에 들린 끌을 바라보며 천천히 입을 열었다.

"제가 데리고 있는 목수나 석공들은 사슴뿔 손잡이가 달린 끌을 쓰지 않습니다. 손에 잘 잡히기는 하지만 값이 너무 비싸고 쉽게 닳아서 싫어하지요. 저한테 먼저 하문하셨으면 이런 번거로운 일은 피하실 수 있었을 텐데요."

더 없는 정중함 속에 감춰진 날 선 비난에 을지문덕은 울컥 화가 치밀었다.

"그럼, 이런 끌은 누가 쓰는 것이냐?"

"그거야……."

잠시 뜸을 들이던 두상은 먼발치에 서 있던 욱도해를 눈으로 가리키며 말했다.

"화공들이 주로 씁니다. 몹쓸 놈 같으니라고, 처음부터 봤으면서 모른 척하다니……."

늙은 두상은 자신의 눈길을 슬며시 피하는 욱도해에게 욕설을 퍼붓고 돌아섰다. 어깨가 무거워진 을지문덕은 깜빡거릴 때마다 따끔거리던 눈동자 안에서 뭔가가 터진 듯한 느낌에 손끝을 가져갔다. 떨리는 손끝에 피가 묻어 나왔다.

을지문덕은 아침나절에 보았던 시신을 떠올렸다. 죽은 자는 턱에서 흘러나온 핏속에서 숨을 거두었다. 아마 자신의 몸에서 나온 피가 대지를 적시는 것을 보면서 상처에서 나온 고통과는 다른 형태의 슬픔을 느꼈을 것이다. 자신의 몸을 빠져나온 삶의 잔해 속에 묻혀버린 죽음은 이제 살인자의 흔적이라는 의미조차 퇴색해졌다. 삶의 쓸쓸함과 죽음의 잔혹함이 교차된 감정의 정체는 복잡함이었다. 흔들거리는지 떨고 있는지 알 수 없는 몸을 간신히 주체하던 을지문덕은 술간이 하얀 천으로 눈을 누르며 속삭이는 소리를 들었다.

"어제도 거의 잠을 못 이루셨는데 너무 무리하신 것 같습니다. 처소로 돌아가서 쉬시는 게 어떻겠습니까?"

"괜찮다. 천막으로 돌아갈 테니 마량을 불러오너라."

"그러다 몸이라도 상하실까 겁이 납니다."

비틀거리는 을지문덕을 부축하는 술간의 말에 을지문덕이 고개를 저었다.

"남은 시간이 나흘뿐이다."

"차라리 돈을 주고 죗값을 갚아주는 게 어떻겠습니까?"

술간의 말에 조금씩 걷던 을지문덕이 발걸음을 멈추고 술간을 쏘아보았다.

"있지도 않는 죄에 대해서 용서를 빌란 말이냐? 더군다나 속전을 하면 그 일은 평생 그 아이를 따라다닐 것이다."

"주활께선 정녕 그 아이에게 죄가 없다고 장담하십니까!"

"네가 그걸 어찌 안다고 함부로 입을 놀리는 게냐?"

"정말 무죄를 확신하셨다면 굳이 시간을 달라고 하셨을 리 없었을 테니까요. 주활께서는 본인이 믿는 바가 있으면 고추가 어르신에게조차 맞섰던 분입니다. 그런 분께서 이렇게 전전긍긍하시는 걸 보면 담징이라는 화공이 무죄라는 확신이 없다는 뜻으로밖에 보이지 않습니다. 그리고 담징이 숨긴 게 하나 있습니다."

"그게 뭔가?"

"어젯밤 살인이 벌어진 시각에 담징의 행적을 확인할 수 없었습니다."

을지문덕은 명치끝에 날카로운 바늘이 파고드는 통증을 느꼈다.

"움막들을 감시하던 부하가 보고했습니다. 다른 화공들 역시 살인이 벌어졌을 당시에는 남의 눈에 띄는 곳에 있지 않았습니다."

"알겠다. 사람을 시켜 마량을 내 천막으로 불러오너라."

이문진은 벌거벗은 시신을 천천히 살펴보았다. 죽은 지 하룻밤하고도 반나절이 지난 시신은 온몸에 푸른 멍투성이였다. 한쪽 구석에 놓인 작은 아궁이 위에 있는 솥에는 시신의 몸을 씻겨내는 약초가 부글거리며 끓고 있었다. 담징은 초록색으로 물든 천을 비틀어 짠 다음 시신의 허벅지를 천천히 닦아냈다. 삶의 탄력을 잃어버린 시신은 딱딱하게 굳어버린 채 담징의 손에 몸을 맡겼다. 코를 녹일 듯한 약초 냄새를 피해 고개를 몇 번 털어내던 담징은 결국 기침을 하고 말았다. 담징이 코를 훌쩍거리며 이문진에게 물었다.

"저, 박사님……. 사인이 이미 밝혀진 시신도 이렇게 검시해야 합니까?"

"눈에 보이는 것만이 전부는 아니란다. 감춰진 걸 찾아내는 게 우리가 할 일이지. 그나저나 심하게 다툰 흔적이 없구나. 아는 사람의 소행이 분명해."

"도대체 누가 막두지 어르신을 해쳤을까요? 술주정이 심하기는 했지만 널방의 벽에 초벌로 바를 묽은 석회를 반죽하는 일은 누구도 따라올 사람이 없었는데요."

"내 생각에는 첫 번째 살인과 깊은 연관이 있는 것 같다."

이문진의 대답에 시신의 발목을 잡고 있던 담징이 고개를 들었다.

"그럼 스승님을 죽인 자가 막두지 어르신까지 해쳤다는 말씀이십니까? 그 이유가 뭘까요?"

"아직은 잘 모르겠지만 첫 번째 살인을 감추기 위해 저지른 것 같다는 느낌이 드는구나. 살인자가 지금 여기 있다면 나흘만 지나면 된다는 사실을 잘 알고 있을 거다."

"살인을 숨기기 위해 다시 살인을 저지르다니요. 너무 끔찍합니다."

담징이 몸서리를 쳤다.

"나도 마찬가지다. 그런데 우리가 자꾸 뭔가를 놓치고 있다는 느낌을 지울 수가 없단다."

"어떤 걸 말씀이십니까?"

"그러니까, 제자가 스승을 죽였다는 사실에 너무 집착하고 있는 것 같아. 단순한 미움이나 원한이었다면 두 번째 죽음이 벌어질 이유가 설명이 안 돼. 죽은 사람한테는 안 된 얘기지만 이 사람이 죽지 않았다면 나와 주활 어르신은 아직도 살인이 왜 벌어졌는지 몰랐을 거다."

"결국 죽은 자가 길을 가르쳐준 셈이군요."

푸른 죽음의 색을 뒤집어 쓴 채 누워 있는 시신을 바라보던 담징의 말에 이문진은 쓸쓸한 미소를 지었다.

"그렇다고 볼 수 있지. 이제 두 개의 살인을 연결해주는 고리만 찾아내면 이번 일을 해결할 수 있을 거다. 그럼 너도 누명을 벗게 되지."

"그래도 예전으로 돌아갈 수는 없을 거예요. 이번 일이 끝나면 다들 뿔뿔이 흩어지겠죠."

이문진은 고개를 떨어뜨린 담징의 머리를 쓰다듬으며 위로했다.

"예전에 주활 어르신께서 나에게 이런 말을 한 적이 있다. 살아남은 사람은 죽은 사람을 기억하면서 그들이 해야 할 일을 대신할 의무가 있다고. 너도 마찬가지다. 돌아가신 스승이 못 다한 일을 하는 게 네가 앞으로 해야 할 일이다. 잊지 말거라."

담징은 대답 대신 고개를 끄덕거렸다.

"그런데 막두지라는 사람이 하는 일이 벽에 회칠을 하는 것이라 했느냐?"

문득 어떤 생각이 떠올랐는지 이문진이 물었다.

"네."

"저 사람의 일터는 어디 있느냐?"

"일꾼들이 머무는 움막 뒤쪽 공터에 석회를 구울 때 쓰는 가마와 구운 석회를 띄우는 작은 웅덩이가 있어요. 잠은 움막에서 같이 주무셨고요."

"그럼 무덤 널방을 회칠한 것도 저 사람이더냐?"

"초벌칠과 재벌칠은 막두지 아저씨가 했고, 마감칠도 일부는 직접 하셨어요. 흙손으로 회칠을 마무리하는 건 막두지 아저씨가 잘했거든요."

담징의 설명에 이문진은 짧게 다듬은 턱 끝의 수염을 만지작거리며 다시 생각에 잠겼다.

"막두지가 일하던 곳과 무덤 안을 보고 싶은데, 같이 가주겠느냐?"

"무덤 안이라면 어제 보시지 않으셨어요?"

"그렇긴 하지만 다시 한 번 보면 뭔가 단서를 찾을 수 있을 것 같구나."

담징이 미처 대답하기도 전에 천막 입구가 활짝 열렸다. 쏟아지는 햇살을 등지고 들어선 을지문덕이 담징을 노려보았다.

"왜 내게 거짓말했느냐? 네 거짓말 덕분에 나는 웃음거리가 되었다."

무섭게 쏘아보는 을지문덕의 추궁에 담징이 담담하게 대꾸했다.

"좋든 싫든 함께 지낸 동료들입니다."

"그들이 너를 살인자로 몰았음을 그새 잊었느냐?"

"그 사람들이 저를 미워한다고 해서 저 역시 그들을 미워해야 할 이유는 없습니다."

"네 동료들 중에 살인자가 있다. 그자를 잡지 못하면 네가 대신 죽을지도 모른다."

을지문덕은 뜨거운 불을 뒤집어 쓴 것처럼 화끈거리는 얼굴을 손바닥으로 천천히 쓸었다. 손바닥의 굴곡을 통해 쓰라림과 배신감, 곤혹스러움이 묻어나왔다. 겹겹이 묻은 감정의 무게를 이기지 못한 손끝이 당장이라도 부러질 것처럼 부르르 떨렸다. 얼굴에 달라붙었던 열기는 그대로 목구멍 속으로 밀려들었고 을지문덕은 쓰디 쓴 침을 삼키며 그르렁 소리를 냈다.

"네 말만 믿고 화공들은 조사하지 않았다. 술간을 시켜서 화공들의 끝을 조사하라고 했지만 살인자도 아침에 벌어진 소동을 봤으니 뭔가 수를 썼을 거다. 놈의 정체를 밝힐 절호의 기회를 놓친 셈이지."

"처음에 살인자로 몰렸을 때는 겁이 났습니다. 죽는 줄 알고 말입니다. 하지만 마음을 편히 먹고 나니까 죽고 사는 것쯤 한낮의 꿈처럼 그저 아른하게만 느껴집니다."

"너의 빛나는 재능은 그 죽음과 함께 사라질 것이다."

"부처님의 세상 속에서 저의 미약한 재능 따위는 작은 티끌에 불과합니다."

조용히 있던 이문진이 을지문덕에게 말했다.

"지금 담징과 함께 무덤에 다시 들어가 볼 생각입니다. 함께 가시겠습니까?"

"아니, 누굴 만나야 하네."

짤막하게 대답하며 을지문덕은 몸을 돌려 밖으로 사라졌다. 거칠게 열어젖힌 천막 입구 너머로 흔들리던 햇살 조각이 두 사람의 발치에 떨어졌다.

❧

무덤의 널방 안은 서늘했다. 뜨거운 열기조차 숨을 죽이고 몸을 사리는 것 같았다. 사다리를 타고 내려온 이문진은 돌로 된 문으로 막힌 널길을 바라보면서 담징에게 물었다.

"그런데 왜 널길을 저렇게 막아둔 것이냐? 저길 뚫어놨으면 굳이 천장을 통해서 들어오지 않아도 되었을 텐데……."

"무덤의 널길은 이승과 저승을 연결하는 신성한 통로입니다. 무덤에 묻힐 묘주와 상주만 지나갈 수 있는 길이죠."

불티가 안 떨어지게 그릇 모양의 등잔불을 든 담징이 대꾸했다. 널방의 벽을 천천히 살펴보던 이문진이 손가락으로 벽을 살짝 누르면서 말했다.

"아직 덜 말랐군."

"원래 마감칠이 완전히 마르려면 사흘쯤 걸립니다. 초벌칠과 재벌칠도 대략 그 정도 걸리고요."

"그런데 죽은 거타지가 널방 안에서 쓰던 도구 중에 석회가루와 그릇이 있었다. 스승께서 직접 회칠을 하셨던 것이냐?"

이문진은 손끝에 살짝 묻어나온 하얀 석회를 응시하며 물었다.

"석회칠이 완전히 마른 후에 그리는 경우도 있고, 덜 마른 상태에서 그릴 수도 있습니다. 전체적인 형상을 잡을 때는 마른 상태에서 그리는 게 좋지만 세세한 부분을 그릴 때는 아무래도 축축한 상태에서 그리는 게 색을 선명하게 살릴 수 있어 좋지요. 그리고……."

일렁거리는 불빛에 의지해 벽화를 바라보던 담징이 잠시 입을 다물었다. 침묵이 길어지자 이문진은 담징을 바라보았다. 담징이 숨을 가다듬으며 말을 이었다.

"그림을 잘못 그렸을 때 끌로 긁어내고 다시 그리기가 수월하니까요. 마른 벽면에 그린 것도 지울 수는 있지만 분가루를 바르고, 아교 섞인 물감으로 덧씌워야 해서 훨씬 번거롭지요."

"거타지처럼 수십 년간 그림을 그린 화공도 실수를 하나?"

"실수라기보다는 상주께서 그림이 마음에 안 든다고 바꿔달라고 하는 경우가 종종 있습니다."

"그렇군."

이문진은 다시 한 번 회칠이 된 널방의 벽을 천천히 살펴보았다. 한 모금의 연기가 느슨하게 퍼져가는 것처럼 살인의 향기가 풍겨 나왔지만 어디서부터가 시작이고 어디가 끝인지 분간할 수 없었다. 등잔불의 불규칙적인 불빛 아래 드러난 사신들은 흉측해 보였다. 백호의 길게 뻗은 혀는 선혈로 그린 것처럼 붉었고, 청룡의 부릅뜬 눈에는 이곳에서 고통스럽게 죽어간 거타지의 고통이 밴 듯 자욱한 두려움이 덧씌워져 있었다. 문득 서둘러 나가고 싶다는 생각이 들었다. 이문진은 열린 천장으로 통하는 사다리를 잡았다. 그러고는 그때까지 꼼짝 않고 벽화를 응시하고 있던 담징에게 말했다.

"이제 막두지의 일터를 둘러보자."

"네⋯⋯."

담징은 널방의 벽에 고정된 눈을 떼면서 대답했다. 사다리를 잡은 손이 떨려왔다. 어두운 널방의 벽에 아로새겨진 동료들과 스승의 손길이 두려워졌다. 붓이 살인을 불러왔다. 아니, 붓을 움켜잡은 손이 피를 부른 것이다.

담징은 그만 사다리를 놓치고 말았다. 허공 속으로 미끄러진 손끝의 미친 듯한 떨림이 널방 안에서 증폭되는 것 같았다. 담징은 흐르는 눈물을 닦을 생각도 하지 못한 채 부들부들 떨리는 손을 쳐다보았다. 이미 밖으로 나간 이문진의 재촉하는 외침만 공허하게 울려 퍼졌다.

평상 위에 앉아 있던 을지문덕은 술간과 함께 들어온 마량을 쳐다보았다. 베로 만든 누런색 저고리와 바지엔 군데군데 물감이 묻어 있고, 올도 다 풀린 채였다. 땀에 젖은 검은색 두건 역시 색이 바랬다. 엉거주춤 서 있던 마량이 술간의 기침 소리에 고개를 꾸벅 숙였다. 을지문덕은 눈앞의 의자를 가리켰다. 마량은 허세가 실린 기침을 내뱉으며 의자에 살짝 엉덩이를 걸쳤다. 커다랗고 붉은 깃털이 달린 관을 쓴 시종 하나가 종종걸음으로 다가오더니 을지문덕과 마량의 앞에 놓인 상 위에 있는 찻잔에 차를 따랐다. 푸르스름한 빛을 띤 찻잔에서 뜨거운 김이 솟아올랐다. 조심스럽게 차를 한 모금 마신 을지문덕이 여전히 허리를 편 채 앉아 있는 마량에게 시선을 던졌다.

"바쁜데 불러서 미안하네."

"일도 없고 한가했습니다. 그런데 소인을 이리 따로 부르신 연유가 무엇이시옵니까?"

똑바로 눈을 뜬 마량이 목소리에 술간이 인상을 찡그렸다.

"물어볼 게 있어서 불렀네."

"주활 어르신께서도 제가 살인자라고 생각하고 계십니까?"

"이놈이 어디라고 함부로 입을 놀리느냐!"

칼자루에 손을 가져간 술간이 버럭 고함을 질렀다. 손을 들어 술간을 만류한 을지문덕이 조용히 입을 열었다.

"네가 범인이라는 확신이 있었다면 지금 너는 이 자리에 없었을 것이다. 형틀에 묶였겠지. 그런데, 누가 널 살인자로 몰고 있다고 생각하는 것이냐?"

"쥐새끼 같은 욱도해와 몽부 놈이지 누구겠습니까. 둘이 어제부터 스승님이 쓰시던 움막에 틀어박혀서 뭔가 꿍꿍이를 꾸미는 중입니다."

"그들이 자네를 살인자로 모는 이유가 뭔지 짐작 가는 거라도 있나?"

을지문덕이 찻잔을 내려놓으며 물었다. 그러자 마량은 코웃음을 치며 대답했다.

"욱도해는 저만 없으면 자기가 스승님의 뒤를 이을 거라고 생각하니까 그런 거지요. 몽부는 예전에 쫓겨날 때 제가 빌미를 주었다고 생각해 원한을 가지고 있는 것 같습니다요."

"단순히 그런 이유만으로 자네를 살인자라고 보는 건가?"

"어차피 스승님을 미워하는 감정이야 다들 가지고 있었습니다. 더군다나 요 근래 눈이 안 좋아지신 뒤로는 벽화 모본조차 제대로 못 그리셨습니다. 죄다 저희에게 시켰지요."

"그게 살인의 동기가 될 수 있나?"

앞으로 몸을 기울인 을지문덕이 눈빛을 반짝거리자 마량은 답답하다는 듯 가슴을 쳤다.

"종이에 그린 모본을 가지고 벽화를 그립니다. 벽화는 한 번 틀리면 다시 고치기기 힘든 데다가 너무 커서 전체적인 윤곽과 배치도를 한눈에 보기가 힘듭니다. 조벽지 같은 경우는 아예 모본을 크게 만들어서 선에다가 작은 구멍을 뚫고, 그 구멍을 따라 먹선을 칠해서 완성하는 경우도 있습니다."

"그럼 거타지가 자네들이 그린 모본으로 작업했다는 말인가?"

"물론 예전에도 배경에 그려지는 구름이나 당초무늬 같은 건 저희들이 나눠서 작업했습니다요. 하지만 요즘에는 아예 모본 전체를 우리들에게 그리게 한 경우가 많았습니다. 이번 무덤에 들어갈 그림도 현무와 백호는 욱도해가 그렸고, 주작과 청룡은 제가 그렸습니다. 쫓겨난 동료들이 알면 땅을 치고 통곡할 노릇이지요."

"쫓겨난 동료들?"

"처음에 제가 들어왔을 때만 해도 제자들이 스무 명 넘었습니다. 하지만 힘든 일을 견디지 못해서 도망친 애들도 있었고, 일을 못한다고 쫓겨난 아이들도 있었습죠. 결국 남은 건 욱도해와 저뿐이었습니다."

울분에 젖은 마량의 말에 귀를 기울이던 을지문덕이 측은한 표정을 지어 보였다.

"제자들을 그렇게 줄이면 일을 제대로 하지 못했을 텐데……."

"그게 조벽지로 그리면 회칠을 하지 않아도 되고, 또 사신도는 다른 풍속도나 장식무늬와 달리 배경 그림을 많이 그리지 않아도 되었기에 가능했던 겁니다. 손이 남아 도니까 하나둘 핑계를 대면서 쫓아낸 거죠. 십 년 넘게 동상과 물집에 걸려 엉망이 된 손을 보이면서 제발 한 번만 봐달라는 제자들에게 매질을 하면서 말입니다."

"가혹한 스승이었군."

"스승님의 명성은 우리들의 피와 눈물 위에서 이뤄진 겁니다. 다른 건 다 용서해도 모본을 자기 것인 양 얘기한 것은 참을 수 없었습니다. 그래서 사실은……."

주저하듯 말끝을 흐렸던 마량은 한숨을 내쉬고서 아랫입술을 지그시 깨물었다.

"이번 일이 끝나면 스승님을 떠나서 다른 화공 밑으로 가기로 했었습니다. 그분께서 오 년만 일을 해주면 따로 일감을 주신다고 하셨거든요."

"거타지가 허락하지 않을 것 같아서 일을 저질렀을지 모른다는 오해를 살까 봐 입을 다물었던 건가?"

"그 반대입니다. 스승님 밑에서 일한 지 스무 해가 넘었으니까 제 발로 나가도 됩니다. 오히려 스승께서 갑자기 돌아가시는 바람에 옮기기가 난감해졌죠. 남들이 보면 먹고살 길을 찾아서 흩어진 모양새가 되니까요."

"결국 자네 스승은 죽어서도 자네 발목을 잡은 셈이군."

을지문덕의 농담에 마량은 어깨를 으쓱해 보였다.

"전 지나간 일은 신경 쓰지 않습니다. 일일이 그런 걸 담아뒀다가는 제 명에 못 죽죠."

"아직 범인의 윤곽조차 못 잡았네. 자네가 나를 도와주면 관청에서 그림 그릴 수 있는 화공 자리를 알아봐주지."

"동료들을 고자질하고 싶지 않습니다."

"어차피 자네도 진짜 살인자가 누구인지 모르지 않나? 그냥 단서가 될 만한 걸 알려달라는 뜻일세. 정해진 기한까지 살인자를 찾지 못하면 남부 욕살이 보낸 병사들이 담징을 잡아갈 걸세. 그 아이가 다시 잡혀가게 되면 난 체면을 구긴 셈이 되고, 그걸 풀려면 자네들을 괴롭히는 수밖에는 없어."

"어르신의 자존심 때문에……"

"내가 지키고 싶은 자존심은 딱 하나일세. 살인자가 제 잘못에 대한 대가를 치르지 않고 백주대낮을 떳떳하게 활보하는 걸 보고 싶지 않다는 것, 그것뿐이지. 어쨌든 자네 스승은 제자들 중 한 명에게 죽임을 당했고, 이 문제를 풀지 못하면 자네가 어딜 가든 따라다닐 게 틀림없어. 한번 상상해보게. 사람들이 자네 뒤통수를 손가락질하면서 스승을 죽인 자라고 수군거리는 모습을 말이야."

을지문덕은 조용히 찻잔을 들어올렸다. 입을 다문 채 이리저리 눈동자를 굴리던 마량은 결국 두 팔로 허벅지를 철썩 내리치며 대답했다.

"최근 그린 모본에 단서가 있을지도 모릅니다."

"무슨 뜻인가?"

"그림을 그리는 화공들은 자기 그림에 자기만 아는 특이한 표시를 해놓습니다."

"특이한 표시?"

"예를 들어 종이의 모서리를 살짝 잘라놓는다든지 사람을 그릴 때

콧수염의 길이를 약간씩 틀리게 그린다든지 하는 방식으로 말입니다. 저도 가지고 있고, 욱도해와 몽부도 가지고 있습니다."

마량의 말에 귀를 기울이던 을지문덕이 고개를 갸우뚱거렸다.

"그게 어떻게 살인의 단서가 될 수 있다는 말인가?"

"스승님께서는 제자들이 그린 모본을 거둬들이면서 어떤 표시도 남겨놓지 말라고 여러 차례 말씀하셨습니다. 만에 하나 표시를 남겨놓으면 가만두지 않겠다고 단단히 엄포를 놓으셨지요. 그런데 닷새 전쯤 스승님께서 은밀하게 저를 불렀습니다. 누군가 모본에 자기 것이라는 표시를 해놓았다고 말입니다."

"그래서?"

"저한테 누가 그려놓은 표식인지 알아내라고 하셨습죠. 알아내서 고하면 저에게 모든 일을 물려주겠다고 하셨습니다."

굵고 울퉁불퉁한 손가락을 단단하게 깍지 낀 채 마량은 무거운 눈빛으로 을지문덕을 바라보았다.

"그 표식을 남겨놓은 자가 스승님을 죽인 범인이란 뜻이군?"

"저는 스무 해 동안 스승님의 온갖 매질을 견뎌냈습니다. 다른 제자들 대부분도 마찬가지였습니다. 누구든 최소한 십 년은 그분 밑에서 짐승 취급을 받으며 일해야 했어요. 왜 그렇게 견뎌낸 줄 아십니까? 바로 자기가 그린 그림을 남기고 싶다는 열정 때문이었습니다. 별것 아닌 흙과 나무 그을음을 가지고 색을 창조해내고 짐승의 털로 만든 붓으로 선을 그려서 세상을 그려내는 건 단순한 기예나 솜씨라고 보기에는 너무나 장엄한 일이지요."

무뚝뚝하기 이를 데 없고 말도 길게 할 것 같지 않은 마량이 열정에 젖어 떠드는 모습을 을지문덕은 아무 말 없이 지켜보았다.

"그렇기 때문에 다들 매를 맞고 천대를 받으면서도 그림 그리기를 포기하지 않는 겁니다. 오직 자기 그림을 남기고 싶다는 욕심 하나 때문에요. 특히 무덤에 그리는 벽화가 그렇습니다. 벽화가 얼마나 오래 남아 있을 것 같습니까?"

"하지만 일단 문을 닫으면 아무도 보지 못할 텐데, 그게 자네 말처럼 목을 맬 가치가 있는 건가?"

"무덤의 부장품을 노린 도굴꾼들이 봉분을 파헤치고 널방에 들어가는 경우가 있답니다. 시간이 지나면 시신은 물론 시신이 모신 관조차 썩어서 흔적도 없이 흩어지죠. 그런데 벽화만은 그대로 남아 있답니다. 백 년, 아니 이백 년이 넘는 세월을 지나면서도 끄떡없습니다. 그 무덤 속에 누가 묻혀 있는지조차 잊혀도 그림은 온전히 남아 있는 겁니다. 자기가 그린 그림이 이처럼 천 년 이상 남아 전해진다고 생각해보십시오."

"소름 끼치는군."

"우리가 단군의 조선을 잊어버렸듯 후손들 역시 우리를 잊겠지요. 지금 천하에 없는 권세를 누리는 귀족이라 해도 영겁의 시간을 이길 수는 없습니다. 단단한 돌도 시간이 흐르면 부스러지고, 부서진 작은 돌조각들은 바람에 흩어집니다. 결국 아무것도 남지 않지요. 우리가 남긴 벽화들만 빼고 말입니다."

을지문덕은 평상의 등받이에 여전히 몸을 기댄 채 입을 열었다.

"죽은 후에 사람들의 입에 오르내릴 명성 따위에 목매는 이유가 궁금하군. 현세의 삶이 만족스럽지 못해서 그런 건가?"

을지문덕의 말에 마량은 찬물을 뒤집어 쓴 것처럼 오싹한 웃음을 지어 보였다. 을지문덕이 그 웃음의 뜻을 이해하려고 애쓰는 동안 마량은 깍지 낀 손을 풀며 말했다.

"사람들은 우리를 보고 죽은 자에게 빌붙어 사는 두더쥐 같은 놈들이라고 말합니다. 심지어 같은 화공들 중에도 우리를 천대하는 자들이 있습죠. 어쩌면 그래서 점점 더 그림에 탐닉하고 몰두하는지도 모릅니다. 외람된 말씀이지만, 소문에는 주활 어르신께서 죽은 사람과 소통할 수 있다고 하던데요?"

"그랬다면 이렇게 골머리를 썩지 않았겠지. 그러니까 자네 말은 거타지의 모본에 표시를 남긴 자가 스승이 눈치챘다는 사실을 알고 일을 저질렀다는 얘기군."

을지문덕의 질문에 마량은 코를 킁킁거리며 얼굴을 찡그렸다.

"사실대로 말씀드리면 알아보고 자시고 할 것도 없죠. 남은 제자 중에 모본을 그렸던 건 저와 욱도해뿐이었습니다."

"그 얘기는 죽은 거타지는 적어도 자네는 아니라고 믿었다는 말이군."

"글쎄요. 스승님께서는 제자들끼리 싸움 붙이는 걸 좋아하셨습니다.

제자들끼리 편을 가르면 자기에게 더욱더 매달린다는 사실을 잘 알고 있었으니까요. 아무튼 제가 드릴 말씀은 여기까지입니다."

"잠깐! 욱도해를 추궁하려면 그 표시를 찾아내야만 하네. 나를 좀 도와주겠나?"

을지문덕의 말에 막 자리에서 일어나려던 마량의 눈썹이 살짝 꿈틀거렸다.

"죄송하지만 그건 도와드릴 수 없습니다."

"자네 말이 사실이라면 욱도해가 서둘러 담징을 범인으로 몬 것이나 파문당했다가 돌아온 몽부와 손을 잡고 자네를 따돌리는 게 설명이 되네. 그자는 단순히 스승의 뒤를 잇는 것으로 만족하지 않을 걸세. 담징을 범인으로 모는 데 실패했으니 다른 희생자가 필요할 테고 아마자넬 점찍었을 거야."

"설마……."

"그자 입장에서는 자네를 없애버리는 게 단순히 경쟁자를 제거하는 정도가 아닐걸? 자신을 압박하는 의혹까지 한 방에 털어낼 수 있으니 말이야. 장담하네만 오늘이나 내일 중에 자네가 살인자라는 물증을 가지고 나를 찾아올 거야. 이래도 그자를 동료라고 감싸줄 텐가?"

을지문덕의 말에 마량의 얼굴이 딱딱하게 굳었다.

"그자가 그림에 남겨놓은 표시를 찾아주게. 그게 자네가 살 길이야."

"약삭빠른 놈입니다. 섣불리 움직였다가는 모본들을 모두 없애버릴 겁니다."

"오늘 저녁, 그자와 몽부를 내 천막으로 부르겠네. 자네는 그동안 내 부하들과 함께 천막으로 들어가서 모본들을 모두 가져와 확인해보게."

"분명히 말씀드립니다만, 화공들의 표시는 알아보기가 정말 어렵습니다. 저도 욱도해가 어떤 표시를 했는지 알아내지 못할 수도 있습니다."

"늦어도 내일 오후쯤에는 무덤의 널방을 다시 봉인하고 벽화를 마무리 짓는 것으로 알고 있네. 이틀 후 새벽에 봉인을 열 때까지만 알아내면 돼."

"일단 살펴보겠습니다."

을지문덕은 밖으로 사라지는 마량을 물끄러미 쳐다보았다. 마량의 어깨 너머로 보이는 어둠은 단단히 응축되어 있었다. 문득 그 어둠이 킬킬대며 자신을 비웃는 것만 같았다. 을지문덕은 고개를 떨어뜨린 채 눈가에 더덕더덕 달라붙은 피곤함을 문질렀다. 한숨이 나왔다.

그때 황급히 술간이 들어왔다. 표정이 심상치 않았다. 을지문덕이 입을 열려는 찰나 술간이 고했다.

"담징이 사라졌습니다."

"어떻게 환한 대낮에 이런 일이 벌어질 수 있단 말이냐!"

을지문덕은 앞에 선 술간이 고개를 푹 숙인 가병 두 명에게 호통치는 모습을 바라보았다. 오른쪽에 서 있는 약간 마른 가병이 고개를 들고 변명했다.

"그게 저, 주활 어르신께 허락을 받았다고 해서……."

"그렇다면 확인 먼저 했어야지!"

술간의 호통에 찔끔한 가병이 다시 고개를 숙였다. 화가 머리끝까지 치솟아 오른 을지문덕은 뒷짐을 진 채 두 사람 앞을 서성거렸다. 고임돌 올릴 길을 닦고 있던 일꾼들이 어깨 너머로 흘끔거리며 키득거렸다.

"어디로 간다고 하고 사라진 것이냐?"

"도성 쪽 길로 가는 것을 제 눈으로 똑똑히 보았습니다."

홀쭉한 가병이 살짝 고개를 들고 대답하고는 잽싸게 고개를 숙였다. 을지문덕은 뒤쪽에 서 있는 술간을 쳐다보았다.

"말을 탄 부하들을 그쪽 방향으로 보냈습니다만……."

말끝을 흐린 술간이 자신 없다는 표정을 지었다. 고개만 넘어가면 크고 작은 마을이 나타날 것이고, 다른 곳으로 이어지는 갈림길도 많이 나올 터였다. 숲속에 던져진 작은 옥가락지를 찾는 꼴이다. 분을 삭이지 못한 을지문덕이 길가의 자갈을 걸어찼다. 그때 이문진과 찬노가 시야에 들어왔다. 을지문덕은 깊이 숨을 들이켰다. 속 깊은 분노와 절망감을 그들에게 들키고 싶지 않았다. 잠시 사라졌던 현기증이 다시 머릿속을 이리저리 잡아당겼다. 눈앞이 빙빙 돌았다. 이를 악물고 버티던 을지문덕은 가까이 다가온 이문진을 노려보았다.

"자네와 함께 있었던 것으로 알고 있었는데 언제 도망친 건가?"

"무덤 널방을 살펴보고 나와서 막두지의 일터를 둘러보고 있는데 측간에 다녀온다고 해놓고는 사라져버렸습니다."

"지금 사라지면 모든 죄를 뒤집어쓰게 된다는 사실을 알고 있으면서 ……. 도무지 속을 알 수 없군."

"무덤 안에서 나오면서부터 뭔가에 홀린 것처럼 창백해 보였습니다."

"그 안에서 뭘 보았다는 얘긴가?"

을지문덕의 질문에 이문진은 고개를 저었다.

"방금 전에도 다시 들어갔다 나와 봤는데 지난번과 달라진 건 없었습니다."

"알겠네."

을지문덕은 두 사람에게서 등을 돌렸다. 사건의 단서를 겨우 찾았다고 생각한 순간 일이 어긋나버렸다. 봉분의 꼭대기에 세워진 기중기의 기둥이 붉은 저녁 빛 아래 앙상한 뼈대를 드러냈다. 눈에 보이지 않게 슬그머니 밀려온 저녁 바람에 기중기 아래 축 처져 있던 도르래가 천천히 흔들거렸다. 근원을 알 수 없을 정도로 심하게 엉킨 실타래 같은 감정들은 살인이라는 몸통을 좀처럼 드러내지 않았다. 기껏 해봐야 사방으로 삼사백 보의 넓이 안에 모여 있는 오십 명의 사람들 속에 숨어 있는 살인자는 지금껏 자신의 존재를 잘 숨기고 있다.

을지문덕은 문득 이번 사건을 해결하는 데 실패할지도 모른다는 두려움에 몸서리를 쳤다. 새록새록 돋아나는 공포감이 식은땀으로 변해 이마에 송글송글 맺혔다. 눈앞에 어른거리는 두려움을 털어내고자 을지문덕은 머리를 세차게 흔들었다. 그 순간 바로 곁에 서 있던 찬노가 헛기침을 했다. 그 소리에 놀라 퍼뜩 고개를 드니 찬노가 난처한 표정으로 을지문덕을 바라보고 있었다.

"저로서는 그냥 넘어갈 수 없는 문제입니다. 일단 주인 어르신께 보고를 올려야겠습니다만……"

"변명 따위는 하지 않겠네만 사흘만 참아주게."

"사흘 후에도 찾아낸다는 보장은 없지 않습니까? 그동안 숨겼다는 사실을 알면 전 다시 뜰을 쓰는 노비로 쫓겨날지 모릅니다."

"자네와 나만 입을 다물면 자네 주인은 아무것도 모를 걸세."

고개를 가로저은 찬노가 을지문덕을 똑바로 쳐다보았다.

"제 주인님이 나이가 어리다고 얕잡아보지 마십시오. 굳이 저를 주활 어르신께 붙인 이유를 모르시겠습니까? 주인님은 저를 시험하고 계신 겁니다. 옛 정에 이끌릴지 아니면 지금의 주인한테 충성할지 말입니다."

"몇 년 전의 자네처럼 의지할 곳 없는 아이가 감당할 수 없는 누명을 쓰고 사라졌네. 우리가 아니면 도와줄 사람이 없어."

을지문덕이 침통한 목소리로 대답하고 몸을 돌렸다. 찬노가 그의 옷자락을 움켜잡으며 소리쳤다.

"그럼 저는요? 제가 가병이 되기 위해 얼마나 많은 고난을 겪었는지 정녕 모르십니까?"

"이건 사람의 목숨이 걸린 일이다. 네 판단에 맡기겠다만 한 번만 더 생각해 보거라. 지금 그 아이가 사라졌다는 사실이 알려지면 일이 더욱더 복잡해질 것이다."

찬노는 불만에 찬 표정으로 을지문덕을 바라보았다. 을지문덕은 그런 찬노의 어깨를 말없이 두드리고 돌아섰다.

🐾

언덕 위 무덤 쪽으로 걸어가는 을지문덕을 물끄러미 바라보던 이문진은 발걸음을 돌렸다. 갑자기 사라져버린 담징에 대한 생각이 꼬리에 꼬리를 물고 머릿속을 맴돌았지만 뚜렷한 답은 나오지 않았다.

－도대체 왜 사라진 걸까?

이문진은 점차 진하게 하늘을 물들이는 석양을 바라보며 중얼거렸다. 막두지의 작업장에서도 별다른 단서를 찾지 못했다. 진흙을 다져서 만든 가마 주변에는 하얀 석회 덩어리와 반죽할 때 쓰는 커다란 그릇 몇 개만 놓여 있었다. 우두커니 서 있던 이문진은 발치에 굴러다니는 나무주걱을 내려다 보다 말고 등 뒤에서 들리는 헛기침 소리에 놀라 고개를 돌렸다. 뚜껑이 있는 작은 그릇을 든 욱도해가 그에게 고개를 숙였다.

"여긴 어쩐 일이십니까?"

"죽은 사람의 일터를 둘러보고 있는 중일세. 자네는 웬일인가?"

"무덤 널방에 바를 석회를 가지러 왔습니다."

물이 가득 찬 구덩이 곁으로 다가간 욱도해는 물 위에 뜬 석회 덩어리를 조심스럽게 건져냈다. 그러고는 물기를 털어낸 석회 덩어리를 그릇에 차곡차곡 담았다. 그 광경을 물끄러미 바라보던 이문진에게 갑자기 모종의 기억이 떠올랐다.

"잠깐, 그 석회는 가마에 넣었다가 물에 띄운 게 맞나?"

"네, 그냥 캐낸 석회는 물에 닿으면 독한 연기를 내면서 뜨겁게 달아오릅니다. 그냥 썼다가는 손에 화상을 입습니다."

"죽은 거타지의 양손처럼 말인가?"

이문진의 말에 웃으며 대꾸하던 욱도해의 얼굴이 확 굳어져버렸다.

"스승님은 수십 년 동안 석회를 다루신 분입니다. 생석회와 강회를 구분하지 못하셨을 리 없습니다."

"환한 대낮이었다면 당연히 그랬겠지만 빛 한 점 들어오지 않는 무덤 안에서라면 모를 수도 있지. 자넨 처음부터 알고 있으면서 입을 다물었군. 왜 그랬나?"

"돌아가신 스승님의 손을 보고 강회 대신 불에 굽지 않은 생석회로 바꿔치기했다는 사실을 눈치챈 건 맞습니다만, 제가 한 짓은 아닙니다. 사인이 독살로 밝혀진 이상 군이 오해를 살 만한 일은 피하고 싶었습니다."

"그럼 누군가? 석회를 바꿔치기한 사람이……."

"스승님이 쓰실 물감과 석회를 준비한 건 담징이었습니다."

이문진의 날카로운 눈길을 피한 욱도해가 대답했다.

"지금 자리에 없다고 뒤집어씌우는 건가?"

"담징이 스승님이 쓰시는 석회와 물감을 준비하는 건 다 알고 있는 사실입니다. 스승님은 담징이 처음 들어왔을 때부터 눈에 보일 정도로 감싸고돌았으니까요."

"그래서 처음에 그 아이에게 죄를 뒤집어씌운 건가?"

"물감에 독이 들어 있었고, 물감을 만든 건 담징이었으니까요."

"그 물감에 아무나 손을 댈 수 있었다는 사실은 왜 얘기하지 않았지?"

이문진은 차갑게 대꾸하는 욱도해를 윽박질렀다.

"높은 분들은 항상 듣고 싶어 하는 얘기가 따로 있습지요. 저희 같이 미천한 아랫것들은 윗분들이 듣고 싶어 하는 얘기만 해야 하고 말입니다."

"어린 담징은 자네와 자네 동료들을 감싸느라 주활 어르신과도 말다툼을 벌였네."

"미천한 자가 세상을 사는 방법은 여러 가지입니다. 저와 담징이 사는 방법이 다른가 봅니다."

"사람의 존귀함과 미천함은 핏줄로도 구분되지만, 그보다는 그 사람의 마음가짐으로 더 잘 구분할 수 있는 법이네."

욱도해는 그릇 안에 들어 있는 석회 덩어리들을 잠시 내려다보다 고개를 들었다.

"제 아버님은 엄연히 호적이 있는 농민이셨죠. 제가 어릴 때 아버님은 규정에 없는 세곡을 걷던 관리와 말다툼을 벌이시다가 누명을 쓰고 감옥에서 돌아가셨습니다. 집안은 풍비박산이 났고, 어머니는 여덟 살 된 저를 스승님에게 맡기고 재가하셨죠. 비웃고 싶으면 실컷 비웃으십시오. 저는 제 방식대로 세상이라는 칼날을 피해갈 따름입니다."

두 사람의 대화는 술간이 나타나면서 자연스럽게 중단되었다. 술간이 욱도해에게 주활 어르신이 찾는다는 말을 건네자 욱도해는 이문진을 돌아보았다.

"전 병사들이 지키고 있는 이곳이 진짜 지옥이 아닌가 생각합니다. 한 발만 슬쩍 헛디뎌도 함정에 떨어질 테니까요. 물론 지켜보고 계시는 두 분에게는 흥미로운 놀이겠지만 말이죠."

"석회를 왜 바꿔치기했느냐?"

"믿지 않으시겠지만 제가 한 짓이 아닙니다."

아무것도 숨기는 게 없다는 듯 두 손을 활짝 펼쳐 보인 욱도해가 차분하게 대답했다. 이문진은 술간을 따라 사라지는 욱도해를 노려보다가 을지문덕처럼 길 위의 자갈을 힘껏 걷어찼다.

을지문덕은 눈앞의 탁자에 수북이 쌓인 두루마리들을 바라보았다. 술간이 욱도해와 몽부가 차지하고 있던 거타지의 움막에서 두루마리로 만들어진 모본들을 모두 거둬들여서 보내주었다. 탁자 너머에 서 있던 마량은 아무 말도 없이 고개를 숙인 채 모본을 살폈다. 오랜 세월 추위와 열기에 깎여나가 뭉툭해진 손끝은 마치 살아 있는 것처럼 그림들 위로 헤엄치고, 기어 다니고, 걸어 다녔다. 을지문덕은 산처럼 쌓인 두루마리 중 살짝 빠져나온 두루마리를 자기 쪽으로 잡아당겼다. 손으로 잡기 좋게 양쪽 끝을 둥글게 다듬은 권축(卷軸)*은 황궁의 사자들이 쓰는 값비싼 향나무로 만들어졌고, 두루마리의 허리를 묶은 붉은색 끈은 비단실을 꼬아서 만든 것이었다. 죽은 거타지가 얼마나 모본을 보관하는 데 신경을 썼는지 짐작할 수 있는 부분이었다. 을지문덕은 품을 팔아서 먹고사는 일꾼들보다 더 허름한 옷을 걸친 마량을 보면서 죽은 스승과 제자 사이의 간극이 살인을 벌일 만큼의 틈인지 가늠해보았다. 을지문덕의 시선을 아는지 모르는지 마량은 여전히 그림에 열중해 있었다. 눈치 채지 못하도록 시선을 거둔 을지문덕은 나비 모양으로 두루마리의 매듭을 살짝 풀고 권축의 끝을 잡고 살짝 밀었다. 두루마리는 천천히 굴러가서 자신이 안에 숨겨놓은 것을 드러내 보였다. 갈색으로 물들이고 겹쳐진 둥근 원이 수놓인 비단 위로 종이가 자리 잡고 있었다. 종이의 모서리와 가장자리에 일정한 간격으로 꿰매진 실이 종이와 비단을 단단히 결합시켰다. 낡은 삼베 조각 따위는 하나도 섞이지 않은 희고 깨끗한 종이 위에 톱날같이 날카로운 불꽃 모양이 그려져 있었다. 들보 위의 인(人) 자 형 화반 같이 생긴 불의 표면에는 곰의 털 같이 한쪽으로 기울어진 불꽃이 비늘처럼 달려 있었다. 을지문덕은 가늘게 떨리는 손끝을 조심스레 종이 위의 불꽃으로 가져갔다. 잘 익은 복숭아 빛처럼 부드러운 불꽃의 표면과 심지에 닿은 안쪽의 강렬함은 죽음과 삶처럼 극단적으로 대비되어 보이면서도 삶과 죽음처럼 한데 맞닿아 있었다. 세상 속에 존재하는 것들을 섞어서 만들어낸 색과 사람의 지각이 이끈 손의 결합이 불꽃보다 더 불꽃같은 그림을 만들어낸 것이다. 마량은 전혀 다른 느낌으로 다가오는 불꽃 무늬를 보면서 깊은 한숨을 내쉬었다. 그리고 깨달았다. 모든 것이 살인과 연결되어 있다는 것을…….

보이지 않은 너머로 느슨하게 늘어진 실은 결국 살인으로 이어졌을 것이지만 거미줄 같은 실은 그 어떤 이름으로 불릴 수 있었다. 을지문덕은 심연에 젖은 시선으로 살인과 연결된 실을 잡아당기며 실의 몸통에 이슬처럼 맺혀 있는 것들의 이름을 중얼거렸다. 스승에 대한 미움과 증오, 자기 것을 빼앗긴 데 대한 분노, 자기 이름을 지키고자 하는 열망, 동료에게 향한 스승의 시선에 대한 질투, 그리고…… 당장이라도 끊어질 것 같이 팽팽해진 실은 심연 너머의 어둠 속에 숨겨진 마지막을 보여주지 않기 위해 완강히 버텼다. 또 다른 하나, 무언가에 대한 비밀, 수호하고자 하는 마음. 뒤죽박죽 섞여서 말로서 다 설명할 수 없고 마음으로 이해할 수 없는 결심……. 툭 끊어져 튕겨 나온 실 끝에 딸려나온 감정의 파편들이 늦은 봄에 내리는 눈처럼 천천히 떨어지면서 그의 주위를 맴돌았다. 을지문덕은 주체할 수 없는 감정에 휩싸인 채 눈시울을 붉혔다. 켜켜이 쌓인 먼지 같은 감정이 목까지 차올랐다. 회오리치는 살인이라는 감정이 그의 몸을 조금씩 뜯어먹으며 비웃는 것 같았다. 살인자는 대담하게도 수십 명의 무사들이 지키는 좁아터진 곳에서 살인을 저질렀다. 살인자는 기껏해야 오십 명도 안 되는 일꾼들과 석공들, 그리고 화공들 중에 섞여 있을 것이다. 어쩌면 자신의 눈앞에서 정신없이 그림을 들여다보는 마량이나 갑자기 사라져버린 담징일 수도 있다.

을지문덕은 예전에 스쳐지나갔던 일들을 떠올려보았다. 간주리의 이름으로 살인을 저질렀던 강이식, 사랑하는 사람에 대한 복수를 위해 모든 것을 아낌없이 내던진 황후, 세상에 대한 불같은 분노 덕분에 결국 스스로를 태워버려야 했던 오랑, 그리고 지금 무덤의 널방 속에서 화공을 독살시킨 이름 모를 살인자까지……. 모든 살인은 매끈한 청동 거울에 비춰진 얼굴처럼 좌우가 뒤바뀌어 있으면서도 똑같았다. 신분과 처지가 달랐고, 사람들이 부르는 이름과 대접도 달랐지만, 살인을 저지르고 죽음을 꾸몄을 때의 얼굴은 똑같았다. 온갖 감정으로 뒤덮여 본래의 얼굴조차 알아볼 수 없을 정도로 흉측해진 얼굴은 죽음을 뒤집어쓰고 서둘러 어둠 속으로 사라졌을 것이다. 그러고는 시시때때로 나타나 천막 속의 어두운 구석에서 격격거렸을 터다. 자신의 행동이 정당했다고 믿기에 살인자의 얼굴은 한층 더 겹겹한 어둠 속에 젖어들었고, 자신을 믿었기에 살인자의 얼굴은 세상의 다른 얼굴과 크게 다르지 않았을 것이다.

을지문덕은 더 이상 그림을 보지 않았다. 그의 시선은 복잡한 감정들이 휘몰아치는 천막 안 곳곳을 쑤셔댔다. 어둠과 살인은 쌍둥이처럼 붙어서 그의 시선 언저리에 머물렀다가 사라졌다. 그것들을 정신없이 좇던 을지문덕은 어느 순간 갑자기 천막 안의 모든 감정이 말라버린 것을 느꼈다. 잠시 그를 희롱했던 살인의 감정들이 물러난 천막 안에는 살인자 못지않게 살인을 탐닉하고 갈구하는 을지문덕과 살인자를 찾으면서도 살인자일지 모르는 마량밖에 없었다. 을지문덕은 어느 순간부터인가 자신을 지켜보는 마량에게 들뜬 웃음을 지어 보였다.

"그래, 찾아낸 게 있느냐?"

멍한 얼굴의 마량이 대답 대신 고개를 저었다. 뭔가에 빠져버린 듯한 마량의 표정을 읽어낸 을지문덕이 다시 물었다.

"뭔가 이상한 점을 발견했냐고 물었다?"

"설명할 수는 없지만 그렇습니다."

잠에서 깨어난 듯한 목소리로 입을 연 마량이 골라낸 그림들이 놓인 구석으로 시선을 옮겼다. 사신도의 청룡과 천장에 그린다는 연꽃, 구름 속을 날며 피리를 부는 선인들을 그린 그림들이 무의미하게 나열되어 있었다. 눈살을 찌푸린 을지문덕이 여전히 평정을 찾지 못하는 마량에게 재차 물었다.

"이게 욱도해가 그린 모본이냐?"

"아닙니다. 이건 욱도해가 그린 게 아닙니다."

"그럼 파문당했다는 몽부라는 화공의 그림이냐?"

"그의 솜씨도 아닙니다. 그러니까, 제가 조리 있게 설명을 드리지는 못하지만, 그 두 사람의 그림은 절대 아니라는 겁니다. 물론 스승님의 그림도 아니고 말이죠."

말로 표현하지 못하는 그 어떤 것을 설명하기 위해서라는 듯 커다란 두 팔을 허우적대는 마량의 말은 가뜩이나 지친 을지문덕의 신경을 거슬렀다.

"그럼 대체 누가 그린 건가? 자넨가?"

을지문덕의 추궁에 마량은 오른손을 번쩍 들어올렸다. 곧게 뻗쳐진 다섯 손가락들 중 제일 마지막 손가락이 활처럼 굽어 있었다. 손을 내린 마량이 입을 열었다.

"열여덟 살 때 연꽃잎 안에 그려 넣은 얼굴이 잘못되었다며 스승님에게 쇠자로 맞아서 부러진 겁니다. 치료만 잘했으면 금방 아물었겠지만 그때는 천으로 둘둘 감는 것밖에는 할 수 있는 게 없었죠."

탁자 아래로 숨긴 오른손을 따라 시선을 내린 마량이 서글픔이 잔뜩 묻어난 미소를 지었다.

"덕분에 청룡의 비늘이나 휘어진 구름의 끝선 같이 잘고 섬세한 선들은 그리지 못합니다. 큰 붓은 모르겠지만 작은 붓은 네 손가락만으로 잡기가 힘들거든요."

"자네도 아니고 욱도해나 몽부도 아니라면, 도대체 누가 그 모본들을 그린 건가? 그리고 그게 거타지의 죽음과 연관되어 있다고 볼 만한 이유는 대체 무엇인가?"

"이걸 보십시오. 여기 오른쪽 그림이 스승님이 그린 청룡입니다."

을지문덕은 탁자 모서리를 돌아 마량의 앞에 나란히 펼쳐진 두 개의 두루마리 안에 자리 잡은 청룡 앞에 섰다. 길고 날카로운 발톱으로 허공을 움켜쥔 두 마리의 청룡은 푸른색 몸통에서 뻗어 나온 붉은색 갈기털로 뒤덮여 있었다. 청룡을 돋보이게 하려는 듯 일부러 약하게 그린 구름들이 청룡이 차지한 나머지 하늘로 흘러가고 있었다. 을지문덕은 두 그림을 번갈아보다가 곁에 선 채 손톱을 물어뜯고 있던 마량에게 물었다.

"같은 그림인 것 같은데, 자네 눈에는 차이점이 보이나?"

"오른쪽 그림을 보십시오. 몸통의 비늘 폭이 더 작고 끝이 창끝처럼 날카롭지요. 이쪽 그림의 비늘은 곡선이 완만하고 끝부분도 날카롭지 않습니다. 쥐의 털로 만든 붓으로 그릴 때 오른쪽 청룡의 비늘은 한 번에 그려 넣은 것이고, 왼쪽 청룡의 비늘은 양쪽을 나누어서 그린 겁니다. 끝부분이 무딘 것은 양쪽에서 만난 선이 삐져나온 것을 감추기 위해 일부러 그렇게 만든 거고요. 그다음에 여길 보세요."

마량의 손끝은 청룡을 배경으로 그린 구름에 닿아 있었다.

"구름은 실제 형상을 보고 그릴 수가 없기에 예전부터 정해진 대로 그립니다. 우린 그걸 전환후풍기(前環後風旗)라고 부릅니다."

"앞쪽은 둥글고 뒤쪽은 바람에 날리는 깃발?"

"맞습니다. 보시면 앞부분은 둥글게, 뒷부분은 깃발이 흩날리는 모양으로 그려놓았습니다. 그런데 여기 오른쪽 청룡의 구름 앞부분에 작은 점을 찍어놓은 것이 보이시죠. 왼쪽 그림의 구름에는 점이 없습니다. 어린 시절부터 손에 익혀서 수천수만 개의 구름을 그리다 보면 자기만의 구름을 그리게 됩니다. 수백 년 동안 이어져온 방법 그대로 배우면서도 말입니다."

"똑같으면서도 다르다는 말이군."

을지문덕의 말에 마량은 고개를 끄덕거렸다.

"그걸 바로 화풍이라고 하지요."

"이제 대답해보게. 죽은 거타지의 그림도 아니고, 자네 그림도 아니고, 욱도해나 마량의 그림도 아니라면, 여기 이 다르다는 그림들은 대체 누구의 것인가?"

마량은 침통함이 깃든 얼굴로 다시 한 번 그림을 내려다보았다.

"예전의 우리들 중 하나인 것 같습니다."

"예전의 우리들?"

"네, 스승님에게 쫓겨난 동료들 중 한 명이 그린 게 확실합니다. 뭐랄까, 이 그림들은 스승님의 화풍 안에 있지만 세부적인 표현은 다릅니다. 그건 스승님의 제자가 그린 그림이란 뜻이죠. 여기 있는 우리들을 제외한 예전 제자들 중 한 명이 그렸다는 뜻입니다."

"그럼 쫓겨난 화공들 중 한 명이 여기 있다는 말인가? 여기?"

두 손을 탁자에 댄 채 깊은 한숨을 쉰 을지문덕이 생각으로 가득한 머리를 흔들었다. 스승에게 쫓겨난 제자가 정체를 숨긴 채 일꾼들 속에 숨어 있었다? 무슨 목적으로?

"왜 그 이야기를 나에게 안 했지?"

"숨어든 옛 동료가 살인자라고 보십니까?"

피곤에 젖어 무거워진 눈동자를 통해 들어온 빛과 그림까지 더해지자 마량의 말은 마치 잠결에 듣는 메아리 같았다. 흐릿해진 의식을 애써 가다듬은 을지문덕이 눈가를 손가락으로 쓸어내며 되물었다.

"몽부처럼 떳떳하게 자기 모습을 드러내지 않았다면 당연히 의심할 수밖에……."

"전 그 반대라고 생각합니다만……."

말아 쥔 주먹으로 입가를 가린 마량이 킁킁거리는 콧소리를 내며 덧붙였다.

"쫓겨난 동료들이 다시 모습을 드러내니까 위기감을 느낀 욱도해가 자기 자리를 지키기 위해 일을 저질렀을 수도 있습니다."

"쫓겨난 동료가 돌아온 게 스승을 죽일 정도로 위기감을 느낄 만한 일인가?"

"사실, 쫓겨난 동료들의 절반은 욱도해가 밀어냈다고 해도 과언이 아닙니다. 그놈은 자기와 경쟁할 만한 동료들의 약점을 잡아서 스승께 고해바치거나 누명을 씌워서 차례로 쫓아냈지요."

"그렇다면 거타지가 아니라 욱도해에게 복수를 했어야 하지 않았겠느냐?"

"저라면 그랬을 겁니다만……."

마량은 입가를 가리고 있던 주먹을 내리며 슬며시 미소를 지었다. 양쪽 입 꼬리가 안쪽으로 숨겨졌다.

"스승님 역시 모든 사실을 알면서도 모른 척했으니까 마찬가지로 복수할 대상으로 봤을 겁니다. 더군다나 스승님을 죽이면 그분을 잇겠다는 욱도해의 야심까지 꺾어놓을 수 있을 테니, 한 번의 살인으로 두 사람에게 한꺼번에 치명상을 입힐 수 있다고 생각한 거겠죠."

"미안하네만 너무 막연하군. 그리고 일꾼들이라고 해봤자 늙은 두상들을 빼면 사십 명이 조금 넘는 정도야. 그중에 한 명이 숨어 있다고 찾아내지 못한다는 건 말이 안 되네."

"살이 찐 상태에서 수염을 기르면 못 알아볼 수 있습니다. 그리고 설사 알아봤다고 해도 저희들이 어찌하겠습니까? 그냥 입 다물고 있는 편이 서로에게 좋을 것이라고 판단했을 겁니다."

"내가 지금 당장 일꾼들을 불러 모아놓고 그중에서 옛날 동료를 찾아내라고 하면 할 수 있겠느냐?"

"스승을 죽인 죄를 묻기 위해서라면 거절하겠습니다. 스승에게 쫓겨난 것만으로도 그들은 이미 한 번 죽은 셈이니까요."

단호하게 대답한 마량이 다시 그림으로 눈길을 주었다. 을지문덕은 주먹으로 탁자를 내리쳤다. 꽝 소리와 함께 떨린 탁자 위의 두루마리들이 춤을 추었지만 마량은 그림에서 눈길을 거두지 않은 채 입을 열었다.

"죽은 자를 위해 하루 종일 컴컴한 널방 안에서 벽화를 그리다 보면

간혹 삶과 죽음의 경계가 모호해지곤 합니다. 실제로 일하는 곳이 죽은 사람을 위한 곳이니까요. 지금 당장 제 목을 치신다고 해도 전 두렵지 않습니다."

을지문덕은 나무토막처럼 딱딱하게 뭉친 어깨를 뒤틀었다. 살인과 피로는 모든 것을 천천히 빨아들이는 늪 같았다. 시간이 흐르는 동안 그것들은 턱 밑까지 차올랐고, 그러다가 결국 모든 걸 집어삼킨다. 을지문덕은 입 안 가득 고인 쓰디 쓴 침을 억지로 삼켰다. 그때 천막 입구가 열리는 소리가 났다. 급하게 뛰어왔는지 숨을 헐떡거리며 들어온 술간이 말했다.

"직접 보셔야 할 것 같습니다."

　

　

단단한 대지 위에 쇠망치로 못을 박는 소리와 아랫사람들을 다그치는 고함소리는 백 보쯤 떨어진 곳에 팔짱을 낀 채 서 있는 을지문덕의 귀에도 똑똑히 들렸다. 을지문덕의 곁에서 그 광경을 지켜보던 술간이 중얼거렸다.

"아직 사흘이나 남았는데요."

"미리 사냥에 나선다는 뜻이겠지. 도망치지 못하게 말이야."

바람결에 실려 온 소리들은 온통 불길함뿐이었다. 사냥개들의 사나운 컹컹거림이 귀를 물어뜯었다. 손가락으로 귀를 긁던 을지문덕에게 술간이 다시 속삭였다.

"혹시 저놈이 고해바쳐서 담징이 사라진 걸 눈치챈 게 아닐까요?"

술간의 시선 끝에는 찬노가 서 있었다. 을지문덕처럼 곤혹스러운 표정을 짓고 있던 찬노는 을지문덕과 시선을 마주치자 어색한 미소를 지으며 고개를 돌렸다.

"글쎄, 일단 무슨 일로 여기 왔는지 만나봐야겠다. 천막으로 돌아가 의관을 바꿔 입을 것이니 저기 천막이 다 세워지면 부하를 보내서 내가 간다고 알려주게."

팔짱을 푼 을지문덕은 일꾼들의 능숙한 손길이 완성시켜가는 커다란 천막을 응시했다. 천막의 꼭대기에서 펄럭이는 검은색 깃발 한가운데 쓰인 '淵(연)'이라는 글자가 점차 자욱해지는 어둠을 뚫고 그를 내려다보고 있었다.

을지문덕은 지친 몸을 이끌고 천막 안으로 들어섰다. 마량은 여전히 그의 존재도 잊어버린 채 모본을 들여다보고 있었다. 천막 안으로 밀려들어온 붉은 석양은 한층 엷어진 복숭아 빛을 띠고 있었고, 그 빛에 물든 마량의 얼굴은 황홀함을 지나 깊은 절망감으로 빠져들고 있었다. 땅 위에 박힌 바위처럼 서 있던 마량이 을지문덕의 헛기침 소리에 퍼뜩 고개를 돌렸다.

"죄송합니다만, 아무리 봐도 표시를 찾을 수가 없습니다."

"그런가? 하긴 찾는다고 해도 그게 누구 것인지 알지 못하면 아무 소용이 없겠지."

"천천히 살펴봐도 되겠습니까?"

머뭇거리던 마량이 입을 열었다. 을지문덕은 엉거주춤 서 있는 마량을 뚫어지게 쳐다보았다. 미약했던 생각의 끈이 다시 팽팽해졌음을 느낄 수 있었지만 아직 확신이 서지 않았다. 고민하던 을지문덕은 누군가를 만나러 가야 한다는 사실을 떠올리고서 고개를 끄덕였다.

"단서가 될 만한 게 있으면 지체 없이 알려주게."

탁자 위에 놓인 두루마리들을 차곡차곡 양팔에 올려놓은 마량이 조심스럽게 밖으로 사라졌다. 사라진 마량의 눈빛을 떠올리던 을지문덕은 새 두루마기와 조우관을 가져온 시종들의 부산스러움에 또 다시 생각의 끈을 놓쳐버렸다.

❦

연씨 가문의 깃발이 휘날리는 천막을 중심으로 열 개가 넘는 천막과 가죽으로 지붕을 덮은 마구간들이 자리 잡고 있었다. 웃통을 벗어 제치고 쇠 삽날을 끼운 삽을 든 가병들이 뾰족한 목책 너머 파놓은 해자를 손질하는 중이었다. 남쪽을 향해 난 유일한 문은 창을 든 가병들이 지키고 있어서 흡사 병영 같은 분위기마저 느껴졌다. 말고삐를 잡고 있던 찬노는 깊은 생각에 잠긴 듯 아무 말도 하지 않았다. 적대적이지도 그렇다고 호의적이지도 않은 가병들과 일꾼들의 시선을 지나쳐 연태조가 머무는 커다란 천막에 도달하자 연태조의 가신인 듯한 사내가 나왔다. 등자 아래 엎드린 찬노의 등을 밟고 땅으로 내려선 을지문덕은 사내와 함께 천막 안으로 들어섰다. 부드러운 양털이 깔린 바닥을 보고 흠칫 놀란 을지문덕이 신을 벗으려고 하자 앞장선 가신이 그냥 들어가라고 손짓했다. 눈처럼 하얀 양털을 밟고 안으로 들어서니 받침이 넙적한 화로불이 천막 안을 환히 밝히고 있었다. 흡사 도성에 있는 귀족의 저택 안채를 그대로 옮겨온 듯한 풍경이었다. 옻칠을 하고 금박을 입힌 탁자와 사신도가 그려진 족자들이 있었고, 가장자리를 따라 쳐놓은 횃대에는 화려한 무늬를 새긴 비단 두루마리와 황금빛을 토해내는 갑옷들이 자리 잡고 있었다.

"어서 오시오. 손님에게 의자를 가져오너라."

연태조의 말이 끝나기 무섭게 등받이 없는 둥근 의자를 가지고 온 종자가 연태조가 앉아 있는 평상 앞에 의자를 놓고 부리나케 사라졌다. 을지문덕은 그 평상을 바라보았다. 평범한 평상이 아니었다. 전각처럼 사방에 단청을 칠한 사각형 기둥을 두르고 앞쪽을 제외한 나머지 세 방향의 벽에는 회칠한 나무판자를 덧대 만든 평상이었다. 연태조의 뒤쪽 벽에는 금실을 꼬아서 손잡이를 장식한 환두대도들이, 양쪽 벽에는 맥궁과 활집, 화살 들이 걸려 있었다. 피처럼 붉은 두루마리에 붉은색 덧관을 쓴 연태조는 여유로운 표정으로 을지문덕을 바라보았다.

"어인 일이시옵니까?"

을지문덕의 나지막한 물음에 근엄한 표정으로 평상에 앉아 있던 연태조가 호탕하게 웃었다.

"남부 욕살의 허락을 받고 사냥하러 가는 길이었소. 내가 못 올 곳이라도 온 것이요?"

"그런 뜻이 아니오라……"

"나에게 뭔가 감추고 싶은 게 있는 거요?"

웃음을 거둔 연태조의 말에 을지문덕은 순간적으로 움찔했다. 이미 모든 걸 다 알고 있다는 듯한 연태조의 표정을 훔쳐본 을지문덕은 순순히 털어놓았다.

"담징이 사라졌습니다. 지금 백방으로……"

"당신이 빼돌린 게 아니고?"

무례한 말투로 을지문덕의 말을 자른 연태조의 얼굴에 다시 모호한 미소가 떠올랐다.

"사라져버렸습니다."

"내가 그자를 풀어준 건 중리부의 중군 주활인 당신이 책임진다고 했기 때문이요."

"잘 알고 있습니다."

"그런 자가 말도 없이 사라져버렸다는 건 자기가 살인을 저질렀다는 걸 자백하는 거나 마찬가지 아니겠소? 중군 주활의 막중한 책임을 진 사람은 한낱 미천한 화공에게 속아 넘어갔고 말이오."

"책임을 회피할 생각은 조금도 없습니다만, 아직 사흘의 시간이 남아 있습니다."

을지문덕은 피로에 딱딱하게 굳어진 입가를 억지로 움직여 대답했다. 자세가 불편했는지 몸을 한 번 움직인 연태조가 입을 활짝 벌리며 웃었다.

"그럼 그 사흘 안에 사라진 담징을 찾아내고, 거타지를 죽인 살인자를 찾아낼 수 있겠소?"

"꼭 찾아내겠습니다. 그 대신 사흘 동안 아무런 참견도 하지 말아주십시오."

연태조가 다시 한 번 호탕하게 웃었다. 손바닥으로 무릎을 철썩 때린 연태조가 갑자기 웃음을 그쳤다.

"난 사냥을 가는 길에 아끼는 천리마가 다쳐 잠시 쉬는 것뿐이오."

"물론 다친 천리마를 치료하는 데엔 사흘 정도 시간이 걸릴 테고 말입니다."

을지문덕은 연태조의 말이 끝나자마자 입을 열었다.

"말을 돌보는 자가 이틀에서 사흘 정도 걸린다고 했소. 원래는 닷새 동안의 사냥을 허락받았는데 일이 이렇게 되는 바람에 사냥은 못 하게 되었지 뭐요."

싱긋 웃는 연태조의 표정에서는 눈곱만큼의 적대감도 찾을 수 없었다. 눈앞에 장막처럼 드리워진 거짓들이 잠시나마 을지문덕의 긴장을 풀어주었다. 하지만 을지문덕은 잔잔했던 연태조의 표정이 점차 표독스럽게 변하는 것을 놓치지 않았다.

"대략 날짜도 비슷하고 해서 주활께서 찾아내겠다고 장담한 범인을 사냥감 대신 잡아가면 뭐 그럭저럭 위안이 되지 않을까 하는 생각에 여기 자리 잡은 거요."

을지문덕은 순간 숨이 턱 막혔다.

"좋습니다. 사흘 후에 뵙도록 하지요."

상처투성이가 된 마음으로 물러나야 한다는 사실에 속이 쓰렸지만 할 수 있는 것이 아무것도 없었다. 을지문덕은 그 사실 역시 명확히 알고 있었다. 고개를 숙이는 그의 귓가에 연태조의 말소리가 들렸다.

"성급하시긴! 오신 김에 나와 저녁이나 함께하겠소? 우리 집 간장으로 담근 멧돼지고기는 유명하다오."

"감사합니다만 사양하겠습니다. 사흘 후까지 진짜 살인자를 찾으려면 서둘러야 할 것 같아서 말입니다."

"도망친 담징도 잊지 마시오."

"물론입니다."

"하나 더, 담징에 관한 일을 알려준 건 찬노가 아니라 다른 사람이었소. 도대체 그놈에게 뭘 어떻게 했기에 당신 말을 그렇게 잘 듣는 거요?"

"진심을 보여줬기 때문입니다. 그게 어떤 것인지 짐작조차 못 하시겠지만 말입니다."

문 바로 앞까지 나선 을지문덕은 이죽거리는 듯한 연태조의 눈빛을 차갑게 맞받아치며 대답했다. 문밖을 지키던 연태조의 가병들이 천막

문을 열어주자 해가 떨어진 세상의 어둠이 쏟아져 들어왔다. 횃불을 든 연태조의 가병이 말을 끌고 왔다. 두리번거리며 찬노의 모습을 찾던 을지문덕은 고개를 떨어뜨리고 말 뒤를 따라 온 찬노를 보고 경악을 금치 못했다. 연씨 가문의 가병임을 나타내는 검은색 머리띠 대신 노비들이 쓰는 허름한 두건을 쓰고 소매가 없는 자주빛 저고리까지 벗어버린 영락없는 노비의 차림새였기 때문이다. 찬노의 양쪽 어깨가 가늘게 떨리고 있었다. 을지문덕은 비통에 찬 고함을 지르며 찬노를 끌어안았다. 흐느끼는 찬노에게 을지문덕은 연신 미안하다고 말했다. 그러고는 격분한 나머지 천막 앞에 세워놓은 말안장에 걸려 있던 칼을 뽑아들었다. 갑작스러운 그의 행동에 바짝 긴장한 가병들이 연태조가 머물고 있는 천막의 문을 막아섰지만 을지문덕은 찬노에게 돌아가 칼을 내밀었다.

"받아라."

눈물로 얼룩진 고개를 든 찬노가 힘없이 대답했다

"소인은 노비입니다. 노비는 칼을 가질 수가⋯⋯."

"이런 빌어먹을⋯⋯."

칼을 바닥에 내동댕이친 을지문덕은 어느 틈엔가 천막 밖으로 나온 연태조를 노려보았다.

"아무리 그래도 이건 너무 가혹한 처사입니다."

"나는 찬노를 좋아하오. 노비답지 않게 자기주장도 강하고 자존심도 간직하고 있으니까. 게다가 옛 은인이 곤경에 처한 걸 보더니 처벌 받을 것을 뻔히 알면서도 입을 다물더군. 진정 사내의 의리가 뭔지 보여주었으니, 그 점에 대해서는 나 역시 찬사를 보내오. 하지만……."

말을 잠시 멈춘 연태조는 지독한 어둠 때문인지 잔뜩 찡그린 눈으로 을지문덕과 찬노를 더듬어가며 말을 이어갔다.

"옛 정에 얽매여 지금의 주인을 배반한 건 그냥 넘어갈 수 없지. 인정에 끌려 입을 다물었으니 다음에는 나를 향해 칼을 뽑아들 수도 있지 않겠소?"

"쓸모가 없어졌다면 저에게 파십시오. 값은 제가……."

연태조는 한쪽 손을 들어 을지문덕의 말을 막으며 혀를 끌끌 찼다.

"아직도 모르겠소? 이건 당신과 나의 자존심 싸움이 아니라오. 호태왕께서 만드신 중리부는 대대로 황실과 귀족들 사이를 중재하고 균형을 유지해주는 기능을 했소. 호태왕께서는 귀족들에게 작위와 관직을 주시고 그 대가로 귀족의 가병들로 구성된 왕당을 전쟁에 동원했지. 호태왕 시절의 무수한 승리는 왕당의 병사들이 아니었다면 힘들었을 거요. 황실과 귀족들 간의 합의와 약속이 고구려의 하늘을 열었소. 그런데 호태왕의 뒤를 이은 장수태왕이 모든 걸 망쳐버렸지. 황실의 이름을 드높이는 전쟁에 자신의 가병과 재물을 내놓은 귀족들에게 돌려준 것이 가혹한 숙청과 탄압뿐이었으니……. 게다가 중리부는 황실의 힘을 지키는 관부로 변해버렸지. 이제 잘못된 걸 다시 바로잡을 생각이오. 할아버지도 못 하고 아버지도 못 했지만 나는 기필코 해내고 말겠소."

"고작 저 하나를 쓰러뜨리는 게 중리부를 다시 찾는 데 중요한 계기가 될 수 있다고 생각하시는 겁니까?"

"황실에 대한 역모를 막아낸 을지문덕이라면 충분하지. 사흘 후 진범을 잡지 못하고, 사라진 담징도 내 앞에 데려오지 못한다면 난 그걸 문제 삼아서 당신을 중군 주활직에서 물러나게 할 참이오. 내가 그 자리를 꿰차지는 못하겠지만 몇 년 정도야 기꺼이 참아줄 수 있지."

열기가 사라져버린 어둠 속으로 연태조의 열정적인 말이 연기처럼 흩어졌다.

잠자코 그의 말을 듣던 을지문덕이 미친 듯이 웃기 시작했다. 껄껄거리는 을지문덕의 웃음에 연태조의 얼굴이 붉게 달아올랐다. 잠시 후 을지문덕은 눈가에 맺힌 눈물을 손끝으로 털어냈다.

"동부여의 압로를 지냈던 연씨 가문이 귀족의 반열에 올라선 것은 장수태왕 시절 노각 같은 귀족들이 숙청되었기 때문이라고 알고 있습니다. 다른 귀족들의 몰락을 딛고 올라선 연씨 가문에서 귀족들의 억울함을 들먹인다면 다른 귀족들이 혹여 비웃지나 않을지 염려되옵니다."

"그건 주활께서 걱정할 문제가 아니오. 그거 말고도 고민할 게 많을 것 같은데, 안 그렇소?"

"하긴 그렇지요. 이만 물러가겠습니다. 찬노는 데려가도 괜찮겠습니까?"

"좋도록 하시오. 아직 사흘이 남았으니 그동안은 뭐든 마음대로 해도 좋소. 하지만 사흘 후에는 각오하는 게 좋을 거요."

연태조의 말이 끝나기 무섭게 어둠 속 하늘 저편에서 우르릉거리는 소리가 들려왔다. 고개를 돌려 하늘을 바라본 을지문덕은 거리를 가늠할 수 없는 머나먼 하늘 한구석에 어둠보다 짙은 어둠이 몰려 있는 것을 보았다. 그러고 보니 하늘의 별빛도 말라 보였다.

"비가 올 모양이군."

대수롭지 않게 중얼거린 연태조가 부하들에게 둘러싸인 채 천막 안으로 들어갔다. 을지문덕은 아직까지 흐느끼고 있는 찬노에게 다가갔지만 찬노는 뒷걸음질로 그를 피했다.

"담징을 잡아오겠습니다. 반드시 찾아서 자백을 받아내고 말 겁니다."

"그 아인 범인이 아니다."

"범인이든 아니든 상관없습니다."

바닥에 내팽개쳐진 을지문덕의 칼을 움켜잡은 찬노가 쏟아지는 빗속으로 달려갔다. 우르릉거리는 천둥소리 너머로 분노에 찬 그의 절규가 울려 퍼지는 것 같았다.

　

☙

　

일을 그만하라는 두상들의 말이 끝나기가 무섭게 일꾼들은 도구들을 챙겼다. 사실 일꾼들이 할 일은 없었다. 하지만 그냥 움막에서 쉬게 하면 무슨 짓을 저지를지 모른다는 생각에 두상들은 달구질*까지 끝낸 봉분을 파헤친다며 다시 석회 덩어리를 넣고 봉분 쌓는 일을 시켰다. 병사들이 지키고 있어서 도망칠 수 없다는 사실을 잘 알고 있던 일꾼들 역시 묵묵히 일했지만 분위기는 무거웠다. 막두지의 죽음 이후 절대로 혼자 다니지 않던 일꾼들은 한데 뭉쳐서 천천히 언덕길을 내려왔다. 땀과 흙에 젖은 두건을 벗어서 탁탁 털어내는 소리 사이로 콜록거리는 기침 소리가 들렸다.

품삯으로 먹고사는 일꾼들은 단순하고 명쾌했다. 안전한 삶이 짧아서였을까? 아니면 땅에 못 박히지 못한 자유스러움일까? 한 점의 음흉함이나 잔꾀를 부리지 않는 일꾼들은 스승의 사랑을 독차지하기 위해 끊임없이 음모를 꾸미던 동료들과는 다른 빛깔을 가지고 있었다. 삽을 어깨에 짊어진 나는 동료들과 함께 콧노래를 흥얼거렸다. 흙이 잔뜩 달라붙은 닳아빠진 짚신에 차인 돌들이 사각거리며 길옆으로 굴렀다. 움막 앞 공터에는 돌을 쌓아올려 만든 아궁이에서 밥 짓는 연기가 올라왔다. 한쪽 구석에 도구들을 가지런히 정리한 일꾼들은 새내기 일꾼들이 떠온 물에 얼굴과 손발을 간단히 씻고서 아궁이 앞으로 몰려들었다. 곧 기다란 나무판에 몇 가지 나물과 채소를 절인 반찬들, 그리고 어제 잔치에서 남은 음식들이 올라왔다. 짚을 꼬아서 만든 방석과 돌 위에 엉덩이를 걸친 일꾼들은 나무로 만든 수저를 들고 밥이 나오기만을 기다렸다. 여러 명이 먹을 수 있게 커다란 그릇 안에 이제 막 뜸이 든 밥이 담겼다. 비록 절반 이상이 보리와 좁쌀, 그리고 산에서 뜯어온 나물이었지만 윤기가 도는 흰 쌀도 중간 중간 섞여 있었다. 나이든 순서대로 밥그릇을 받았다. 나는 김이 모락모락 피어오르는 밥을 바라보는 일꾼들 사이에서 침을 삼켰다. 스승을 죽이고, 비밀을 지키기 위해 사람을 죽였다고 해도 배는 고픈 법이니까…….

 나이 먹은 두상들이 밥 덩어리에 수저를 꽂자 일꾼들은 기다렸다는 듯 밥그릇에 머리를 들이밀고 입안으로 밥을 집어넣었다. 나역시 반찬을 집어먹거나 국을 들이킬 생각 없이 꾸역꾸역 배를 채웠다. 잠시 후 급하게 배를 채운 누군가가 큰 소리로 트림을 하자잠잠했던 일꾼들의 타박과 웃음이 이어졌다. 연이은 죽음이 일꾼들을 침울하게 만들었지만 이들은 죽음에 대해 무관심이라는 방패를 쳐버렸다. 사실 죽은 거타지나 막두지는 일꾼들과 가까운 사이가 아니었다. 하루 중 가장 여유로운 저녁식사 시간에는 세상 돌아가는 얘기서부터 온갖 소문들이 입에 오르내렸지만 거타지와 막두지의 죽음에 대해서는 아무도 입을 열지 않았다. 세상에 떠도는온갖 소문들에 대한 이야기는 어느새 다음 일을 바로 할 수 있을지에 대한 걱정으로 이어졌다. 일꾼들의 시선이 자연스럽게 두상들에게 향했고, 아랫사람들의 시선을 받은 두상이 입을 열려던 찰나 하늘에서 처음 떨어진 빗방울들이 일꾼들의 헝클어진 머리로떨어졌다. 빗방울이 점차 굵어졌다. 회색빛 하늘에서 곧 쏴아 하는 빗소리가 들렸다. 갑작스러운 비에 일꾼들은 투덜대며 밥그릇을 들고 움막으로 향했다. 좁은 움막의 입구는 한꺼번에 들어가려는 일꾼들로 북새통을 이뤘다. 나 역시 다른 동료들과 어깨를 비비며 조금이라도 빨리 안으로 들어가려고 애썼다.

"야! 이놈들아! 무덤 지붕에 천막을 쳐놓아야 할 것 아니야!"

그제야 일꾼들의 시선이 구릉 위 무덤으로 향했다. 고임돌을 열어놓은 무덤의 널방 위에 햇빛을 막기 위한 천막이 세워져 있긴 했지만 비바람을 막을 정도는 아니었다. 우물거리던 일꾼들에게 두상이 다시 소리쳤다.

"빨리들 올라가서 천막 다시 쳐!"

"다 올라갈 필요 있습니까? 그냥 몇 명 올라가서 후다닥 치고 오면 될 거여요."

움막 지붕에 덮인 짚더미에서 튄 빗물이 묻은 얼굴을 손등으로 닦으며 일꾼 하나가 대꾸했다. 우물쭈물하던 다른 일꾼들이 고개를 끄덕이며 동조했다.

"그럼 석두 네가 몇 명 데리고 가서 얼른 치고 와!"

두상의 말에 대꾸하던 석두 주위에 있던 다른 일꾼들이 키득거렸다. 두상의 엄한 눈길을 훔쳐본 석두는 일꾼들을 둘러보았지만 다들 눈도 마주치지 않고 움막 안으로 들어갔다. 그와 절친한 몇 명만 뒤에 남았다. 예전에 몇 마디 말을 나누었던 적 있는 나도 잠깐 고민한 끝에 남았다. 우리는 볏짚으로 만든 도롱이를 나눠 쓰고 점차 거세진 빗줄기를 뚫고 무덤으로 향했다. 비에 젖은 길은 이미 진흙탕으로 변해 있었다. 발을 헛디딘 동료 하나가 미끄러지면서 욕설을 퍼붓자 앞장서 있던 석두가 새 짚신을 하나씩 주겠다며 우리를 달랬다. 언덕 위 봉분에 도달했을 즈음에는 번갯불이 번쩍거렸다. 세찬 비바람에 천막은 당장이라도 날아갈 것처럼 휘청거렸다. 흔들거리는 천막 기둥을 붙잡은 석두가 돌을 집어오라고 소리쳤다. 우리는 거추장스러운 도롱이를 벗어던지고 여기저기 굴러다니는 돌을 굴려 천막 기둥을 받치고, 펄럭거리는 천막 모서리를 꾹 눌렀다. 마지막으로 삽으로 천막 주위에 도랑을 파는 것까지 끝냈을 때 숨조차 쉴 수 없을 정도로 몰아치던 빗줄기는 이미 가늘어진 뒤였다. 흙이 잔뜩 달라붙은 삽을 내던진 석두가 천막 주위를 돌며 비가 새는지 일일이 살펴보는 동안 남은 도롱이를 뒤집어 쓴 나와 일꾼들은 한데 뭉쳐서 오들오들 떨었다. 천막을 돌아온 석두가 우리에게 소리쳤다.

"비도 약해지고 괜찮을 것 같아. 모두들 고마워."

"젠장, 말로만 하지 말고 나중에 술 한 잔 받아줘야지."

"짚신도 잊지 마."

석두에게 한두 마디씩 던진 동료들은 걷어 올린 바지자락을 잡고 움막으로 뛰기 시작했다. 동료들을 따라 뛰던 나는 물이 고인 진흙탕을 밟는 순간 확 미끄러졌다. 낄낄대던 동료들이 빨리 뛰어오라는 소리가 여전히 그치지 않는 빗줄기 속에 묻혀버렸다. 시큰해진 무릎을 잡고 일어선 나는 쏟아지는 빗줄기 너머에서 누군가 나를 지켜보고 있다는 느낌을 받았다. 보이지 않는 시선은 굵은 빗줄기와 땅에 떨어지면서 부서진 비의 파편들이 만들어낸 안개 같은 습기를 뚫고 나의 몸에 꽂혔다. 차갑게 변해버린 세상을 더듬던 나의 눈은 구릉 중턱 그러니까 막두지를 죽였던 그 소나무 숲에서 멈췄다. 곧게 뻗은 소나무들 틈에 낯선 존재가 섞여 있다는 나의 생각은 그가 걸어 나올 때까지 계속되었다. 서로의 얼굴을 알아볼 수 있을 정도로 가깝게 다가온 그가 두 발을 벌리고 서서 나를 바라보았다. 굵은 빗줄기가 쉴 새 없이 그의 얼굴을 타고 흘러내렸고, 눈동자 안으로 들어간 빗물 때문에 쉴 새 없이 눈을 깜빡거리면서도 그는 나를 똑바로 쳐다보았다.

"먼발치에서 보고 긴가민가했네. 정말 자네가 맞군."

등줄기를 타고 흐르는 빗물의 차가움은 더 이상 나를 떨게 만들지 않았다.

"그래, 내가 맞아."

"왜 돌아왔다고 얘기하지 않았나?"

오른발을 약간 앞으로 내민 그가 묻는 순간 가슴의 명치가 울렸다. 왜 숨겼냐고? 그의 물음에 나는 하마터면 진실을 털어놓을 뻔했다. 하지만 입을 열고 싶다는 유혹은 뒤통수에서 울리는 벼락소리에 깨져버렸다.

"그냥 가까이 있고 싶었을 따름이네. 그것뿐이야."

"정말 그것뿐인가?"

거대한 채찍 같은 빗줄기가 등을 세차게 후려치는 바람에 나는 앞으로 휘청거렸다. 눈으로 자꾸 빗물이 들어가는지 그는 손가락으로 눈가를 훔쳐냈다. 비를 피할 곳을 찾아 두리번거리던 나는 언덕 꼭대기를 가리켰다.

"널길 안이면 비를 피할 수 있을 걸세. 할 얘기 있으면 그곳으로 가지."

그가 고개를 끄덕거렸다.

앞장서서 언덕꼭대기로 향하면서 나는 또 다시 떠오르는 죽음의 그림자 때문에 몸서리를 쳤다. 그가 날 기다리고 있다는 사실은 무얼 말하는 걸까? 담징처럼 비밀을 알아차렸을까? 하지만 그는 직접 널방에 들어갈 일이 없었다.

발목까지 빠지는 진흙수렁을 헤치고 널길 입구에 도달했을 때까지 생각은 정돈되지 않았다. 하지만 모든 감각이 점차 허리띠에 매달린 주머니 속의 끌로 향했다. 막두지를 죽이고 움막으로 돌아와 술에 취한 동료의 것을 훔쳤을 때까지는 설마 끌을 가지고 범인을 찾아낼 것이라고는 상상도 하지 못했다. 천만다행으로 끌을 가지고 있던 나는 범인으로 몰리지 않았다. 삶과 죽음의 경계는 우스웠고, 피와 죽음을 그렇게 싫어하면서도 벌써 두 번의 살인으로 피를 묻혔다는 사실 또한 우스웠다.

널방으로 연결된 널길은 어둠을 향해 입을 쩍 벌린 맹수의 아가리처럼 흉폭해 보였다. 석공들이 쪼개고 일꾼들이 정으로 일일이

다듬은 판석으로 만든 널길은 우리 둘의 키보다 약간 더 컸지만 왠지 모를 중압감은 우리 둘 모두의 허리를 굽히게 만들었고, 한층 좁아진 안쪽의 널길은 더 깊은 어둠을 품고 있었다.

널길 안에서는 모든 소리가 들렸다. 후드득거리는 새의 날갯짓 같던 빗소리가 물기에 흠뻑 젖은 대지를 내리치는 채찍질 소리로 변하는가 싶더니 어느새 크고 작은 개울과 소용돌이가 흘러가는 소리로 변했다. 단단한 돌에 닿은 빗방울들은 작은 알갱이로 나누어지며 비명을 질러댔다. 흩어진 작은 알갱이들은 너무 가벼워서 땅에 내려가지 못하고 허공 속으로 튀어올랐다. 널길 안쪽을 막아놓은 돌문을 흘끔거리던 그가 먼저 입을 열었다.

"자네가 쫓겨난 날도 이렇게 비가 많이 왔었지."

"그랬던 것 같군."

나는 왠지 모를 불편함을 감추고 애써 미소를 지었지만 그러면서도 그에게서 눈을 떼지 못했다. 나의 불편한 시선을 눈치챘는지 두 손을 활짝 편 그가 웃으며 말했다.

"정말 반가운 것뿐일세. 다른 건 아무것도 없어."

나는 이미 두 번의 살인을 저질렀고, 그중 한 번은 직접 내 손으로 사람을 죽였다. 화공의 손에 붓이 잡히면 자연스럽게 그림이 나오는 것처럼 살인의 기운을 흠뻑 빨아먹은 손이 허리춤의 주머니 안에 들어 있는 끌을 만지작거렸다. 정말 아무것도 없을까? 퍼붓는 비를 등지고 선 그의 표정은 모호해 보였다.

"나인 것은 어떻게 알았나? 아무도 못 알아볼 거라고 생각했는데……."

나는 비에 젖은 턱수염을 쓰다듬으며 물었다. 지나간 세월만큼이나 불어난 턱수염 때문에 쉽게 얼굴을 알아보기 힘들 것이다. 물론 그날의 일들이 나의 눈빛에 슬픔이라는 가면을 씌워주었지만…….

"그림을 보고 알았네."

그의 나지막한 말은 하늘을 둘로 갈라버릴 듯 울리는 천둥소리에 섞여서 불분명하게 들렸다.

"그림?"

"그래, 스승님이 가지고 계셨던 모본들을 살펴보고 자네가 여기 우리 곁에 있는 줄 짐작했지. 내가 본 그림들은 스승님의 화풍이기는 했지만 스승님의 것은 아니었어. 물론 내 것도 아니었지. 딱 꼬집어서 얘기하지는 못하겠지만 보는 순간 자네의 그림이라는 걸 알았지."

"맞아. 내가 그린 그림 일부가 스승님의 모본들 속에 들어가 있었네."

비에 젖어 덜덜 떨리는 턱은 나의 말을 메아리처럼 떨리게, 그리고 창백하게 만들었다. 그는 피식 웃으며 대꾸했다.

"일부가 아니라 거의 전부일세."

"그게 무슨……."

"스승님의 값비싼 두루마리 안에 있는 모본들 모두가 자네 그림이라는 말일세. 몰랐나?"

나는 일부러 떨리는 손끝을 그의 눈에 띄게 했다. 내 손끝의 떨림이 배신감과 당혹스러움이라고 믿게 하고 싶었다.

"못 믿겠으면 직접 확인해보게. 마흔 개의 두루마리 중 서른 개 이상이 자네 그림이었으니까 말이야. 그렇게 비참하게 쫓겨나고서도 무슨 미련이 남아서 스승께 다시 그림을 바친 건가?"

"남아 있는 제자들을 못 믿겠다면서 나에게 모본 그리는 걸 도와달라고 하셨네."

"그렇다면 당당히 돌아왔어야지."

"나도 그러고 싶었지만, 그러면 다른 제자들이 나를 가만두지 않을 것이라고 잠깐만 참으라고 하셨네. 이번 일만 끝나면 나를 다시 제자로 받아주고 계승자로 지명해준다고 하셨어."

나는 천천히 입을 열면서 믿을 수 없다는 듯 고개를 흔들었다. 그가 완전히 내 말을 믿도록 해야만 한다는 떨림은 퍼붓는 빗속에 가려졌다. 주머니 속의 끌을 꺼내 찌를 만한 틈을 노리는 건 어렵지 않았지만 어제에 이어 또 다시 살인을 저지를 수는 없었다. 더군다나 그는 한솥밥을 먹던 동료 아닌가? 차츰 끓어오르던 살인의 감정은 어느 순간부터 차갑게 식어갔다.

"스승님은 남아 있는 우리들 역시 패가 갈리게 하고 싸움을 붙이곤 하셨지. 계승시켜준다는 얘기도 다들 한 번쯤 들었을걸?"

내 가슴속에는 한 가지 단어만 떠올랐다.

"잔혹하군."

"맞아. 잔혹해. 사는 것도 잔혹하고, 동료들끼리 질투하는 것도 잔혹하고, 벽화를 그리는 것도 잔혹하지. 스승은 제자를 속이고, 제자는 스승을 죽였지. 남은 제자들은 서로 못 잡아먹어서 으르렁거리는 중이고 말이야."

"그게 내 그림인 줄 어떻게 알았나?"

나는 이쯤에서 화제를 돌려야겠다고 생각했다. 나의 물음에 그는 코웃음을 쳤다.

"화풍은 그 사람의 얼굴 생김새와 같아. 두 개의 눈과 하나의 코와 하나의 입을 가지고 있지만 같은 얼굴은 하나도 없어. 자네 그림은 스승님과 우리들과 같으면서도 달라."

"어떻게 말인가?"

좀 더 시간을 끌어야겠다는 생각과 호기심이 반씩 섞인 나의 질문에 그가 눈빛을 반짝거리며 대답했다.

"자네가 그린 그림은 우리들 중 가장 역동적이고 활기가 넘치지. 죽은 자를 위한 그림이라고는 믿겨지지 않을 정도로. 자네가 그린 불꽃 무늬의 곡선을 우리도 흉내 내고 있다네. 언젠가 스승님이 그러셨지. 우리 가운데 그림을 가장 잘 이해하는 게 바로 자네라고 말이야. 그때 다른 동료들의 얼굴이 어땠는지 알아?"

"짐작은 가네."

"모본에 있는 청룡을 보았지. 몸을 앞으로 깊게 내리면서 마치 먹이를 노리는 새처럼 흉폭하지만 뒤에 그려진 구름처럼 자연스럽게 흘러가더군. 어깨에 그려진 날개털은 짐승의 날개가 아니라 청룡이 지닌 영험함과 신성함을 뽑아낸 것처럼 보였고. 물론 척목이라는 것이 그런 뜻으로 그린 것이기는 하지만 그처럼 강한 기운을 뽑아내는 척목은 본 적이 없었어."

문득 그 역시 나처럼 시간을 끌고 있을지 모른다는 의심이 들었지만 그의 칭찬이 나쁘지만은 않았다. 그의 말소리는 점점 높아졌고, 속도도 빨라졌다.

"자네는 너무 잘 그렸어. 그래서 스승님에게는 두려움을, 우리에게는 질투를 받았지. 솔직하게 말할까? 자네가 쫓겨났을 때 많이 울긴 했지만 속으로는 안심했지. 아니 뒷간에 가서 혼자 웃었어. 키득거리면서 말이야."

쉴 새 없이 움직이던 그의 입술이 어느 순간 멈추면서 한쪽으로 일그러졌다. 웃음, 비열한 웃음이었지만 나 역시 그의 심정을 알고 있었기에 밉지 않았다. 나 역시 그를 향해 웃어 보였다. 나의 웃음도 비열해 보이지 않을까 하는 생각이 번개처럼 지나갔다.

"칭찬 고맙네. 그나저나 날 기다린 이유가 뭔가?"

"자네 도움이 필요해."

정색을 한 그가 쿵쿵거리며 내 앞으로 다가왔다. 나도 모르게 뒷걸음질을 쳤지만 그가 훨씬 빨랐다. 그는 내 두 손을 꼭 잡고 간절하게 말했다.

"오늘을 빼면 사흘밖에 안 남았어. 그 안에 살인자를 찾아내야만 하네."

"그거야 을지문덕인가 하는 관리가 할 일이지, 자네가 걱정할 문제는 아니지 않는가?"

나는 영문을 모르겠다는 듯 그에게 물었다.

"바로 그게 문제야. 그자는 우리들 중 한 명이 스승님을 죽였다고 믿고 있어. 약속한 날짜까지 살인자를 찾지 못하게 되면 그냥 넘어가진 않을 거야."

"그게 나와 무슨 상관인가?"

그에게 잡힌 손을 빼면서 내가 냉담하게 물었다.

"아니 상관있어. 만약 그때까지 살인자가 안 잡히면 우린 모두 꼼짝없이 형틀에 묶이게 될 거야."

"그럼 난 멀리서 지켜보면 되겠군. 자네들의 숨넘어가는 비명을 들으면서 말이야."

"미안하지만 자네도 빠져나갈 수는 없을걸."

한쪽 눈썹을 꿈틀거린 그가 말했다.

"날 끌어들일 셈인가?"

"내가 아니라고 해도 다른 친구들이 입을 열 거야. 스승님의 모본 중에 자네 그림이 가장 많이 들어 있다는 건 명백한 사실이니까. 우리들이 한꺼번에 입을 모아 자네가 스승님을 죽인 자라고 말하면? 더군다나 자네는 정체를 숨기고 일꾼들 사이에 있었잖아. 다른 목적이 있었다고 해도 반박하지 못할걸."

나는 그의 손길을 뿌리치고 사나운 눈길로 노려보았다. 늘어진 앞 머리카락이 이마에 달라붙은 채 눈을 찌르고 있었다. 천천히 머리카락을 쓸어 올리는 나에게 그가 다시 말했다.

"을지문덕은 스승님의 죽음이 그림 때문에 일어난 일이라고 어렴 풋하게나마 짐작하고 있는 것 같아. 이런 상황에서 자네 얘기를 들 으면 당연히 귀가 솔깃해지겠지. 자기 그림을 스승에게 몽땅 빼앗 겼으니 살인을 저지를 만하지 않겠어?"

"빼앗긴 게 아니었어."

낮게 가라앉은 그의 목소리와 달리 내 목소리는 조금씩 커지면 서 균열을 일으켰다. 잘 다듬은 판석으로 만든 널길을 따라 울린 내 목소리가 연기처럼 밖으로 빨려나갔다.

"어차피 그건 중요하지 않아. 자네가 그린 그림이 스승님의 모본 사이에 섞여 있다는 게 문제지."

"좋아, 내가 어떻게 도와주면 되겠나?"

나는 체념한 듯 그에게 말했다. 잠잠하던 하늘에서 요란스러운 천둥이 일며 세상이 갈기갈기 찢어졌다. 천둥이 찢어놓은 세상에 마지막 일격을 가한 벼락이 그의 어깨 너머로 사라지고 있었다.

"어려울 건 없어. 그냥 옆에서 거들어주기만 하면 돼."

신이 난 그가 입을 열었지만 나의 귀는 더 이상 그의 말을 빨아들이지 못했다.

부서진 빗줄기가 안개처럼 떠도는 널길 안은 숨 막히는 정적으로 가득했다. 그의 눈을 보면서 나는 또 다시 살인을 벌여야 한다는 생각에 마른침을 삼켰다. 하지만 갈등은 곧 사라졌다. 허리춤에 찬 주머니는 이미 주둥이가 반쯤 열린 터라 마음만 먹으면 아무 때나 끌을 끄집어낼 수 있었다. 나는 고개를 들어 올리는 동시에 한손으로는 그의 멱살을 잡고 다른 한손으로는 주머니 안에서 움켜쥐고 있던 끌을 꺼내들었다.

끌은 어제처럼 예리한 빛을 토하며 그의 턱을 노렸지만 목을 살짝 스치고는 널길의 벽을 긁었다. 공격에 놀란 그가 뒷걸음질을 쳤다. 황소 같은 그의 힘에 나도 앞으로 끌려 나갔다. 두려움이 가득 고인 그의 두 눈이 당장이라도 터질 것처럼 부풀어 올랐다. 나는 미친 듯이 웃었다. 더 이상 갈등하지 않아도 된다는 사실에 마음이 가벼워졌다. 가면 같은 웃음을 뒤집어 쓴 채 껄껄거리던 나는 한 손에 단단히 움켜쥔 끌로 그의 목덜미와 얼굴을 가격했다. 좁은 널길 안으로 헉헉대는 숨소리가 입김처럼 뿜어져 나왔다. 서로에 대한 증오심으로 공기가 달궈졌다. 끌에 찍힌 그의 오른쪽 팔뚝에서 피가 한 움큼 치솟아 벽에 붙었다가 밤하늘의 별처럼 빛을 뿌리며 천천히 아래로 흘러내렸다. 계속 뒤로 물러나던 그가 뭔가에 걸렸는지 비틀거렸다. 내 몸과 마음은 오직 죽여야 한다는 열망 아래 움직였다. 그의 옷깃을 단단히 움켜잡고 피 묻은 끌을 그의 가슴에 쑤셔 박았다. 죽여야만 했다. 비밀을 지키기 위해서는 죽여야 한다. 나의 불행을 비웃은 그를 징벌하기 위해서……

기이한 일이었다. 막두지를 죽일 때는 그 시간이 아주 오래전 기억처럼 순식간에 지나갔는데 이번만큼은 꿈처럼 느리고 애달프게 흘렀다. 그는 왜 나와 맞서지 않고 뒤로 물러나기만 했을까? 그의 왼손이 허리 뒤로 사라지는 것을 보았던 아주 짧은 순간 그런 의문이 일었다. 그리고 그의 눈빛이 반짝거리는 순간 모든 것이 고통스럽게 뒤틀렸다.

강한 충격을 받은 머리는 모든 것을 놓쳐버렸다. 어린 시절부터 차곡차곡 쌓아왔던 기억들이었다. 그림을 그렸을 때의 황홀함, 따스한 햇살 아래 쪼그리고 앉아 굳은 아교를 녹이면서 땀을 흘리던 기억, 검은색 물감을 얻기 위해 태운 소나무 옹이의 그을음을 조심스럽게 긁어내며 콧등의 땀을 바람으로 날려버리던 일, 스승님의 쇠자에 맞아서 퉁퉁 부은 새끼손가락을 후후 불면서 숨죽여 울던 일……. 이 모든 것이 찌그러진 머릿속에서 마구 뒤엉켜버렸다. 계속된 충격에 두 눈은 제멋대로 굴러갔고 위 이빨은 부러져나갔다.

머리끝에서 불붙은 고통은 순식간에 온몸으로 퍼져나갔다. 나는 꺼져가는 불길처럼 찌그러졌다. 화가 치밀어 오를 정도의 고통은 곧 감정의 가라앉음으로 변해버렸다. 죽은 자가 벽화라는 매개를 통해 세상과의 인연을 놓지 않으려고 애썼던 것처럼 필사적으로 세상과의 끈을 놓지 않으려던 내 마음은 점차 미약해졌다.

죽음에 짓눌러진 머리가 아래로 떨어졌다. 나는 널길의 바닥을 따라 점점이 뿌려진 나의 피들을 보았다. 끔찍한 고통의 파편이었지만 그것들을 보는 나의 마음은 이상할 정도로 차분했다. 부서진 머리는 더 이상 아무것도 받아들이지 못했다. 아무런 고통도 느끼지 못했다. 더 이상 몸통을 지탱할 수 없게 된 두 다리가 꺾이면서 나는 뒤로 쓰러졌다. 깨져버린 머리가 땅에 닿으면서 철벅 소리를 냈다. 피에 젖은 손이 허공을 할퀴어댔지만 내 의지와는 무관했다. 가늘어진 숨결 사이로 뿜어진 작은 핏방울들이 이슬처럼 얼굴에 떨어졌다. 거친 숨을 몰아쉬던 그가 손에 들고 있던 피 묻은 방망이를 떨어뜨리는 소리가 흘러내리는 피에 간지러워진 귓가에 미약하게 들려왔다. 한쪽 무릎을 꿇은 그가 부서진 내 머리 옆에서 속삭였다.

"설마 내가 이 정도 준비도 안 해왔을 것 같았나? 네놈이 스승님을 죽였지?"

그의 말이 메아리처럼 좁은 동굴과 내 귓가에 울렸다. 충격 때문에 반쯤 튀어나온 눈에 비춰진 그는 흡사 괴물 같았다. 나는 갈라진 입술을 움직였다.

"맞아, 내가 죽였어. 복수했으니 속 시원해?"

"그놈은 나도 죽이고 싶었으니까 상관없어."

한쪽으로 쏠린 눈알 덕분인지 바로 곁에 쪼그리고 앉아 있는 그의 얼굴이 심하게 일그러져 보였다. 불룩한 그의 입술이 다시 움직였다.

"너의 그림인 줄 알고 나니까 부쩍 의심이 들더군. 자기 손으로 그림을 건네줬다면서 왜 살인을 저지른 건가?"

"궁금하면 직접 알아내게."

부글거리는 피거품 사이로 흘러나오는 나의 말이 마음에 들지 않았는지 그의 얼굴이 일그러졌다.

"별 관심 없어. 내가 필요한 건 네가 그린 그림이야. 그것만 손에 넣으면 돼."

"을지문덕이 자네를 찾아낼 걸세."

"그자는 멍청이야. 지금도 갈피를 잡지 못하고 우왕좌왕하고 있지."

반쯤 썩은 이빨을 드러낸 그가 히죽 웃었다.

"과연 그럴까? 나는 그의 눈이 내 마음속을 헤집고 다니는 걸 똑똑히 느꼈네. 그자의 눈이 조만간 자네의 가슴을 헤집어놓을 거야."

"맘대로 생각해. 어차피 네놈은 곧 죽을 테니까······."

히죽거리는 그의 얼굴이 흉측하게 부풀어져 보였다. 눈동자 한쪽 끝에서 번지기 시작한 붉은색이 점점 눈을 덮어갔다. 어둠으로 가득 찬 널길 안은 검은색에서 붉은색으로 물들어갔다. 죽음 직전에 비춰지는 세상이 이렇게 아름다운 줄 미처 몰랐다. 주사를 아무리 잘 갈아서 물에 곱게 녹인다고 해도 이처럼 아름다운 붉은색을 만들어낼 수 없을 것이다.

나는 눈에 덮인 아름다운 색을 기억하기 위해 안간힘을 썼다. 주사로 만든 것 같은 연한 붉은색은 점점 황화철로 만든 것처럼 탁하고 어두워졌다. 아름다움의 절정은 숨골의 끝까지 도달했다. 저 아래 허리뼈까지 도달한 아름다움에 대한 기억은 나를 황홀하게 만들었다. 더 이상 숨을 빨아들이지 못한 몸통이 꺼져가면서 바닥에 달라붙기 시작했다. 죽음에 몸을 빼앗기던 나는 마지막 숨을 내쉬는 그 순간까지 신이 내린 마지막 선물에서 눈을 떼지 못했다. 핏빛 죽음은 눈이 부시도록 아름다웠다.

🏃

벼락의 소멸은 아름다웠다. 아무것도 담지 않은 순수하고 창백한 빛은 순간적으로 세상에 모습을 드러냈다가 찰나에 자신의 모습을 감추어버렸다. 을지문덕은 벼락이 남긴 잔상이 사라진 후에도 오랫동안 그곳을 응시했다. 천막 입구를 타고 흘러내리는 빗물이 가득 고인 그곳에 나막신을 신은 채 서 있었다. 빗줄기와 어둠이 합쳐진 세상은 그 속에 담긴 그 어떤 것의 모습도 보여주지 않았다. 비를 잔뜩 뒤집어 쓴 술간이 느슨해진 천막 줄을 잡아당기라고 호통치는 소리가 어렴풋이 들렸다. 하늘의 분노 앞에서 세상은 온순해졌고, 사람들은 숨을 죽였다. 어둠 속에 보이는 움막들은 온갖 색의 천으로 장식한 신목처럼 보였다. 비를 막으려고 지붕과 벽에 올려놓은 옷가지들 때문이었다. 주룩주룩 내리는 비에 갇힌 세상은 독을 잔뜩 품은 뱀처럼 똬리를 틀고 있었다.

"뭘 그리 뚫어지게 보고 계십니까?"

천막 한가운데 놓인 탁자에 앉아 거타지와 막두지의 검시 보고서를 읽고 있던 이문진이 고개를 들며 물었다.

"어둠을 보고 있네. 고요한 것 같지만 날 속일 수는 없지."

"오늘같이 비가 많이 오는 날은 살인자도 움막 안에서 얌전하게 있을 겁니다."

"하긴 어제도 사람을 죽였는데 오늘까지 일을 벌이지는 않겠지."

혀를 찬 을지문덕이 몸을 돌렸다. 저녁식사 후 한참동안 글을 들여다보던 이문진이 고개를 뒤로 꺾으며 내리 하품을 했다.

"이제 사흘밖에 남지 않았습니다."

"온전한 건 이틀뿐일세. 사흘째가 되면 언제 연태조가 살인자를 내놓으라고 다그칠지 몰라."

"지금까지 우린 별다른 단서를 찾지 못했습니다. 이렇게 가면 사흘 후까지 살인자를 찾는다는 보장이 없습니다."

"찾아낸 건 많아. 화공들 중 한 명이 살인자라는 것, 그리고 그림 때문에 살인이 벌어졌다는 사실도 알아냈지. 문제는 화공들이야."

"그들이 범인을 숨겨주고 있다고 생각하시는 겁니까? 다들 사이가 나빠 보였는데요. 사실 지금 같은 상황에서는 서로 감쌀 이유도 없고요."

이문진은 침침해진 눈을 깜빡거리며 탁자 위의 등잔불을 응시했다.

"맞아. 서로 질투하고 경계하는 것 같지만 바깥세상의 침입은 허용하지 않겠다는 의지가 분명해 보여. 그들 사이에 쌓아올린 견고한 틀을 부수지 않으면 살인자를 찾지 못할 거야".

"대체 그들은 왜 살인을 저지른 걸까요?"

"그림 때문이야. 그림이 살인을 불러온 거야."

을지문덕은 단정적으로 말을 내뱉고 나서 천막 한구석에 정리되어 있는 거타지의 모본들 쪽으로 걸어갔다. 차곡차곡 쌓인 모본 중 하나를 집어든 을지문덕이 권축을 잡고 두루마리를 힘껏 펼쳤다. 검은색 점이 찍힌 주황색 두루마리와 주름치마를 입은 여자 춤꾼이 어깨 뒤로 긴 소매를 뻗은 그림이 나왔다. 몸을 약간 앞으로 숙인 여자 무용수의 얼굴은 작고 갸름했고, 두 볼에는 희미한 분칠 자국이 남아 있었다. 이문진이 앉아 있는 쪽으로 두루마리를 펼친 을지문덕이 손가락으로 영원히 동작을 멈춘 여자 춤꾼을 가리키며 덧붙였다.

"그림은 굵은 선과 가는 선, 진한 색과 옅은 색의 조화만으로 만들어진 게 아니야. 이 그림 안에는 수백 년간 이어온 화공들의 자부심과 긍지가 들어 있어. 그림은 찰나의 순간을 담지. 하지만 이 안에는 춤추는 무용수들과 재주를 부리는 광대들, 시종들에게 둘러싸인 귀족들, 부엌에서 음식의 간을 보는 노비들도 존재해. 무덤에 그려진 벽화는 단순한 장식이 아니라 죽은 자가 삶에 대해 품는 애정이자 염원인 거야. 이 그림 속의 여자 무용수를 보게. 이 촌스런 옷을 보면 분명 백 년 전쯤의 사람이었을 거야. 아마 이 무용수는 죽어서 뼈조차 흙과 구분이 안 될 정도로 오래전 사람이겠지. 그런데 이 그림 안에서는 생생하게 살아 있어. 비록 동작을 멈추고 아무런 반응을 하지 않지만 분명 살아 있지. 화공들은 자신을 단순히 무덤의 빈 공간을 채우는 기술자가 아니라 무덤의 진짜 주인이라고 믿고 있는지도 몰라. 그렇다면 무덤의 벽에 어떤 그림을 그릴 것인지로 화공들끼리 말다툼을 벌였던 것도 충분히 이해할 만하지."

"스승을 죽이고 동료를 해칠 만큼 말입니까?"

"나도 저들을 보기 전까지는 못 믿었네. 하지만 지금은 믿어."

힘없이 말을 끝맺은 을지문덕이 양손으로 두루마리를 구겨 활활 타고 있는 화로 안으로 던져 넣었다. 검은 연기와 함께 영원한 삶을 누리던 여자 춤꾼은 재로 변했다. 손을 탁탁 턴 을지문덕이 말아 쥔 주먹 안으로 입김을 불어넣으며 말을 이었다.

"아니, 확신하네. 만약 화공들이 지금 내가 이 그림을 태우는 걸 봤다면 틀림없이 나를 죽이겠다고 마음먹었을걸?"

"그들에게 이 방법을 써먹으실 겁니까?"

두루마리의 권축이 불길에 휩싸인 채 차츰 가라앉는 것을 바라보며 이문진이 물었다.

"그러면 세 명 다 나를 죽이자고 덤벼들겠지."

"이리 장황하게 말씀하시는 걸 보니 중요한 단서를 찾으신 모양이군요."

자리에서 일어난 이문진이 여자 춤꾼이 불타버린 화로 옆에 서 있는 을지문덕에게 다가왔다. 여자 춤꾼의 삶을 빨아들이며 한층 거대해진 불길이 두 사람의 얼굴에 삶의 여운이 남은 열기를 덮어씌웠다.

"마량이 중요한 얘기를 해줬네. 거타지가 가지고 있던 모본들 거의 대부분이 다른 사람이 그린 거라고 하더군. 제자들 중 한 명이 거타지에게 그림을 그려줬다는 뜻이야."

"혹은 빼앗겼을 수도 있을 테고요."

"맞아. 저 모본을 그린 게 누구인지만 알아내면 의외로 일이 쉽게 풀릴 수 있을 것 같아."

"역시 세 명 중 한 명일까요?"

권축의 둥근 손잡이 부분까지 완전히 빨아들인 불길이 위험할 정도로 높게 치솟았다. 불길 속에 빨려 들어갔던 재가 꽃잎처럼 천천히 떨어졌다.

"마량은 아니라고 했지만 그의 말도 믿을 수 없어. 하지만 저 세 명들에게서는 그런 걸 느낄 수가 없어. 어쩌면 우리가 전혀 다른 방향으로 가고 있는지도 모르지."

"거타지의 두 손에 있었던 화상과 독살이 전혀 별개의 사건은 아닐까요? 사실 독살할 생각이었으면 석회를 바꿔치기할 필요가 없었을 텐데요."

"전혀 다른 두 사람이 거타지의 목숨을 노렸다는 말인가?"

"욱도해의 말대로라면 소석회를 생석회로 바꿔치기한 정도로는 목숨까지 없앨 수 없습니다. 기껏해야 양손에 화상을 입는 정도겠죠. 어쩌면……."

이문진은 고개를 턱에 바짝 붙인 채 오른손 엄지손가락으로 코끝을 만지작거렸다. 을지문덕은 탁자에 엉덩이를 기댄 채 말 없이 이문진의 생각이 정리되기를 기다렸다.

"살인자는 죽은 거타지가 물감의 붓을 입으로 빨아낸다는 사실을 알고 물감에 독을 넣었습니다. 그렇게 세심한 자가 살인에 도움이 안 되는 석회를 바꿔치기한 이유가 뭘까요? 오히려 방해만 되었을 텐데요."

"그러니까 자네 말은……."

"맞습니다. 석회를 바꿔치기한 자는 물감에 독을 넣은 자가 아니었습니다. 오히려 살인을 막으려고 했던 겁니다. 물감으로 벽화를 마무리하기 전에 석회가루를 물에 개어서 널벽에 발라야 합니다. 만약 석회가루를 손으로 반죽하다가 화상을 입으면……."

"그림을 못 그리지. 물감이 묻은 붓을 입으로 빨 일도 없고."

두 사람의 말은 거센 천둥소리에 막혀버렸다. 천둥을 뒤따른 벼락이 온 세상을, 그리고 빗속에 갇혀버린 천막 안을 하얗게 태워버리고 소멸해버릴 때까지도 두 사람은 입을 열지 못했다.

"생각보다 일이 복잡해지는군."

가까스로 입을 연 을지문덕이 억지로 미소를 지으며 말했지만 이문진은 을지문덕의 말이 끝나기 무섭게 고개를 저었다.

　"의외로 단순한 문제일 수도 있습니다. 복잡하게 얽혀 있지만 결론은 명확하니까요."

　"그런가?"

　을지문덕은 대답을 하는 둥 마는 둥 무심히 말을 내뱉으며 천막 입구 쪽으로 걸어갔다. 여전히 비가 쏟아지고 있었다. 비의 무게에 못 이겨 축 늘어진 천막 지붕이 두 사람의 머리 위로 낮게 드리워졌다. 하늘이 내는 비명 같은 천둥소리의 여운이 멀리 사라지고, 습기에 젖은 등잔불도 차츰 어두워졌다. 좁은 출입문 너머로 쏟아지는 빗줄기 앞에 서 있던 을지문덕이 중얼거렸다.

　"이 비에 세상의 죄가 모두 씻겼으면 좋겠군."

　"그런다 한들 인간의 증오와 욕망은 또 다시 살인의 씨를 뿌릴 겁니다."

　을지문덕과 나란히 선 이문진이 빗줄기를 노려보며 대답했다. 두 사람은 서로의 표정에 감추어진 어두움을 읽어내며 씁쓸하게 웃었다.

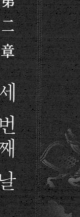

第二章

세
번
째
날

새벽녘까지 내린 비 때문에 일꾼들도 화공들도 제대로 잠을 이루지 못했다. 하나같이 비에 젖은 생쥐처럼 축 늘어져 있었다. 곳곳에 파인 작은 둠벙 위로 하나씩 해가 자리 잡을 무렵 역시 비 때문에 잠을 제대로 못 잔 을지문덕이 줄지어 선 일꾼들과 화공들 앞에 섰다. 욱도해가 을지문덕을 올려다보았다.

"어젯밤 비가 많이 내렸습니다. 서둘러 널방 벽화를 마무리 지어야 할 것 같습니다. 습기가 많으면 아교와 섞은 물감이 부풀어 오르기도 하고, 벽에 맺힌 이슬 때문에 물감이 녹아내리는 일도 벌어지곤 합니다."

"그렇게 하게. 언제 할 건가?"

"워낙 비가 많이 와서 서두르는 게 좋을 듯싶습니다."

을지문덕은 차분하게 말하는 욱도해를 천천히 뜯어보았다. 분명 무슨 속셈이 있는 것 같다는 생각이 들었지만 감이 잡히지 않았다.

"좋도록 하게. 그런데 내가 듣기로는 봉인하고 풀 때는 백회기악을 베푸는 것으로 알고 있는데 준비가 되어 있는가?"

"서역인들이 섞인 광대패를 불렀습니다. 늦어도 내일 낮에는 도착할 겁니다. 그리고……."

잠시 콜록거리던 욱도해가 말을 이었다.

"봉인된 널방 안에 몽부와 함께 들어갔으면 합니다."

"그럴 만한 이유라도 있느냐?"

을지문덕은 자신도 모르게 높아지는 목소리를 진정시키려 애썼다.

"두렵습니다."

"두렵다니?"

"스승님도 그렇고 널방의 벽에 석회칠을 하던 막두지도 모두 벽화와 직접적으로 관련된 일을 하던 사람들이었습니다. 다음에는 제 차례가 아니라고 누가 장담할 수 있겠습니까?"

"그래서 둘이 들어간다는 말이냐?"

"아무래도 둘이 가면 스승님 같은 꼴은 피할 수 있겠죠."

을지문덕은 짐짓 먼 산을 바라보았다. 상대방의 의도를 짐작할 수 없다는 불안감을 들키지 않기 위해서였다. 벌판 너머 경사진 산등성이 위로 새벽까지 내린 비가 만들어낸 음침한 안개가 연기처럼 떠오르고 있었다. 마치 죽은 자의 원혼 같았다. 태양을 가린 구름이 바람에 밀려나고 창백한 태양빛이 드리워지자 겁을 집어먹은 원혼의 한숨은 삽시간에 사라졌다.

곁에 있던 이문진의 헛기침 소리가 잡념에서 빠진 을지문덕을 깨웠다. 을지문덕이 어설프게 고개를 끄덕이자 욱도해도 만족한 표정으로 고개를 숙였다. 순간 늘어진 저고리의 옷섶 사이로 목덜미에 난 상처가 보였다. 화공들의 뒤에 서 있던 일꾼들을 점고하는 두상들의 신경질적인 목소리가 귓가를 울렸다. 동료들과 말을 주고받는 욱도해의 뒷모습을 응시하며 을지문덕이 이문진에게 속삭였다.

"뭔가 일을 꾸미는 게 분명해."

"봉인된 무덤 안에 들어가면 아무것도 할 수 없습니다. 그냥 겁이 나서 그런 거겠죠."

"하긴……"

뭔가 있을 거라는 짐작은 두상의 신경질적인 외침에 산산조각이 나 버렸다. 줄지어 선 일꾼들 사이를 걸어 다니며 마구 욕설을 퍼붓던 늙은 두상은 뒤늦게 을지문덕의 시선을 눈치채고 머쓱해했다.

"무슨 일이냐?"

"저, 그게 일꾼들 중 한 놈이 안 보입니다. 다리가 부러져도 아침에 점고할 때는 나와 있어야 한다고 그렇게 말했는데……"

뒤통수를 긁으며 말끝을 흐리던 두상이 일꾼들을 노려보았다.

"움막에 없었느냐?"

"두 번이나 가봤습니다. 다리 다친 놈 하나랑 열이 심하게 나는 놈하나 빼고는 쥐새끼 한 마리 없습니다."

을지문덕은 멀리 떨어진 채 서 있던 술간을 손짓으로 불렀다. 한걸음에 달려온 술간이 을지문덕이 미처 묻기도 전에 대답했다.

"어제 삼십 보 간격으로 부하들을 배치했습니다. 새가 되어서 날아가지 않은 이상 빠져나가지 못했을 겁니다."

"다들 흩어져서 없어진 일꾼을 찾아. 어서!"

을지문덕의 호통에 놀란 일꾼들이 개미떼처럼 흩어졌다. 피가 나올 정도로 아랫입술을 세차게 깨문 을지문덕이 믿을 수 없다는 듯 중얼거렸다.

"설마……."

を

담징은 해가 뜨자마자 도성으로 향하는 긴 행렬을 바라보았다. 높은 성벽 안에 사는 귀족들의 주머니 덕을 보는 이들로 이루어진 행렬이었다. 시간이 너무 이른 탓인지 다들 도살장으로 끌려가는 가축처럼 처량해 보였다. 비에 젖어 넝마로 변한 저고리를 힘겹게 짜낸 담징은 주변을 몇 번 두리번거리고는 조심스레 긴 행렬 사이에 끼어들었다. 광주리를 잔뜩 쌓아 놓은 수레 뒤로 껍질을 벗긴 닭이 갈고리로 꿰인 채 긴 장대에 매달려 있었다. 행렬은 느릿느릿 움직였다. 밤새 비에 떨면서 숲속을 헤맨 담징의 저고리와 바지는 이미 넝마로 변해 있었다. 신고 있던 짚신조차 사라졌다. 담징은 삶을 연명하기 위해 천천히 나아가는 사람들을 텅 빈 시선으로 바라보았다.

또 다시 죽음이었다. 죽음을 피해 도망쳤지만 또 다른 죽음이 그를 덮쳤다. 겁에 질려서 무작정 도망치긴 했지만 가야 할 곳이 어디인지 도통 알 수 없었다. 담징은 뼈아픈 두려움이 묻어난 아랫입술을 꼭 깨물고 활짝 열린 다경문* 바깥에 선 초병들의 동정을 살폈다. 창을 든 초병들 사이에 을지문덕의 부하들이 있었다. 담징은 광주리가 쌓인 수레 뒤로 얼른 몸을 숨겼다. 도성으로 빨려들어가는 사람들 틈에서 눈에 띄지 않게 조심스레 빠져나온 담징은 도성 남쪽으로 향하는 갈림길 앞에서 잠시 주저했다. 서쪽 갈림길은 패수를 따라 서쪽 바다까지 이어져 있었다. 패수와 바다가 맞닿은 곳에 있는 위도는 규모가 제법 큰 포구로 커다란 배들이 쉴 새 없이 드나들었다. 예전 스승님과 함께 향을 사러 가본 적이 있었던 곳이다. 담징은 그 배들 중 한 척에 몰래 올라타서 아주 멀리 떠나는 자신의 모습을 잠시 상상해보았다. 하지만 도성 입구에 을지문덕의 가병이 있는 걸 보면 위도라고 안전할 리 없다. 주저하던 담징은 남쪽으로 향하는 길로 접어들었다. 그곳이라면 눈을 감고도 걸어갈 수 있었다. 밤새 대지에 고인 빗물들이 강렬한 햇살에 부글거리며 아지랑이를 피워 올렸다. 담징은 아지랑이 너머의 세상이 혼돈에 빠져버린 자신의 삶처럼 희미하고 어지럽다고 생각했다.

정릉사는 예전 그대로였다. 부슬비가 내리던 어느 새벽에 연기처럼 자욱하게 퍼졌던 죽음들은 흔적조차 남기지 않고 사라져버렸다. 담징은 잘 다듬은 돌로 만든 지주 사이에 긴 당간 꼭대기에서 힘차게 펄럭이는 깃발을 보았다. 첫 닭이 울기 전에 일어난 사찰 노비들이 쓸어놓은 광장은 멀리서 침범해온 마른 나뭇잎 몇 개를 제외하고는 먼지 하나 없이 깨끗했다.

넘치는 불심을 주체하지 못하거나 죽은 가족의 극락왕생을 기원하기 위해 이른 아침부터 찾아온 백성들은 사찰 주위를 돌면서 서투른 염불을 바치거나 사찰 쪽을 향해 절을 올리고 있었다. 서역이나 중원에서 들여온 향을 살 여유가 있는 호민이나 장사치들은 진한 향이 피어나는 향로를 든 몸종들을 앞세우고 활짝 열린 정릉사의 남문으로 당당하게 걸어 들어갔다. 부처를 섬기는 사찰에서조차 가진 자와 못 가진 자의 모습이 극명하게 대비되었다.

사찰의 담장에 올라가 있는 초록색 수막새와 암막새에 새겨진 연꽃과 인동초를 타고 쉴 새 없이 빗물이 떨어졌다. 그 빗물은 담장을 따라 엎드린 백성들의 등을 적시고 있었다. 사람들 틈에서 잠시 주변을 살피던 담징은 열서너 살 먹은 어린 여종을 앞세운 행렬이 돌계단을 밟고 올라서는 것을 지켜보았다. 머리 위에 커다란 연꽃 모양의 향로를 올린 여종은 와들와들 떨면서 한 걸음 한 걸음 힘겹게 발걸음을 옮겼다. 어린 여종은 향로를 머리에 이기 전에 주인이나 윗사람으로부터 그것이 얼마나 비싼 것이고, 만약 떨어뜨릴 때는 어떤 처벌을 받게 될지 충분히 들었을 것이다. 그리고 그 윽박지름과 두려움이 어린 여종에게 무조건 견뎌야 한다고, 목이 부러질 것처럼 아파도 참으라고 강조했을 것이다. 햇살을 받은 향로는 터질 듯한 황금빛을 토해내며 사람들의 눈을 부시게 했지만 담징의 눈에는 어두움밖에 보이지 않았다. 귀족들의 일산을 어설프게 흉내 낸 붉은 일산을 쓴 주인 부부가 한 무리의 몸종들을 거느리고 사찰 안으로 사라지자 사찰의 입구에는 매캐한 향만 남아 떠돌았다. 담징은 한걸음에 사찰 입구까지 달려갔다. 황궁의 문만큼 넓은 문을 건장한 노비들이 지키고 있었다. 담징의 예상대로 그중 한 명이 담징의 앞을 가로 막았다.

"뭐야?"

일부러 겁에 질린 표정을 지은 담징이 노비를 올려다보았다.

"배가 아파서 일을 보다가 주인마님을 놓쳤어요. 혹시 붉은 일산을 쓰고 회색 두루마기에 옥으로 된 목걸이를 하신 분이 들어가지 않으셨나요?"

"방금 들어갔다. 얼른 뛰어가."

잠시 담징을 위아래로 살펴본 노비가 옆으로 물러섰다. 담징은 고맙다고 연신 고개를 숙이며 사찰 안으로 들어갔다. 높다란 담장으로 세상과 담을 쌓은 사찰 안은 담징이 떠나오기 전 그때와 비슷했다. 중생을 압도하는 거대한 팔 층 목탑은 여전히 위용을 자랑하고 있었고, 목탑 양쪽에 자리 잡은 이 층짜리 금당 역시 거대한 그림자를 곁에 둔 채 넓은 사찰의 한구석을 차지하고 있었다. 이상스럽게 여길 사람들의 눈을 피해 서쪽 금당 뒤쪽으로 돌아간 담징은 인적이 드문 회랑으로 갔다. 빛이 바랜 붉은색 회랑 기둥이 창살 같은 그림자를 만들어냈다. 단조로운 새소리가 숨 막힐 것 같은 정적을 수놓고 있었다. 눈에 띄지 않는 곳이라서 항상 제대로 손을 보지 않는 서쪽 담장의 회랑에는 감당할 수 없는 세월의 흐름이 고스란히 묻어났다. 반듯하게 다듬어서

깎아놓은 바닥돌 사이를 밀고 올라온 풀잎들이 담징의 발길에 치여 부스럭거렸다. 어린 시절처럼 회랑의 둥근 기둥을 한 손으로 잡고 빙그르르 몸을 돌리던 담징은 투명하다 못해 환한 햇살이 자리 잡은 금당 벽에 눈길을 고정했다. 그러고는 뭔가에 끌린 사람처럼 그곳으로 향했다. 가까워질수록 담징의 눈시울이 뜨거워졌다.

이윽고 그곳에 선 담징은 하얗게 탈색된 감정 때문에 덜덜 떨었다. 불타는 밤이 있기 얼마 전 그가 그린 소나무가 여전히 그곳을 지키고 있었다. 담징은 수평으로 길게 드리워진 소나무 가지를 따라 걸음을 옮겼다. 바늘같이 그려놓은 소나무잎 끝의 날카로움은 한결 무뎌졌고, 갈라진 소나무 껍질 여기저기에도 가느다란 금이 가 있었지만 소나무는 지나온 세월을 특유의 무심함으로 견뎌낸 것 같았다. 담징은 눈물에 흠뻑 젖은 두 뺨을 손바닥으로 쓸어내리며 터져 나오는 울음소리를 삼켰다.

한참 뒤 담징은 눈물에 젖은 손끝으로 소나무를 만졌다. 거친 표면을 표현하려고 검은색으로 칠한 껍질의 틈을 지나 가느다란 붓으로 수없이 붓질해서 만든 한껏 벌어진 솔방울을 뒤로 하고 그의 손끝은 햇살에 바짝 마른 회벽을 툭툭 긁어냈다. 눈이 부시도록 섬뜩한 과거에 흠집을 낸 담징은 길게 뻗은 소나무의 제일 끝에서 결국 주저앉고 말았다. 뿌리 없는 자신의 처지에 대한 서글픔과 꾹꾹 눌러 담은 스승과 동료들에 대한 애증이 한꺼번에 터져 나왔다.

몸을 쭈그리고 앉아 한동안 오열하던 담징은 누군가 자신을 지켜보고 있다는 느낌에 고개를 들었다. 금당 모서리를 따라 안쪽으로 꺾어진 회랑 기둥 사이에서 노승 하나가 염주를 굴리며 그를 쳐다보고 있었다. 눈물을 훔친 담징은 공손하게 합장하며 고개를 숙였다. 노승은 자신을 따르던 동자승에게 그대로 남아 있으라고 손짓한 뒤 담징에게 다가왔다.

"무슨 일로 그렇게 슬피 울고 있느냐?"

"마음이 괴로워서 그렇습니다."

"그래서 이곳에 왔는데 이곳에서도 그 괴로움을 씻지 못하고 있는 것이냐?"

노스님의 차분한 말에 담징은 고개를 끄덕였다.

"부처님의 가르침을 어긴 죄가 어디로 도망친들 없어지겠습니까? 그냥 발길 닿는 대로 온 것뿐입니다."

"이곳에서 지낸 적이 있었느냐?"

노승의 물음에 담징은 오른쪽 손목을 걷었다. 손목 윗부분에 새겨진 검은 원 안에 '정릉'이라는 빛바랜 글씨가 새겨져 있었다.

"부처님의 은덕에 기대어 잠깐 머물렀던 적이 있습니다."

노승은 엎드려 있는 담징을 지나 담징의 손끝에 상처 입은 소나무에 무심한 눈길을 던졌다.

"괴로웠던 모양이구나. 무슨 일이 너를 이리 번뇌에 빠뜨렸는지 말해 줄 수 있겠느냐?"

스님의 말에 담징은 고개를 들었다. 구름 한 점 없는 하늘을 꿰뚫은 햇살이 창날처럼 그의 몸을 쑤셔댔다. 온몸을 스치고 지나간 한없는 전율에 굴복한 담징은 난생 처음 보는 노승에게 속을 털어놓았다.

"제가 사람을 죽였습니다."

🏃

"그게 무슨 뜻입니까?"

을지문덕의 말이 끝나기 무섭게 욱도해가 되물었다. 의자에 앉아 있는 을지문덕과 그 앞에 나란히 서 있는 세 사람은 뜨거운 눈빛을 주고받았다. 불편한 감정을 내비치듯 큰 소리로 헛기침을 뱉어낸 몽부가 마지막 기침을 삼켰다.

"말 그대로일세. 세 사람의 그림을 보고 죽은 거타지의 계승자를 정할 걸세."

"주활 어르신께서…… 그러실 필요가 있습니까?"

성난 눈길을 숨기지 않는 마량의 말에 을지문덕이 빙긋 웃으며 대답했다.

"왜? 내가 그럴 만한 자격이 없다고 보는 건가? 그렇긴 하지만 이번 일을 끝내고 대외적으로 벽화를 마무리한 으뜸을 밝혀야 하지 않겠나?"

을지문덕의 말에 세 사람은 나란히 신음소리를 뱉어냈다. 을지문덕은 세 사람의 곤혹스러움을 파고들었다.

"만약 자네들이 상의해서 으뜸을 정한다면 별다른 얘기를 하지 않겠네."

세 사람은 서로 흘끔거리며 아무런 대답도 하지 않았다. 한동안 무거운 침묵이 이어졌다. 욱도해가 더듬거리며 입을 열었다.

"저희 셋이 상의한 후에 답을 드려도 좋겠습니까?"

"내일 아침까지는 셋 중 한 명을 정하든지 아니면 사신도 중 하나를 그려 오게."

더 이상의 말을 듣지 않겠다는 듯 팔짱을 낀 을지문덕이 옆으로 몸을 돌렸다. 세 화공이 인사한 후 사라지자 이문진이 들어왔다.

"저들이 주활 어르신의 뜻대로 움직이겠습니까?"

"적이 넘을 수 없는 견고한 성벽 뒤에 숨어 있다면 거짓으로 퇴각해서 적들을 바깥으로 유인해야 한다."

"부분노 장군이 선비족을 정벌할 때 쓰신 계책이군요. 저들에게도 먹혀들까요?"

"저들의 눈을 보게. 나에게 입을 다물고 있었던 것은 동료들에 대한 의리가 아니라 주도권을 잡고자 하는 욕심 때문이었네. 이제 견고한 저들의 성벽에 금이 갈 거야."

"그렇긴 합니다만 시간이 없습니다."

잔기침을 콜록거리며 이문진이 말했다.

"잡아서 쥐어짜내지 못하니 움직일 수 없는 물증을 가지고 자백을 받아내야지. 저들이 내 뜻대로 움직여주기를 기다릴 수밖에……."

천막의 입구를 열고 들어온 술간을 바라보며 을지문덕이 나지막이 중얼거렸다.

❦

"분명 우리 사이를 갈라놓으려는 수작이야. 그 작자가 무슨 자격으로 계승자를 지명한다는 거야."

팔짱을 낀 채 움막 안을 서성거리던 욱도해가 버럭 소리를 질렀다.

"달리 뾰족한 수라도 있나?"

움막 한가운데 자리 잡은 평상에 걸터앉은 몽부가 욱도해에게 물었다. 욱도해가 고개를 절레절레 흔들었다.

"빠져나갈 방법은 딱 하나야. 우리가 함께 찾아가서 계승자를 정했다고 하면……."

"물론 그 계승자는 자네가 될 테고 말이지."

그때까지 잠자코 있던 마량이 이죽거렸다.

"놈이 노리는 건 우리 사이의 분열이야. 지금 우리끼리 다투는 건 놈에게 빌미를 제공해줄 뿐이야. 그걸 정말 모르겠어?"

잔가지와 볏단으로 만든 움막 벽 틈으로 스며들어온 빛이 거미줄처럼 세 사람을 옭아매고 있었다. 욱도해는 먼지와 흙에 뒤덮여 원래 색을 짐작조차 할 수 없을 만큼 허름해진 저고리 밑단을 신경질적으로 잡아 뜯었다. 하지만 정작 옷자락이 힘없이 찢겨나가자 인상을 구겼다.

"뭔가 잘못 알고 있는 모양인데, 우린 한 번도 뭉친 적이 없었어."

마량이 지지 않고 대꾸하자 욱도해는 찢긴 옷 조각을 움막 구석으로 집어던지며 소리쳤다.

"그렇게 발목만 잡지 말고 좋은 생각 있으면 얘기해보라고."

"자꾸 일을 꾸미려고 드는 걸 보니, 자네 분명 뭔가 켕기는 게 있는 모양이군."

마량은 재미있다는 표정으로 욱도해를 바라보았다.

"무슨 뜻이야?"

"따지고 보면 주활의 말이 틀린 건 아니잖아. 벽화에 남은 건 현무의 머리랑 백호의 등에 그릴 척목뿐이야. 어찌되었든 나머진 돌아가신 스승님이 그렸단 말이지. 널길 문을 열고 묘주를 모실 때 함께 따라 들어갈 화공이 있어야 하잖아."

"놈은 지금 자기 걱정하기에도 바쁜 거 몰라? 왜 갑자기 그런 얘기를 했는지 생각 좀 해보라고."

"지나치게 흥분하는군. 그럼 내가 계승한다고 나서면 되겠나? 그럼 주활도 끽 소리 못 할 텐데."

"그……그건."

마량은 주저하는 욱도해를 보면서 그럴 줄 알았다는 듯 코웃음을 치고는 자리에서 일어났다.

"난 가서 주활께 올릴 그림을 그리겠네. 둘이서 잘들 노시게."

움막 바깥으로 사라져버린 마량의 뒷모습을 보며 욱도해가 아랫입술을 깨물었다.

"멍청한 놈……."

"마량의 말에도 일리가 있네. 왜 그렇게 민감하게 반응하는 건가? 어차피 이번 일이 끝나면 다들 흩어질 텐데. 누가 으뜸이 되든 함부로 스승님을 계승했다고 나설 수 없는 상황이란 뜻일세."

"아까 그놈 표정, 자네도 봤잖아. 분명 무슨 꿍꿍이속이 있는 거라고."

"내가 보기에는 자네도 뭔가 숨기고 있는 것 같아. 이상스러울 정도로 초조해하는 것도 그렇고. 그게 뭔지 털어놓지 않는다면 나도 마량처럼 주활에게 그림을 바칠 생각이야."

몽부는 천천히 몸을 일으켰다. 땀에 절어서 뭉텅이진 머리카락을 손가락으로 긁으며 그는 욱도해를 쳐다보았다. 하지만 욱도해는 평상에 털썩 주저앉은 채 일어날 생각을 하지 않았다. 몽부는 그 모습을 물끄러미 바라보다가 움막 밖으로 사라졌다.

✿

노승은 차분한 표정으로 담징을 내려다보았다.

"왜 죽였느냐?"

"미워했기 때문에 죽였습니다."

"그래서 증오는 털어냈느냐?"

노승의 물음에 담징은 아무 대답도 하지 못했다.

"죽일 정도로 미워한 사람이 사라졌는데 마음을 털어내지 못하는 연유가 무엇이냐?"

"비록 머리를 깎고 수발을 받지는 못했지만 엄연히 부처님의 도량에서 어린 시절을 보냈습니다. 사람은커녕 벌레 한 마리 죽이지 말라는 부처님의 말씀을 귀 따갑게 들었으면서도 속세에 나선 지 몇 년 안 되어 말씀을 어기고 말았습니다."

"네가 죽인 것은 사람이 아니라 너의 마음 아니었더냐?"

담징은 바짝 마른 입안에서 혓바닥을 굴렸다. 말하려고 했지만 아무 대답도 할 수 없었다.

"마음은 허상에 불과하다. 네가 살인을 저지르고 이곳으로 도망쳐왔다고는 하지만 진정 살인을 저지르고 도망치는 길이었다면 도량에 발을 들여놓을 리 없다. 말해보거라, 대체 무엇을 피해 이곳으로 도망친 게냐?"

"저는 사람을 죽인 죄인입니다."

"다시 묻겠다. 너는 무엇을 피해 여기로 온 것이냐!"

"무서웠습니다. 제 마음속의 증오가…… 제가 품은 나쁜 마음이……"

담징은 발작적으로 대꾸하며 노승을 노려보았다. 회랑 쪽에 남아 있던 어린 동자승이 놀란 표정으로 눈을 깜빡거렸다. 이글거리는 눈빛으로 자신을 올려다보는 담징을 가련한 눈길로 바라보던 노승이 따뜻한 손바닥으로 땀과 눈물에 젖은 담징의 뺨을 닦아주었다.

"돌아가거라."

"전 돌아갈 곳이 없습니다. 그곳에서, 그곳에서……."

"만약 정말로 살인을 저질렀다고 해도 그곳으로 돌아가 죄를 받으면 된다. 이곳은 죄를 가리기 위해 오는 곳이 아니다. 정녕 도망치고 싶다면 네가 왔던 곳으로 돌아가거라. 시작이 곧 끝이니 그곳이 너의 안식처가 될 것이다."

스님은 고개를 돌려 담징의 손톱에 긁혀 상처 난 소나무 그림을 물끄러미 바라보았다. 그러고는 손때 묻은 굵은 염주알을 굴리며 봄날의 햇살처럼 미소를 지었다.

"그림이 참 아름답지 않느냐. 이런 그림을 그릴 수 있는 심성을 가진 사람이 어찌 마음속에 미움을 담아두거나 사람을 해쳤겠느냐. 이곳은 속세의 삶이 힘든 중생들이 위안을 얻기 위해 오는 곳이란다."

느릿하게 말을 마친 노승은 담징이 미처 대답하기도 전에 몸을 돌려 동자승이 기다리고 있는 곳으로 걸어갔다. 중간쯤에서 발걸음을 멈춘 스님이 손등으로 눈물을 훔치는 담징에게 반쯤 고개를 돌렸다.

"해는 매일 뜨고 진단다. 사람들의 삶이 저 해와 같다면 탄생과 죽음은 당연한 일이거늘 어찌 삶과 죽음을 가지고 아귀다툼을 벌이는지 모르겠구나. 혹시 너는 아느냐?"

"잘 모르겠습니다."

"아까 보니 푸른색 저고리에 가죽 갑옷을 입은 자들이 돌아다니고 있더구나. 혹시 너를 쫓아온 자들이냐?"

"……."

담징은 선뜻 대답하지 못했다.

"서쪽 금당과 북쪽 금당 사이에 있는 종루 뒤편에 담장이 허물어졌더구나. 고치라고 그렇게 일렀건만 일이 많아서 그랬는지 손을 못 대었더구나. 정원수에 가려져서 멀리서 보면 잘 안 보인다. 눈 잘 뜨고 찾아보아라."

비스듬히 고개를 들어 하늘을 올려다본 노승이 발걸음을 옮겼다. 천천히 몸을 일으킨 담징은 무릎에 묻은 흙을 털어내고 스님의 뒷모습을 물끄러미 바라보았다.

🧍

을지문덕은 술간을 따라 언덕길을 올라갔다. 봉분은 꼭대기 고임돌이 놓일 부분을 제외하고 거의 완성되었다. 주변의 일꾼들도 느릿한 손길로 부서진 돌조각을 모으거나 고임돌을 올려놓을 도르래를 손보고 있었다. 느릿하게 손을 놀리던 일꾼들은 술간을 앞세운 을지문덕의 등장에 황급히 고개를 돌리거나 딴청을 부렸다. 을지문덕은 두루마리가 땅에 끌리지 않도록 양손으로 옷자락을 잡았다. 허리띠에 달린 나뭇잎 모양의 장식들이 덜그럭거렸다. 긴장감이 역력한 표정의 가병들이 창을 들고 널길로 통하는 입구를 지키고 있다가 옆으로 물러났다. 앞장선 술간이 어둑한 널길 안을 비출 햇불을 준비하는 동안 을지문덕을 따라온 이문진이 코를 쿵쿵거리며 입을 열었다.

"피 냄새가 납니다."

화르륵 타오르는 햇불을 든 술간이 선두에 서서 널길 안으로 조심스럽게 들어갔다. 햇살이 도달하는 범위 안쪽에 자리 잡은 습기 찬 어둠이 불길에 한 움큼 녹아내렸다. 사라진 어둠만큼의 공간으로 몸을 밀어 넣은 을지문덕과 이문진은 불빛이 깔린 널길의 바닥을 내려다보았다. 너울거리는 불빛 아래 깔린 널길 바닥을 보던 을지문덕이 술간에게 물었다.

"아무것도 없지 않느냐."

"자세히 보십쇼. 여기랑 저기, 그리고 저쪽 벽입니다."

햇불을 좀 더 가까이 댄 술간이 손을 들어 불빛에 달아오른 벽을 가리켰다. 일일이 정으로 쪼고 짚으로 갈아낸 널길의 벽 여기저기에 검은 점들이 묻어있었다.

"열심히 닦아내기는 했지만 분명 핏자국입니다."

술간의 말에 을지문덕과 이문진은 약속이나 한 것처럼 서로의 얼굴을 쳐다보았다. 널길 끝에서 널방을 가로막은 커다란 돌문을 한 번 비춰본 술간이 계속 말했다.

"혈흔이 남은 곳은 여기부터 여기까지입니다. 벽과 바닥에 골고루 뿌려진 것으로 봐서 양쪽 모두 흉기를 쓴 게 분명합니다."

"주로 왼쪽 벽에 많이 묻었군. 다투었다는 건 맞는데 시체가 없어. 죽었다고 보는 건 너무 성급하지 않나?"

이문진의 말에 술간은 기다렸다는 듯 두 사람 사이의 바닥에 횃불을 비췄다. 뭔가가 끌린 듯한 자국이 불빛 속에 드러났다.

"쓰러진 시신을 끌고 간 흔적입니다. 아마 어느 한쪽이 치명상을 입고 혼절했거나⋯⋯."

"죽었겠지. 사라진 일꾼이 여기서 죽었다는 말이냐?"

술간의 말을 가로챈 을지문덕이 말했다.

"제 부하들이 쳐놓은 경계망 바깥으로 탈출한 흔적은 없습니다."

"그렇다면 일꾼이 여기서 죽거나 심하게 다쳤다는 말인데, 대체 어디로 간 거지? 죽었다면 분명 시신이 있어야 할 텐데."

"부하들을 시켜서 의심스러운 곳을 몇 군데 파보라고 지시했습니다."

"이것도 첫 번째 살인과 관련이 있을까요?"

턱수염을 손끝으로 만지작거리며 생각에 잠겼던 을지문덕은 이문진의 물음에 고개를 갸우뚱했다.

"당연히 그래야겠지만 잘 모르겠군. 사라진 일꾼이 벽화와 관련된 일을 한 건가?"

을지문덕의 물음에 술간은 고개를 저었다.

"두상들에게 물어봤는데 그건 아니랍니다. 다만 일이 끝난 저녁 무렵에 죽은 거타지가 몇 번 불러낸 적이 있었답니다."

"무슨 일로?"

"그건 두상들도 모르겠답니다."

"연관성이 점점 희미해집니다. 화공이 죽고, 무덤의 벽에 회칠하는 장인이 죽고, 그다음은 품을 파는 일꾼이……."

"아직 시신이 발견되지 않았으니 섣불리 단정하지는 말게."

이문진은 고개를 끄덕이며 어스름한 불빛에 몸통을 드러낸 널길을 흘끔거렸다.

"이 무덤이 벌써 세 사람이나 잡아먹었군요."

"무덤이 그들을 죽인 게 아니야. 무덤과 연관된 그 어떤 마음이 욕망을 불러왔고, 그 욕망이 살인으로 연결된 것일 뿐이야."

"아무튼 걱정입니다. 이제 하루도 안 남았는데 시신도 없는 살인이 또 발생하다니요."

"왜 시신을 숨긴 걸까? 어디다 숨겼지? 있어봤자 무덤 하나랑 움막 몇 개, 그리고 내가 머무는 천막 몇 개밖에 없어. 도대체 어디로 사라진 거지?"

널길 안쪽을 더듬는 을지문덕의 시선이 술간에게 향했다. 그의 시선을 받은 술간이 입을 열었다.

"죽은 일꾼은 저녁을 먹다가 비가 오니까 널방 위에 쳐놓은 천막을 손보러 몇몇 동료들과 함께 도로 올라왔답니다. 그다음부터 행적을 확인할 수 없답니다."

"일단 부하들에게 땅을 샅샅이 확인해보라고 이르게. 자네 말대로 밖으로 빠져나가지 않았다면 찾을 수 있을 걸세."

이문진은 술간에게 지시를 내리는 을지문덕의 몸에서 나온 그림자가 혓바닥처럼 길게 늘어진 것을 보았다. 입안에 돈은 가시처럼 머릿속에서 튀어나오려 하는 어떤 생각이 이문진을 인상 쓰게 만들었다. 널길 바깥으로 나간 을지문덕을 따라 꿈틀거리던 그의 그림자는 세상의 빛 앞에서 힘없이 소멸했다.

※

몽부는 작은 종지 안에 담긴 색색가지 물감 위로 볼록하게 비춰진 자신의 얼굴을 향해 피식 웃었다. 하찮은 욕망이 어떤 결말을 가져올지, 끝 모를 욕심이 어떤 결과를 가져올지 생각해보니, 씁쓸한 웃음밖에 나오지 않았다.

몽부에게 그림은 새로운 여정이었다. 어린 시절 찢어지게 가난한 집안에서 태어난 그의 운명은 비슷한 처지의 아이들과 별반 다를 게 없었다. 철이 들면서 물을 길어오는 간단한 잔심부름부터 시작해 손바닥에 굳은살이 박일 정도로 밭일을 했다. 열다섯 살이 되면 나라에서 주는 호적을 받고, 그때부터는 일 년에 두 달 요역을 해야 하고, 순번대로 병역도 치러야 했다. 혼례를 올려서 분가하게 되면 그때는 일 년에 다섯 섬의 곡식과 다섯 필의 베를 나라에 바쳐야 했다. 삶을 자각하는 순간 짊어지게 되는 삶의 무게는 간신히 발걸음이나 옮길 수 있을 정도로 무거웠다. 그 역시 비슷한 처지의 다른 아이들과 같은 길을 가야 한다고 믿고 있었다. 여섯 살 무렵 경당의 스승이 마당에 쪼그리고 앉아서 나뭇가지로 그린 그림을 어깨 너머로 훔쳐보고 놀라기 전까지는 말이다.

다음 해 봄, 그는 앞마당에서 서럽게 우는 부모를 두고 경당 스승을 따라 평양으로 왔다. 하늘만큼 높다란 성벽 너머에는 난생 처음 본 커다란 기와집과 탑들이 즐비했다. 하늘거리는 비단옷을 입은 사람들은 허름한 옷을 닥치는 대로 껴입고 살던 마을 사람들과 너무나 달랐다. 그리고 그곳에서 거타지를 만났다. 가혹한 매질과 학대를 못 이긴 동료들은 하나둘 짐을 싸서 고향으로 돌아갔지만 그는 끝까지 참았다.

-그건 매질하고 욕하는 스승보다 고향이 몇 십 배 더 가혹했기 때문이다.

삶의 고통들은 색과 선들이 어우러져서 만들어낸 오묘한 장식무늬로 치료되었다. 들보 위의 화반 옆에 그려진 삼각형 불꽃 무늬의 꺾음새를 하나씩 완성할 때마다 그는 땀을 닦는 것조차 잊을 정도로 환희에 빠져들었다. 색깔을 잔뜩 빨아들인 붓이 종이 위를 스쳐 지나가면서 내는 사그락 소리가 들릴 때면 그는 눈을 감았다. 그러면 벽화 속의 사람들과 말이 끝이 보이지 않는 벌판을 마음껏 뛰어다니는 꿈 아닌 꿈을 꿀 수 있었다. 현실이 괴롭고 고독할수록 그는 점점 더 그림이 베푸는 상상에 빠져들었다. 그래서 더 이상 벽화에 춤추는 사람과 행렬

도와 시중드는 사람들과 말을 타고 사냥을 나가는 사람들을 그리지 못한다는 사실을 알게 된 뒤로 제자들 중 가장 격렬하게 반발했다. 수많은 동료들이 쫓겨났던 것처럼 그 역시 가혹한 매질 끝에 결국 쫓겨났다. 하지만 피멍이 들어 제대로 움직이지도 못하는 다리를 절룩거리며 밖으로 나온 순간, 그는 놀랍게도 다시 상상의 나래에 빠져들었다. 미처 완성하지 못한 씨름꾼 뒤쪽의 나무 곁에 개를 그릴지 아니면 곰을 그릴지 고민하던 그는 결국 두 마리를 다 그려 넣는 게 좋겠다고 생각하며 피식 웃었다. 벽화 생각에 빠져들수록 고통과 회한은 멀리 날아가버렸다.

결국 그는 사신도보다 장식 무늬와 풍속도를 더 많이 그리는 국내성으로 거처를 옮겼고 그곳에서 그 그림들이 주는 감정을 경건하게 받아들였다. 나머지 삶은 다 부차적이었다. 모두 하찮아 보였다. 벽화 속에 타오르는 강렬한 불의 무늬는 널방 돌문이 닫혀버리는 즉시 세상과의 결합에 종말을 고했지만 그는 자신의 그림 하나하나를 전쟁터에서 죽은 자식처럼 가슴에 묻어두었다. 무덤 속의 세상이 변하면서 그의 그림이 널방에 그려지는 횟수가 점점 줄어들었지만 그는 개의치 않았다. 삶이 익어갈수록 그의 그림은 무덤과 하나가 되었고, 삶의 폭이 좁아질수록 그의 그림은 점점 더 날카로워졌다.

돌아오라는 스승의 전갈을 받았을 때 그는 의아했다. 스승이 보낸 심부름꾼이 오랫동안의 여정 속에서 잊지 않기 위해 또박또박 외웠을 스승의 생각은 도무지 종잡을 수 없었다. 갈등하던 그는 돌아가기로 마음먹었다. 국내성에서도 그가 그릴 수 있는 그림의 한계는 분명해졌다. 그래서일까? 스승의 전갈을 듣는 순간 그의 마음속에 자리 잡고 있던 어떤 생각이 꿈틀거렸다. 그 생각은 흙탕물 속을 헤엄치는 물고기처럼 곧 자취를 감추었지만 물고기의 등 지느러미가 갈라놓은 물 표면처럼 생각의 파장은 마음속 깊은 곳을 뒤흔들었다. 숙소로 쓰는 낡은 오두막의 어둠 속을 부유하는 희뿌연 먼지들을 보면서 그는 갈라진 생각들을 봉합했다. 그리고 미련 없이 짐을 싸서 돌아온 참이었다. 그다음에는…….

생각에 잠겨 있던 그는 붓을 타고 흘러내린 물감이 종이 위에 만든 흔적을 보고 피식 웃었다. 백호의 척목을 그리기 위해 찍어둔 붉은 물감은 피처럼 선명한 자국을 남겨놓았다. 몽부는 천천히 종이에서 붓을 뗀 뒤 종이를 와락 구겨버렸다. 매질할 구실만 찾던 늙은 스승이나 동료들의 잘못을 고해바치기 위해 혈안이 된 동료들이 봤다면 조용히 넘어가지 않을 일이었지만 지금은 아무도 없다. 오직 그 하나밖에는…….

탁자 모서리에 둥글게 말린 종이를 펼친 뒤 몽부는 쇠로 만든 문진으로 종이 모퉁이를 눌렀다. 종이 값을 떨어뜨리기 위해 삼나무 껍질을 삶을 때 함께 집어넣는 못 쓰는 그물과 낡은 옷가지의 흔적이 전혀 보이지 않는 희고 깨끗한 종이에서 선명한 빛이 뿜어져 나왔다. 그 빛에 취한 몽부는 붉은 물감이 흠뻑 묻은 붓으로 불꽃같기도 하고 갈기같기도 한 척목을 그려 넣었다. 보통은 백호나 청룡의 몸통과 머리를 다 그린 후에 척목을 그리지만 그는 항상 척목을 먼저 그렸다. 그에게 척목은 볼품없는 사신들의 모습을 가리기 위한 눈속임에 불과했다. 그러니 애써 신중하게 그릴 필요가 없었다. 스승조차 그의 고집을 꺾지 못했다. 삐죽삐죽한 삼각형의 불꽃들을 그린 그는 좀 더 작은 붓으로 연한 붉은색을 찍어서 불꽃 주변을 그렸다. 다른 동료들은 분명 비늘로 덮인 몸통을 멋들어지게 휘감고 나서 향에 붙은 불길처럼 길고 아름답게 묘사했겠지만 그는 개의치 않았다. 자신만의 척목을 그려넣은 몽부는 깊은 한숨 끝에 조용히 중얼거렸다.

 ─이렇게 그리면 비밀이 곧 탄로 날 텐데?

 마량은 한 걸음 뒤로 물러나 자신이 그린 그림을 내려다보았다. 둥글고 커다란 눈과 칼날처럼 날카롭게 그린 눈썹은 백호가 주는 섬뜩함과 위압감을 그대로 살려내고 있었지만 사신이 가지는 신비스러움은 부족해 보였다. 용의 몸통처럼 가늘고 구부러진 몸통과 네 다리 역시 살아서 꿈틀대는 듯한 생동감이 부족해 보였다. 나지막이 욕설을 내뱉으며 마량은 쥐고 있던 붓을 힘껏 내던졌다. 역시 손가락이 문제다. 구부리지 못하는 마지막 손가락이 손목의 움직임만으로 표현할 수 없는 치밀하고 섬세한 묘사를 방해했다.

 제 자리를 빙빙 돌며 잠시 숨을 가다듬은 그는 위쪽으로 말려 올라간 백호의 꼬리를 마무리하려고 새 붓을 집어 들었다. 붉은 흙으로 빚은 작고 둥근 그릇에는 검은색 물감이 담겨 있었다. 소나무 옹이를 태워서 만든 먹을 간 것이다. 마량은 아무것도 묻지 않는 새 붓을 들어서 조심스럽게 검은색 물감을 찍은 다음 위로 뻗은 백호의 꼬리 쪽으로 붓을 가져갔다. 꼬리의 움직임은 아주 자연스러워야 한다. 휘어진다는 느낌조차 들지 않아야 한다. 스승의 다그침은 항상 목에 걸린 가시 같았다. 자신의 의지가 들어가지 않은 새끼손가락은 뻣뻣한 나무토막처럼 붓을 쥔 손놀림을 방해할 뿐이었다. 구슬땀을 흘리던 그는 결국 흉측하게 구부러진 새끼손가락에 걸린 붓이 옆으로 쓰러지자 소리를 지르고 말았다.

"제발, 나를 좀 도와줘! 나를 도와달란 말이야!"

그는 지고 싶지 않았다. 아니 최소한 다른 사람들의 비웃음이나 손가락질은 받고 싶지 않았다. 하지만 묵직한 쇠자에 맞아 부러진 새끼손가락은 꼼짝도 하지 않았다. 부들부들 떨리는 손을 내려다보다 말고 마량은 갑자기 탁자 구석에 놓인 끌을 집어 들었다. 그러고는 탁자 위에 오른손 새끼손가락을 활짝 펴고 그 위에 끌을 갖다 댔다. 딱 한 번이다. 한 번만 힘을 주면 이 작고 가련한 새끼손가락을 잘라낼 수 있다. 새끼손가락만 없다면 나머지 네 손가락은 아무런 방해도 받지 않고 자유롭게 그림을 그릴 수 있을 것이다. 하지만……

살 속을 파고든 쇠의 낯선 아픔이 눈물 같은 피를 흘렸다. 살 속에 들어 있는 뼈를 절단하겠다는 결심은 시간이 갈수록 약해졌다. 어린 시절 동상으로 새끼손가락을 잃었다던 나이 많은 화공이 네 손가락으로 붓을 제대로 잡지 못했던 것이 기억나서가 아니다. 손가락을 절단해버리면 그가 가지고 있는 다른 것들마저 사라져버릴지 모른다는 두려움 때문이었다. 세상에 앞서 존재했으나 볼 수도 만져볼 수도 없기에 아무것도 아니면서도 세상 모든 것에 다 들어 있기에 존재하는 도(道)가 이 볼품없고 방해만 되는 새끼손가락에도 들어 있다고 믿었기 때문이다.

점차 거세게 떨려오는 손끝으로 주체할 수 없는 슬픔이 터져 나왔다. 스승의 학대에 고통 받던 마량이 우연히 접한 『도덕경』에 빠져든 것은 어쩌면 당연한 일이었을 것이다. 세상 만물에는, 아무리 하찮은 것이라 해도, 나름대로 존재해야만 하는 이유가 있다는 『도덕경』의 말은 늘 스승에게 '벌레만도 못한 놈'이라는 욕설을 듣던 그에게 큰 위안이 되었다. 불로장생 같은 것을 믿지는 않았지만 그는 힘들게 모은 다섯 말의 쌀을 바치고 도교에 입교했다.

그 후 도교는 마량의 삶에서 빼놓을 수 없는 무엇이 되었다. 도교와 그는 한 덩어리가 되었다. 계를 지키고 선을 행하면 신선이 될 수 있다는 믿음은 고통스러운 삶을 연명해주는 수단이자 목적이었다. 다른 화공들은 실재하지 않는 사신도를 그리는 데 심한 거부감을 느꼈지만 마량은 사신도를 그릴 때마다 마음이 편안해졌다.

마량은 머리에 두른 두건을 풀러 피가 뚝뚝 떨어지는 손가락을 감쌌다. 하얀 뼈가 드러날 정도로 깊은 상처를 입은 새끼손가락에서 스며난 피가 땀과 먼지에 찌든 두건을 야금야금 붉게 물들였다. 피의 선명함처럼 날 선 통증은 곧 이마에 맺힌 땀방울로 변했다. 마량은 상처 난 손을 두건으로 대충 싸맨 뒤 의자에 앉았다. 등받이가 없는 낡은 의자는 당장이라도 부러질 것처럼 삐걱거렸다. 발치에 놓인 술병을 들어 벌컥거린 뒤 그는 긴 생각에 잠겼다. 분명 다른 두 동료들은 최선을 다해서 사신을 그려낼 것이다. 심지어는 사신이라면 치를 떠는 몽부조차 이런 기회를 놓치지 않을 것이다.

십 년이 넘는 세월 동안 숨죽여 지냈던 가장 큰 이유는 무엇보다 스승의 명성을 이어받고 싶어서였다. 그런데 어느 날 한 줌의 꿈처럼 사라져버린 줄 알았던 기회가 불현듯 다가왔다. 너무 갑작스럽게 다가와서 오히려 당혹스러울 정도였지만 눈앞에 다가온 기회를 얻으려면 분명 해야 하는 일이 있었다. 고민하던 마량은 결국 결심했다. 다른 무엇보다 두 동료들에게 뒤질 수 없다는 자존심이 그를 건드린 것이다. 왼손으로 붓을 바꿔 잡은 마량은 새로 펼친 종이 위로 붓을 가져갔다.

사신이나 사람이나 그림을 그리려면 무엇보다 먼저 큰 선을 잡아야 한다. 숨을 잠시 멈춘 마량은 눈을 가늘게 떴다. 좁아진 세상에는 오직 붓과 종이밖에 없었다. 마량은 머릿속에 떠오른 형상을 따라 천천히 붓을 움직였다. 물감을 잔뜩 빨아들인 붓은 잠시라도 멈출 시 흉측한 흔적을 남긴다. 빠르지도 느리지도 않는 속도로 구불구불한 백호의 몸통 선을 그린 마량이 눈을 뜨고는 희미한 미소를 지었다. 일이 복잡해질지도 모른다는 두려움은 어느새 백호의 몸통 주름을 어떻게 묘사해야 할까 하는 고민에 묻혀버렸다. 마량은 갑자기 터져 나오는 웃음을 참지 못하고 손으로 입을 가린 채 키득거렸다. 그 바람에 오른쪽 팔뚝에 난 상처가 다시 터졌는지 섬뜩한 아픔이 팔과 어깨로 번져나갔다.

＊

모두들 알면서 모른 척하는 것이라고 욱도해는 생각했다. 간교한 을지문덕은 단 한 번의 손짓과 몇 마디의 말로 다른 두 명을 오직 동료들을 뛰어넘겠다는 욕심에 빠지게 만들었다. 욱도해는 자신의 재능이 몽부보다 못하다는 것, 마량만큼 우직하지 않다는 것, 예전에 쫓겨났던 백선에게 있는 그런 열정도 없다는 것을 잘 알고 있었다. 하지만 세상은 한 가지 재능만 가지고 살 수 있는 만만한 곳이 아니다. 아주 어린 시절부터 그는 이 사실을 잘 알고 있었다. 그래서 수단과 방법을 가리지 않고 동료들을 하나씩 쫓아내거나 굴복시켰다. 떠나가는 동료들의 눈물 섞인 원망 따위엔 신경조차 쓰지 않았다.

욱도해는 종종 어린 시절 보았던 도살장의 동물들을 떠올리곤 했다. 그들은 구슬 같은 눈물을 흘리며 피비린내 물씬 풍기는 도살장 안으로 끌려들어가지 않으려고 안간힘을 썼다. 어린 그는 이제 막 뿔이 나기 시작한 어린 송아지가 끌려들어가는 것을 보고 펑펑 울다가 아버지에게 모질게 매를 맞았다. 항상 술에 취해 있던 아버지는 눈물 흘리는 그를 매질하면서 세상의 모든 것은 다 그렇게 자기 길이 정해져 있다며 이죽거렸다. 소나 돼지로 태어났으면 도살장에서 삶을 마감해야 하고, 미천한 사람으로 태어났으면 아무렇게나 세상을 굴러다니다 죽어야 한다는 것이다. 그러다가 아버지는 잠시 매질을 멈췄다. 술이 떨어진 탓이었다. 어린 욱도해는 아버지가 술을 찾는 동안 맨발로 도망쳤다. 그가 뛰어 내려간 언덕길은 도살장으로 끌려가지 않으려고 버티던 짐승들이 쏟아낸 오물과 마당에 널어서 말리는 소가죽에서 한두 방울 흘러내린 피와 기름으로 범벅이 되어 있었다. 결국 눈이 펑펑 쏟아지던 어느 날 욱도해는 지옥에서 도망쳤고, 도살장 앞에 선 짐승 같은 삶을 살아야 했다.

그러나 스승과 조우하면서 짐승처럼 떠돌던 그의 운명이 달라졌다. 처음으로 붓을 잡았던 순간 그는 자신에게 재능 따위 없다는 것을 깨달았다. 하지만 넘치는 재능을 가진 다른 동료들을 부러워하지 않았다. 신께서 불멸의 재능을 내려주는 대신 다른 것을 빼앗아간다는 사실을 이미 알고 있었기 때문이다. 동료들 중 그 누구도 자신만큼 셈이 빠르지 않았다. 그 누구도 자신만큼 스승의 눈치를 살피지 못했다. 필요하면 거짓말도 서슴지 않았던 그는 딱 필요한 것들을 손에 넣고, 방해가 되는 것들은 하나씩 치워 나갔다. 재물에 무관심한 척했던 스승의 돈을 관리한 것도 바로 그 자신이었다.

-그 돈만 있다면⋯⋯.

욱도해는 자기도 모르게 침을 꿀꺽 삼켰다. 그 순간 선이 빗나가버린 걸 보고 쓴 웃음을 지었다. 스승의 말대로 잡념이 들어가면 그림은 망쳐지게 마련이다. 하지만 그에게 그림은 단지 생계 수단일 뿐이다. 동료들이 알량한 자존심을 내세우며 갑론을박하는 동안 욱도해는 동료들에게 술을 사주거나 기녀를 붙여주면서 그림 그리는 법을 배웠다. 술과 여자에 빠진 동료가 정신을 차릴 즈음이면 욱도해의 실력이 동료보다 훨씬 앞서 있었다. 세상은 그런 식이었다. 한겨울 신발도 없이 맨발로 동냥을 해서 연명하던 그였기에 누구보다도 이 세상의 무서움을 잘 알고 있었다. 따라서 그의 눈에 비친 화공들은 붓 한 자루만 믿고 세상 무서운 줄 모르는 가련한 바보들이었다.

생각에 잠겨 있는 동안 제멋대로 움직인 붓이 종이 위에 알 수 없는 무늬를 만들어냈다. 욱도해는 한 손으로 종이를 와락 구겨 움막 구석에 던져버렸다. 이제 한 고비만 넘기면 된다. 한 번의 위기만 넘기면 스승님이 몰래 모아둔 재물을 가지고 평생 호화롭게 지낼 수 있다. 딱 한 번의 위기만 넘기면······.

입을 꾹 다문 채 생각에 잠겨 있던 욱도해는 밉살스러운 을지문덕과 쓸데없는 자존심을 굽히지 않는 동료들의 얼굴이 떠오르자 갑자기 화가 치밀었다. 그는 자기 자신, 삼시세끼 따뜻한 밥을 먹으며 호화로운 집에서 살 자격이 충분하다고 믿고 있었다. 그러려면 스승이 모아둔 재물을 손에 넣어야만 했다. 이런 저런 생각에 잠겨 있던 욱도해는 문득 시간이 얼마 남지 않았다는 걸 깨달았다. 다른 동료들이 그림을 바치는 이상 마냥 손을 놓고 있을 수 없었다. 그들보다 못한 그림을 그릴 수도 없었다.

욱도해는 숨을 고르고 새로 펼친 종이를 바라보며 둘째손가락과 셋째손가락 사이에 붓을 끼웠다. 다른 때라면 돈을 쥐어주고 얻은 모본에 바늘로 작은 구멍들을 뚫고 숯가루를 뿌려서 밑그림을 그렸겠지만 지금은 그런 방법을 쓸 시간이 없다. 한숨이 절로 나왔다. 그는 허리띠에 손바닥을 문지르고서 다시 붓을 잡았다. 머릿속에서만 꿈틀거리던 현무의 기억을 어느 순간 붙잡은 욱도해는 그 모습을 천천히 종이에 옮겼다.

뱀을 닮은 현무의 머리는 이빨을 드러낸 채 아직 그려지지 않는 몸통을 휘감은 후 뒤쪽 다리 사이를 빠져나왔다. 잠시 고민하던 욱도해는 구불구불한 현무의 머리를 따라 작은 머리를 하나 더 그렸다. 원래 있던 머리와 한 번 교차한 작은 머리가 커다란 반원을 그린 채 처음 머리와 마주본 상태로 허공을 올려다보았다. 숨을 고른 욱도해는 하얀 종이 위에 떠오른 현무의 머리들을 바라보면서 그릇 안에 담긴 황색 물감에 붓을 톡톡 찍었다. 큰 밑그림을 그릴 때는 숨 돌릴 틈 없이 단숨에 그려 넣어야 한다. 화공의 주저함과 불안함은 곧바로 붓 끝으로 이어져 그림에 고스란히 드러나기 때문이다. 붓끝에서 떨어지는 물감을 가볍게 털어낸 다음 욱도해는 현무의 등을 그려 넣었다. 딱딱한 거북의 등껍질 질감을 표현하기 위해 쭉 그려지는 선에 힘을 잔뜩 넣었다. 등껍질의 밑그림이 채 마르기도 전에 몸통 아래쪽까지 완성한 욱도해는 새끼손가락으로 아랫배에 그려진 선들을 문질렀다. 요동치는 손가락을 따라 엉클어진 갈색 선을 물을 살짝 묻힌 굵은 붓으로 긁어대자 현무의 아랫배에 가느다란 털이 만들어졌다. 붓으로는 표현할 엄두조차 내지 못할 묘사였다. 스승도 모르는 이 기법을 배우기 위해 그간 얼마나 많은 시간과 비용을 들였던가. 욱도해는 바람이 조금만 불어도 흩날릴 것 같은 가느다란 털들을 바라보며 흡족하게 미소 지었다.

다른 신수들과 마찬가지로 실재하지 않는 현무는 상상의 동물 특유의 터질 듯한 기운과 운동성을 제대로 포착하여 표현해내는 게 관건이다. 너무 기교를 부리다가는 꿈틀거리는 동물 특유의 긴장감이 사라져 버린다. 욱도해는 붓을 바꿔 사방으로 뻗은 네 다리를 그리기 시작했다. 가만히 서 있는 자세가 아닌 달리는 말처럼 앞 다리는 쭉 뻗게, 뒷 다리 중 하나는 반쯤 구부린 채로 땅을 디디는 것처럼, 그리고 남은 뒷 다리는 뒤쪽으로 길게 뻗은 모습으로 그렸다. 뒤쪽으로 길게 뻗은 다리의 굽은 관절과 땅에 깊숙이 박힌 발톱을 그리는 것으로 다리를 마감한 뒤 숨 돌릴 틈 없이 현무의 등껍질에 손을 댔다. 잠시 연꽃무늬를 그려 넣을까 고민했지만 강건한 분위기를 살리려면 귀갑무늬를 넣는 게 낫다고 판단했다. 진한 검은색을 듬뿍 칠한 가느다란 붓이 단단하게 말라가는 등껍질을 좌우로 헤쳐 나갔다. 검고 진한 선이 서로 교차하며 갈라진 거북의 등껍질이 정교하게 완성되자 욱도해는 한숨을 깊게 내쉬었다. 그러고는 이마에 맺힌 땀방울을 훔쳐냈다.

잠시 후 욱도해는 작은 붓으로 한껏 벌어진 현무의 머리에 날렵하게 젖혀진 사슴 같은 귀와 둥그스름한 돼지코를 그려 넣었다. 앞쪽으로 찢어진 눈까지 완성시킨 다음 현무의 벌어진 입에 톱날 같은 이빨과 화염을 만들어 넣었다. 목에 있는 뱀의 비늘과 네 다리의 발톱은 물감이 마른 후에 다시 그려 넣을 작정이었다. 욱도해는 붓을 놓은 뒤 물감이 흘러내리지 않을 정도로 말라 있는 것을 확인하고서 천천히 종이를 들어올렸다. 천막에 한 번 걸러진 햇살은 기운을 잃은 듯 한층 잠잠해진 빛을 쏘아내고 있었다. 그러나 그가 그린 현무는 빛과 어둠이 공존하는 세상 속으로 맹렬한 불꽃을 뿜어내며 당장이라도 그림을 박차고 나올 것만 같았다.

욱도해는 자신이 그린 현무를 세밀하게 살폈다. 강한 기운이 감도는 몽환적인 기운은 빠르게 흘러가는 구름이나 인동무늬 없이도 충분히 표현되었고, 아랫배의 북슬북슬한 털과 힘차게 내디딘 탄력 넘치는 네 다리는 현무가 마치 실존하는 것 같은 역동성을 선사했다. 욱도해는 지금까지 명성을 떨치는 옛 화공들처럼 그림 어딘가에 자신만의 은밀한 징표를 남기고 싶다는 충동을 느꼈다. 백 년쯤 전 도성 남쪽에 만들어진 외칸 무덤의 벽화를 그리던 선관이라는 이름의 화공은 대담하게도 북쪽 벽에 그린 묘주 부부의 머리 위쪽에 자신의 이름을 써 넣었다. 마른 횟가루로 이름이 새겨진 부분을 살짝 덮은 선관은 수십 년 후 자신이 벌인 짓을 유언으로 남기고 죽었다. 그의 대담함은 백 년이 넘는 세월 동안 회자되었고, 앞으로도 수백 년간 더 이어질 것이다. 불멸의 명성, 자신이 남긴 그림 속에 자신의 존재를 아로새기려는 화공들의 노력은 그러나 죽음을 베개 삼아야 하는 미친 짓이었다. 하지만…… 눈앞의 그림을 황홀한 눈으로 바라보던 욱도해가 중얼거렸다.

　-미친 짓을 할 만한 가치가 있지. 시간이 흐르면 화공들의 미천함은 사라지고 오직 그림과 함께 존재할 테니까……. 불멸, 사라지지 않는 명성, 죽음 이후에도 부스러지지 않을 이름…….

　내면의 또 다른 존재가 중얼거리는 것처럼 잔뜩 쉰 목소리가 그의 귓가를 맴돌았다. 갈등하던 욱도해는 들고 있던 붓을 조심스럽게 내려놓았다. 충동적으로 일을 저지르기엔 장애물이 너무 많았다. 불멸의 명성 따위와 호화로운 삶을 바꿀 수는 없다. 목구멍을 잔뜩 막아버린 텁텁한 기운을 억지로 삼킨 욱도해는 천천히 그림을 내려놓았다. 눈앞의 그림이 사라지자 미열처럼 떠돌던 희열감도 사라졌다. 오직 차가운 허공만이 남아 있었다. 욱도해는 갑작스러운 공백과 어둠에 짓눌려 비틀거렸다.

第 三 章

네 번째 날

밤새 내린 비의 흔적이 수레바퀴에 파인 길바닥 여기저기에 남아 있었다. 순라꾼과 추격자들의 눈을 피해 어두운 뒷골목 처마 밑에서 잠들었던 담징은 물방울이 처마 끝 암키와를 타고 흘러내려 목덜미에 똑 떨어지는 바람에 잠에서 깨어났다. 밤새 추위에 웅크렸던 탓인지 움직일 때마다 몸이 비명을 질러댔다. 담징은 기운이 날 때까지 처마 밑에 쪼그리고 앉아 지나가는 사람들을 물끄러미 바라보았다. 잔주름 가득한 주홍색 치마를 입고 물동이를 머리에 인 젊은 아낙은 삶에 찌든 표정으로 앞을 스쳐지나갔고, 바깥에 거주하는 노비인 듯한 중년 부부는 서로에게 의지한 채 처마 아래 남아 있는 어둠을 피해 종종 걸음을 쳤다. 사람들은 저마다 제 삶의 기지개를 켜는 중이었다. 그 모습을 보면서 담징이 중얼거렸다.

-내가 가야 할 길은 어디지?

쌀쌀한 바람이 낡은 저고리를 통과했다. 살갗이 간지러웠다. 담징은 올이 풀어지기 시작한 검은색 옷의 깃을 여미고, 너덜해진 짚신을 질질 끌며 거리로 나섰다. 아직 새벽이 물러나지 않은 세상에 설익은 햇살이 내려왔다. 양옆을 나무판으로 막은 두발 수레는 한쪽으로 기울어진 채 잠에서 깨어나지 않은 주인을 기다리는 중이었다.

곳곳에 만들어진 웅덩이를 피해 절뚝이며 걷던 담징은 발아래 깔린 그림자를 보고서 걸음을 멈췄다. 빛과 어둠이 서로 이빨을 드러낸 세상은 아직 사물의 온전한 모습을 보여주지 않았지만 빛을 등진 그림자는 확실히 칼을 뽑아들고 있었다. 칼 소리를 들은 백성들은 겁에 질려 골목길 사이로 급히 몸을 숨겼다. 창백한 칼 빛에 낯설지 않은 인물이 모습을 드러냈다.

❀

마지막 초병 교대를 알리는 북소리가 들리고, 온 세상이 붉게 물든 새벽이 올 때까지도 을지문덕은 잠을 이루지 못했다. 이제 남은 시간은 불과 이틀. 과거의 인연에 얽매여 빠져들었던 일이 이렇게까지 발목을 잡을 줄 상상도 하지 못했다. 게다가 더욱더 극심해지는 불면증은 그나마 남은 기력을 고갈시켰다. 잠이 든 것인지 아니면 깨어 있는 상태인지 알 수 없는 경계선에 멈춰선 의식은 무거운 돌에 짓눌려 터져나갈 것처럼 욱신거리더니 어느새 수천 개의 바늘이 한꺼번에 찔러대는 것 같은 서늘함에 시달렸다. 간신히 한곳에 모인 의식도 어느 순간 안개처럼 흩어지기 일쑤였다. 지난 사흘간 한 일이라고는 연달아 죽어나 가는 시체들의 뒤를 쫓는 것뿐이었다. 살인의 이유조차 명확히 알아내지 못했다는 무력함 앞에서 을지문덕은 한없이 비참해졌다.

힘겹게 깜빡거리는 눈앞으로 일그러진 천막 속 풍경이 나타났다. 밤새 기대앉았던 탓인지 허리에서 통증이 올라와 혹처럼 등에 착 달라붙었다.

을지문덕은 뻣뻣해진 목을 간신히 돌려 입구 쪽을 바라보았다. 아지랑이 같은 열기가 천막의 이음새를 따라 피어오르고 있었다. 목덜미까지 치밀어 오른 통증 때문에 을지문덕은 자기도 모르게 신음소리를 토해냈다. 떨리는 손으로 이불을 힘껏 움켜쥐었다. 고통의 시간이 또 다시 찾아온 것이다. 이불을 쥐어뜯으며 고통에 몸부림치던 을지문덕은 문득 자신이 겪는 고통이 어떤 일에 대한 징벌이 아닐까 생각했다. 하지만 그 정체가 무엇인지 떠올리기도 전에 또 다시 밀려온 무거운 통증이 그의 사고를 마비시켰다.

🐎

담징은 칼 쓰는 법은 잘 몰랐지만 비스듬히 칼을 늘어뜨린 채 양쪽 다리를 어깨 넓이로 벌린 상대방이 살기를 뿜어내고 있다는 것쯤은 본능적으로 느낄 수 있었다. 잠시 후 담징은 그가 누구인지 비로소 기억해냈다.

"당신은……?"

"너 때문에 주활 어르신이 무슨 일을 겪고 있는 알면서 이렇게 도망칠 수 있는 거야?"

찬노는 혀를 차며 쏘아붙였다.

"그냥 두려웠어요. 어디로 가야 할지 몰라서……."

담징은 저보다 두세 살 많아 보이는 찬노에게 나지막이 대답했다.

"길은 스스로 찾는 거야. 두렵다고 돌아가고 무섭다고 주저하면, 어디에도 갈 수 없어."

"나 때문에 다른 사람들이 고통을 겪는 게 싫었어요."

"그래서 너를 믿는 사람들을 등지고 이렇게 도망친 거야? 그래서 어디로 갈 건데? 나라에서 걷는 세곡과 요역이 무겁다고 가족들과 함께 땅을 버리고 도망친 백성들이 어떤 꼴이 되는지 너도 잘 알잖아."

"어릴 때부터 제 운명은 항상 피와 죽음에 가까이 닿아 있었어요. 어딜 가든 가까운 사람들이 죽거나 다쳤죠. 이번만큼은 저 때문에 다른 사람들이……."

그때였다. 담징의 대답을 듣다 말고 찬노가 다가와 담징의 뺨을 힘껏 후려쳤다.

"그렇게 무서우면 그냥 혀 깨물고 죽어. 그리고 싶지 않다면 도망치지 말고 맞서 싸우란 말이야. 널 쫓아오는 게 운명이라면 그건 네가 어딜 가든 쫓아올 거야. 아직도 모르겠어?"

"나를 살리기 위해 내 아버지가 죽었어요!"

담징이 소리쳤다.

"내 눈앞에서, 아버지는 끝까지 내가 자식이라는 걸 말하지 않았어요. 전 적어도 그 순간만큼은 아들로서 절 인정해주길 기대했는데 아버지는, 돌아가시는 그 순간까지도, 사실을 숨겼어요. 난 아버지에게조차 버림받은 저주받은 운명을 타고 났단 말이에요."

"그래서? 난 아버지가 누구인지조차 몰라. 네가 서 있는 곳보다 더 밑바닥이 있다는 걸 정말 모르겠어? 세상의 불운이란 불운은 모두 다 타고 난 것처럼 억지 좀 부리지 마. 최소한 너는 스스로 운명을 결정할 수 있잖아. 세상에는 그것조차 사치라고 여기는 사람들이 더 많다."

당장이라도 칼을 휘두를 것처럼 분노한 찬노가 담징의 어깨를 흔들었다.

"돌아갈 생각이었어요. 이게 운명이라면, 더 이상 피할 곳이 없다면, 도망치는 건 정말 바보짓이겠지요."

담징은 찬노의 어깨 너머로 보이는 환한 세상에 시선을 고정시키며 대답했다. 그의 말이 끝나기 무섭게 찬노의 칼이 허공으로 떠올랐다. 곧게 올라선 칼날의 그림자가 정확히 담징의 이마와 머리 한가운데를 지나갔다. 새벽의 여운과 칼날의 서늘함이 만들어낸 차가움이 담징의 머리 위에 낮게 드리워졌지만 담징은 더 이상 겁을 먹지 않았다. 잠시 후 칼을 거둔 찬노가 옆으로 물러났다.

"하긴, 이쪽 길이 강서군으로 가는 길이지. 만약 다른 길로 가는 걸

봤다면 두말없이 너를 베었을 거다. 때론 한 사람의 죽음이 다른 사람들을 살릴 수도 있으니까 말이야."

"밤새 절 지켜보고 계셨나요?"

"그래, 널 쫓고 있는 놈들이 누구인 줄 알아? 중리부에서도 손꼽히는 무사들이야. 그런 놈들한테 쫓기면서 그렇게 눈에 띄게 잠들어 있어서 어이가 없었다. 어떻게 하는지 보고 싶기도 했고, 그리고……."

담징의 어깨에 손을 올린 찬노가 잠시 하늘을 올려다보았다. 구름이 드리워지지 않은 하늘이 맑은 강물 같았다. 세상 끝으로 유유히 흘러가는 것처럼 보였다.

"처마 밑에 쭈그리고 앉은 네 모습을 보니 내 과거가 떠오르더라. 옛날에 몰래 검술 연습을 하다가 집사한테 들켜서 혼이 났을 때 내 모습과 너무 닮았어. 어서 가라, 여긴 내가 맡을 테니까."

"여길 맡다니요?"

"넌 정말 운이 좋은 줄 알아. 주활 어르신의 부하들이 어제 새벽부터 이쪽 거리를 이 잡듯 뒤지고 있어. 마침 여기는 내가 맡는다고 하니까 껄끄러운지 그냥 넘어가더군. 서둘러. 다시 잡히면 나도 못 도와줘."

"고맙습니다. 이 은혜를 어떻게……."

"다시는 너에 대한 믿음을 저버리지 마. 어서 가. 길은 알고 있지?"

고개를 끄덕인 담징은 거치적거리는 신발을 벗어서 양손에 쥐고 달음박질을 치기 시작했다.

을지문덕은 뻣뻣해진 목을 조심스럽게 움직이며 세 개의 그림을 내려다보았다. 두 개의 청룡과 하나의 현무가 살아 움직이는 것처럼 종이 위 세상을 천천히 떠돌고 있었다. 한곳을 오랫동안 응시해서 그런지 다시금 높다란 절벽 꼭대기에 올라앉은 것 같은 현기증이 밀려왔다. 뒤통수도 따가웠다. 을지문덕은 제멋대로 움직이는 눈꺼풀을 숨기기 위해 머리에 쓴 조우관 테두리를 만지작거렸다. 눈앞에 선 세 사람은 하나같이 터질 듯한 긴장감과 초조함을 감추려 애를 쓰고 있었다. 쓴 웃음이 나왔다. 그들 역시 잠을 이루지 못했는지 눈동자가 퀭했다.

"이틀 후면 평강공주께서 돌아오신다. 늦어도 내일 중에는 널방 안의 벽화를 마무리해야 하니 일단 그림을 가지고 우위를 판단하는 건 뒤로 미루겠다. 욱도해는 몽부와 함께 널방 안으로 들어가서 벽화를 마무리할 수 있게끔 준비하거라."

"환한 낮에 들어가면 굳이 둘이 안 들어가도 될 것 같습니다. 대신 원귀를 달랠 향이나 좀 피우게 해주세요."

바로 곁의 몽부에게는 눈길조차 돌리지 않은 채 욱도해가 짤막하게 말했다.

"좋도록 하게."

"그리고……."

을지문덕의 눈치를 살피던 욱도해가 조심스럽게 덧붙였다.

"아시겠지만 새벽이나 밤에 봉인하는 이유는 널방 안에 그려진 벽화에 빛이 닿지 않도록 하기 위함입니다. 그래서 말씀드리는 것인데, 일단 들어갈 때는 혼자 조용히 들어가고 싶습니다. 제가 들어간 연후에 천막을 거두고 고임돌을 내려주셨으면 합니다."

"그렇게 두려우면 다른 사람에게 맡기지 그러나?"

"가능하면 밖으로 나올 때는 고임돌을 다시 드는 것보다 돌문을 통해서 나오고 싶습니다."

을지문덕의 말에는 대답도 하지 않고 욱도해는 하고 싶은 말을 마쳤다. 옆에 서 있던 술간이 인상을 구긴 채 손끝으로 칼자루를 더듬었다. 욱도해를 바라보던 을지문덕은 천천히 고개를 끄덕거렸다.

"뜻대로 하게. 대신 완성된 벽화를 직접 보고 싶네."

"이틀 후 날이 밝는 대로 보실 수 있을 겁니다. 그럼 준비하러 물러가겠습니다."

"알겠네. 다들 물러가서 쉬게. 참, 그 서역인들이 낀 가무단은 언제쯤 도착한다고 했느냐?"

"어제 여기에서 이십 리 떨어진 우풍역에 당도했다 했으니, 늦어도 점심 전에는 도착할 겁니다."

한 손으로 천막 입구를 연 욱도해가 짧게 대답하고는 사라져버렸다. 살짝 열린 입구를 통해 들어온 햇살이 싸늘한 천막 안을 훔쳐보았다. 몽부와 마량까지 사라지고 투덜대던 술간까지 밖으로 사라지자 천막 안에는 을지문덕과 이문진만 남았다. 이문진은 을지문덕의 어깨 너머로 보이는 그림들을 힐끗거렸다.

"다들 대단하군요. 살아 있는 것처럼 보입니다."

"이제 죽은 거타지가 가지고 있던 모본들과 비교해보세."

"거타지에게 그림을 빼앗긴 자가 살인을 저질렀다고 보십니까?"

이문진이 물었다.

을지문덕은 아무런 대답 없이 모본들을 하나씩 펼쳐 그중 몇 개를 골랐다. 화공들이 가져온 세 개의 그림 사이에 현무와 백호가 그려진 그림을 하나씩 밀어 넣은 뒤 자리에 앉으며 그가 말했다.

"누군가 거타지 대신 모본을 그린 건 확실해. 그것 때문에 거타지를 죽인 것까지 알아냈으니 이제 누가 모본들을 그렸는지 알아내면 돼. 그러면 이번 일을 풀 수 있어."

"그래서 그림을 바치라고 하신 겁니까? 하지만 저들 중 한 명이 범인이라면 자신의 솜씨를 숨겼을지도 모릅니다."

"아까 저들의 눈빛을 보았지? 서로에 대한 질투와 두려움을 애써 숨기고 있더군. 다른 동료들에게 지고 싶지 않은 마음이 살인을 숨겨야 한다는 충동을 억눌렀을 거야."

같으면서도 달라 보이는 각각의 그림을 바라보던 을지문덕의 말에 이문진은 가만히 고개를 끄덕거리고 돌아섰다. 그러면서 아주 조용하게 머릿속의 생각을 중얼거렸다.

"거타지를 죽인 범인이 저 세 명 중에 없다면⋯⋯."

산과 계곡 사이를 구불구불하게 이어주던 길은 낮게 깔린 구름 속에 빠져 그 끝을 가늠할 수 없었다. 담징은 지친 다리를 쉬려고 돌로 만든 이정표에 걸터앉았다. 사람들과 동물들의 행렬은 여전했다. 담징은 지나치는 사람들을 무심히 바라보면서 이마에 흐르는 땀을 닦아냈다. 굳은 결심을 하고 도망쳐온 그곳으로 돌아갔을 때 정작 무슨 일이 벌어질지 알 수 없었지만 마음은 이상스러울 정도로 평온했다. 땀이 말라붙은 이마가 점점 서늘해졌다.

이정표에서 뛰어내려 다시 발걸음을 옮기려던 담징은 바람결에 들려오는 와자지껄한 소리에 걸음을 멈췄다. 흐르는 바람소리에 섞여 미약하게 들리던 소리가 점차 커졌다. 귀를 기울이던 담징은 저도 모르게 미소를 지었다. 흥겨운 피리 소리를 시작으로 까르르 웃는 소리가 점점 커졌다. 고개를 숙인 채 길을 재촉하던 다른 백성들도 발걸음을 멈추고 고개를 돌렸다.

두꺼운 천을 머리에 두른 덩치 큰 서역인이 소매와 옷섶이 없는 저고리를 입고 주둥이가 넓은 쇠나팔을 흥겹게 불며 나타났다. 그 뒤를 따라온 다른 서역인은 길고 짧은 피리들을 이어붙인 필률(觱篥/篳篥)*로 흥을 돋우고 있었다. 늙은 말이 끄는 수레에는 긴 장대와 백회기악을 벌일 도구들이 산처럼 쌓여 있었다. 담징 또래의 젊은 사내들은 느릿느릿 움직이는 수레를 뒤에서 끌었다. 얼굴에 붉은 칠을 하고 울긋불긋

한 저고리에 끝단을 찢은 광대들이 재주넘기를 하거나 우스꽝스러운 몸짓으로 뒤따르는 아이들을 웃겨주었다. 아궁이의 불을 보다 왔는지 코 밑에 검댕이를 묻힌 어린 계집아이는 서투른 몸짓으로 어깨춤을 추며 행렬의 뒤를 따랐다. 저 아이에겐 세상의 모든 것이 신기하고 행복해 보일 것이다. 서역인들의 어깨에 올라타 있던 원숭이들이 끽끽 소리를 내며 아이들을 향해 손가락질을 했다.

길을 가던 백성들은 조용히 옆으로 물러나 시끄럽고 수다스러운 광대들의 행렬이 지나가기를 기다렸다. 광대들도 신이 난 모양이었다. 횃불을 빙빙 돌리던 덩치 큰 광대가 아이들을 향해 확 불을 뿜었다. 코 밑에 검댕이를 묻힌 계집아이가 비명을 지르며 뒷걸음질을 치다 넘어졌다. 아이들 틈에 끼어 있던 담징은 쓰러진 계집아이를 일으켰다. 불을 뿜던 광대가 아이를 일으키는 담징을 보고 씩 웃었다. 담징도 광대를 향해 웃어주었다. 가까이서 보니 붉게 칠한 얼굴이 의외로 어려 보였다. 담징이 계집아이의 옷을 털어주는 사이 광대는 우스꽝스러운 표정으로 울고 있는 아이를 달랬다. 울음을 그친 아이는 왔던 길을 돌아갔다. 따라오는 구경꾼들 사이를 헤치고 사라지는 계집아이의 뒷모습을 바라보던 덩치 큰 광대가 중얼거렸다.

"그래도 돌아갈 곳이 있구나……"

깊은 한숨과 함께 몸을 일으킨 광대가 담징을 보고 다시 한 번 씩 웃었다.

"고마워."

"어디로 가는 길이야?"

"강서군. 거기서 무덤을 만들고 있는데 일하는 사람들이 자꾸 죽어 나간대. 큰 판을 벌여야 하나 봐. 원래는 위도에서 배를 타고 한성 쪽으로 갈 생각이었는데 돈을 더 많이 준다고 하니까 대가리가 군말 없이 간다고 하더라고……."

"대가리?"

"저기 게으름뱅이 말 앞에 가는 머리 큰 광대 말이야. 우두머리를 뜻하는 말이긴 한데 정말 머리가 커서 다들 안 듣는 데서는 대가리라고 불러. 근데 너는 어디 가는 길이야?"

"그……그냥. 일거리를 찾아서 돌아다니는 중이야. 지금 갈 곳이 강서군이라고 했지?"

말끝을 얼버무린 담징이 되묻자 허공을 향해 다시 한 번 불을 뿜어낸 광대가 고개를 끄덕거렸다.

"응, 온씨 성을 가진 장군의 무덤이라고 하던데."

"나도 같이 가도 돼? 마침 일거리를 찾고 있는데 거기라면 일을 구할 수 있을지도 모르겠다."

"좋아. 내가 대가리한테 얘기해볼게. 따라와."

흔쾌히 승낙한 덩치 큰 광대가 손을 내밀었다.

"난 덕보라고 해. 아버지가 서역 출신이라 눈이 좀 파랗지."

"내 이름은…… 재모야."

담징이 덕보의 손을 마주잡으며 대답했다.

미오는 놀란 눈으로 눈앞의 상대방을 올려다보았다.

"그러니까, 저보고……."

왈칵 겁이 난 미오는 상대방을 제대로 쳐다보지 못했다. 상대방은 고개를 돌린 미오의 어깨를 힘껏 움켜잡고 낮은 목소리로 방금 한 말을 반복했다. 미오는 어깨뼈가 부서질 만큼 완력이 느껴지는 상대방의 손아귀를 통해 그의 무시무시한 뜻이 전하는 바를 인지했다. 혹시라도 장난이 아닐까 했던 희망이 부질없이 무너져버렸다. 미오는 고개를 저었다.

"못 해요. 전 안 돼요. 그럴 순 없어요."

"왜?"

더듬거리며 대답하는 미오를 내려다보던 상대방의 얼굴에 비아냥거리는 웃음이 떠올랐다.

"그건, 들키면……."

"내 얘기대로만 하면 들킬 일 없어."

자신감과 자부심이 가득 담긴 상대방의 낮은 목소리가 미오의 두 귀뿐만 아니라 가슴속까지 파고들었다. 잔뜩 오그라든 숨통을 통해 겨우 숨을 내뱉던 미오가 마음속 두려움이 시키는 대로 말했다.

"전 못 해요."

상대방은 아무 말 없이 미오의 뺨을 후려쳤다. 뺨에 달라붙은 화끈거림이 채 사라지기도 전에 상대방의 말이 다시 한 번 그의 귓가에 파고들었다.

"언제까지 이렇게 무시당하고 살 거야. 내 말만 잘 들으면……."

말을 멈추고 잠시 훌쩍거리던 상대방이 말소리를 한결 낮추었다.

"지금처럼 살지 않아도 돼."

"지금처럼……."

뺨의 아픔도 잊어버린 채 미오는 상대방의 말을 따라 했다. 아직 사방이 환한 대낮이었지만 눈앞의 상대방은 번뜩이는 두 눈을 제외하고는 까만 그림자를 뒤집어 쓴 것처럼 어두운 얼굴이었다.

"그래, 담징보다 못하다는 소리, 멍청하다는 소리 같은 건 더 이상 듣지 않게 해주지."

"정말이에요?"

미오는 주저하면서도 상대방의 말을 믿고 싶었다. 득의양양한 표정을 지은 상대방은 계속 말을 쏟아냈다.

"그럼, 이 일만 잘 해내면 너와 나만 남는 거야. 넌 내 애제자가 되는 거고. 다른 제자들은 절대 받아들이지 않으마. 더 이상 매질도 없고, 그런 낡은 옷 따위 입을 일도 없지."

"약속하시는 거죠?"

"화공들의 신과 내 아버지의 이름을 걸고 맹세하마."

그는 화공들의 관습대로 바닥에 침을 뱉고 그 자리를 세 바퀴 돌고 난 다음 다시 한 번 같은 말을 반복했다. 미오는 대답하긴 했지만 여전히 혼란스러웠다. 정말로 눈앞의 상대방은 약속을 지킬까? 상대방이 속삭인 소리들이 사라진 귀로 환한 대낮의 소리들이 자글거리며 들려왔다. 일꾼들이 발과 공구들을 질질 끄는 소리, 입에 욕을 달고 사는 두상들의 숨 가쁜 욕설들, 움막을 덮은 볏짚과 잔가지들이 바람에 들썩이는 소리들이 그의 귀를 가득 메웠다. 소란스러움을 품은 정적이 어느 정도 흐른 후 상대방이 조용히 다시 물었다.

"할 거야?"

"하겠어요."

상대방은 질문이 끝나기 무섭게 대답하는 미오를 미심쩍은 눈으로 바라보았다. 미오는 눈앞의 사람이 한 것처럼 바닥에 침을 뱉고 세 바퀴를 돈 후 같은 말을 반복했다.

"시키는 대로 할게요."

"아무리 봐도 잘 모르겠군. 자네는 좀 찾았나?"

탁자 위에 쌓인 수십 장의 그림을 살펴보던 을지문덕이 손가락으로 두 눈을 비벼대며 곁에 앉아 있던 이문진에게 물었다. 가늘게 뜬 눈으로 그림들을 뚫어지게 바라보고 있던 이문진이 제일 오른쪽에 놓인 백호와 그 옆에 놓여 있는 백호의 혓바닥을 가리켰다.

"제일 끝에 있는 게 몽부가 그린 백호이고, 이게 거타지가 가지고 있던 그림입니다. 여기 혓바닥을 보시죠. 몽부가 그린 백호의 혓바닥은 다듬이질 할 때 쓰는 방망이처럼 둥글고 길쭉한 느낌이 납니다. 하지만 이쪽 거타지가 가지고 있던 백호의 혓바닥은 사람이나 짐승의 혓바닥처럼 넙적하고 중간에 한 번 구부러졌습니다. 그리고 몽부가 그린 백호의 혓바닥은 그냥 붉은색이지만 여기 이 백호의 혓바닥은 검은색으로 한 번 두른 후에 붉은색을 칠했습니다. 전체적으로 백호의 얼굴이라든지 몸통의 묘사는 비슷하거나 똑같지만 세밀한 부분에서 차이가 납니다."

"일부러 틀리게 그린 건 아닐까?"

을지문덕의 물음에 이문진은 고개를 저었다.

"그랬다면 한 번에 알아볼 수 있을 정도로 틀리게 그렸을 겁니다. 글씨나 그림이나 비슷한 부분이 많습니다. 화풍이 같은 것으로 봐서는 한 스승 밑에서 배운 게 확실하지만 다른 사람이 그린 겁니다."

"나머지 그림도 마찬가지인가?"

"네, 여기 발톱을 보면 확실히 알 수 있습니다. 마량이 그린 백호의 앞발은 마치 달리는 말처럼 구부러져 있습니다만, 모본의 백호는 그냥 쭉 뻗어나갔습니다. 발굽의 끝부분도 이쪽은 각이 져 있고, 모본에서는 약간 둥그스름하게 처리되었습니다."

"그럼 여기 욱도해가 그린 그림은? 내가 보기엔 모본의 현무와 똑같아 보이네만……."

"그렇긴 합니다만, 한 발짝만 떨어져서 보시죠."

이문진처럼 자리에서 일어난 을지문덕이 한 걸음 뒤로 물러났다. 하얀 종이 위에서 세상을 포효하는 현무의 입에서 시뻘건 불꽃이 흐르고 있었다.

"뭐라고 말하기는 좀 힘들지만 분명 다릅니다."

"하긴 욱도해 정도의 위치라면 그림을 빼앗겼다고 굳이 살인까지 저지를 필요가 없었겠지."

을지문덕이 힘겹다는 듯 낮은 숨을 내뱉으며 손가락으로 눈꺼풀을 눌렀다. 손끝의 힘이 눈동자에 닿자 칼에 찔린 것 같은 짜릿한 통증이 퍼져나갔다.

"세 명 다 거타지의 모본을 그리지 않았다면 대체 누가 모본을 그렸을까요? 혹시 다른 누군가가 모본을 그렸다는 게 거짓말 아닐까요?"

"그 얘긴 사실이야."

"마랑이 거짓말을 했을 수도 있습니다."

"왜?"

"욱도해가 스승의 이름을 계승하는 걸 방해하기 위해서죠. 일단 혼란이 일어난다면 자기에게도 기회가 올지 모른다는 생각에 거짓말을 했을 수도 있습니다."

이문진은 한 손으로 쇠로 만든 띠고리에 새겨진 용의 머리 부분을 쓰다듬으며 대답했다. 자리에 털썩 주저앉은 을지문덕이 천막 한구석으로 몰린 어둠을 쏘아보며 입을 열었다.

"나와 만났을 때 분명 뭔가를 숨기고 있다는 느낌은 지울 수 없었지만 그 얘긴 사실이었어."

"어떻게 들리실지 모르겠지만……."

잠시 주저하던 이문진은 탁자를 빙 돌아서 의자에 앉아 있는 을지문덕의 맞은편에 섰다.

"마음속의 느낌을 너무 확신하시는 게 아닌지 조금 염려스럽습니다. 이제 남은 날짜는 하루하고도 반나절 정도밖에 없습니다."

"만약 거짓말할 생각이었다면 욱도해가 범인이라고 했겠지. 아니면 아예 입을 열지 않았거나……."

을지문덕의 대답을 들으며 이문진은 거꾸로 보이는 탁자 위의 그림들을 뚫어지게 바라보았다. 똑같은 흐름 속에서 뭔가 다른 거스름이 있다는 느낌이 점점 커져갈 무렵 그의 눈에 백호의 몸통을 휘감은 척목이 들어왔다. 세 개의 백호에 그려진 척목들 사이엔 근본적인 차이가 존재했다. 그림들을 넘나들며 쉴 새 없이 움직이던 그의 눈길이 어느 한곳에서 딱 멈췄다. 손가락으로 탁자 위의 종이를 돌린 이문진이 아랫입술을 지그시 깨물었다.

"혹시 마량이 양손잡이였습니까?"

"아니, 오른손을 쓰는 걸 봤네."

"여기 이 그림, 왼손으로 그린 겁니다."

이문진은 다른 그림들을 옆으로 밀쳐버리고 백호가 그려진 그림을 빙글 돌려서 을지문덕 앞으로 밀었다.

"목덜미와 등 쪽의 척목을 보십시오. 붓질 자국이 있지요? 오른손잡이라면 보통 왼쪽에서 시작해서 오른쪽으로 붓을 당기면서 글이나 그림을 그리기 때문에 빗질을 한 것처럼 한쪽으로 쏠립니다. 물론 그 자국을 지우기 위해 한 번 지나간 자리 위에 다시 붓질하는 경우가 많지만 붓을 누르는 힘에서 차이가 나기 때문에 색깔의 농도가 다르지요. 바로 여기처럼 말이죠. 몽부의 그림에서는 왼쪽에서 오른쪽으로 그려진 자국을 명확하게 볼 수 있지만 마량의 그림에서는 반대쪽으로 보입니다."

"그자가 나에게 오른손을 보여준 적이 있었네. 새끼손가락을 다쳐서 제대로 못 움직인다고 하더군. 그런데 그게 중요한 건가?"

"죽은 막두지의 턱에 난 상처 기억나십니까?"

탁자 구석에 놓인 작은 붓을 천천히 집어든 이문진이 붓으로 턱을 찔렀다.

"상처는 시신의 오른쪽에서 가운데로 약간 기울어졌습니다. 즉 왼손잡이가 흉기를 왼손으로 들고 턱을 찌른 겁니다. 이렇게요."

"마량을 잡아서 문초해야겠군."

"안 됩니다."

손을 들어 문밖의 가병을 부르려는 을지문덕의 팔을 붙잡은 이문진이 고개를 저으며 덧붙였다.

"여기 있는 사람들 중 왼손잡이는 마량만 있는 게 아닙니다."

"하지만 자신이 왼손잡이라는 걸 숨긴 건 마량밖에 없지."

"설사 그렇다고 해도 마량은 막두지를 살해한 것뿐이지 거타지를 죽인 게 아닙니다. 둘 사이에 연관성이 있다는 건 우리의 추정일 뿐이라는 걸 잊지 마십시오."

"그럼 일단 두고 볼까?"

광대들의 행렬이 강서군에 가까워질수록 구경꾼의 숫자도 점점 늘어났다. 중간 중간 따라붙은 아이들은 마을이 멀어지자 하나둘 돌아갔지만 줄어든 아이만큼 새로운 구경꾼이 따라붙었고, 멀리 강서군을 통치하는 처려근지가 머무는 성이 보이자 소문을 들은 백성들이 아예 길거리에 나와서 광대들을 맞이했다. 신이 난 서역인들은 수레에서 작은 칼을 꺼내 허공에 던지는 묘기까지 부리며 사람들의 눈길을 끌었다. 덕보와 함께 수레를 밀며 행렬들 사이에서 움직이던 담징은 가슴이 뛰었다. 덜컹거리는 수레 너머로 펼쳐진 길 어딘가에 그가 지내던 곳이 있다. 돌아가는 것이 옳은 결정인지, 그곳에서 마주쳐야 할 것들은 어떤 것들일지 생각이 미치자 그의 가슴은 점점 더 격렬하게 뛰었다. 두려워지는 담징의 마음을 알아차리지 못한 덕보는 침을 튀기며 쉴 새 없이 떠들어댔다.

"그때 그 계집 말대로 눌러앉았으면 지금쯤 애가 둘이었을 텐데. 코가 좀 못나긴 했어도 참 착했는데. 애비도 한 번인가 봤는데 뭐 약간 말을 더듬었지만 그럭저럭 참을 만했거든⋯⋯."

"그런데 왜 남지 않은 거야?"

점점 다가오는 것들에게서 숨기 위해 고개를 숨긴 담징이 묻자 덕보는 처음에는 얼굴을 찡그리다가 그다음에는 어깨를 으쓱거렸다.

"나도 고민 많이 했다고. 그런데 말이야, 난 한군데 자리 잡고 살 처지가 못 되는 거 같아. 비가 와서 겨우 며칠 한곳에 머물러 있는데도 좀이 쑤시고 그러더라고. 그러니 어떻게 평생을 한곳에서 살아? 결국 우리 가족을 버린 아버지처럼 정처 없이 떠돌다 죽겠지."

정착하지 못하는 떠돌이의 비애와 쓸쓸함이 고스란히 묻어나온 대답에 담징은 저도 모르게 고개를 끄덕였다.

삶은 길처럼 제각각이었다. 평탄함이 없다는 것 외에도 어느 쪽이든 수많은 인연들이 스쳐지나간다는 것, 그리고 항상 슬픔이라는 칼날에 몸을 베인다는 공통점이 있었다. 살짝 훔쳐본 덕보의 눈시울이 붉어져 있었다. 슬쩍 흘러나온 속마음을 들킨 덕보는 멋쩍은 웃음을 지으며 괜스레 옆구리에 매듭진 허리띠를 만지작거렸다.

갑자기 불어오는 약한 산들바람에 길가의 갈대들이 바스락거렸다. 바람이 시키는 대로 복종하겠다는 몸짓 같았다. 갈대들은 서로의 몸통을 두드려대며 서투른 악공의 피리소리를 흉내 냈다. 저 멀리 있는 익숙한 풍경이 눈에 들어왔다. 거의 완성된 무덤과 무덤이 있는 언덕 아래 옹기종기 모여 있는 움막과 천막들.

담징의 마음은 더 없이 착잡해졌다. 수레가 멈추고 대가리라고 불리는 광대패의 우두머리가 사람들을 불러 모았다. 그때까지 우스꽝스러운 몸짓과 손놀림으로 사람들을 즐겁게 하던 서역 출신의 광대들이 차가운 얼굴로 돌아섰다. 구경꾼들 사이에서는 이내 아쉬움의 탄성이 터져 나왔다. 계속 놀아달라는 아이들의 칭얼거림이 계속되자 덕보가 몸을 돌리더니 바닥에서 돌을 집어 들어 던졌다. 놀란 아이들이 뿔뿔이 흩어졌다. 아쉬움에 입맛을 다시던 어른들까지 사라져버리자 무덤이 내려다보이는 산마루에는 광대패들과 담징만 남게 되었다.

바닥에 주저앉은 담징은 마차의 바퀴살 사이로 보이는 무덤들을 바라보았다. 시간이 흐를수록 돌아왔다는 기쁨보다는 두려움이, 진실을 밝혀야 한다는 책임감보다는 다시 도망치고 싶다는 조바심이 깊어졌다. 담징이 그렇게 앉아 있는 사이 이야기를 마치고 돌아온 덕보가 미안한 얼굴로 그에게 말했다.

"대가리가 그러는데 너보고 이제 그만 따라 오래. 여기서부턴 기악을 하면서 가야 되거든. 아무튼 만나서 반가웠어."

몸을 일으킨 담징은 애처로운 표정으로 돌아서려는 덕보의 팔을 잡았다.

"사실은 말이야. 저기서 일하다가 하도 힘들어서 도망쳤거든. 허리가 안 좋은데 자꾸 무거운 걸 들라고 해서. 도망치기 전까지 품삯이라도 받아야 할 것 같아서 돌아온 건데, 잘못하면 동료들한테 맞을지도 몰라."

"저런……."

팔을 잡힌 덕보가 안타까운 표정으로 담징을 바라보았다.

"그래서 말인데 동료들이 못 알아보게 변장할 수 있는 뭐가 좀 없을까? 두상이랑은 그럭저럭 친하게 지내서 말은 붙여볼 수 있을 것 같은데 그 전에 다른 동료들한테 들키면 일이 커질 것 같아."

"따라와. 환한 대낮이라 좀 그렇지만 그럭저럭 얼굴 하나 가릴 건 있어."

수레를 뒤적거린 덕보가 굵직한 턱수염을 꺼내 담징의 입가에 붙여주었다. 양쪽 귀에 천으로 된 고리를 걸어 수염을 고정시킨 뒤 덕보는 한두 발자국 뒤로 물러나 그를 쳐다보며 너털웃음을 지었다.

"영 어색하지만, 뭐 잠깐 눈을 피하는 정도라면 괜찮아. 내 뒤에 바짝 붙어서 따라와."

"고마워."

재주를 부리며 천천히 움직이는 광대패들 사이에 서 있던 대가리의 외침이 덕보를 끌어갔다. 허겁지겁 뛰어가던 덕보가 어깨를 살짝 틀어서 담징에게 빨리 따라오라고 손짓했다.

상스러운 욕설을 내뱉는 대가리에게 뛰어간 덕보가 손가락으로 담징을 가리키며 굽실댔다. 알아들을 수 없을 정도로 빠르게 말을 내뱉던 대가리는 결국 승낙의 뜻으로 고개를 끄덕이고 돌아섰다. 활짝 웃은 덕보가 손짓으로 담징을 불렀다.

잠시 지체되었던 행렬은 대가리의 외침과 함께 천천히 움직이기 시작했다. 긴 장대 위에 선 작은 체구의 광대가 양손에 들고 있던 종소리 나는 방울들을 허공으로 던졌다. 그러자 여인들이 허리에 매단 작은 북을 손바닥으로 쳤다. 통 통 소리에 맞춰 제자리에서 빙글 돈 여인네들 뒤로 검은 천으로 사타구니만 가린 덩치 큰 서역 출신의 역사 둘이 큼지막한 발을 쿵쾅거리며 따르고 있었다.

다가오는 광대들의 행렬을 본 일꾼들이 움막 밖으로 나와 손을 흔들며 그들을 맞이했다. 행렬 중간에 있던 덕보가 허공을 향해 불길을 뿜어냈다. 움막 앞의 넓은 터에 자리 잡은 광대들과 악사들 주위로 일꾼들이 모여들기 시작했다. 혹시나 알아보는 사람이 있을지 몰라 고개를 잔뜩 숙이고 있던 담징을 누군가 톡 톡 건드렸다. 놀란 담징이 고개를 돌리자 검은 점이 박힌 노란색 두루마리를 입은 키 작은 여자아이가 웃으며 허리에 매다는 북을 건네주었다. 그러고는 끈을 어깨에 걸치라고 손짓했다. 시키는 대로 어깨에 끈을 걸친 담징은 여자아이가 하는 대로 손바닥으로 북을 치며 어깨춤을 추었다. 여자아이는 앞니가 빠진 이빨을 드러내며 웃더니 한손을 머리 위로 들어 올리고 빙글 돌았다. 담징도 따라 했다. 그러나 돌 뿌리에 걸려 앞으로 휘청거리고 말았다. 비틀거리는 그의 모습을 본 다른 광대들과 악사들의 입가에 웃음이 걸렸다.

나팔과 피리소리가 경쾌하게 어우러지는 가운데 붉은색 두건을 쓴 바짝 마르고 가느다란 콧수염을 단 광대가 나무로 만든 칼과 구양(鉤擺)*을 들고 박수를 치며 발을 구르는 일꾼들 앞으로 재주넘기를 하며 나타났다. 뒤따라 반질거리는 조잡한 가죽갑옷을 걸친 키 큰 광대가 붉은색 천이 묶인 날 없는 창을 들고 나와 검무를 추었다. 우스꽝스러운 자세로 키 큰 광대의 창을 피하던 키 작은 광대가 바닥을 구르며 멀리 도망치자 구경하던 일꾼들이 낄낄거리며 손가락질을 했다. 사람들의 웃음소리가 채 가시기도 전에 펄쩍 뛰어오른 키 작은 광대는 들고 있던 칼로 상대의 머리꼭지를 내려쳤다. 머리를 얻어맞은 키 큰 광대가 과장된 몸짓으로 허우적거리다 그 자리에 풀썩 고꾸라졌다. 코가 바닥에 닿을 정도로 인사를 한 키 작은 광대는 여전히 쓰러져 있는 키 큰 광대의 한쪽 발을 질질 끌며 사라졌다. 다시 한 번 웃음이 터졌다.

아까 담징에게 손북을 건네준 여자아이와 다른 여인네들은 한 줄로 늘어선 채 간드러진 목소리로 황조가를 부르고 춤을 추면서 흥을 돋우었다. 키 작은 광대가 정신을 차린 키 큰 광대에게 쫓기면서 황조가를 부르는 여인네들 앞으로 쏜살같이 지나쳐 덕보가 잡고 있는 긴 장대를 원숭이처럼 타고 올라갔다. 두 손으로 머리를 쥐어뜯으며 화를 내는 키 큰 광대에게 상스러운 손짓을 하며 놀리던 키 작은 광대는 장대를 잡고 있던 손이 미끄러졌는지 아래로 주르륵 떨어지고 말았다.

두 손으로는 여전히 장대를 잡은 채 바닥에 엉덩방아를 찧은 키 작은 광대 곁으로 여전히 화가 풀리지 않은 표정의 키 큰 광대가 다가갔다. 정신을 못 차리겠다는 표정으로 주변을 두리번거리던 키 작은 광대는 눈앞에 선 키 큰 광대를 보고 어쩔 줄 몰라 하면서 도망치다가 뒷덜미를 잡히고 말았다. 버둥거리던 키 작은 광대는 황조가를 끝내고 남자가 달빛 아래에서 사랑하는 여인에게 청혼하는 노래를 부르는 여인네들 사이로 끌려가고 말았다. 사뿐하게 손짓하는 여인네들의 등 뒤로 키 작은 광대의 애처로운 비명소리와 벗겨진 옷가지들이 흩날렸다. 웃다가 눈물을 찔끔거리는 일꾼들을 훔쳐보던 담징은 지루한 표정으로 장대를 잡고 있는 덕보와 눈이 마주쳤다. 어서 가라고 손짓하는 덕보에게 고개를 살짝 숙여 보인 후 담징은 어깨에 메고 있던 손북을 조심스럽게 벗어놓고 뒷걸음질을 쳤다. 옷이 몽땅 벗겨진 키 작은 광대가 한손으로 사타구니를 가린 채 뛰쳐나와서 황망한 표정으로 껑충거리며 뛰어다녔다. 그 모습에 사람들이 일제히 박수를 치고 발을 구르며 웃음을 터뜨렸다.

담징은 그 틈을 타 일꾼들이 머무는 커다란 움막 뒤로 숨어들었다. 사람들 사이로 을지문덕의 천막이 보였다. 오십 보도 떨어져 있지 않은 그곳까지 가서 사실대로 털어놓기만 하면 모든 일이 끝나는 셈이다. 그 다음에 짊어져야 할 업보의 무게를 마음속으로 짐작해보던 담징은 메슥거리는 속을 다스리려고 주먹으로 가슴을 쳤다.

사람들 눈에 띄지 않도록 조심스럽게 움막을 돌아가던 담징은 갑자기 눈앞에 나타난 미오를 보고 깜짝 놀랐다. 장작을 한 아름 안고 있던 미오도 놀랐는지 아무 말도 하지 못한 채 두 눈만 껌뻑였다. 담징은 미오가 비명을 지르지 못하도록 잽싸게 입을 틀어막으며 속삭였다.

"소리 지르지 마. 알았지."

미오가 고개를 끄덕이자 담징은 천천히 손을 뗐다. 주변을 두리번거리던 미오가 한껏 낮춘 목소리로 입을 열었다.

"어딜 갔다 온 거야? 다들 너 때문에 난리도 아니었어. 형님들도 다
……."

"미안해. 너무 무서워서 도망갔었어."

"설마 네가 스승님을 죽인 건 아니지?"

엉덩이를 잔뜩 빼고 당장이라도 도망칠 태세로 묻는 미오에게 담징
은 고개를 저었다.

"아니, 하지만 이제 누가 그랬는지 알겠어. 왜 죽였는지도."

"정말! 누……누가 스승님을 죽였다는 거야?"

"주활 어르신께 다 말씀드리려고 돌아온 거야. 누구한테 나 봤다고
하면 안 돼."

"왜?"

담징은 겁에 질린 표정으로 자신의 옷자락을 움켜잡은 미오에게 조
심스럽게 말했다.

"내가 돌아온 걸 알면 도망칠 수도 있잖아."

"누가? 스승님을 죽인……?"

말을 끝맺지 못한 미오가 담징을 올려다보았다. 유난히 환한 햇살
이 예전에 갇혔던 감옥의 창살처럼 그의 앞을 가로막는 것 같았다. 평
정을 찾기 위해 숨을 고르던 담징은 등 뒤에서 느껴지는 낯설고 불길
한 느낌에 무심코 고개를 돌렸다. 처음에는 그것이 아픔인 줄도 몰랐
다. 그냥 하늘을 가로질러 온 검은 그림자가 이마에 닿았고, 아픔은 물

위에 퍼진 반지 모양의 파동처럼 천천히 그의 몸에 퍼져나갔다. 비명을 지르려고 했지만 소용이 없었다. 무릎이 잘린 것처럼 꼬꾸라진 담징의 입에서는 그저 픽픽 바람소리만 흘러나왔다. 온몸에 퍼진 아픔을 인식했을 무렵 악몽을 꾸고 일어난 직후처럼 나른함이 그를 덮쳤다. 그 불길한 나른함에 몸을 맡긴 담징은 눈을 감기 전 곤혹스러운 얼굴로 자신을 내려다보는 미오를 보았다.

🐾

"일단 지켜보는 게 좋을 것 같습니다. 말씀하신 대로 널방 안의 어떤 비밀 때문에 살인을 저지른 것이라면 욱도해가 널방 안으로 들어가는 걸 그냥 두고 보지는 않을 겁니다."

을지문덕은 흐릿하고 일그러진 모습밖에 보이지 않는 세상 한가운데 서 있는 이문진을 쳐다보았다. 시간이 흐를수록 지쳐가는 몸은 그의 생각을 가로막고 헝클어뜨렸다. 어스름한 어둠이 내리깔린 저녁처럼 눈이 침침했다. 을지문덕은 점점 머리를 조여 오는 어지러움을 참기 위해 안간힘을 썼다.

"다른 방법을 찾을 시간이 없습니다."

깊어지는 어둠 너머에서 들려오는 이문진의 목소리가 기괴할 정도로 음울하게 들렸다.

"하긴……"

을지문덕은 생각의 끈을 이어가기 위해 안간힘을 썼지만 두 눈에 달라붙은 통증이 애써 모아진 생각들을 사방으로 흩어버렸다.

"물러가겠습니다. 주활 어르신도 잠깐 눈을 붙이시지요."

을지문덕의 눈치를 살피던 이문진이 조심스럽게 말했다.

"나도 그랬으면 좋겠군."

오른쪽 손바닥으로 두 눈을 가린 을지문덕이 힘없는 목소리로 대꾸했다. 그 순간 하얀 연기 같은 것이 그의 두 눈앞을 가로질렀다. 단순한 착시라는 생각이 사라지기 무섭게 그는 무의식적으로 입을 열었다.

"그런데 말이야."

밖으로 나가려던 이문진은 등 뒤에서 잡아끄는 목소리에 발걸음을 멈추었다. 간신히 머리를 든 을지문덕이 힘겹게 입을 열었다.

"제일 중요한 걸 놓친 것 같아."

"어떤 것 말씀이십니까?"

"모본의 진짜 주인, 누가 그 그림을 그렸는지 아직 모르잖아."

"그건……"

"우린 지금까지 거타지가 모본을 대신 그려준 자에게 죽임을 당했다고 믿어왔네. 하지만 범인이라고 믿었던 세 명의 제자들 모두 모본을 그려주지 않았어. 그 얘긴 거타지와 막두지의 죽음을 연결할 만한 끈이 없어졌다는 뜻이야."

"그거야 막두지를 죽인 연유를 문초하면 알아낼 수 있지 않을까요?"

수천 개의 바늘이 한꺼번에 두 눈과 머릿속을 쑤셔대는 것 같았다. 예사롭지 않은 통증이 엄습했다. 간신히 고개를 저은 을지문덕은 눈동자에 박힌 바늘들을 털어내려는 듯 세차게 고개를 흔들었다.

"사방에서 감시의 눈길이 번뜩이고 있는 와중에 두 번, 아니 세 번이나 살인을 저지른 놈이야. 누구보다 대담하겠지만 반대로 돌아가는 사정을 누구보다 잘 알고 있을 거야. 만약 그가 막두지만 죽였다고 자백하거나 시간을 끌면 아무 소용이 없어."

"현장을 잡든지, 자기 입으로 사실을 털어놓게 해야겠군요."

"그것도 그렇지만 거타지에게 모본을 그려준 사람이 누구인지부터 알아내야 해. 일단 세 사람이 아니라면 대체 누굴까?"

을지문덕의 중얼거림을 뒤로 하고 이문진은 다시 모본들이 쌓여 있는 탁자로 걸어갔다. 어지럽게 놓인 두루마리 중 하나를 끄집어내 손끝으로 모본의 모서리를 비벼댔다. 곧이어 다른 두루마리를 펼친 이문진은 두루마리에 꿰매진 종이 모서리를 살짝 구겼다가 폈다. 그러고는 허리를 굽혀 종이 모서리를 한참 들여다보더니 의자에 앉아 기침을 하고 있는 을지문덕에게 말했다.

"두루마리들은 모르겠지만 종이는 만든 지 오래되지 않았습니다. 기껏해야 한두 달 정도입니다."

"그렇다면 이 그림들은 거타지가 이곳에 온 뒤 완성되었다는 얘기로군."

"그림을 그린 사람도 여기 있었다는 뜻이 되지요."

"세 명의 제자들이 그리지 않았다면……."

천천히 자리에서 일어나 다가오던 을지문덕이 휘청거리자 이문진은 얼른 손을 뻗어 그의 팔을 잡아주었다. 괜찮다는 듯 고개를 끄덕이고는 이문진의 옆에 선 을지문덕이 흐릿한 미소를 지으며 중얼거렸다.

"사라진 일꾼……."

"네?"

"내가 듣기로 거타지는 몽부처럼 제자들을 계속 쫓아냈다고 했어. 그중 한 명이 그림을 그려줬다고 해도 이상할 건 없지."

"그 쫓겨난 제자들 중 한 명이 일꾼으로 이곳에 와 있었을 테고요. 사라진 일꾼이 거타지의 예전 제자였을까요?"

"그냥 일꾼이었고, 이곳에서 벌어진 일에 겁을 집어먹었다면 도망치려고 들지 이렇게 숨지 않았을 거야."

"그자가 무덤 널길에서 욱도해를 공격하고 자취를 감춘 것일까요?"

"어쩌면 반대일 수도 있지."

모본들이 쌓여 있는 탁자에서 몸을 돌린 을지문덕이 대답했다. 오른쪽 겨드랑이에서 시작된 찌릿한 통증이 부글거리는 거품 방울처럼 일정한 간격을 두고 그를 엄습했다. 을지문덕은 얼굴을 찡그렸다.

"일꾼이 욱도해를 공격한 게 아니라 욱도해가 일꾼을 공격해서 죽였다는 말씀이십니까?"

"국동 대혈 안에서 바꿔치기 된 시신, 기억하고 있나?"

"그걸 어찌 잊겠습니까."

이문진은 과거를 떠올리며 씁쓸하게 미소 지었다.

"하긴 우리가 알고 있는 건 널길에서 공격을 받았다는 욱도해의 말과 널길의 벽과 천장에 흩뿌려진 핏자국들뿐입니다. 그리고 그 핏자국들도 빌어먹을……."

이문진의 입에서 갑자기 상스러운 말이 튀어나왔다. 그가 아랫입술을 지그시 깨물며 중얼거렸다.

"널길 안의 피들은 대부분 왼쪽 벽에 있었습니다. 널길 안에서 누군가를 공격한 자 역시 왼손잡이였습니다."

"마량이 욱도해를 공격했다면 못 알아봤을 리 없잖아."

고개를 저으며 을지문덕이 대꾸했다. 그의 얼굴에 떠오른 일그러짐을 훔쳐본 이문진은 처음부터 느꼈던 불안감이 점점 증폭되고 있음을 느꼈다.

-이 사람도 결국 감당하기 힘든 과거 때문에 스스로 무너지는 건가?

밖으로 내뱉지 못할 생각을 가다듬으며 이문진은 오른쪽 겨드랑이를 계속 주무르고 있는 을지문덕을 바라보았다.

"아니면, 알고도 모른 척할 수도 있을 테고요. 세 명 모두 무언가 비밀을 숨기고 있습니다."

"내가 정말 궁금한 건……."

숨을 고르기 위해 말을 끊은 을지문덕이 가죽으로 만든 허리띠를 만지작거렸다. 허리띠에 달린 쇠로 된 드리개 장식들이 그의 손길에 뒤척거리며 부스럭거렸다.

"왜 그렇게 스승을 계승하고자 했나 하는 점이야. 이번 일만 끝나면 뿔뿔이 흩어질 텐데, 스승을 이었다는 명성이 뭐 대수라고! 빈껍데기나 다름없는데 말이지. 더군다나 다들 거타지에 대해서 좋게 생각하고 있지 않았어."

"아무래도 계속 벽화를 그리려면 스승을 계승했다는 사실이 중요할 수도 있지 않을까요? 다른 동료들을 앞지르고 싶다는 자존심도 한몫 했을 테고요."

"사실은 이번 일을 쉽게 생각했었네."

의자에 도로 주저앉은 을지문덕이 축 늘어진 어깨를 주먹으로 치며 말했다.

"저도 마찬가집니다. 너무 자책하지 마십시오."

"나답지 않게 성급했네. 나야 상관없지만 담징과 찬노가 걱정스러워."

"주활 어르신은 항상 남들이 생각하지 못하는 답을 찾아냈고, 엉뚱한 곳에서 생각을 길어 올리셨습니다."

한쪽 무릎을 꿇어서 눈높이를 맞춘 이문진의 말에 을지문덕은 입 안 가득 고인 고통을 억지로 삼키며 대답했다.

"지금까지 살인자를 잡아낸 건 내가 아니고 내 안에 있는 또 다른 목소리였네. 난 그 목소리가 시키는 대로 했을 뿐이야. 그런데 이번에는 그 어떤 목소리도 들리지 않아. 마치 바닥이 마른 우물처럼 아무리

퍼 올려도 아무것도 건져지지 않는단 말일세."

을지문덕은 당장이라도 오열할 것 같은 표정으로 활짝 편 두 손을 떨고 있었다. 그 누구도 손댈 엄두를 내지 못하는 복잡한 살인사건들을 풀어내던 영리한 을지문덕 대신 빈 껍데기만 남아 있는 것 같았다. 이문진은 떨고 있는 을지문덕의 손을 잡았다.

"아니요. 주활 어르신께서는 목소리에 의지해 살인범을 찾은 게 아니었습니다. 또 다른 목소리 따위는 없어도 어르신은 범인을 찾고 문제를 풀어낼 겁니다."

"두렵단 말이다. 다가올 파멸이, 나의 오만함 때문에 상처받을 사람들의 고통이 두려워."

거센 불길처럼 타올랐던 그의 격렬함은 이내 사그라졌다.

"진정 두려워하시는 게 그것뿐입니까?"

이문진은 갑자기 차가워진 가슴이 뻐근해지는 것을 느끼며 자리에서 일어섰다. 자신의 시선을 피하는 을지문덕이 뭐라도 대답할까 기다렸지만 그는 끝내 입을 열지 않았다. 천막 바깥에서 아련한 함성소리와 웃음소리가 들려왔다.

"축제가 시작되었나 보군."

"축제가 아니라 음모일 수도 있겠지요. 서로를 향한 증오와 욕심이 피를 부를 겁니다."

담담하게 대답한 이문진이 천막 입구를 살짝 걷었다. 눈부신 햇살의 장막 너머로 한군데 모여서 왁자지껄하게 떠드는 사람들의 모습이, 그가운데서 재주를 넘고 불을 뿜어대는 광대패들의 모습이 보였다. 활기찬 삶들의 한복판에서 살인자는 어떤 살인을 꿈꾸고 있을까 생각하다가 이문진은 문득 두려움을 느꼈다. 그때 바깥에서 술간의 헛기침 소리가 들렸다. 을지문덕이 무슨 일이냐고 묻기도 전에 술간을 따라 들어온 사람이 허리를 굽실거리며 입을 열었다.

"주활 어르신, 소인을 기억하시겠습니까?"

🏃

담징은 꿈의 끝에서 눈을 떴다. 어떤 꿈을 꾸었는지 알 수 없었지만 땀에 젖은 가슴이 터질듯이 요동쳤다. 재갈을 물린 입에서 억눌린 신음소리만 흘러나왔다. 결박된 두 손은 움직일수록 통증만 느껴질 뿐이었다. 몸을 뒤척이던 담징은 누군가 발로 밟으며 중얼대는 소리에 흠칫 놀랐다. 천으로 입을 감싼 듯 어둠 속의 목소리는 잔뜩 억눌려 있었다.

"얌전히 있어. 어차피 아무도 도와주러 오지 않을 거니까."

몸을 돌린 담징은 어둠 속에서 반짝거리는 두 눈을 보았다. 등 뒤로 결박당한 두 손이 부서질 것처럼 아팠지만 정작 담징이 두려운 것은 자신을 내려다보는 눈빛이었다.

숨결이 점차 차가워졌다. 눈앞의 두려움 때문에 몸을 웅크리던 담징은 잘 벼린 칼날이 토해내는 새까만 빛을 보았다. 몸통은 없고 혼만 있는 귀신처럼 칼날의 어스름한 형태가 점점 그의 눈앞으로 다가왔다.

사람들은 숨을 죽이고 덩치 큰 두 명의 역사를 쳐다보았다. 크고 굽어진 코로 씩씩거리며 서로의 허리를 단단히 움켜잡고 있던 역사들의 깊고 푸른 눈빛에 일꾼들은 그만 넋을 잃었다. 두꺼운 푸른 띠를 허리에 두른 노인이 땀으로 범벅이 된 두 서역인 역사들의 등에 물을 뿌리며 죽은 영혼을 위해 씨름을 벌이는 두 역사의 용기와 힘을 칭송하는 노래를 불렀다. 노인의 느릿한 노랫가락에 맞춰 두 역사가 상대방을 쓰러뜨리기 위해 안간힘을 썼다. 역사들의 등과 팔뚝에 돋은 푸른 힘줄은 당장이라도 터질 것처럼 부풀어 올랐고, 그들이 흘린 땀은 대지를 적셨다.

노인의 노래가 끝나자마자 두 역사는 다시 힘을 썼다. 그들의 현란한 뒤엉킴은 자욱한 먼지와 함께 한쪽이 쓰러지는 것으로 끝이 났다. 잠시 침묵을 지키던 일꾼들은 먼지를 털고 일어나는 두 역사에게 우레와 같은 박수를 쳐주었다. 정강이까지 바지를 걷은 악공들이 흥겹게 완함을 뜯으며 분위기를 돋웠다. 일꾼들은 그동안 가지고 있던 불안감과 두려움을 털어버리고 발을 구르고 박수를 치며 즐거워했다.

잠시 후 몸에 묻은 땀과 흙을 닦아낸 역사들이 다시 마주서자 사람들은 순식간에 침묵했다. 이번에는 서로 어깨를 마주대고 허리를 움켜잡는 대신 팔을 뻗으면 닿을 정도의 거리를 두고 양 다리를 벌린 채 섰다. 그 모습을 보고 일꾼들 중 몇 명이 수박(手搏)*을 할 것 같다며 아는 체했다. 물감과 붓이 담긴 나무통을 든 육도해와 몽부도 뒤늦게 백회기악을 구경하는 일꾼들 틈에 끼어들었다.

"왜 돌아왔느냐?"

눈앞까지 다가온 칼날은 입에 물려 있던 재갈을 잘라내고는 곧바로 그의 목을 눌렀다. 땀에 젖은 목젖에 칼날이 닿았다. 마른침을 삼킨 담징은 응축된 두려움이 터질 듯한 가슴 떨림으로 드러나는 것을 고스란히 느꼈다. 순간 담징은 보이지 않는 하늘이 그리워졌다. 구름 한 점 없는 창백하고 투명한 하늘. 빛 한 점 없는 허공 한구석에 꽃이 피는 것처럼 푸른 하늘이 조금씩 펼쳐지는 것을 본 담징은 터질 듯 요동치던 가슴이 차츰 진정되는 것을 느꼈다.

"진실을 말하려고 돌아왔어요."

담징은 보이지 않는 상대방에게 또렷하게 대답했다. 코웃음을 친 상대방은 그의 목에 칼을 바짝 갖다 댄 채 한쪽 무릎으로 누워 있는 그의 가슴을 눌렀다.

"진실? 어떤 진실? 망할 놈의 늙은이가 우리들을 등쳐 먹은 거나 무덤의 벽화를 그려주고 받은 재물을 혼자 차지하고 은밀한 곳에 숨겨놓은 것 말이냐?"

"스승님이 비록 괴팍하고 엄격하시기는 했지만 그 정도는 아니었어요. 그건 자기들의 잘못은 생각지도 않고 스승님의 꾸지람만을 기억했던 사람들이 지어낸 말이죠."

"닥쳐! 네가 그 늙은이랑 일한 게 얼마나 된다고 아는 체야. 넌 고작 삼 년밖에 일하지 않았어."

파르르 떨리는 칼끝이 목을 살짝 찔렀는지 차가운 물기가 목을 타고 흘러내렸다. 담징은 필사적으로 푸른 하늘을 떠올리며 보이지 않는 어둠 속에 숨은 상대방에게 응수했다.

"스승님께서 제자들의 그림을 거두어서 벽화를 그린 건 어두운 곳에서 너무 오랫동안 그림을 그렸기 때문입니다. 스승님께서 눈이 안 좋아서 더 이상 그림을 못 그리겠다고 하니까 그림을 대신 그려주겠다고 나선 게 누구였습니까? 스승님의 명성이 아니라면 아무것도 할 수 없다는 것 때문에 그랬다는 걸 모를 줄 알았습니까?"

"이놈이! 우리가 그림을 바친 건 스승님에 대한 예의였다. 하지만 그 모두 피땀 흘려 그린 그림이었으니 응당 대가를 주었어야 한다."

"스승님은 재물을 모으기만 한 것이 아니라, 제자들을 내보낼 때마다 먹이며 종이들을 사서 주었습니다. 남은 재물들은 스승님이 물러나실 때 나눠주실 것이라고 말씀하신 걸 똑똑히 들었습니다."

"누구 맘대로 우리가 힘들게 번 재물을 나간 놈들에게 쓰는 거지?"

"그건……."

담징은 다시 한 번 침을 꿀꺽 삼켰다. 목젖을 타고 흐르던 피가 말라붙었는지 결박된 밧줄처럼 목을 옥죄고 있었다.

"스승님께서 실력 순서대로 제자들을 내보셨기 때문 아닙니까?"

"자네는?"

을지문덕은 눈앞에 서 있는 사람의 얼굴을 간신히 기억해냈다.

"맞습니다. 소인 장물덕입니다. 늦어서 죄송합니다. 고향집으로 간다고 하던 문지기 놈이 중간에 술집에 들르는 바람에 행방을 찾지 못했습니다."

손끝으로 뒤통수를 긁으며 연신 고개를 숙이던 장물덕은 의자에 앉아 있는 을지문덕의 표정이 착 가라앉은 것을 보고 서둘러 옷섶 안에 넣어두었던 두루마리를 꺼내 을지문덕에게 바쳤다. 두루마리의 허리를 묶은 끈을 잡아당기자 주르륵 펼쳐지며 그림이 나왔다. 아궁이에서 타다 남은 숯으로 그린 듯 선들은 매우 거칠었다. 손끝으로 문지르면 가루가 묻어나올 것 같았다. 대신 뚜렷한 선과 음영이 눈길을 사로잡았다. 선과 선의 연결은 그대로 하나의 거대한 완결이었다. 눈앞에서 그 완결을 본 을지문덕은 무겁고 깊은 신음소리를 냈다.

"알아보실 수 있을지 모르겠습니다. 그림을 그릴 줄 아는 관노를 이틀이나 더 데리고 돌아다니는 바람에 관청의 속리가 머리끝까지 화가 났습니다요."

을지문덕은 손바닥을 살살 비비며 애처로운 표정을 짓는 장물덕에게 허리춤에 달린 작은 주머니를 풀어 던져주었다. 장물덕은 두 손으로 주머니를 받아 잽싸게 그 무게를 가늠하고는 소맷자락 안에 넣었다. 을지문덕 곁에 서 있던 이문진이 어깨 너머로 훔쳐본 두루마리 안의 그림을 보고 천천히 입을 열었다.

"이 그림의 주인공이 죽은 거타지의 시신을 찾으려 했던 겁니까? 아무런 연관이 없어 보이는데요."

"시신을 찾으려 한 이유는 둘 중 하나겠지. 정확한 사인을 알아내는 걸 방해하거나 아니면……."

"죽은 화공과 인척지간이라는 뜻이겠죠. 하지만 거타지는 가족이 없는 것으로 알고 있는데요."

"나도 그렇게 생각하네."

"여전히 뭔가를 놓치고 있는 것 같습니다."

"우리가 놓친 게 뭘까? 그는 왜 아무 연관도 없는 거타지의 시신을 찾으러 갔던 걸까?"

한숨을 쉰 을지문덕이 중얼거렸다.

"그건 당사자에게 직접 물어보면 되겠지."

두루마리를 힘껏 구긴 을지문덕이 대기 중이던 술간을 불렀다. 한걸음에 달려온 술간에게 을지문덕은 두루마리 안의 그림을 보여주며 간결하게 명령을 내렸다.

"가서 잡아오너라."

술간은 아무 말 없이 고개를 숙이고 밖으로 사라졌다. 두 사람은 믿을 수 없다는 듯 서로를 마주보았다.

칼날같이 곧게 편 손에 어깨를 맞은 역사가 얼굴을 찡그리며 뒤로 물러났다. 서로의 허리를 맞잡고 힘을 쓰는 씨름과 달리 수박은 발과 주먹을 써서 상대방을 공격한다. 따라서 저쪽에서 받은 고통의 무게가 고스란히 드러나게 마련이다. 가슴을 연달아 얻어맞은 역사가 굵은 콧수염을 손등으로 쓱 훔치는 척하면서 손을 내지르자 어깨를 얻어맞고 뒤로 물러났던 역사가 욕설을 내뱉으며 달려드는 것을 시작으로 싸움은 진짜가 되어버렸다. 가슴을 세차게 걷어차인 역사가 두 팔을 허우적거리며 뒤로 넘어졌다. 사람들은 더 이상 박수를 치거나 환호성을 지르지 않은 채 조용히 둘의 싸움을 지켜보았다. 씩씩거리며 상투를 풀어헤친 역사가 괴성을 지르며 달려들었다. 두 사람은 이내 한데 엉켜 황소처럼 씩씩대며 서로에게 주먹질을 해댔다. 주먹에 맞은 등과 어깨는 붉게 물들었고, 고통을 참는 두 사람의 신음소리는 점점 커졌다.

보다 못한 노인이 둘을 떼어놓기 위해 어깨를 잡고 뒤로 물러나라고 소리쳤지만 역부족이었다. 힘없이 뒤로 밀려나고 말았다. 어린아이의 머리통만 한 주먹을 불끈 움켜진 굵은 콧수염의 역사가 상대방의 얼굴을 있는 힘껏 가격했다. 얼굴이 돌아간 역사의 입에서 시뻘건 피가 터져나와 흙 위에 점점이 뿌려졌다. 피를 흘리고 쓰러진 역사의 위에 올라탄 굵은 콧수염이 쉴 새 없이 주먹질을 해댔다. 겁에 질린 노인이 펄쩍 뛰며 소리치자 다른 광대패들이 달려왔다. 그러나 가까이 다가설 엄두는 내지 못했다.

담징은 활짝 벌린 입에서 뚝뚝 떨어지는 상대방의 분노를 고스란히 느꼈다. 죽음과 맞닿아 있다는 두려움과 그 두려움을 억누르려는 마음이 가슴속에서 서로를 향해 이빨을 드러낸 채 으르렁거렸다. 떨리는 칼끝이 당장이라도 뺨을 뚫고 들어올 것 같았다.

"넌 처음 들어올 때부터 늙은이가 싸고돌았지. 백 년에 한 번 나올까 말까 하는 천재라면서. 네놈이 그림을 잘 그린다는 건 인정하지만 우리 도 그 노망난 늙은이 비위를 맞추기 위해 안 해본 일이 없다. 그런데 어 느 날 갑자기 나이도 어린 녀석을 싸고도는 걸 좋게 볼 사람이 어디 있 을 것 같아. 우리가 뭐 부처님 가운데 토막인 줄 알아?"

"그럼 저를 내쫓든 죽이든 그러면 될 일이잖아요. 왜 스승님을 죽인 거죠?"

담징은 상대방이 처음으로 머뭇거리는 것을 느꼈다. 어딘가에 있을 푸른 하늘을 믿는 담징은 다시 한 번 용기를 냈다.

"스승님이 입으로 붓을 빤다는 것을 아는 건 함께 일하는 우리들뿐 이죠. 스승님이 돌아가시고 누가 스승님을 죽였는지 고민하다가 널방 안의 벽화를 보는 순간 깨달았어요. 누가, 그리고 왜 죽였는지 말이죠."

"벽화를 보고?"

미심쩍다는 듯 어둠 속의 목소리가 물었다.

"널벽의 회칠이 마른 후에야 볼 수 있었죠. 어두운 곳에서 작은 불 빛에 의지하느라 자세히 확인하지는 못했지만 똑똑히 볼 수 있었어요. 그 벽에 스승님이 그렇게 돌아가신 이유가 남아 있더군요. 당신이 스승 님을 죽인 건 재물이나 증오심이 아니라 널방의 벽화 때문이었어요."

"그렇게 다 알아냈으면서 왜 도망쳤느냐? 덕분에 일이 좀 쉬워지기는 했지만 말이다."

"난 마음 내키는 대로 밥 먹듯 살인을 저지르는 당신이 아니니까요. 어차피 스승님은 돌아가셨고, 나만 조용히 사라져버리면 다들 잊어버릴 거라고 생각했어요."

어둠 속의 목소리는 아무 대답이 없었지만 칼은 여전히 뺨을 누르고 있었다. 어둠 속을 떠도는 축축한 습기가 공포 때문에 활짝 열린 땀구멍 속으로 빨려 들어가 담징의 온몸을 떨리게 만들었다. 뺨을 누른 칼날 덕분에 담징은 더 이상 허공을 올려다볼 수 없었다. 마음속의 푸른 하늘을 더 이상 볼 수 없게 된 담징은 축축한 땅에서 느껴지는 두려움이 점점 몸 안을 채워나가는 것을 느꼈다.

담징은 어둠 속에서 내려다보는 상대방이 비밀을 알고 있는 자신을 죽여서 입을 막을 것이라는 사실을 알고 있었지만 무거운 짐을 내려놓은 것처럼 마음은 가벼웠다.

온몸을 비비꼬고 있던 담징의 귀에 뭔가에 가로막힌 것 같은 늙은이의 쉰 목소리가 들렸다.

"미안하지만 그 늙은이를 죽인 건 내가 아니고 백선이야."

"뭐라고요? 설마."

말을 잇지 못하는 담징을 향해 목소리가 다시 키득거렸다.

"그 미친놈이 나까지 죽이려고 해서 붙잡아두었지."

"백선 형님이 여기 계실 리 없어요. 그분에겐 스승님을 죽일 이유가 ······."

"그 늙은이가 백선이 그린 그림을 모본 삼아서 그림을 그려놓고 약속한 대가를 주지 않았다고 하더군. 백선은 늙은이 말만 믿고 일꾼으로 여기 들어왔고 말이야."

"스승님께서는 그러실 분이 아니에요."

어느 순간 사라져버린 두려움 대신 미칠 듯한 분노가 올라와 결박당한 채 누워 있는 담징의 온몸을 덮쳐버렸다.

"이 재수 없는 놈아! 너처럼 십 년 걸릴 노력을 재능으로 퉁 치는 놈이 다른 사람 마음을 어떻게 알아? 대체 뭘 안다고 그렇게 단정하지? 우린 너처럼 천재가 아니야. 작은 일에도 상처받고 기억하고 미워하지. 넌 절대 모를 거다. 태어날 때부터 그 두 손에 재능을 움켜쥐고 나왔으니까!"

"당신을 죽이고 말 거야. 내 손으로 죽이고 말겠어."

분노한 담징의 외침에 어둠이 코웃음을 쳤다.

"저승으로나 가버려."

담징은 뺨을 누르던 칼날이 허공으로 올라가는 것을 느꼈다. 이제 칼은 숨통을 끊기 위해 목이나 가슴을 파고들 것이다. 격렬한 복수심에 몸을 움직여보았지만 얼굴을 누른 손 때문에 꼼짝도 할 수 없었다. 얼굴을 이리저리 뒤척이던 담징은 그 와중에 입안으로 미끄러져 들어온 상대방의 손을 힘껏 깨물었다. 뜨거운 비명을 삼키는 소리가 거칠게 허공을 할퀴었다.

두 역사의 싸움은 결국 피를 흘리고 쓰러진 한쪽 역사가 실신하는 것으로 끝이 났다. 승리한 굵은 콧수염은 피가 뿌려진 흙을 한 움큼 집어 들어 쓰러진 상대방의 몸 위에 뿌리면서 알 수 없는 말을 외쳤다. 몰려든 일꾼들은 곤혹스러운 표정으로 박수를 쳤다. 멀리서 지켜보던 광대패들이 우르르 몰려와서 아직도 정신을 차리지 못한 역사를 부축해서 사라졌다.

흥겨운 완함 소리는 여전했지만 아무도 즐거워하지 않았다. 하얀 가면을 쓴 원숭이를 어깨에 올린 광대가 사람들 앞에서 꾸벅 인사를 하더니 아무것도 없던 손바닥을 비벼서 붉은색 천을 만들어냈다. 어리둥절해진 사람들이 서로 얼굴을 마주보며 신기해하는 사이 어깨 위에 앉아 있던 하얀 가면의 원숭이가 붉은색 천을 낚아채서 뒤쪽에 있는 나무로 뛰어올라갔다. 원숭이는 작은 손으로 붉은 천을 나뭇가지에 꽃 모양으로 매듭을 지어서 묶었다. 그러더니 금세 나무를 타고 내려와 이번에는 아무것도 없는 빈 손이 만들어낸 노란 천을 받아들고 다시 나무로 올라갔다. 원숭이가 그렇게 몇 번 나무를 오르내리는 동안 앙상한 나뭇가지에 색색의 꽃들이 화사하게 피어났다. 일꾼들은 방금 전 벌어졌던 싸움의 잔혹함을 잊은 듯 나뭇가지에 천으로 만든 꽃들이 피어날 때마다 감탄사를 내뱉었다.

담징은 얼굴을 몇 대 얻어맞고서 물고 있던 손을 뺐어냈다. 천으로 가려진 상대방의 입에서 뿜어 나오는 증오의 냄새를 맡은 담징은 죽음을 각오한 채 눈을 감았다. 그 순간 벼락같은 고함소리와 함께 누군가가 눈앞의 상대방을 덮치는 소리가 들렸다. 뒤엉킨 두 사람이 벽에 부닥친 충격으로 머리 위에서 우수수 흙이 떨어졌다. 영문을 몰라 하는 담징의 귀에 누군가 급박하게 외치는 소리가 들렸다.

"어서…… 빠져나가…… 얼른……."

담징은 아무것도 볼 수 없었다. 하지만 씩씩거리는 숨소리의 뒤엉킴과 고통을 참는 듯한 억눌린 비명소리 덕분에 어떤 일이 벌어지고 있는지 짐작할 수 있었다. 이리저리 몸을 굴리던 담징은 등 뒤로 팔을 묶어놓았던 결박이 느슨해지자 한쪽 팔을 뽑아냈다. 손목이 불에 닿은 듯 화끈거렸지만 아픔 따위에 신경 쓸 때가 아니었다. 담징은 두 사람이 싸우고 있는 곳으로 짐작되는 데로 갔다. 하지만 그와 동시에 아랫배에 거센 충격을 느끼며 그 자리에 주저앉고 말았다. 아무것도 보이지 않는 어둠 속으로 손을 뻗자 피에 젖어 미끈거리는 손이 잡혔다. 목을 다쳤는지 헉헉대는 숨소리 사이로 가느다란 목소리가 흘러나왔다.

"어서 도망쳐, 빨리……."

상처 입은 목소리의 헐떡거림이 끝나기도 전에 다른 목소리가 복잡한 감정이 뒤엉킨 어둠을 갈랐다.

"다 죽일 거야. 다 죽일……."

탁탁거리는 소리와 함께 작은 불꽃들이 바닥으로 떨어졌다. 담징은 상대방이 왜 부싯돌을 당기는지 짐작조차 할 수 없었다.

상처 입은 목소리의 포효가 저주 어린 목소리를 덮쳤다. 두 개의 억눌린 비명소리가 몸통을 감은 현무의 머리처럼 어지럽게 얽혀들었다. 누군가에게 떠밀려 벽을 가로지르는 나무기둥에 머리를 부닥친 담징은 통증과 현기증 때문에 비명도 지르지 못한 채 뒤통수를 손으로 감싸 쥐었다. 간신히 신음을 참고 있는데 어깨에 빛이 떨어졌다. 뒤엉킨 두 사람의 주먹과 몸이 벽에 닿으면서 진동을 일으킬 때마다 머리 위의 빛이 조금씩 커졌다. 양쪽의 싸움은 상처 입은 목소리의 패배로 끝이 나는 것 같았다. 그 목소리가 마지막 힘을 쥐어짜내 소리쳤다.

"위쪽이야! 어서 올라가."

담징은 목소리가 시키는 대로 위쪽으로 손을 뻗었다. 우수수 쏟아지는 흙더미 사이로 햇살이 비춰들었다. 담징은 순간 그 강렬함에 눈을 감고 말았다. 바로 그때, 아랫배로 무엇인가가 파고들었다.

백회기악의 마지막은 머리를 틀어 올린 여섯 여인의 합창으로 끝이 났다. 죽은 자의 넋을 기리고 부귀한 삶이 사후에도 이어지도록 기원하는 노래가 끝나자 사람들은 너 나 할 것 없이 붉게 물든 눈시울을 손가락으로 훔쳐냈다. 여인들이 손등을 완전히 덮을 정도로 긴 소맷자락을 날개처럼 펄럭이며 노래를 마무리하자 넋을 잃고 바라보던 일꾼들이 발을 구르며 박수를 쳤다. 여인들도 긴 소매에서 뽑아낸 손바닥을 검고 둥근 점이 박혀 있는 주홍색 두루마기에 비비며 기쁜 표정을 지었다. 동료들과 어깨동무를 한 채 인사하는 여인들을 바라보던 키 작은 일꾼 하나가 뜨거워진 눈시울을 식히기 위해 고개를 돌렸다. 움막 뒤쪽에서 연기가 피어오르고 있었다.

"어이, 저기 좀 봐. 밥 짓는 연기는 아니겠지?"

그의 팔꿈치에 옆구리를 찔린 사내는 어이없다는 듯 대답했다.

"아직 해가 창창한데 무슨 놈의 밥이야."

"저길 좀 보라니까."

키 작은 동료의 재촉에 짜증을 내며 고개를 돌린 일꾼은 움막 뒤쪽에서 솟아오르는 하얀 연기를 보고 벌린 입을 다물지 못했다. 어느새 거칠어진 연기가 하늘로 솟구쳤다. 붉은 불길을 품은 채 점점 더 짙은 연기를 사방에 퍼트리고 있었다.

"불이야!"

단말마의 외침에 일꾼들은 꿈에서 막 깬 듯 몽롱한 시선을 돌렸다. 그제야 사태를 파악한 일꾼들은 짐을 놓아둔 움막에 불이 옮겨 붙을지 모른다는 생각에 앞을 다투며 언덕을 내려갔다. 연기는 점점 거세져 이제 곧 움막을 완전히 뒤덮을 기세였다.

아랫배에 박힌 칼날이 빠져나가는 것과 동시에 담징은 입에서 피를 토해냈다. 칼이 뚫고 나간 아랫배로 쓰라린 바람이 밀려들어와 뱃속을 헤집었다. 두 다리가 미친 듯이 떨리며 제멋대로 바닥을 긁었다. 어둠 속에 있다는 사실이 그나마 다행이었지만 상처와 입에서 흘러나온 피의 끈적거림과 매캐한 피 냄새는 보이지 않는 두려움으로 그의 목을 휘감았다.

피 묻은 손이 그의 목을 움켜잡았다. 본능적으로 고개를 흔든 담징은 쉭 하는 소리와 함께 귓가를 스치고 지나간 칼날이 흙으로 된 벽에 박히는 걸 느꼈다. 부스러진 흙의 자글거림이 죽음을 눈앞에 둔 귓가에 울렸다. 피 묻은 손이 다시 그의 목을 붙잡았다. 이번에는 도무지 빠져나가지 못할 것 같았다. 하지만 숨이 막힐 정도로 눌러대던 피 묻은 손은 곧 사라져버렸다. 상처 입은 목소리의 낮은 으르렁거림 사이로 그릇 깨지는 소리가 들려왔다. 아직도 피가 흘러나오는 아랫배를 움켜쥔 담징은 코를 찌르는 기름 냄새를 맡고 온몸이 굳어졌다. 어찌할 바를 모르고 있던 그에게 상처 입은 목소리가 절규했다.

"위로 올라가. 어서 가란 말이야!"

위쪽의 흙이 무너지면서 좀 더 많은 틈이 생겨났다. 칼에 맞아 찢긴 상처처럼 길게 갈라진 틈으로 피 대신 빛이 스며나왔다. 담징은 아직 움직일 수 있는 두 팔로 머리 위로 벌어진 틈을 잡아당겼다. 손에 잡힌 얇은 판자가 종잇장처럼 부서졌다. 그 바람에 밖으로 나갈 수 있는 틈이 생겼다. 담징은 피가 들러붙은 손을 뻗었다. 환한 태양빛이 손에 잡혔다. 담징은 양손으로 벽을 더듬어보았다. 그러나 굴뚝처럼 만들어진 틈엔 잡을 만한 곳이 없었다. 손아귀에서 힘없이 부서진 흙들을 던져버린 담징은 마침내 굴뚝같은 통로 중간에 튀어나온 나무뿌리 비슷한 것을 붙잡을 수 있었다. 담징은 바깥으로 난 좁은 통로로 나가려고 힘을 주다가 발목을 붙잡은 상대방의 오싹한 웃음소리를 들었다.

"아무도 못 나가. 다 죽는 거야. 다 함께 죽는 거라고……."

킬킬대는 웃음소리는 점점 더 높아지고 빨라졌다. 간신히 손길을 뿌리친 담징은 미친 듯 비명을 지르며 햇빛을 향해 손을 뻗었다. 발 아래쪽의 어둠은 급속히 세를 늘린 눈부신 빛에 밀려 자취를 감추기 시작했다. 순간 발끝에 손가락과 웃음소리가 닿는가 싶었다. 담징은 거센 발길질로 그것들을 뿌리쳤다. 바깥으로 나가고 싶었다. 어서 바깥으로 나가 환한 햇빛과 깨끗한 숨을 한 모금 들이마시고 싶었다. 그 간절함이 상처입고 지친 그의 몸을 조금씩 바깥으로 밀어주었다. 기름에 불이 옮겨 붙은 듯 지직거리는 소리와 함께 열기가 소용돌이치며 그를 따라 밖으로 나가기 위해 아우성쳤다.

천막 안에 무언가 떠돌고 있는 것 같다고 이문진은 생각했다. 살인에 대한 대답이 될 수 있는 진실이 긴 꼬리를 흐느적거리며 그들의 주변을 날아다니고 있었지만, 얄밉게도 손을 뻗을 만한 틈은 주지 않았다. 그저 주변을 빙빙 맴돌 뿐이었다. 이문진은 조용히 중얼거렸다.

"제자들은 스승을 미워했고, 스승은 제자의 그림을 가로챘다."

"화가 난 제자가 스승을 독살했지. 구박받고 천대받은 데 대한 서글픔과 더불어 자신의 재능을 앗아갔다는 미움 때문에……."

이문진의 말을 받은 을지문덕이 이마 위에 헝클어진 머리카락을 쓸어 넘겼다.

"그렇다고 해도 두 번째 살인은 이해가 안 갑니다. 널방의 벽에 회칠이나 해주는 장인을 죽일 이유가 있을까요?"

"비밀이야."

이문진의 어깨에서 손을 뗀 을지문덕이 무언가에 끌리듯 앞으로 나아가며 입을 열었다.

"무언가를 감추기 위한 비밀, 그렇지 않았다면 독살로 스승을 죽일 정도로 치밀한 자가 그렇게 급박하게 사람을 죽일 필요는 없었겠지."

"하지만 그자가 무슨 비밀을 알고 있었을까요? 고작해야 회칠을 해 주는 장인이었는데요."

"그자가 하는 일이 아니고 그자가 알고 있거나 무의식중에 내뱉은 말 때문일 수도 있어. 죽은 자도 그것이 비밀인 줄 모르고 있었을 테고, 우리 또한 몰랐으나 살인자는 알고 있었던 것 말일세."

"우리가 죽은 막두지와 마주친 건 첫날 저녁에 열린 잔치 때뿐입니다. 그때 그자는 술에 취해서 횡설수설했고 말입니다."

두 사람은 약속이나 한 듯 그림이 쌓여 있는 곳으로 걸어갔다. 그러고는 가득 쌓인 두루마리를 물끄러미 쳐다보았다. 마치 그 안에 살인에 대한 비밀이 숨겨진 것처럼……

"그때 막두지가 무슨 말을 했는지 기억나나?"

을지문덕은 당장이라도 그림 밖으로 뛰쳐나올 것처럼 으르렁거리는 사신들을 들여다보며 얼굴을 찡그렸다. 이문진 역시 각각의 사신들에게서 영험함과 신성함보다는 음습함과 흉폭함만을 읽어내는 중이었다.

"벽에 칠하는 석회를 많이 썼고, 비용을 빨리 달라는 말 정도였는데요."

"그래 맞아. 벽화를 한 번 더 그릴 정도로 많이 썼다고 했지."

"하지만 널방의 벽에는 이미 사신들이 그려져 있었습니다."

"맞아, 사신들이 이미 그려져 있었지."

을지문덕은 탁자 위에 가득 쌓인 모본들을 뚫어지게 쳐다보며 중얼거렸다. 무언가에 끌린 듯 그곳으로 걸어가더니 흘러가는 구름을 뒤로 한 채 유유히 떠 있는 청룡을 그린 두루마리 위에 붉은 불꽃을 등에 단 백호가 그려진 두루마리를 올려놓았다. 언뜻 의미 없어 보이는 행동이었다. 그 모습을 바라보던 이문진에게 문득 과거의 일들이 떠올랐다. 처음에는 회색빛 안개 너머로 흐릿하게 보이던 그림자 같았지만 안개들이 걷히면서 선명하게 보였다. 묽은 핏빛으로 타오르는 불빛 아래 창백한 벽이 보였고, 누군가 들어갈 것처럼 벽 앞에 눈을 바짝 붙이고 있었다. 메아리 같은 울림이 들렸다. 눈에 고스란히 달라붙은 당혹스러움을 달고 이문진은 기억 속으로 들어갔다.

─왜 담징은 벽화를 들여다보고 당혹스러워했던 것일까?

"뭔가 몰랐던 것을 찾은 거야."

─그것이 살인과 연관되어 있을까?

"그건 모르겠지만 담징은 벽화를 자세히 본 직후 사라져버렸어. 무언가가 담징을 쫓아낸 거야."

─그게 뭐지? 사신도 안에 대체 뭐가 들어 있었기에 도망쳤을까?

"몰라, 하지만…… 담징은 뭔가를 발견했고, 그것 때문에 도망친 거야."

-도망친다면 그때까지 벌어진 살인에 대한 혐의를 뒤집어쓴다는 것쯤은 잘 알고 있었을 텐데…….

"막두지처럼 원치 않았거나 혹은 자신도 모르는 사이에 살인에 대한 물증을 알게 된 것은 아닐까?"

-스승을 죽인 자를 알게 되었는데 왜 도망친 걸까? 자기는 그것 때문에 누명까지 썼는데. 그 단서라는 게 대체 뭘까?

"무덤 속의 벽화, 석회가 많이 쓰였다고 말한 막두지의 죽음, 벽화, 죽음, 벽화, 죽음, 죽음, 죽음, 죽음……."

"밖에 무슨 일이 벌어진 모양이군."

곁에 있던 을지문덕의 말에 퍼뜩 생각에서 깨어난 이문진은 천막 입구를 열고 들어선 술간을 쳐다보았다. 창백한 얼굴의 술간이 짧게 입을 열었다.

"움막 쪽에서 불이 났습니다."

담징은 발목을 휘감는 뜨거운 불길을 느꼈다. 좁은 곳을 맴돌며 소용돌이치는 불길의 타닥거림 안에서 사람들의 삶이 녹아내리는 끔찍한 비명소리가 섞여 나오는 것 같았다. 양손으로 꼭 움켜쥐고 있는 나무뿌리는 당장이라도 뽑혀나갈 것처럼 흔들렸고, 발밑의 불길은 그를 빨아들이기 위해 후르륵거렸다. 담징은 툭툭거리며 부서지는 흙덩어리가 눈에 들어가면서 차츰 시야가 흐려졌다. 더 이상 하늘이 보이지 않았다. 화창하고 환한 태양이 빛을 잃었을 즈음 담징은 뽑혀나가는 나무뿌리와 함께 열기로 가득 찬 저 아래로 떨어졌다. 눈을 감으며 세상과 작별인사를 하는 순간 누군가 자신의 팔목을 거세게 붙잡았다. 담징은 그 힘에 눈을 떴다. 바깥쪽에서부터 손을 뻗은 욱도해가 그의 팔목을 꽉 잡고 있었다.

"눈 떠, 꼭 붙잡아."

담징은 욱도해의 머리 뒤로 일꾼들의 모습을 보았다. 수없이 많은 눈들이 햇살을 대신해서 그를 내려다보고 있었다. 담징은 나무뿌리가 뽑혀진 틈새로 손가락을 밀어 넣었다. 차가운 돌이 손톱 사이로 파고들었지만 담징은 손끝에 준 힘을 풀지 않았다. 다시 몇 개의 손이 그의 어깨와 팔을 잡아끌었다. 담징은 천천히, 발아래 심연의 죽음으로부터 벗어났다.

조심스럽게 끌어올려진 담징은 바깥으로 나와서야 자신이 갇혔던 곳이 석회를 수화시키기 위해 파놓은 물웅덩이 바로 옆 깊은 땅속이라는 사실을 알아차렸다. 안으로 통하는 입구는 석회를 굽기 위해 만들어놓은 가마의 발 풍로에 가려져 있었다. 바닥에 길게 누운 담징은 방금 전 그가 빠져나온 통로를 타고 솟구치는 불길을 바라보았다. 붉은색 모래나 자갈 따위로는 흉내조차 낼 수 없는 아름답고 선명한 불길이 살아 있는 것처럼 흐느적거렸다.

"대체 무슨 일이야?"

구덩이에 빠진 맹수처럼 울부짖던 불길은 차츰 약해졌지만 짙은 연기는 여전했다. 담징은 그의 팔을 잡고 흔드는 욱도해에게 뭔가 대답하려고 했지만 죽음으로부터 막 빠져나온 그의 몸은 뜻대로 움직이지 않았다. 담징이 애써 입을 열려는 순간, 주위에 몰려 있던 일꾼들이 땅이 꺼진다고 소리쳤다. 웅웅대며 흔들리던 땅은 찢어지는 소리와 함께 푹 가라앉았고, 석회를 띄우기 위해 파놓은 웅덩이 물도 더 깊은 땅속으로 쏟아져 들어갔다. 땅이 갈라지면서 언뜻 모습을 드러냈던 불의 몸통은 물과 섞이면서 미친 듯한 비명과 함께 자욱한 입김을 뿜어냈다. 맹렬했던 불길은 순식간에 사그라지고 물 위에 뜬 나무 조각에 올라탄 작은 불씨들만 겨우 살아남았다.

몸을 일으킨 담징은 찢어진 땅을 내려다보았다. 급류처럼 요동치던 물결이 무언가를 뱉어냈다. 흙빛이 된 얼굴로 눈앞의 광경을 바라보던 일꾼들은 물결에 이리저리 뒤집히는 그 무엇인가를 보고는 입이 달라붙었다. 한 팔로 담징을 잡고 있던 욱도해는 눈앞의 광경을 보고 믿을 수 없다는 듯 고개를 저었다.

"대체 저 시신들은……."

그 순간 뒤늦게 나타난 마량이 물이 부글거리는 웅덩이 안으로 뛰어들었다. 첨벙거리는 소리와 함께 사방으로 물이 튀었다. 허리까지 차오르는 물을 헤치고 시신 쪽으로 걸어간 마량이 시신을 뒤집었지만 불에 그을고 녹아버린 얼굴은 형체만 겨우 남았을 따름이었다. 시신을 내려다보던 마량이 누군지 알 수 없다고 손짓했다. 욱도해의 시선을 받은 담징이 힘없이 대답했다.

"한 명은 미오고, 다른 한 명은 백선 형입니다."

"뭐라고? 백선…… 그리고 미오는 왜? 저 밑의 굴은 또 뭐고?"

멀리서 달려오는 을지문덕과 이문진을 본 담징은 횡설수설하는 욱도해를 놔두고 걸음을 옮겼다. 일꾼들 틈에 서 있던 마량과 몽부가 절뚝거리며 걸어가는 담징을 쳐다보았다.

을지문덕과 이문진은 일꾼들 사이를 헤치고 천천히 걸어오는 담징을 보았다. 연기에 그을린 옷에서 희미한 입김 같은 연기가 조금씩 느리게 새어나오고 있었다. 이문진은 담징의 초점 없고 흐릿한 눈을 향해 물었다.

"왜 사라졌던 것이냐? 그리고 그 안에는 왜 들어간 것이고?"

"진실이 두려워서 도망쳤습니다. 하지만 숨을 곳이 없더군요."

"진실? 그럼 살인자가 누구인지 알고 있다는 말이냐?"

"네, 다 말씀드리겠습니다. 누가 스승님을 죽였는지요."

느리게 말을 마친 담징은 무너지듯 천천히 앞으로 쓰러졌다. 바닥에 쓰러진 담징의 맥을 짚은 이문진이 을지문덕에게 말했다.

"혼절한 것입니다. 일단 안으로 옮겨야겠습니다."

"내 천막으로 데리고 가지."

가병들 중 하나가 쓰러진 담징을 등에 업었다. 의식을 잃은 담징을 등에 엎은 가병은 좌우로 물러서는 일꾼들 사이를 헤치고 을지문덕의 천막으로 달렸다. 이문진은 우두커니 선 일꾼들 사이에서 욱도해를 발견하고는 그쪽으로 발걸음을 옮겼다. 자신을 향해 다가오는 이문진을

보고 욱도해가 슬며시 자리를 피하려 했지만 이문진에게 팔을 잡히고
말았다.

"저 아이가 왜 다시 돌아온 건가?"

"저도 물어봤습니다만 제대로 대답해주지 않았습니다."

욱도해는 고개를 살짝 저으며 팔을 뿌리치려고 했다. 그러나 이문진
은 그의 팔을 잡고 아직도 연기와 열기가 가라앉지 않은 구덩이 쪽으
로 갔다.

"저 구덩이는 뭔가? 입구를 가마에 바람 넣는 발풍로 아래 만든 걸
보면 은밀하게 작업한 것 같은데."

"여기는 죽은 막두지의 일터였습니다. 물어보려면 그 사람한테 물어
보시지요."

"이것 때문에 막두지가 죽은 건가? 이 구덩이의 비밀을 지키기 위해
서?"

"그걸 왜 저한테 물어보십니까? 전 아무것도 모릅니다."

이문진의 팔을 힘껏 뿌리친 욱도해가 늘어진 어깨자락을 추스르며
차갑게 대꾸했다.

"거타지가 쓸 석회가 바뀌치기 된 것은 알고 있었지 않은가?"

"그거야 손이 부은 걸 보고 알아챈 것뿐입니다. 강회와 소석회를 구
분하지 못해서 손을 데는 경우는 종종 있었습니다."

"저런 은밀한 구덩이 안에도 종종 있는 일인가? 물에 뜬 저 시신들
은 대체 뭔가?"

이문진은 갈라진 땅속에 고여 있던 물이 차츰 빠지는 것을 지켜보며 물었다. 불에 탄 나무 조각들과 함께 흙탕물을 요동치던 두 구의 시신들은 차츰 자리를 잡아갔다. 새까맣게 타버린 얼굴과 몸통에 죽는 순간의 고통이 고스란히 남아 있었다. 흉측하게 일그러지고 녹아내린 입술로 들어갔던 흙탕물을 도로 뱉어낸 시신들은 황토색 진흙을 뒤집어 쓴 채 천천히 바닥에 내려앉았다. 가장자리의 흙이 조금씩 안쪽으로 떨어지면서 상처입지 않은 땅에 흠집을 냈다. 조심스럽게 뒷걸음질을 친 이문진이 옆에 선 욱도해에게 물었다.

"저 둘은 누구냐?"

"담징이 말하기를 한 명은 미오고, 다른 한 명은 백선이라고 했습니다."

"백선?"

"네, 이 년 전쯤 술집의 기녀한테 빠져서 스승님에게 쫓겨났던 자였습니다. 일꾼들 틈에 섞여 있었던 것 같습니다."

일꾼들이 긴 장대를 구해 와서 시신들을 이리저리 찔러보았다. 장대 끝을 피해 뒤뚱거리던 시신들은 구석으로 흘러갔고, 기다리고 있던 다른 일꾼들이 밧줄과 낫으로 시신들을 끌어올렸다. 나이 어린 일꾼들 몇몇이 아래로 뛰어내려 시신들을 들어올렸다. 축 늘어진 채 물을 쏟아내던 시신들이 거적 위에 내려지자 코를 싸 쥔 늙은 일꾼들이 시신 위에 다른 거적을 가져다 덮었다. 가려지지 못한 발과 머리카락에 죽음의 잔해들이 묻어났다. 일꾼들은 더 없이 불길한 얼굴로 수군거렸다.

이문진은 무너진 땅을 돌아 시신들이 누워 있는 곳으로 다가갔다. 그 곁에서 낮게 말을 주고받던 일꾼들이 이문진을 보더니 슬금슬금 자리를 피했다. 거적을 걷어낸 이문진은 시신들의 일그러진 입술 사이에서 천천히 흘러나오는 연기를 보고 뱃속 깊은 곳에서 구역질이 치미는 것을 느꼈다. 한쪽 무릎을 꿇은 채 흙탕물을 뒤집어 쓴 시신들을 내려다보던 이문진이 작은 나뭇가지로 시신의 팔을 힘껏 찔렀다. 찌익 하는 소리와 함께 살은 잘 익은 고깃덩어리처럼 기름기 섞인 즙을 토해냈다. 멀리서 그 광경을 지켜보던 일꾼들 몇 명이 손으로 입을 가린 채 어디론가 뛰어갔다. 시커먼 즙이 묻은 나뭇가지를 집어던진 이문진에게 술간이 뛰어왔다.

"박사님, 주활 어르신께서 찾으십니다."

"알겠다. 담징의 의식은 돌아왔느냐?"

"아직입니다. 시동 말이 물을 입에 넣어주니까 뭔가 중얼거리는 했는데 제대로 알아듣지 못했답니다."

고개를 저은 술간의 말에 담징은 무릎에 묻은 흙을 털며 시신들을 턱으로 가리켰다.

"지난번 막두지의 시신을 놓아두었던 곳에 가져다놓게."

시체에서 풍겨 나오는 냄새 때문에 얼굴을 찌푸린 술간이 물었다.

"그렇게 하겠습니다. 그런데 저 둘은 물에 빠져 죽은 겁니까? 아니면 불에 타 죽은 겁니까?"

"시신의 몸이 불에 심하게 그슬린 것으로 봐선 불이 먼저인 것 같네.

그리고 시신의 손바닥을 좀 살펴봐주겠나?"

"손바닥에 있는 뭘 확인하면 되겠습니까?"

주저하는 부하들에게 소리 없이 인상을 쓴 술간이 이문진의 말에 반문했다.

"왼손잡이인지 아닌지만 확인해주게. 둘 다 손을 많이 쓰는 일을 했으니 손바닥의 굳은살을 보면 알 수 있을 거야."

"알겠습……."

대답을 하던 술간의 시선이 이문진의 어깨 너머로 날아갔다. 술간의 시선을 따라 고개를 돌린 이문진은 온몸을 휘감고 지나가는 전율에 이빨을 딱딱거렸다. 먼저 입을 연 것은 술간이었다.

"드디어 오는군요."

"아직 약조한 날이 하루 더 남았네. 너무 염려하지 말고 부하들을 시켜서 정중하게 맞이해주게. 난 주활 어르신께 가보겠네."

"그리하겠습니다."

이문진은 옆으로 물러선 술간의 등 뒤로 보이는 먼지구름을 흘끔거렸다. 동부 연씨 가문의 검은색 깃발이 달리는 말들이 만들어낸 흙먼지의 바다를 기세 좋게 가르며 가까이 오고 있었다.

🐎

천막 안으로 들어선 이문진은 일부러 불을 꺼놓았는지 완곡하게 내려앉은 어둠 속에 자리 잡고 있는 두 사람을 바라보았다. 침상에 누워 턱밑까지 이불을 뒤집어 쓴 담징의 얼굴은 온통 땀에 젖은 채 떨리고 있었다. 침상에 바짝 붙어 앉아 있던 을지문덕이 어깨 너머로 고개를 돌리고는 힘없는 눈길로 이문진을 바라보았다.

"연태조가 오고 있습니다. 아무래도 직접 만나보셔야 할 것 같습니다."

을지문덕은 아무 대답 없이 고개를 끄덕거렸다. 밖에서 대기하고 있는 시종들을 부르려던 이문진에게 을지문덕이 말했다.

"담징이 아까부터 계속 중얼거리더군."

"뭐라고 합니까?"

"벽화 속에 죽음이 있다. 무덤 속에 죽음이 있다, 라고 말이야."

"무덤의 벽화 속에 살인에 대한 답이 있다는 뜻입니까? 하지만 거긴 이미 두 번이나 들어가서 봤는데요. 아무것도 없었습니다."

이문진의 말에 을지문덕은 지치고 초조한 눈을 들어 이문진을 똑바로 쳐다보았다. 그러고는 확신에 찬 목소리로 얘기했다.

"아무것도 없었던 게 아니라 우리가 못 본 것뿐이었다네."

"뭘 못 보았다는 말씀이십니까? 그게 뭔지는 알아내신 겁니까?"

"아직은 모르겠어. 하지만 우리가 모르고 넘어간 게 분명히 있네."

"이제 오늘 하루밖에 남지 않았습니다. 내일 해가 뜨자마자 연태조가 달려와서 살인범을 찾아내라고 할 겁니다."

반쯤은 포기한 것처럼 보이는 을지문덕에게 답답함을 느끼던 이문진은 문밖에서 들리는 우렁찬 군호 소리에 고개를 돌렸다. 천막 입구가 열리면서 이제 막 식어가는 태양빛과 함께 누군가 어깨를 숙이고 들어섰다.

"귀가 간지러운 걸 보니 누가 내 얘기를 한 모양이군."

쾌활한 연태조의 목소리가 어둠에 지친 천막 안에 울려 퍼졌다. 두 사람은 한쪽 발을 뒤로 뺀 채 무릎을 굽혔다.

"내 부하가 그러던데, 이쪽에서 굵은 연기와 불꽃이 오르더니 마치 지진이 난 것처럼 땅이 꺼졌다고 말이오. 무슨 일이 벌어진 거요?"

"저희도 창졸간에 겪은 일이라 지금 진상을 파악하고 있는 중입니다."

"시체가 발견되었다는 말이 있던데 사실이오?"

빈 의자에 털썩 주저앉은 연태조가 팔짱을 낀 채 을지문덕에게 재차 물었다. 전쟁터에 나가는 것처럼 차려입은 찰갑이 의자의 등받이와 닿으면서 끼긱 소리를 냈다.

"지금 신원을 확인 중입니다."

"난 온달장군의 무덤을 더럽힌 살인자만 잡으면 족하오. 그런데 너무 많이 죽는군."

살짝 인상을 찡그린 연태조가 짓궂은 표정으로 을지문덕을 쳐다보았다.

"살인자가 살인을 숨기기 위해 계속 일을 저지르고 있습니다."

"살인을 숨기기 위해 살인을 저지른다? 주활은 저 미천하고 어리석은 백성들을 너무 높이 쳐주는 것 같구려……."

"행색이 남루하고 출신이 미천하다고 본성까지 사라지는 건 아닙니다. 살의를 불러일으킬 정도의 욕구나 욕망은 사람이라면 누구나 다 가지고 있는 법입니다."

곧게 몸을 일으킨 을지문덕이 방금 전의 약한 목소리와는 비교할 수 없을 정도로 굵고 날카로운 목소리로 대꾸했다. 팔짱을 낀 채 의자의 등받이에 몸을 맡기고 있던 연태조도 자리에서 일어났다. 비쩍 마른 을지문덕 앞에 선 연태조가 히죽 웃었다.

"시간이 조금 더 있다면 주활의 생각을 듣고 싶네만 내 천리마가 다 나았네. 내일 아침이면 돌아가야 할 텐데 그때까지 널방 안에서 거타지를 죽인 자를 찾아낼 수 있소?"

"살인자는 이미 죽었습니다."

"오호……."

한쪽 입술을 비틀어 올린 연태조가 기름을 발라 잘 다듬은 콧수염을 손가락으로 만지작거리며 을지문덕을 바라보았다.

"주활답지 않게 비겁하군. 죽은 자에게 죄를 덮어씌우다니."

"나머지는 저 아이가 깨어나면 알 수 있을 겁니다. 그때까지만 참아 주신다면 진실을 밝혀드리겠습니다."

몸을 비틀어 뒤쪽의 담징을 바라본 을지문덕이 말했다.

"저 아이도 살인자처럼 깨어나지 못하면 이제 이번 일은 영원히 밝혀지지 않는 것이요?"

"그럴 리가 있겠습니까? 내일이면 사찰로 불공을 드리러 가신 평강 공주님께서 돌아오실 겁니다. 반드시 온달장군님의 영혼이 잠들 무덤 안의 널방을 죽음으로 더럽힌 자가 누구인지 밝혀내겠습니다."

여전히 한쪽 입술을 비틀어 올린 연태조가 을지문덕의 눈을 뚫어지게 쳐다보았다. 눈 속에 담긴 무언가를 찾아내기 위해 집요하게 쳐다보던 연태조가 냉혹한 눈을 거두었다.

"좋소. 내일까지는 기다리지. 하지만 내일은 죽은 시체에게 책임을 지우지는 못할 거요."

"염려 마십시오."

짤막하게 대답한 을지문덕이 눈앞의 연태조에게서 시선을 거두고는 다시 담징을 쳐다보았다. 숨 막히는 고요함 속에 서 있던 연태조가 기세 좋은 헛기침을 하며 몸을 돌렸다.

"잠시만 찬노를 불러주시겠습니까?"

등을 돌린 을지문덕의 말에 막 밖으로 나가려던 연태조의 얼굴이 굳어졌다. 담징이 누워 있는 침상 쪽으로 몸을 굽힌 을지문덕을 노려보는 연태조의 눈이 분노로 이글거렸다. 그러나 을지문덕은 못 본 척 고개를 돌리지 않았다. 결국 밖으로 사라진 연태조가 기다리고 있던 부하들에게 찬노를 찾아오라고 호통치는 소리가 들렸다.

신경질적인 말울음 소리가 멀어져갈 때까지 꼼짝하지 않던 이문진이 침상에 몸을 기울이고 있는 을지문덕에게 다가갔다. 침상에 이마를 댄 채 식은땀을 흘리던 을지문덕은 가까이 다가온 이문진을 향해 힘겹게 고개를 들었다.

"대체 뭘 믿고 그렇게 큰소리를 치신 겁니까?"

"놀라지 않더군."

"그게 무슨 말입니까?"

"담징 말일세. 도망쳤던 사람이 갑자기 나타나서 내 침상에 누워 있는데 놀라지 않았어."

"그 말은……."

믿을 수 없다는 듯 작게 중얼거린 이문진과 을지문덕의 시선이 거의 동시에 침상 머리맡에 놓여 있는 두루마리로 향했다. 쓰디 쓴 입맛을 다신 을지문덕이 시선을 거두며 말했다.

"직접 들어보는 게 좋을 듯싶군."

그때 가느다란 신음소리를 내던 담징이 숨 막힐 것 같은 기침소리를 냈다. 서둘러 손목의 맥을 짚으려던 이문진은 담징이 중얼거리는 소리를 들었다.

"무덤 속에, 벽화 속에 죽, 죽음이 있어요. 벽화 안에 죽음이……."

칼을 찔린 병사의 숨 막힘처럼 거칠던 담징의 목소리가 차츰 잦아들었다. 땀에 젖은 이마에 손을 갖다 댄 이문진은 손에 묻은 땀을 털면서 몸을 일으켰다.

"충격을 너무 많이 받아서 실신한 것 같습니다. 언제 깨어날지는 아무도 모릅니다."

"연태조의 말대로 아예 눈을 뜨지 못할 수도 있는 건가?"

"맥이 뛰고 있고, 숨도 붙어 있으니 그러지는 않을 겁니다. 하지만 오늘 저녁에 눈을 뜨지 아니면 내일 새벽이나 늦은 오후에 눈을 뜰지는 장담할 수 없습니다."

바로 그 순간 을지문덕은 자리에서 벌떡 일어나 모본들이 쌓여 있는 탁자 쪽으로 걸어갔다. 황급히 뒤따른 이문진에게 을지문덕은 두 개의 모본을 겹쳐 보이며 중얼거렸다.

"벽화 속에 죽음이라……"

"답을 찾아내셨습니까?"

"아직은…… 구덩이 안에서 죽은 자가 미오와 백선이라고 했나?"

"네, 욱도해가 그렇게 들었다고 했습니다."

"미오는 알겠는데 백선은 누구지?"

"거타지에게 쫓겨난 화공이라고 했습니다. 일꾼들 중에 섞여 있었답니다."

"왜?"

이문진은 생각을 잡기 위해서 이를 악문 을지문덕의 양쪽 뺨 아래쪽에 주름이 잡히는 것을 보았다. 생각의 끈을 놓치지 않기 위해 안간힘을 쓰는 을지문덕의 얼굴도 점점 창백해졌다.

"그건 욱도해도 잘 모른다고 했지만, 아무래도……"

이문진이 싱긋 웃으며 겹쳐진 모본을 손가락으로 가리켰다.

"저것과 관련 있지 않을까요?"

"죽은 백선이라는 자가 여기 이 모본들을 그렸다고 생각하나?"

"제 예상이 틀리지 않는다면 주활 어르신께서도 저와 같은 생각을 하고 계신 줄 압니다만……."

"백선이 여기 이 모본들을 그렸다면 거타지의 죽음이 설명된다. 자기들을 제치고 쫓겨난 제자에게 일을 맡겼다면 좋아할 사람이 없겠지."

"하지만 그게 살인과 연결될까요? 더군다나 제자들 중 한 명이 죽었다는 것은 전부터 짐작하고 있었던 사실 아닙니까?"

"담징은 도망쳤다가 돌아왔네. 우리는 그 이유를 모르지만 동료들은 잘 알고 있었을 거야. 특히 살인자라면 말이야."

겹쳐진 모본을 탁자에 내려놓으며 을지문덕이 말했다. 번뜩이는 그의 눈빛이 어둠에 깃들기 시작한 천막을 관통했다.

"그럼 구덩이 안에서 죽은 두 명 중 한 명이 살인자라는 뜻입니까?"

"일단 먼저 사라졌던 백선은 아니야. 그렇다면 그를 가둬두고 나에게 오려던 담징까지 붙잡았던 자가 이번 사건을 저질렀다고 봐야지."

"미오가 이 일을 저질렀다고 보기엔 미심쩍은 구석이 너무 많습니다. 미오는 욱도해나 마량처럼 스승이 죽는다고 바로 자리를 계승받을 처지가 아닙니다."

"살인은 계산된 행동이기도 하지만 무의식중에 혹은 감정에 못 이겨 저지르는 경우도 많아. 이번에도 처음 살인은 치밀했지만 두 번째 살인은 충동적이지 않았나? 백선의 납치 역시 어쩔 수 없이 벌어진 일이었겠지."

"과연 연태조가 수긍하겠습니까?"

을지문덕은 아무 말 없이 이문진의 곁을 떠나 천막 입구 쪽으로 향했다. 지치고 피곤한 듯 발을 질질 끌면서 천막 입구를 열고 바깥으로 나갔다. 세 발짜리 화로에서 피어오르는 불빛에 의지해 바깥을 감시하던 가병들이 우렁찬 목소리로 군호를 외치며 고개를 숙였다. 뒤따른 이문진의 부축을 받으며 불빛에 가려지지 않는 온전한 하늘을 올려다본 을지문덕이 중얼거렸다.

"밤하늘이 아름답군."

"해가 비춰지는 하늘이 더 아름답습니다."

하늘을 흘끔 쳐다본 이문진의 대답에 을지문덕은 껄껄거렸다.

"하긴 어둠속의 풍경 따위와는 비교도 안 되지."

"날도 어두워졌는데 어디 가십니까?

을지문덕은 천막에서 멀어지는 을지문덕을 향해 물었다.

"무덤으로 가봐야겠네."

잔뜩 찡그린 얼굴로 하늘을 올려다보던 을지문덕의 대답에 이문진은 고개를 갸우뚱했다.

"거긴 이미 ……."

"맞아. 나도 들어가 봤고, 자네도 들어가 봤고, 담징도 들어가 봤지. 담징은 보았는데 우리가 보지 못했다면, 그건 우리가 제대로 살펴보지 못했다는 말이야."

"그럼 저도 함께 가겠습니다."

"아니야."

고개를 저은 을지문덕이 앙상한 손가락을 들어 담징이 잠들어 있는 천막을 가리켰다.

"자넨 담징을 살펴봐주게. 아까 보니까 아랫배에도 상처가 있더군. 혹시 중간에 깨어나면 누가 옆에 있어줘야 하지 않겠나? 그리고 찬노가 곧 올 거야."

"찬노에게 뭘 물어봐야 합니까?"

"자네가 묻고 싶어 하는 것이 곧 내 의문일세. 어쩌면 이번 일의 시작을 알 수 있을 테니까."

을지문덕은 이문진의 대답을 듣기도 전에 몸을 돌려 이제 막 어둠 속에 묻히기 시작한 무덤으로 향했다. 횃불을 든 술간의 뒤를 따라 가병들이 우르르 몰려갔다. 이문진은 어둠 속으로 숨어드는 을지문덕을 바라보았다. 무수한 사람들의 발길과 수레바퀴에 눌려 단단해진 길은 어둠 속에서도 희미하게 빛을 발하고 있었지만 그 위를 걷는 사람들의 모습은 희미한 횃불 아래서도 분간하기 힘들었다.

이문진은 몸을 돌려 담징이 잠들어 있는 천막으로 걸어가다가 문득 등 뒤에서 발자국 소리가 들리자 고개를 돌렸다. 술간의 휘하에서 일하는 젊은 가병이었다. 그의 앞에 멈춰선 가병이 숨을 몰아쉬며 입을 열었다.

"저기 술간 당주께서 아까 발견된 시신 중에 하나가 왼손잡이라고 전하라 하셨습니다."

"그래? 누구인지는 밝혀냈느냐?"

"미오라는 화공입니다."

"알겠다. 주활께서도 알고 계시느냐?"

"방금 당주가 직접 보고를 올리시고 저한테 따로 가서 알려드리라 명하신겁니다."

"수고했다."

숨 가쁘게 달려온 가병을 뒤로 하고 천막으로 돌아온 이문진은 여전히 잠들어 있는 담징을 보았다. 청동으로 만든 쟁반 모양의 촛대에는 심지를 짧게 자른 초들이 반짝거리는 불빛을 만들어내며 눈물을 흘리고 있었다. 이문진은 누워 있는 담징 곁에 섰다. 예전의 이문진처럼 감당하기 어려운 진실 앞에 선 담징의 심정을 생각하니 눈물이 맺혔다. 운명은 삶이라는 작은 조각배쯤은 거뜬히 뒤집어버릴 수 있는 거대한 폭풍인지도 몰랐다. 삶이 흔들린다는 원초적인 두려움이 전쟁터 한복판에 서 있는 것과 무엇이 다르겠는가? 다만 적이 누구인지 명확하지 않다는 차이만 존재할 뿐이다.

이런저런 생각에 잠겨 있던 이문진은 등 뒤에서 들리는 인기척에 놀라 고개를 돌렸다. 거북스러운 표정으로 서 있던 찬노가 이문진에게 고개를 살짝 숙였다.

"찾으셨다고 들었습니다."

"이리 앉게. 몇 가지 물어볼 게 있다고 주활께서 부르셨는데 급한 일이 있어서 잠깐 나가셨다네."

"아까 먼 발치에서 보니까 가병들과 함께 언덕 위 무덤으로 향하시던데요? 또 무슨 변고가 난 것입니까?"

이문진이 권한 자리에 엉덩이를 살짝 걸친 찬노가 양손을 무릎 위에 가지런히 올려놓은 채 물었다.

"나도 잘 모르겠네만, 기운을 차린 걸 보니 뭔가 단서를 찾은 모양일세."

"그렇다면 다행이겠습니다만, 침상에 누운 사람이 혹시 담징입니까?"

찬노가 고개를 옆으로 쭉 빼고는 이문진이 가린 침상 쪽을 훔쳐보며 말했다.

"맞네. 아까 움막 뒤에 숨겨진 구덩이에서 빠져나와서는 곧장 혼절해버렸네."

"사실은……. 정릉사에서 저 아이를 봤습니다."

"뭘 하고 있던가?"

"하염없이 울고 있었습니다. 서럽고 슬프게 울다가 어떤 노스님과 말을 주고받고는 주활 어르신의 가병을 피해 사찰 밖으로 빠져나갔습니다."

"왜 담징을 보고도 끌고 오지 않았느냐? 분명 만나면 죽일 것 같은 기세였다고 들었는데 말이다."

아랫입술을 살짝 깨문 찬노가 눈동자를 아래로 내렸다.

"울고 있는 걸 보니 가슴이 아팠습니다. 어디로 갈 것이냐고 물었더니 돌아간다고 해서 그냥 놓아주었습니다."

"왜 함께 오지 않았던 것이냐?"

"주인 어르신이 보낸 수하들이 정릉사와 그 근방을 뒤지고 있습니다. 만약 담징이 그들 손에 떨어졌다면 무슨 일이 벌어질지 몰라서 일단 그들을 다른 곳으로 유인하려고 했습니다."

"주활 어르신이 보낸 가병들도 정릉사에서 담징을 찾았지만 연씨 가문의 가병들이나 자네를 보았다는 보고는 없었다네."

"빼먹었거나 일부러 보고하지 않았을 겁니다. 그런 사소한 것까지 보고하면 윗사람들이 좋아하지 않을 거라고 지레짐작하는 경우가 많거든요."

"그럼 그곳에서 주활 어르신이 보낸 가병들도 보았느냐?"

거듭되는 이문진의 물음에 찬노가 이마를 살짝 찡그렸다. 그러나 노골적으로 불쾌한 표정을 짓지는 않았다.

"주인 어르신이 보낸 가병들 말고도 다른 자들이 있었습니다만, 제가 아는 얼굴은 없었습니다."

"그렇겠지. 주활 어르신의 가병들은 정릉사로 간 적이 없었으니까
……."

말을 마친 이문진은 어리둥절해하는 찬노를 앞에 두고 자리에서 일어났다. 그러고는 담징이 누워 있는 침상의 머리맡에 놓인 두루마리를 집어 들고 자리에 앉았다. 몸을 앞으로 숙인 찬노가 눈빛을 반짝거리며 물었다.

"지금 저를 시험하시는 겁니까?"

"그리고 하나 더, 왜 아무 상관도 없는 거타지의 시신을 가져가려고 했느냐?"

이문진은 찬노의 눈앞에 두루마리를 펼쳤다. 두루마리 안에 자신과 똑같은 얼굴이 그려진 것을 본 찬노의 얼굴이 하얗게 질렸다.

"그……그건."

"거짓말로 시신을 빼돌리려고 했던 건 주활 어르신을 곤경에 빠뜨리기 위한 것이 아니었더냐."

"말도 안 되는 억측입니다. 설마 제가 주활 어르신을 함정에 빠뜨리기 위해 이번 일을 꾸몄다는 겁니까?"

버럭 소리를 지르며 자리를 박차고 일어난 찬노의 두 손이 파르르 떨렸다. 뒤로 밀린 의자가 삐꺼덕거리며 넘어지고 말았다.

"전부 다는 아니겠지만, 그렇겠지. 네가 주활 어르신을 찾아가서 담징의 일을 고한 건 개인적인 호기심이나 안쓰러움이 아니라 너의 주인이 시킨 일이었어. 주활 어르신의 성격이라면 분명 그냥 지나치지 않을 테니 담징을 구하러 올 것까지 알고 있었겠지."

"아니요. 사실이 아닙니다."

숨을 깊이 들이켠 찬노가 숙였던 고개를 들었다. 이문진은 잔잔한 호수 같던 찬노의 눈동자가 격한 소용돌이에 휩싸이는 느낌을 받았다. 그 소용돌이 속에 깊은 상처가 숨어 있었다.

"처음부터 제가 생각해낸 일이었습니다."

히죽 웃은 찬노의 말에 이문진은 들고 있던 두루마리를 떨어뜨렸다. 바닥에 떨어진 두루마리 안에 갇힌 또 다른 찬노가 텅 빈 눈동자로 의자에 앉아 있는 찬노를 올려보았다.

❦

"죽음들아, 답을 가르쳐다오. 왜 여기서 사람이 죽었는지 말이야."

을지문덕은 흐릿하게 보이는 눈앞의 주작을 보면서 중얼거렸다. 며칠 만에 들어온 무덤 널방엔 완곡한 죽음들이 물결치고 있었다. 주작은 아무런 대답도 없이 비스듬히 올린 부리 사이로 붉은 혀를 날름거렸다.

을지문덕은 생각의 소용돌이에 휩싸였다. 지금까지 겪어온 죽음들은 단지 자신을 어디론가 이끌어가기 위한 이정표였을까? 어린 시절부터 주위에 항상 이상한 일들이 벌어졌다. 그리고 자신도 모르는 사이에 그 일들의 중심에 서 있었다. 이번 일도 그랬다. 찬노가 찾아오지 않았다면 모르고 넘어갔을 것이다. 을지문덕은 당장이라도 자신을 가둔 회색빛 돌벽을 박차고 날아가려 날개를 퍼덕이는 눈앞의 주작을 보며 삶을 옭아맨 운명을 생각했다. 한 손에 들고 있던 횃불이 후르륵 숨을 삼켰다. 불빛에 비춰진 사신들은 영험하거나 신성하다기보다 음습해 보였다.

을지문덕은 당혹스러웠다. 아무것도 보이지 않는다는 두려움은 흩날

340

리는 눈발처럼 갈피를 잡지 못한 채 그의 마음 구석구석으로 퍼져나갔다. 경외심과 공포감이 반씩 섞인 눈길로 사방을 둘러싼 사신들을 향해 손을 뻗었다. 뼈마디만 앙상한 손가락이 너울거리는 불빛을 타고 길게 늘어졌다. 벽을 따라 뻗은 손가락은 먹이를 노리는 뱀처럼 조심스럽게 벽을 향했다. 앙상한 손가락이 점점 길게 늘어지고 있었다.

"다 쓸데없는 짓이야."

을지문덕은 씁쓸하게 웃었다. 아무리 그럴 듯하게 포장한다고 해도 죽음은 죽음일 따름이다. 무덤의 주인이었던 온달이 어떻게 죽었는지, 그리고 그의 죽음을 둘러싸고 어떤 일이 벌어졌는지 알고 있는 그로서는 화려하고 웅장한 무덤과 죽음을 지켜준다는 사신들을 믿을 수 없었다. 그저 모두 우스꽝스러워 보일 따름이었다.

을지문덕은 이런 저런 생각에서 빠져나와 촉수처럼 뻗었던 손가락을 딱딱한 벽에 댔다. 색깔을 가진 흙과 납, 뿌리와 잎에서 즙액이 나오는 몇 가지 풀이 만들어낸 색들은 돌벽에 발라진 석회층에 스며들면서 사신들과 온갖 장식을 만들었다. 뾰족한 손톱 끝이 바스락거리며 석회를 약간 부스러뜨렸다. 땅속의 습기를 가득 머금은 돌벽이 상처 난 틈으로 온몸을 얼어붙게 할 만큼 차가운 한숨을 내쉬었다. 그 순간 몸속으로 빨려 들어가는 차가운 기운과 함께 어떤 감정의 덩어리들이 함께 빨려 들어왔다. 긴장감으로 한껏 팽팽해진 살갗의 틈을 비집고 들어온 감정의 덩어리들이 무덤 안에서 벌어진 일을 시작으로 줄지어 벌어졌던 살인에 대해서 설명해주는 것 같았다. 얼른 벽에서 손을 뗀 을지문덕은 불빛 속에 잠든 어둠 저편에 숨은 벽화들을 바라보며 한숨을 쉬었다. 몸속에 배어들어간 차가운 기운이 하얀 입김으로 토해졌다. 무리지어 빨려 들어왔던 감정의 덩어리들은 흔적도 없이 사라졌다.

무덤 안에는 아무것도 없었다. 황급히 주변을 둘러보았지만 모든 것이 그대로였다. 사신도 그대로였고, 무덤 안을 맴도는 불길한 바람도 그대로였다. 어금니로 아랫입술을 깨문 을지문덕은 한 손에 든 횃불을 칼처럼 휘둘러댔다. 바람을 베어버린 횃불이 당장이라도 꺼질 것처럼 껌뻑거렸다. 힘없이 횃불을 늘어뜨린 을지문덕은 자신이 바라보는 세상 한쪽 구석에서부터 하얀색이 점차 번져나가는 것을 느꼈다. 늘 욱신거리고 따끔거리는 눈동자는 이상스러울 정도로 평안했지만 양쪽 관자놀이는 거대한 힘에 눌리는 것처럼 점점 찌그러들었다. 몇 번이고 얼굴을 흔들었지만 소용이 없었다. 균형과 평정심을 잃은 을지문덕은 어린아이처럼 자리에 털썩 주저앉았다. 체면이고 뭐고 큰 소리로 밖에서 기다리고 있을 술간을 부르고 싶었지만 마음속 깊이 박혀버린 두려움은 그의 목소리마저 단단히 틀어막았다.

을지문덕은 가까스로 손을 들어올렸다. 그러나 널방 안의 어둠은 이제 사나운 과거가 되어 그를 물어뜯고 할퀴었다. 눈앞에 나타난 끔찍하고 숨기고 싶은 기억의 파편들이 감기지 않는 눈 안으로 빨려 들어왔다. 경당 스승의 매질이 두려웠던 어린 시절 그때처럼 큰 소리로 울부짖고 싶었다. 하지만 소리가 나오지 않았다. 보이지 않는 손이 목을 옥죄는 것 같았다. 활짝 벌린 입으로 숨 한 방울, 비명 한 모금 나오지 않았다. 그저 물속에 빠진 것처럼 두 팔을 허우적거릴 뿐이었다. 한참을 버둥거리던 그는 목을 조르고 있는 손이 자신의 것임을 알아차렸다. 황급히 손을 떼어냈지만 제멋대로 움직이는 두 팔은 땅바닥을 기어 꺼져가는 횃불을 집어 들고서 벽 쪽으로 그의 몸을 이끌었다. 을지문덕은 벽에 닿을 듯 바짝 붙은 횃불을 잡아당기려고 했지만 팔은 여전히 그의 의지를 무시하고 있었다.

안간힘을 쓰던 을지문덕은 결국 그것을 보았다. 처음에는 그것이 무엇인지, 그것이 의미하는 바가 무엇인지 이해하지 못했고, 받아들이지 못했다. 하지만 그것이 마침내 그의 눈앞에 존재를 드러냈다. 그의 시선을 가리던 장막이 사라져버린 그곳에는 영겁의 시간과도 같았던 지난 며칠 동안 그가 품었던 마지막 의문을 송두리째 날려버리는 대답이 존재하고 있었다.

을지문덕은 갑자기 닥친 진실 앞에서 허둥거렸다. 물밀듯이 밀어닥친 진실들은 따로 따로 굴러다니던 사건들을 한 번에 관통해주었고 을지문덕은 나란히 꿰어진 진실이 펼쳐 보이는 우스꽝스러웠던 지난 일들 앞에서 허탈해졌다.

어느새 그의 의지에 복종한 두 팔은 조용히 횃불을 받쳐 들고서 그의 시선을 따라 천천히 움직였다. 하나 안에 또 다른 하나를 품은 진실이 그동안 무수히 스쳐지나갔던 사람들의 시선을 비웃듯 흐릿한 윤곽을 드러냈다. 순간 웃음을 참을 수 없게 된 을지문덕은 허리를 굽히고 구토하듯 웃음을 뱉어냈다. 뱃속 깊은 곳에 담겨 있던 복잡한 감정들이 버무려진 힘없는 낄낄거림은 곧 작은 토막으로 나뉘어 어둠 속으로 굴러 떨어졌다. 을지문덕은 천천히 몸을 돌려 사다리에 발을 걸쳤다. 그의 몸무게가 실린 사다리가 흔들리면서 작은 먼지들이 우수수 어둠 속으로 떨어졌다. 밖으로 나온 을지문덕에게 술간이 걱정스러운 표정으로 다가왔다.

"안에서 이상한 소리가 들려서 걱정했습니다. 괜찮으신지요?"

"바람이 많이 부는군. 내일 비가 올까?"

뜻밖의 물음에 어리둥절해하던 술간이 별빛이 군데군데 박힌 하늘을 흘끔거리며 대답했다.

"별들이 젖어 있는 것으로 봐선 내일 새벽이나 아침나절에 비가 올 것 같습니다."

"그런가? 그럼 여기 이 천막을 걷게. 그리고 일꾼들을 시켜서 천정의 고임돌들도 다 빼내라고 하게."

"네? 천막을 걷고 고임돌을 빼버리면 널방 안에 비가 들이칩니다."

"지금 당장 일꾼들을 시켜서 걷도록 하게. 그리고 내일 아침에 비가 오기 시작하면 저쪽에 사람을 보내게. 범인이 누구고, 왜 살인을 저질렀는지 알아냈다고 말이야."

을지문덕은 한시라도 빨리 무덤에서 벗어나고 싶다는 마음에 머뭇거리는 술간을 남겨놓고 걸음을 재촉했다. 밖으로 나오기는 했지만 무덤 안에서 맴돌던 바람소리가 아직도 그의 귀에 맴돌았다.

왜 그랬느냐는 이문진의 물음에 찬노의 표정은 복잡해졌다. 말 없는 침묵을 지키던 찬노가 몇 번의 헛기침 끝에 입을 열었다.

"왜냐고요? 전 어떻게든 주인님의 신임을 받고 싶었습니다."

"그래서 예전의 인연을 그런 식으로 이용했던 것이냐?"

찬노는 가시 돋친 이문진의 물음에 코웃음을 쳤다.

"두 분이 제게 친절을 베풀어주신 연유도 따지고 보면 저택 안에 숨겨진 문서를 찾기 위한 것임을 알고 있습니다. 제가 그러지 말아야 할 이유라도 있습니까?"

"주활 어르신과 나는 네가 그곳에 대해 얘기해줄 때까지 아무것도 모르고 있었다. 함부로 갖다 붙이지 마라."

"박사님은 태어날 때부터 지배받아야 하는 운명을 짊어진 사람들에 대해서 알고 있습니까?"

"잘 몰라. 하지만 태생이나 신분이 어떻든 그 사람의 존귀함을 구분하는 게 뭔지는 알고 있지."

"부러진 붓 조각을 집어든 순간 제 머릿속에 어떤 생각이 떠올랐는지 아십니까?"

찬노는 흉하게 일그러진 입술로 쉴 새 없이 떠들었다.

"이걸 가지고 가면 분명 그 사람은 가만있지 않을 것이라는 생각이 들었습니다. 그럼 우리 주인님은 그걸 가지고 그동안 당한 수모를 씻을 기회를 얻을 수 있을 거라고 말입니다. 어렵게 틈을 봐서 주인님께 고했더니 좋아하시더군요."

"기특하다고 칭찬을 받으니 기분이 좋던가?"

이문진의 비아냥거림에 찬노는 차가운 눈길로 그를 쏘아보며 말을 이어갔다.

"박사님은 모르십니다. 우리 같은 사람들에게는 주인의 눈짓 한 번, 호통 한 번이 곧 운명입니다. 아무것도 모르는 멍청한 백성들은 세곡과 요역이 없다는 것만으로 우리를 부러워하지만 우리들은 영혼이 없는 빈껍데기일 뿐입니다."

"아니, 영혼이 없는 건 너희들이 아니고 너야. 내가 아는 노비들 중에는 그렇지 않은 사람이 더 많았네. 모두 다가 아니고 자네뿐이야."

찬노의 가슴을 손가락질하며 이문진이 바닥에 떨어뜨린 두루마리를 흘끔거렸다. 그의 시선을 따라 눈길을 아래로 떨어뜨린 찬노의 입에서 아쉬운 한숨이 흘러나왔다.

"시신을 숨기면 아무런 단서도 찾지 못할 거란 생각에 욕심을 부렸습니다. 신분패를 내놓으라는 말에 아차 싶어서 도망쳤는데 설마 그것까지 알아낼 줄은 몰랐습니다."

"주활 어르신은 내가 모르는 능력을 가지고 있네. 예전에는 그게 부러웠는데 지금은 하나도 부럽지 않군."

"지금이라도 늦지 않았습니다. 주활 어르신을 설득해서 담징을 그냥 포기하라고 하세요. 정중하게 사과하면 주인 어르신도 더 이상 해코지를 하지 못할 겁니다."

"또 무슨 흉계를 꾸미려고⋯⋯."

"이번에는 진심입니다."

이문진은 찬노의 말을 무시하고 자리에서 일어났다. 천천히 손을 들어 문을 가리켰다.

"설사 네가 너의 부모님과 고등신의 이름을 걸고 거짓이 아니라고 해도 믿지 않을 것이다. 어서 돌아가서 너의 주인에게 재롱이나 피워라. 주인을 위해 죄 없는 사람의 발뒤꿈치를 물은 일을 자랑해야 하지 않겠느냐?"

"말씀이 너무 심하십니다."

"아니, 그렇지 않아."

차갑게 내뱉은 이문진이 등을 돌려서 침상에 누워 있는 담징 쪽으로 걸어갔다.

"넌 지배받는 자니까 내가 무슨 말을 해도 화를 내지 못해. 그게 네가 스스로 결박당했다고 믿는 운명이잖아. 어서 여길 나가. 난 스스로 미천하다고 믿는 자와 더 이상 말을 하고 싶지 않다."

귀찮다는 듯 나가라고 손짓한 뒤 이문진은 흘러나오는 눈물을 손끝으로 조심스럽게 문질렀다. 으깨진 눈물은 손끝에 아무런 흔적도 남겨놓지 않았지만 눈물에 묻어나왔던 슬픔과 좌절은 사라지지 않았다. 아무것도 모르고 잠들어 있는 담징을 보며 이문진은 숨죽여 울었다. 그때 누군가가 이문진의 어깨에 손을 올렸다.

"울고 있군."

"고통스럽습니다. 배신을 당한다는 게…… 믿음을 잃어버렸다는 게 정말로 두렵습니다."

"저 아이는 자신의 입장에서 최선을 다한 것뿐이네."

"하지만 이 아이는 목숨을 걸고 다시 돌아왔습니다."

"이 아이도 우릴 버리고 도망쳤었네. 두려움 앞에서 사람들은 다 똑같아. 다만 감추거나 숨길 따름이지."

이문진은 차분하게 대답하는 을지문덕을 어깨 너머로 흘끔거렸다. 피곤함으로 그늘졌던 얼굴이 왠지 모르게 밝아진 듯했다. 싱긋 웃은 이문진이 을지문덕에게 물었다.

"답을 찾아내신 겁니까?"

"무엇이 사람들을 죽였는지 알았네."

이문진처럼 빙그레 웃은 을지문덕이 대답했다.

"미오가 범인이 맞습니까?"

"그렇다네."

"왜 스승과 동료들을 죽인 겁니까?"

"자기만의 세상을 지키기 위해서였네. 어쩌면 두려워서 그랬을 수도 있고 말이야. 어쩌면 누군가가 그런 미오의 질투를 살의로 바꾸도록 충동질을 했을지도 모르고 말이야."

"뭘 두려워했다는 겁니까?"

을지문덕은 손을 뻗어 헝클어진 담징의 이마를 쓰다듬으며 낮은 목소리로 대답했다.

"자넨 미오가 사신도에 대해 아무 말도 하지 않았던 게 이상하지 않았나? 미오보다 늦게 벽화를 배운 담징조차 사신도에 대해서 나름대로의 생각을 가지고 있었는데 말이야."

"그거야……."

"남들이 목에 핏대를 올리고 싸우는 동안 미오는 직접 행동에 나섰지."

"어떤 행동 말입니까?"

"무덤 안에 자신만의 흔적을 남겼어. 물론 혼자만의 결심으로 된 것은 아니겠지. 아마 죽은 거타지의 묵인이나 동조가 있었을 거야. 그러다 무슨 이유 때문인지 둘 사이가 틀어졌을 것이고, 비밀이 탄로 날 게 두려워진 미오가 스승의 입을 막은 것이고."

"그다음 날 죽은 막두지와 비오는 날 사라졌던 백선이라는 일꾼을 죽인 이유도 그 일과 관련이 있습니까?"

뒷걸음질로 담징에게서 멀어진 을지문덕은 빛과 어둠이 섞여 주홍색으로 물든 천막 위쪽의 허공을 응시했다. 마치 그곳에 진실이 자리잡고 있는 것처럼…….

"두려웠을 거야. 비밀이 영원히 지속되리라고 믿었는데, 그러기 위해서 스승을 죽였는데, 생각지도 못한 곳에서 자꾸 비밀이 새어나가니 말이야."

"막두지가 죽은 건 잔치 때 와서 석회 얘기를 했기 때문이겠죠? 그건 알겠는데 백선의 죽음은 도무지 이해가 가지 않습니다."

"저 모본 때문일 거야."

을지문덕은 턱짓으로 한쪽 구석에 놓인 모본들을 가리켰다.

"저 모본을 그린 게 백선이었다면 그의 죽음을 설명할 수 있지."

"어떻게 말씀이십니까?"

"백선은 거타지에게 모본을 그려주기 위해 일꾼으로 이곳에 들어왔네. 하지만 백선이 거타지에 대한 증오심을 잊지 않았다면 오히려 죽일 수 있는 좋은 기회라고 여겼겠지. 그리고 그걸 알아챈 동료들은 백선을 어떻게든 없애려고 들었을 거야. 스승의 죽음이라는 과실을 얻지 못하게 될 테니까 말이야."

"하지만 백선을 죽이지 않고 가까운 곳에 감금했습니다. 살아 있을수록 위험했을 텐데요."

"아마 백선이 죽이려고 했지만 실패했을 거야. 적어도 이번 일이 끝날 때까지는 더 이상 죽음이 일어나면 안 되니까 숨겨두려고 했겠지. 더 캐낼 게 있거나 오랫동안 함께 지냈던 동료라서 그랬을 수도 있고 말이야."

이문진은 뭔가 미심쩍다는 생각을 지울 수가 없었다. 그런 낌새를 눈치챘는지 을지문덕이 한마디 덧붙였다.

"내 말을 못 믿는 건가?"

"주활 어르신은 어떤 상황에서도 항상 냉정하고 신중하셨습니다. 그런데 지금은 지나치게 조급해하시는 것 같다는 느낌을 지울 수가 없습니다. 날짜가 촉박해서입니까? 아니면⋯⋯."

주저하던 이문진이 모본을 앞에 두고 선 을지문덕에게서 한 걸음 떨어졌다.

"잘 모르고 있는 어떤 부분을 덮어버리려고 그러시는 겁니까?"

"내일 아침에 날이 밝는 대로 두 시신을 검사해주게."

"이미 다 끝난 일 아닙니까?"

을지문덕은 신경질적으로 대꾸하는 이문진은 쳐다보지도 않고 뒷짐을 진 채 모본들을 내려다보았다.

"시작과 끝은 항상 맞물려 있지. 어떤 끝은 또 다른 시작과 굳게 손을 잡고 있어서 영원히 계속되곤 한다네. 마치⋯⋯."

"살인처럼 말이죠."

을지문덕의 말을 가로챈 이문진은 몸을 돌려 어둠이 내린 밖으로 향했다.

❧

소녀는 울고 있었다. 아무것도 신지 않은 발은 흙과 오물로 뒤덮였고, 입고 있는 허름한 저고리와 치마는 끝단의 올이 다 풀어져 실들이 마치 거미줄처럼 옷에 달라붙어 있었다. 담징은 울고 있는 소녀를 달래려고 어깨를 토닥여주었지만 소녀의 울음은 멈추지 않았다. 어깨에 닿은 손길을 통해 슬픔이 전염되었는지 담징의 마음도 슬픔과 우울함으로 가득 찼다.

어느 틈엔가 소녀의 몸은 석양처럼 붉은색으로 물들었다. 핏빛 같기도 하고 진한 물감 같기도 한 붉은색 앞에서 흠칫 놀란 담징이 얼른 뒷걸음질을 쳤다. 소녀가 고개를 들고 그를 바라보았다. 얼굴과 눈동자 모두 붉은색으로 물들고 있었다. 풀어헤친 머리카락마저 점차 붉은색으로 변해가는 걸 본 담징은 더 이상 참지 못하고 비명을 질렀다. 뒷걸음질을 치다가 발이 꼬여 넘어지고 말았다.

몸이 땅에 못 박힌 것처럼 그대로 굳어져버린 담징의 눈앞에서 소녀가 천천히 몸을 일으켰다. 작은 몸과 어울리지 않을 정도로 긴 그림자가 땅바닥에 긴 혀를 드리우고 담징의 몸을 뒤덮었다. 촉수 같은 그림자가 담징의 몸 구석구석을 애무했다. 담징은 자신의 몸 안에 담겨 있는 생각과 감정이 뿌리째 증발해버린 것처럼 꼼짝할 수 없었다. 껍데기만 남은 담징에게 소녀가 손을 뻗었다. 분홍빛을 띤 어린 소녀의 손이 아니라 노파의 손처럼 주름으로 뒤덮인 손이 천천히 담징의 뺨을 쓰다듬었다. 자신도 모르게 흘린 눈물이 거칠고 투박한 소녀의 손등 위에 떨어졌다. 담징은 황급히 눈물을 삼켰다. 굴곡진 손등 위에 굴러 떨어진 눈물은 그러나 흙 위에 떨어진 빗방울처럼 흔적도 없이 사라졌다. 머리끝까지 붉게 물든 소녀가 기이할 정도로 늙은 음성으로 그에게 물었다.

"왜 울고 있어?"

담징은 아무 대답도 하지 못하고 혀끝을 깨물었다. 불현듯 소녀를 죽이고 싶다는 생각이 들었다. 두 손으로 목을 조르거나 주먹으로 죽을 때까지 때리면, 사라져버렸던 몸속의 무언가가 돌아올 것만 같았다. 담징은 숨을 훌쩍거리며 울었다. 내면 깊은 곳의 슬픔이 불길처럼 휘몰아치면서 사라져버린 몸속의 빈 공간을 채워버리는 것 같았다. 담징은 용기를 내서 물었다.

"나 돌아가고 싶어요."

그 순간 소녀가 깔깔거렸다.

"어디로 돌아가고 싶은데?"

담징은 아무 대답도 하지 못했다. 돌아가야 할 곳이 어디인지 알 수 없었다기보다 왜 돌아가야 하는지 알 수 없었기 때문이었다. 깡충거리며 담징의 주위를 뛰어다니던 소녀가 그에게 다시 물었다.

"여기가 네가 있어야 할 곳이야."

소녀의 말을 들은 담징은 두려웠다. 아무것도 보이지 않고 오직 소녀만 있는 이곳이 그가 있어야 할 곳이라면…….

두려움에 움츠러든 그의 마음을 읽었는지 소녀가 다시 깔깔거렸다.

"여긴 네가 품고 있는 두려움이자 죄의식이 만들어낸 공간이야. 네가 어딜 가든 여기서 벗어나지 못할 거야."

"아니야. 그럴 리 없어. 난 돌아가야 해."

절박함에 젖은 담징이 주변을 두리번거렸다. 그러나 새까만 어둠이 벽처럼 늘어선 공간은 그 안에 들어 있는 그를 비웃듯 아무 말 없이 그를 내려다볼 뿐이었다. 소녀는 고개를 옆으로 갸우뚱하며 의아하다는 표정을 지었다.

"여긴 네가 만들어낸 곳이야. 너의 마음이, 너의 두려움이 만들어낸 안식처야. 넌 이곳으로 끌려온 게 아니라 네 발로 걸어들어 온 거야."

"안 돼, 난 돌아가야 해. 돌아가고 싶어."

담징이 울부짖으며 외쳤다.

"돌아가고 싶으면 맘대로 해. 하지만 기억해둬. 여긴 네 마음이 만들어낸 공간이야. 도망쳐버리고 싶은 너의 욕구가 창조해낸 피난처란 말이야."

소녀의 냉랭한 말에 담징은 아무 말도 하지 못했다. 붉게 물든 소녀의 머리카락은 마치 거꾸로 매달린 것처럼 위로 서서서 뻗쳐올라갔다. 한 올 한 올 펼쳐진 소녀의 머리카락이 맹렬한 기세로 타오르는 불길처럼 꿈틀거렸다. 소녀는 담징의 뺨에 닿은 손길을 거두었다. 이제 소녀의 몸 전체가 붉게, 선명한 핏덩이처럼 붉게 달아올랐다.

담징은 언젠가 길가의 푸줏간에서 본 이제 막 죽은 돼지의 심장을 보았던 기억을 떠올렸다. 붉은색이라는 표현만으로는 부족해 보일 만큼 진한 피를 묻힌 돼지의 심장은 세상 밖으로 나왔다는 사실도 잊은 채 헐떡이고 있었다. 끊어진 힘줄로 머금었던 피를 쏟아내고 있었다. 온몸에 피와 내장 찌꺼기를 묻힌 푸줏간의 일꾼들도 그 순간만큼은 조용히 심장의 고동이 멈추기를 기다렸다. 그 고요한 적막과 기다림을 견디지 못한 담징은 조심스럽게 들고 가던 붉은 흙이 든 나무통을 떨어뜨리고 도망치고 말았다. 스승에게 받을 꾸지람 따위는 이미 안중에도 없었다. 오직 도망치고 싶다는 두려움뿐이었다.

담징이 붉은 소녀의 손길을 뿌리치고 뒤로 물러서는 순간 소녀의 몸이 터져버렸다. 손아귀에 쥔 달걀이 터졌을 때처럼 퍽 하는 소리와 함께 껍질은 허물어졌고, 그 안에 담겨 있던 것들이 세상 밖으로 터져나갔다. 담징은 얇은 속껍질 같은 물질을 뒤집어썼다. 피에 흠뻑 젖은 껍질에서 나온 피가 담징의 온몸을 붉게 물들였다. 피는 담징의 몸 구석구석을 지배했고, 마지막으로 공포 때문에 활짝 열린 입으로 밀려들어왔다. 뱃속에 가득 찬 피를 꼴깍거리던 담징의 발밑에는 허물어진 소녀의 껍질이 놓여 있었다. 눈동자가 사라진 두 눈이 텅 빈 어둠을 담은 채 담징을 바라보았다. 혀와 이빨이 사라진 입 역시 어둠을 살짝 머금고 있었다. 담징은 입과, 코와 두 눈과 귀에서 쏟아져 나오는 피 때문에 온몸이 간지러웠다. 손가락으로 팔꿈치를 긁어대자 벗겨진 껍질로 피가 터져 나왔다. 담징은 자신도 소녀처럼 몸이 꺼져버릴지 모른다는 두려움에 팔꿈치의 상처를 손으로 감쌌지만 안에서 터져 나오는 핏줄기가 떨리는 담징의 손을 밀쳐내고 있었다.

담징은 몸 안에 차 있던 피들이 빠져나가면서 몸이 점점 쪼그라지는 것을 느꼈다. 팽팽하던 살은 흐물흐물해졌고, 두 볼의 살이 빠지면서 이빨도 입안으로 사라져버렸다. 담징은 서서히, 자신이 쏟아낸 피가 만들어낸 작은 호수 속으로 가라앉았다. 눈동자가 눈구멍에서 빠져나가자 담징은 그 모든 것들을 볼 수 없게 되었다. 하지만 주르륵거리며 빠져나가는 소리는 여전히 들을 수 있었다. 땅에 닿은 척추의 딱딱함을 마지막으로 담징은 천천히, 그 세상에서 사라져버렸다.

🦋

숨 막힘 속에서 눈을 뜬 담징은 입안으로 흘러들어오는 숨결의 따끔거림에 얼굴을 찌푸렸다. 헐떡거리던 정신이 차츰 진정되면서 주변의 광경이 담징의 눈에 들어왔다. 침상 주위에 둘러쳐진 휘장 덕분에 밤낮을 구별하기 힘들었지만 천막 안이 따사로운 것으로 봐서 분명 아침이나 낮인 것 같았다.

힘들게 몸을 일으킨 담징은 휘장 너머에서 누군가 자신을 응시하고 있는 것을 보았다. 주름진 휘장과 천막에 걸리진 빛 때문에 휘장 바깥에 보이는 사람의 형체는 심하게 일그러지고 뒤틀어져 있었지만 담징은 그가 누군지 대번에 알아보았다. 천막에 한 번 걸리진 빛이 천막 구석에 있는 탁자와 접을 수 있는 병풍 위로 살짝 드리워졌다.

"제가 돌아온 건가요?"

담징의 물음에 을지문덕은 희미하게 웃으며 대답했다.

"넌 아무 곳에도 가지 않았어. 처음부터 이곳에 있었다."

"죄송합니다. 너무 무서워서 도망쳤어요."

"돌아왔으니까 됐다. 덕분에 이번 일도 풀 수 있었고 말이다."

담징은 땀에 젖어서 축축해진 이불을 걷고 몸을 일으키며 말했다.

"왜 살인이 저질러졌는지 알아냈어요. 스승님을 죽인 사람은……."

"미오였지. 막두지와 백선을 죽인 것도 그자 소행이고."

"어떻게 되었습니까?"

"죽었다. 교묘하게 감춰놓은 구덩이 안에서 불에 타죽었지."

"백선 형이 저를 구해주려다가 함께 죽었습니다."

"그것도 알고 있다. 백선이 일꾼들 틈에 끼어 있었다는 걸 정말 몰랐느냐?"

"널방 안에 감춰진 그림을 보기 전까지는 몰랐습니다."

땀에 젖은 이불자락을 움켜쥔 담징이 대답했다.

"감춰진 그림을 본 순간 이번 일이 왜 벌어졌는지 알아챘을 것이고
……."

"두려웠습니다."

"무엇이? 넌 스승의 죽음에 대한 해답을 알았고, 왜 그 일이 벌어졌는지도 알아냈어. 그 즉시 나한테 달려와 알렸다면 살인자를 산 채로 잡을 수 있었을 것이다."

"어르신께서는 제자들의 질투가 스승님의 죽음을 불러왔다고 말씀하셨습니다."

"처음에는 그렇게 믿었다."

담담하게 얘기하는 을지문덕에게서 시선을 뗀 담징이 한쪽 구석에 놓인 탁자 위 모본들로 눈길을 옮겼다.

"저기 있는 저 모본들은 제가 그린 겁니다."

담징이 혀를 채찍처럼 놀리며 말했다. 을지문덕은 믿을 수 없다는 듯 되물었다.

"백선이 그린 게 아니고 자네가 그렸다고?"

"처음에는 백선 형님이 그렸습니다. 그러다가 어느 날 스승님께 들통 나고 말았죠."

"들통이 나다니?"

"스승님께 건네준 모본에 자기만 아는 은밀한 흔적을 남겨놓은 게 말입니다. 스승님께서는 일단 그림이 완성되면 그건 화공의 것이 아니 라고 하시면서 그림에 흔적 남기는 걸 아주 싫어하셨습니다. 어느 날인 가 스승님께서 그걸 눈치채시고, 저에게 그림을 그리라고 하셨습니다."

"그런데 왜 일꾼으로 들어온 백선은 떠나지 않고 남은 것이냐?"

"백선 형님은 자기는 모본에 흔적을 남기지 않았다고, 분명 누군가 의 모함이라고 하셨습니다. 자기 손으로 찾아내고야 말겠다면서 떠나 지 않으셨습니다. 스승님께서는 믿지 않으셨지만 쫓아내시지도 않았 습니다. 백선 형님은 자신의 그림을 망치는 자들을 찾아내겠다고 하셨 죠."

을지문덕은 씁쓸한 얼굴을 한 채 뒤로 물러났다. 몸을 돌린 담징은 이불 밖으로 몸을 빼내 침상에 걸터앉았다. 땀에 젖은 머리카락이 날 카로운 창이 되어서 그의 두 눈을 사정없이 찔러대고 있었다.

"그 모든 것이 저를 혼란에 빠지게 만들었습니다. 동료들 중 누군가 가 스승님과 다른 동료를 죽였다는 사실도 받아들이기 어려웠고, 좋아하는 형님을 제치고 그림을 그렸다는 사실도 저를 힘들게 했는데……."

"널방 안에 감춰진 그림을 보고 충격을 받았구나. 그건 거타지가 알려주지 않았더냐?"

담징은 당장이라도 울 것 같은 표정으로 고개를 끄덕거렸다.

"우연히, 정말 우연히 보게 되었어요. 불을 가까이 대니 보이더군요. 주활 어르신은 어떻게 발견하신 겁니까?"

"알 수 없는 힘이 그곳으로 날 이끌어주었다."

힘없이 대답한 을지문덕이 어깨를 축 늘어뜨렸다. 담징은 그제야 침상의 머리맡에 이문진이 그림자처럼 서 있는 것을 보았다. 왠지 거리감 있어 보이는 두 사람의 모습 앞에서 담징은 속으로 중얼거렸다.

-모두 다 이야기해야 하나?

"이해가 안 가는 것은 미오에게 어떤 동기가 있어서 스승과 동료들을 살해했는가 하는 점이야. 미오는 우리들 앞에서 그림에 대해서는 아무 말도 하지 않았거든. 거기다 이번 일을 저지르기엔 너무 유약해 보였어."

이문진이 처음으로 입을 열었다. 무겁게 어두운 침묵이 담징의 목을 죄어왔다.

"제 생각에는 미오가 널방 안의 숨겨진 벽화를 그린 것 같습니다. 스승님께서 잔심부름을 시킨다면서 널방 안으로 미오를 자주 불러들였거든요. 널방의 지붕에 천막을 치라고 한 것도 전에는 한 번도 없었던 일이었습니다."

"스승에게 은밀히 일을 받았다는 건 신임을 받았다는 뜻인데 그게 어떻게 살인과 연결되었을까?"

"아마 배신감을 느껴서 일을 저지르지 않았을까요?"

"배신감?"

"저도 널방 안에 숨겨진 벽화를 볼 때까지 스승님이 무슨 일을 했는지 몰랐습니다. 아마 미오도 나중에 알았을지 모릅니다."

"하긴 배신감은 가장 큰 증오로 변하곤 하지."

침묵하고 있던 이문진의 말이 천막 안에 묘한 울림을 주었다. 두 사람의 시선은 침상 아래쪽에 있는 접이식 병풍을 향하고 있었다. 을지문덕이 병풍을 향해 조용히 말했다.

"이 정도면 만족하시겠습니까?"

담징은 병풍 뒤에서 나타난 연태조를 보고 숨이 막히는 것 같았다. 용과 봉황으로 장식된 두꺼운 황금색 허리띠에 손을 걸친 연태조는 차가운 얼굴로 아무 말도 하지 않았다. 담징의 머리맡에 있던 이문진이 뒤따라 입을 열었다.

"두 구의 시신을 검시해본 결과 사람들이 백선이라고 말한 시신의 어깨와 머리 일부가 심하게 함몰되어 있는 걸 확인했습니다. 한데 구덩이 안에서 발견된 흉기는 피 묻은 칼 하나뿐인 것으로 미루어 보아 구덩이 안에서 싸우다 얻은 상처는 아닌 것으로 판단됩니다."

"그렇다면?"

"널길 안에서 피가 튀고 싸운 흔적이 있었습니다. 그때 백선이 상처를 입고 잡혀서 구덩이 안에 갇혔다가 불에 타 숨진 것으로 보입니다."

"그럼 그자가 살인자가 아니란 말인가?"

"설명 안 되는 부분이 있기는 하지만 당사자가 죽었으니 알 도리가 없습니다. 확실한 건 살인자는 천벌을 받아서 죽었다는 것과 담징이 범인이 아니라는 사실입니다."

연태조는 뱀처럼 미끈거리는 차가운 눈을 돌려 을지문덕을 바라보았다. 붉은색 두루마리를 몸에 두르고 검은색 책을 쓴 을지문덕 역시 지지 않고 연태조를 마주보았다.

"내가 듣기로 미오는 항상 뒷전이었네. 그런 자가 어느 날 갑자기 끔찍한 살인을 저질렀다고 하니 도무지 믿겨지지가 않아."

"저도 그렇습니다만, 담징 역시 살인자로 보기에는 여러 가지로 무리였습니다."

담징은 연태조의 뺨이 순간적으로 실룩거리는 것을 보았다. 목덜미의 푸른 힘줄이 목젖처럼 꿈틀거렸다가 도로 잠잠해졌다. 숨도 쉬기 힘들 정도로 무거운 긴장감이 천막 안을 짓누르고 있었다.

"좋다. 어쨌든 담징이 살인자가 아닌 것을 확인했으니 넘어가도록 하지. 그런데 아까부터 숨겨진 그림이라는 얘기를 하던데 그것은 뭔가?"

"직접 보시는 게 좋겠습니다."

연태조의 대답을 듣기도 전에 몸을 돌린 을지문덕이 천막 입구를 활짝 열자 섬뜩한 바람과 더불어 빗방울이 밀려들어왔다. 앞장선 을지문덕의 뒷모습을 한동안 노려보던 연태조는 느슨해진 목덜미의 옷깃을 신경질적으로 잡아당기고서 그의 뒤를 따랐다. 침상 앞쪽의 횃대에 걸린 저고리를 걸친 담징도 그들의 뒤를 따랐다.

천막 밖에서는 을지문덕과 연태조의 가병들이 양쪽으로 나누어 선채 기 싸움을 벌이고 있었다. 담징은 밖으로 나오고 나서야 여우비가 내리고 있었다는 걸 알아챘다. 화창한 한낮에 내리는 비. 솜털처럼 흩날리는 가벼운 빗방울이 사람들의 옷과 목덜미에 달라붙어 새벽에 태어난 이슬인 척하고 있었다.

칼을 든 무사들이 뿜어내는 팽팽한 긴장감에 눌린 일꾼들은 움막 입구에서 고개만 내민 채 무덤 쪽으로 걸어가는 일행을 물끄러미 바라보았다. 무덤으로 올라가는 언덕길 중턱에는 붉은색 일산 아래 창백한 얼굴을 한 두 명의 여인이 서 있었다. 열 명이 넘는 시녀와 몸종을 거느리고 있었지만 하늘색 주름치마와 저고리를 입고 있는 일산 아래 여인들은 아무 장식도 달지 않은 수수한 차림새였다. 어깨를 나란히 한채 걷던 두 사람은 약속이나 한 듯 발걸음을 멈추고 고개를 숙였다. 일산 아래의 두 여인 중 나이 든 여인이 먼저 입을 열었다.

"주활께서 보낸 서찰을 받고 한걸음에 달려왔습니다. 정녕 아들의 무덤을 더럽힌 자가 죽었다는 게 사실인가요?"

"맞사옵니다. 온달장군님의 무덤을 더럽힌 자는 천벌을 받아서 죽었습니다."

손을 맞잡은 두 여인은 슬픔을 삼키느라 굳게 다문 입술을 파르르 떨었다. 나이 든 여인을 부축하고 있던 젊은 여인이 을지문덕에게 다시 물었다.

"대체 왜 이런 일이 벌어진 건가요?"

"널방의 벽에 그려진 그림 때문이었습니다. 어떤 그림을 그릴지 화공들 사이에서 갈등이 있었고, 그것 때문에 살인이 벌어진 겁니다."

을지문덕과 이문진을 뒤따르던 담징은 두 여인의 시선이 자신에게 향하는 것을 느끼고서 죄책감에 고개를 숙였다. 비에 얼룩진 땅을 내려다보던 그의 귀에 젊은 여인의 말소리가 들렸다.

"어떤 벽화를 그릴지 때문에 사람을 죽이다니요. 그게 대체……."

"공주마마, 외람된 말씀이오나 반역죄로 처형당한 말객 오랑에 대해서 생각해보십시오. 그 역시 질투심에 태왕폐하와 온달장군님을 배신했습니다. 화공들 역시 자신들의 그림에 목숨을 걸 만큼 자부심을 가지고 있습니다. 그것이 지나쳐 살인이 발생한 것이라고 해도 전혀 이상할 게 없사옵니다."

평강공주는 끝내 눈물을 쏟고야 말았다. 그녀가 시어머니 오씨 부인의 손을 꼭 움켜잡으며 말했다.

"살인자가 죽었다면 이제 부군을 모셔도 되는 겁니까?"

평강공주의 말에 을지문덕은 고개를 저었다.

"아직 한 가지가 남았습니다. 따라오실 수 있겠습니까?"

"그러지요. 그런데 뭐가 남았다는 말씀이십니까?"

"왜 화공들이 살인을 저질렀는지 직접 보시는 게 좋을 듯싶습니다."

사람들은 또 다시 침묵에 휩싸였다. 오직 언덕을 오르기 위해 내뱉는 가쁜 숨소리와 치렁치렁한 옷자락이 세상을 스치는 소리만 들려올 뿐이었다. 서로를 향해 소리 없이 으르렁거리는 가병들을 뒤로하고 담징은 일행을 따라갔다. 야트막한 언덕 꼭대기에 자리 잡은 무덤에 도달할 무렵 빗줄기가 조금 더 거세졌다. 회색 구름들도 낮게 드리워졌다. 담징은 널방의 고임돌이 놓일 곳을 가리고 있던 천막이 사라진 것을 보고 깜짝 놀라 외쳤다.

"비가 널방 안으로 들어가면 벽화가 지워집니다."

담징의 외침에 을지문덕을 비롯해 앞장섰던 사람들이 모두 고개를 돌렸다. 미리 기다리고 있었는지 욱도해와 몽부, 마량도 한쪽에 서서 널방의 고임돌이 놓일 자리로 쏟아져 들어가는 빗줄기를 보며 어쩔 줄 몰라 했다. 담징에게서 시선을 거둔 을지문덕이 미리 걸쳐두었던 사다리를 타고 아래로 사라졌다. 주저하던 연태조가 뒤를 따르자 평강공주와 온달장군의 어머니인 오씨 부인도 사다리를 타고 조심스럽게 아래로 내려갔다. 지켜보던 이문진이 담징의 어깨를 감싸며 말했다.

"들어가서 봐야지."

담징은 뺨을 타고 흐르는 빗줄기를 훔쳐내면서 고개를 끄덕였다.

비에 젖은 사다리는 몹시 미끄러웠다. 널방의 바닥은 이미 빗물에 흥건히 젖어서 발을 디딜 때마다 작은 반지 모양의 파동이 생겨났다. 널방 안은 숨을 죽인 고요함으로 가득했다. 한층 거세진 빗줄기가 널방 안에 모인 사람들의 몸을 채찍처럼 후려쳤다.

"원래 이 널방은 조벽지(粗壁地)법*으로 벽화를 그릴 예정이었습니다.”

비의 채찍질 사이로 을지문덕의 말소리가 들리자 사람들은 비와 마주치지 않기 위해 숙였던 고개를 살짝 들었다.

“그런데 거타지가 갑자기 생각을 바꿔서 화장지법으로 벽화를 그리기로 했습니다. 공주마마께는 뭐라고 했나요?”

갑작스러운 을지문덕의 물음에 평강공주는 기억을 더듬어가며 대답했다.

“그러니까…… 널방의 돌들이 생각보다 단단하지 않아서 색이 번질 것 같다고 하면서 석회를 칠하겠다고 했습니다. 돌을 바꾸는 게 좋지 않을까 생각해보았지만 기일을 맞출 수 없을 것 같아서 그냥 거타지의 말을 따른 것입니다.”

평강공주는 비에 젖은 주름치마를 한 손으로 조심스럽게 움켜잡은 채 대답했다. 담징은 비에 젖어 들어가는 널방 벽만 바라보고 있었다. 비를 머금은 창백한 벽은 처음에는 달라붙은 빗방울을 흔적도 남기지 않고 삼켜버렸다.

“거타지는 왜 생각을 바꿔서 벽에 회칠을 했을까요?”

놀이를 하는 광대처럼 두 손을 펼쳐 든 을지문덕이 손을 들어 빗물을 토해내는 벽을 가리켰다. 더 이상 삼킬 수 없을 정도로 물을 잔뜩 들이켠 널방 벽이 땀 흘리듯 빗물을 토해냈다. 주르륵 미끄러지는 빗방울에 사신들의 몸통이 녹아내리기 시작했다.

“진짜 그림을 숨기기 위해서였습니다.”

"진짜 그림이라니, 그게 무슨 말도 안 되는 소리……."

코웃음을 치며 대답하던 연태조의 목소리가 끊어져버렸다. 여섯 명이 서 있기에 비좁은 널방 안으로 연태조의 신음소리가 메아리쳤다. 평강공주와 온달장군의 어머니인 오씨 부인 역시 비명을 삼킨 채 널벽의 한쪽 구석에 시선을 못 박았다. 빗물에 씻겨 내려간 석회층 아래 새로운 그림이 모습을 드러내는 중이었다.

매미가 허물을 벗듯 창백한 껍질을 벗어낸 그림은 생생한 아름다움 그 자체였다. 담징은 눈가에 고인 눈물을 씻어냈다. 늙은 스승은 보이지 않는 눈과 제자들의 불만을 뒤로한 채 자신만의 그림을 만들어냈던 것이다. 허락받지 않은 공간이었기에 다른 그림 아래 숨겨야 했고, 고임돌이 닫히면 아무도 볼 수 없는 그곳에서 스승은 주름진 손을 더듬거리며 보이지 않는 눈을 달래가며 그림을 그린 것이었다.

사신들이 차츰 사라져버린 널벽에 추상적인 관념 대신 생생하게 살아 움직이는 사람들의 모습이 드러났다. 쇠갈고리에 고기들이 주렁주렁 걸린 고깃간 앞에는 혀를 삐죽 내민 강아지가 붉은 살코기를 올려다보며 침을 흘리고 있었다. 담징은 허물을 벗어내고 세상에 모습을 드러낸 그림들에서 눈을 떼지 못했다. 양쪽 지붕 끝에 연꽃 모양의 장식을 단 고깃간 옆으로는 마당을 쓰는 어린 노비들이 서로 얼굴을 마주보며 웃고 있었다. 그들이 쥐고 있는 싸리비 아래로 낙엽들이 굴러다녔다. 담징은 흐르는 눈물 아래 활짝 미소를 지었다. 청룡의 날갯죽지가 사라진 곳에는 우물가에서 물을 긷는 여인네들이 모습을 드러냈고, 백호의 이빨이 씻겨 내려가자 물동이를 머리에 올린 아낙네가 길가에 주저앉아 투정을 부리는 아이에게 다정한 눈길을 보내는 광경이 보였다.

살아 움직이는 사람들과 사물들을 그대로 잡아다 벽에 가둬놓은 것처럼 생생한 모습이었다. 사신이 완전히 사라진 곳에는 고귀하지 않은 백성들의 희로애락이 고스란히 옮겨져 있었다. 담징은 눈물을 삼키고 그동안 갇혀 있던 벽화 앞에 섰다. 벽화 안에 새겨진 무수히 많은 사람들은 묘주이거나 혹은 존귀한 귀족이라고 노비들과 백성들보다 두세 배 크게 그려져 있지 않았다. 모두 똑같은 크기였다. 울고 있는 담징의 흐린 눈동자 너머로 잔뜩 웅크린 채 그림을 그리고 있는 거타지와 미오가 보였다. 보이지 않는 눈 때문에 벽에 바짝 붙은 채 그림을 그리는 거타지 뒤로 횃불을 든 미오가 서 있었다. 스승 뒤에 서 있는 미오의 얼굴은 복잡한 감정들로 소용돌이치고 있었다. 증오, 미움, 배신감, 질투, 그리고…… 비밀.

그림에 몰두하고 있는 스승의 그림자가 열정이었다면 미오의 그림자는 은밀함을 담은 거짓이었다. 두 개의 그림자는 널방의 바닥에 길게 드리워져 있다가 두 사람이 움직일 때마다 서로 뒤엉켜버렸다. 땀 같은 눈물이 담징의 눈에 넘쳐흐르며 눈앞의 광경들을 지워나갔다. 다시 멀어진 두 개의 그림자 중 좀 더 길게 늘어진 미오의 그림자가 거타지의 그림자에게 두 손을 뻗었다. 천천히 손을 뻗은 미오의 그림자는 거타지의 그림자를 옭아맸다. 목을 감싸 안은 미오의 그림자가 뱀 같은 혀를 날름거리며 웃었다. 그리고 벽에 바짝 붙어서 그림을 그리던 거타지가 붓을 떨어뜨리고 옆으로 꼬꾸라졌다. 미오는 발밑에 누운 거타지를 무심한 눈길로 내려다보았고, 그의 그림자는 쓰러진 거타지의 그림자를 짓밟았다.

담징은 터져 나오는 울음을 씹으며 고개를 돌렸다. 쏟아지는 눈물 때문에 더 이상 아무것도 볼 수 없게 되기 직전 담징의 눈에 다른 무언가가 스치고 지나갔다. 다른 방향으로 뻗어 나온 그림자가 널방 입구 쪽에 언뜻 스치고 지나갔지만 그것을 생각하기 전 그의 시선은 현실로 돌아왔다.

"감히 여기가 어디라고 이런 천박한 그림을 그려놓다니……."

잘 갈려진 칼날 같은 목소리가 거타지와 미오가 있던 자리에서 들려왔다. 비에 젖은 콧수염을 손끝으로 비비던 연태조가 창을 빗맞은 멧돼지처럼 화를 냈다. 손을 맞잡고 있는 두 여인들의 얼굴 역시 딱딱하게 굳어져갔지만 담징은 벅차오르는 감동에 소리라도 지르고 싶은 심정이었다.

"거타지는 사신도에 있어서는 고구려 최고라고 일컬어지던 화공이었습니다. 그런 그가 무슨 이유 때문에 풍속도를 그리기로 결심했는지 모르겠지만 미오와 함께 은밀히 작업을 진행했습니다. 미오는 질투 혹은 배신감으로 거타지를 독살하고, 무심코 석회를 많이 썼다는 얘기를 한 막두지를 죽이고, 일꾼으로 변장해서 모본을 그려주던 백선을 잡아서 감금하고 돌아온 담징까지 해치려다가 구덩이 안에서 불에 타 죽고 말았습니다."

"거타지가 왜 이런 짓을 저질렀는지 모르겠군. 들키면 목숨이 열 개라도 부족할 것임을 잘 알고 있었을 텐데 말이요."

"스승님께서는 몇 년 전부터 눈이 안 보이기 시작하셨습니다."

우두커니 서 있던 담징의 외침에 사람들의 시선이 모였다.

"그때부터 주변의 사물들과 풍경들을 그리워하셨습니다. 항상 보았을 때는 소중한 줄 몰랐는데 이제 마음대로 볼 수 없게 되니까 그것들이 그리워진다고 하면서 말입니다."

담징의 목소리는 널방 안에 메아리치는 빗소리들을 삼켜버리며 그 안에 서 있는 사람들의 귀를 울렸다.

"그래서 이런 신성한 곳에 자기 멋대로 그림을 그려놨단 말이냐?"

"스승님은 뒤늦게 알아차리신 겁니다. 화공이 정말 세상에 남겨놓아야 할 그림이 무엇인지, 어떤 걸 그려야 하는지 말입니다."

코웃음을 친 연태조의 말에 담징은 담담한 목소리로 대꾸하며 벽쪽으로 걸어갔다. 주작이 완전히 씻겨 내려간 남쪽 벽에는 길거리에서 뛰어 노는 아이들이 보였다. 제일 앞장 선 아이의 함박웃음이 빗물에 묻어 나왔다. 모두 일곱 명의 아이들이었다. 큰 아이, 작은 아이, 뛰어가다 넘어지는 아이, 두 팔을 새처럼 펼치며 껑충 뛰는 아이…… 담징은 손끝으로 아이들을 만져보았다. 아이들의 얼굴과 몸은 그가 알고 있는 규격과 법칙대로 그려지지 않았다. 갸름하고 날렵한 얼굴의 아이들은 단정한 옷차림으로 가만히 서 있지 않았다. 마치 살아 있는 것처럼 까르르 웃으며 날갯짓을 하고 있었다. 담징은 눈이 보이지 않고서야 주변

풍경에 대한 애정을 살려낸 스승의 절박함에 고개를 저었다.

"화공은 그냥 시키는 대로 그림만 그리면 된다고 생각하시겠죠. 하지만 그림을 그리는 것은 손과 눈이 아니라 마음입니다. 화공의 마음속에 세상에 대한 애정과 따스함이 없으면 그림은 단지 형식과 기교에 불과할 따름입니다."

"건방진 소리. 화공들은 그냥 시키는 대로 그리기만 하면 돼. 어떤 걸 그릴지는 묘주가 결정하는 거야."

"하지만…… 그림의 형식은 지난 수백 년간 많은 화공들의 노력 덕분에 바뀌고 또 바뀌었습니다. 처음에는 찢어진 눈에 풍만한 얼굴선을 가졌던 벽화 속의 사람들이 언제인가부터 갸름하고 보기 좋은 얼굴로 변해간 것은 화공들의 고뇌 덕분이었습니다. 화공들이 생각하지 않았다면 그림은 다만 빈 벽을 채우는 무늬에 불과했을 겁니다."

연태조는 뺨을 실룩거리며 담징을 내려다보았다. 그가 막 입을 열려는 순간 평강공주의 목소리가 비에 젖은 널방 안을 갈라놓았다.

"그만하세요. 그리고 네 이름이 담징이라고 했느냐?"

서슬 퍼런 평강공주의 외침에 연태조는 입을 다물고 뒤로 물러났다. 살짝 고개를 끄덕인 담징에게 평강공주가 말했다.

"네 스승의 뜻은 알겠지만 여긴 내 부군이 잠들 곳이다."

말을 잠시 끊은 평강공주는 천천히 시선을 옆으로 돌리며 빗줄기 아래 드러난 벽화를 바라보았다. 그녀의 입에서 짧은 감탄사가 흘러나왔다.

"좋은 그림이구나. 마치 마을 하나를 통째로 옮겨다 놓은 것 같아. 사람들의 표정이 다 살아 있어. 이걸 그린 사람의 마음이 어떠했는지 잘 알 것 같다. 하지만 내 부군은 사신들이 지켜주어야 한단다. 내 말 이해하겠니?"

담징은 고개를 끄덕거렸다. 평강공주는 비에 젖은 담징의 어깨에 손을 올리며 말을 이어갔다.

"안 됐지만 이 그림들은 지워야 한단다. 그리고 다시 사신을 그려야 해. 네가 해주겠니?"

담징은 대답 대신 벽화들을 쳐다보았다. 태어날 때부터 누군가에게 보이지 못할 운명에 처했던 벽화는 아주 잠깐 세상에 모습을 드러낸 대가로 사라질 운명에 처했다. 또 다시 눈물이 솟구쳐 오른 담징은 비에 젖은 손가락으로 눈가를 닦아내며 말했다.

"잊지 않으실 거죠?"

"……"

"이 벽화들, 제 손으로 깨끗이 지울게요. 어차피 아무도 볼 수 없었던 벽화였으니까 지운다고 해도 이상할 건 없을 겁니다. 대신 이 그림을 그리기 위해 열정을 다했던 스승님의 마음만은 잊지 말아주세요. 약속해 주신다면 제가 다 지워버리고 원하시는 그림을 그려드리겠습니다."

"고맙다. 돌아가신 부군께서도 안심할 것이야."

말을 마친 평강공주는 연태조를 바라봤다. 방해하지 말라는 듯한 평강공주의 시선을 느낀 연태조는 어깨를 한 번 으쓱거리더니 담징의

귓가에 속삭였다

"너희 화공 놈들은 모두 미쳤어."

미소를 머금은 연태조가 덧붙였다.

"분수도, 주제도 모르는 어리석은 놈들이라고……."

어느 틈엔가 빗줄기가 그쳤다. 쏜살같이 물러난 회색구름 너머에 자리 잡고 있던 태양이 거미줄 같은 햇살을 지상에 내던졌다. 사람들은 눈부신 태양빛에 손으로 빛을 가렸다.

終章

그로부터 사흘 후

사람들의 표정에는 긴장감과 엄숙함이 땀방울처럼 배어 있었다. 사흘 동안의 밤샘 작업 때문에 온몸이 녹초가 된 담징은 목마름을 애써 참으며 언덕길을 올라오는 관과 사람들을 바라보았다. 하얀 상복을 입은 사내들의 어깨에 올라간 검은색 관은 몇 년 동안의 방랑 끝에 고향으로 돌아오는 나그네 같은 엄숙함을 풍겼다. 길가에 늘어선 사람들이 곡을 하며 눈물을 보였다. 평강공주와 온달장군의 어린 아들을 필두로 긴 행렬이 관을 뒤따랐다.

부어오른 목구멍에서 올라오는 기침을 숨기기 위해 손으로 입을 가리고 고개를 돌린 담징은 나란히 서 있는 세 사람을 보고서 얼른 시선을 거두었다. 세 사람 모두 담징이 벽화를 그린다는 데 아무 말도 하지 않았지만 분명한 모욕으로 받아들였을 것이 틀림없었다. 한없이 어색해지고 불편해진 담징은 사흘 동안 그들과 말도 하지 못했다. 하지만 담징은 그 어느 때보다 자유로웠다. 격식을 벗어난 파격이 오히려 담징에게 마음대로 붓을 움직이게 하는 힘이 되어준 셈이었다. 욱도해와 몽부가 귓속말을 주고받으며 자신을 쳐다보았다. 무슨 말을 나누고 있을까 잠시 궁금함이 일었지만 담징은 애써 무시했다.

담징은 뻐근한 어깨에 손을 올리고 주먹질을 해보았다. 그러나 떨어져나갈 것 같은 어깨의 통증은 사라지지 않았다. 뜨거운 물에 몸을 푹 담그고 잠이 드는 자신의 모습을 상상하던 담징은 자신도 모르게 기침같이 터져 나오는 웃음에 황급히 손으로 입을 가렸다. 엄숙하고 장엄한 장례식이었지만 담징의 눈에는 돈을 받고 울어주는 사람들과 억지로 슬픔을 쥐어짜내는 사람들밖에 보이지 않았다. 이들은, 내가 어떤 비밀을 가지고 있는지 상상이나 할 수 있을까? 다시 웃음이 터졌지만 이번에는 미리 입을 가리고 있었기에 마음껏 웃을 수 있었다.

"장례식이 아직 안 끝났네. 너무 서두르는 게 아닌가 하네만……."

이문진은 천막 입구를 막아서고 있는 을지문덕을 쳐다보지도 않은 채 대답했다.

"어차피 주활 어르신이 의도한 대로 일이 풀리지 않았습니까? 전 이제 제 일을 하러 갈 겁니다."

"말투를 보니 화가 나 있는 것 같군. 우린 육 년 전처럼 어려운 일을 풀어냈네. 그때처럼 내란의 위기를 막은 것 정도는 아니지만 말이야."

느릿하고 여유롭게 들리는 을지문덕의 말에 이문진이 주먹으로 탁자를 내리치며 소리쳤다.

"뭘 해결했다는 말입니까? 우린 다만 말을 맞추었을 뿐입니다."

"그거야 살인을 저지른 사람이 죽었으니까 그랬지. 자넨 자네가 하는 모든 행동을 남들이 이해할 수 있게 명확하게 설명할 수 있나? 더군다나 그자는 스승과 동료들을 죽인 살인자야. 자네나 나 같은 사람이 아니란 말이야."

"왜 구덩이 안에서 발견된 두 구의 시신들을 검시하지 않았습니까?"

"미오가 살인자였다는 건 이미 밝혀진 일이야. 더 조사할 필요가 없어서 그렇게 조치한 것뿐이야."

"미오가 정말 살인자였다고 확신하십니까?"

"그건 또 무슨 소리야!"

버럭 화를 낸 을지문덕에게 이문진이 대답했다.

"구덩이 안을 살펴봤는데 담징이 빠져나온 통로 말고 반대쪽에 또 다른 통로가 하나 있는 걸 발견했습니다. 그쪽도 장작더미에 가려져 남의 눈에 띄지 않고 드나들 수 있게 되어 있었습니다."

"그 얘긴 나도 들었네만 그게 구덩이 안에서 벌어진 일들을 의심할 만한 단서가 되진 않아. 정말로 의심스러웠다면 지난 사흘 동안 입을 다물고 있었을 리가 없겠지. 안 그런가?"

"어쩌면 저도 주활 어르신처럼 사람들과 다른 방식의 올바름이 나을지 모른다고 생각해봤습니다. 율령은 높은 자들이 아랫사람들을 다루기 위한 수단에 지나지 않고, 사람들의 마음속에는 항상 나쁜 짓을 저지르고자 하는 욕망이 잠재해 있다고 말입니다. 하지만……."

아무것도 놓여 있지 않은 탁자를 물끄러미 내려다보던 이문진이 힘없이 입을 열었다.

"전 두렵습니다."

"뭐가 두렵다는 말인가? 난 자네와 생각이 다를 뿐, 가고자 하는 길은 똑같아."

널방으로 통하는 널길은 깨끗하게 단장되어 있었다. 이빨이 하나도 남아 있지 않은 늙은 신녀가 햇빛을 받아 반짝거리는 풍성한 두루마리로 가냘프고 오래된 몸을 감춘 채 청동방울을 흔들며 나쁜 기운을 쫓고 있었다. 널길의 좌우에는 조정에서 나온 고관들과 귀족들이 서 있었다. 언덕 아래 무리지어 있는 백성들과 달리 하얀 천으로 덮은 일산 아래 서 있는 귀족들과 관리들의 표정에서는 지루함만 읽혔다. 담징은 언덕 아래 모여든 백성들도 대부분 장례 후 나눠줄 물건들 때문에 왔을 것이라고 짐작했다. 무덤에 벽화가 그려지면서 죽은 자의 곁에 생전에 쓰던 물건을 부장하던 관습은 차츰 사라졌다. 대신 장례가 끝나면 죽은 사람이 생전에 쓰던 물건을 장례식에 왔던 사람들에게 나눠주었다. 천장의 고임돌까지 올린 무덤 뒤쪽에는 온달장군이 쓰던 무기와 갑주들, 옷과 신발들이 가지런히 정리되어 있었다.

담징은 한 사람의 죽음이 세상에 미치는 파장에 대해서 생각하던 중 어디선가 들리는 소리에 귀를 기울였다. 코가 막힌 사람의 신경질적인 숨소리 같던 그 소리는 아까 담징이 내뱉었던 웃음소리와 닮은 것 같았다. 늙은 신녀의 중얼거림과 사람들의 곡소리 사이에 숨어든 불길한 킬킬거림은 담징의 웃음소리와 너무나 닮아 있었다.

"아니요. 주활 어르신은 저와 다릅니다."

강하게 고개를 흔든 이문진은 을지문덕을 똑바로 쳐다보며 다시 입을 열었다.

"주활 어르신은 저와 다른 존재입니다."

"다른 존재? 그게 무슨 말인가?"

을지문덕의 반문에 잠시 고민하던 이문진은 탁자 옆에 놓인 버들고리상자를 열고 목간 하나를 꺼내서 을지문덕에게 건네주었다.

"읽어보십시오."

을지문덕은 아무 말 없이 목간을 펼쳐들었다. 만들어진 지 오래되어 보이는 목간이지만 나무쪽을 연결하는 가죽끈엔 새로 교체한 흔적이 보였다. 목간은 시커멓게 변색되어 있었다. 어두운 목간에 쓰인 글씨를 하나씩 읽어 내려가던 을지문덕에게 이문진이 말했다.

"그건 이백오십 년 전 동천태왕께서 묻히신 시원에서 자결한 근신들의 명단을 정리한 것입니다. 밀우와 유옥구를 비롯해 다들 동천태왕께서 관구검과의 싸움에서 패하고 동옥저까지 물러나셨을 때 따랐던 사람들입니다."

"그거야 생사고락을 같이했으니 그랬을 수 있지. 이 나라에는 남쪽의 가야처럼 순장하는 관습이 없었으니까 말이야."

"그 밑에 시신들을 검시한 의원이 남겨놓은 소견이 있습니다. 하나

같이 입안에 쑥이나 마늘이 들어가 있고, 목을 찔렀다고 되어 있습니다. 보통 칼로 자결하면 입으로 칼을 물고 앞으로 넘어지거나 왼쪽 가슴을 찌르지 목을 찌르는 경우는 극히 드뭅니다. 그런데 그때 시원에서 자결한 열아홉 명 모두 목을 칼로 찔러서 자결했습니다. 그것도 입안에 쑥이나 마늘을 물고 말입니다."

"죽음의 방법은 가지가지야. 이해할 수 없다고 이상하게 여길 필요는 없잖아."

"시신들이 물고 있던 쑥과 마늘을 빼려고 하다가 시신들의 송곳니가 날카롭게 갈려진 상태였다는 사실을 발견한 건 어떻게 이해해야 할까요? 마치 맹수의 이빨처럼 뾰족해져 있다고 쓰여 있었습니다."

"자네가 의아해하는 것은 이해하겠네. 그런데 이게 나랑 무슨 상관이라고 그러는 건가?"

"정말 모르시겠습니까?"

서로 힘껏 잡아당겨서 당장이라도 끊어질 것 같이 팽팽하던 긴장의 끈은 한쪽이 손을 놓아버리는 것으로 허무하게 끝났다. 몸을 돌린 이문진이 냉랭한 목소리로 말했다.

"짐을 마저 싸야 합니다. 이만 돌아가주시겠습니까?"

담징은 등을 타고 흐르는 식은땀에 몸서리를 쳤다. 분명 무언가가 있다는 직감이 그의 머릿속을 마구 두드려댔지만 정작 주변에는 아무것도 보이지 않았다. 널길 앞에 멈춰선 관이 내려지고 늙은 신녀의 마지막 축원이 벌어지고 있는 중이었다. 물 묻은 나뭇가지를 털며 관 주위를 도는 신녀의 뒤로 양쪽으로 머리를 묶은 어린 소녀 둘이 향이 피어나는 둥근 향구를 들고 뒤를 따랐다. 향구에서 흘러나온 회색빛 연기가 관 주위를 포위하듯 둘러쌌다. 문상객들의 곡소리는 사라지고 죽은 자를 대면하는 엄숙함만이 무덤과 관 주변을 빼곡히 둘러싸고 있었다.

담징은 아까부터 들려오는 웃음소리를 찾기 위해 두리번거렸다. 숨을 죽인 웃음소리가 거대한 손으로 변해서 그를 움켜쥐고 있는 것 같았다. 그 거대한 손이 힘을 주기만 하면 담징은 붉은 즙이 짜인 껍데기만 남을 터였다. 뺨을 타고 흘러내리는 땀이 간지럽게 느껴졌다. 그 사소한 감각이 문득 담징을 떨게 만들었다. 그리고 바로 그 순간 담징은 웃음소리의 근원을 발견했다. 한 손으로 입을 가린 마량이 계속 그를 쳐다보고 있었다. 입을 가린 손바닥 때문에 그가 웃고 있는지 확신할 수 없었지만 약간 아래로 쳐진 눈꼬리와 마찬가지로 손바닥에 가려진 입 역시 양쪽 끝이 위로 올라가 있는 것 같았다.

마량이 왜 웃고 있을까 하는 의문은 입을 가린 그의 손등에 난 흔적을 보는 순간 송두리째 날아갔다. 입을 가린 마량의 왼쪽 손등에 반달 모양의 피멍이 있었다. 담징은 빛 한 점 없는 어둠 속에서 입안으로 미끄러져 들어온 손을 힘껏 깨물었을 때의 느낌이 혀끝에서 되살아났다. 마량은 담징의 시선을 눈치챘는지 그를 응시했지만 손을 내리지도 고개를 돌리지도 않은 채 그대로 웃고 있었다.

땀에 젖은 등이 차갑게 식어가면서 담징의 몸도 점점 굳어버렸다. 딱딱해진 등뼈가 창처럼 곤두서자 담징은 꼼짝할 수가 없었다. 한 점의 죄책감도 없이 웃고 있던 마량이 손을 내렸다. 늙은 신녀의 축원이 끝나고 사람들이 다시 곡을 하면서 고요하던 사방은 여러 소리로 가득 찼지만 담징은 소리 없는 마량의 말을 움직이는 입모양으로 읽어냈다.

 -너무 늦게 알아냈구나. 그 늙은이는 존엄한 사신을 더럽혔어. 죽어 마땅하지.

 마량은 웃고 있지 않았지만 분명 웃고 있었다. 그를 향해 왼쪽 손등에 난 상처를 흔들어 보이는 마량의 눈에서 깊은 광기가 스며나왔다.

 -상주에게 그 사실을 고하기만 했어도 스승님의 일은 막을 수 있었어요.

 -얄밉기는 했지만 널방에 그려진 사신은 내가 본 것들 중 가장 아름다웠단다. 그 늙은이의 입만 막으면 그 아름다운 사신은 영원히 존재할 수 있었어.

 -하지만 그 사신은 사라져버렸죠. 빗물에 씻겨서 흔적도 남기지 않고 사라졌어요.

 담징의 반격에 마량의 얼굴이 어두워졌다. 담징은 틈을 주지 않고 쏘아붙였다.

 -제가 그린 사신은 스승님이 그린 사신보다 형편없어요. 세부적으로 그리지도 않았고, 신비감도 줄었습니다. 저도 죽이고 싶었겠군요.

 널길의 바닥에 통나무를 깔고 그 위에 관이 얹히고 건장한 일꾼들이 천천히 널길 안으로 관을 밀어 넣었다. 힘을 모으는 사람들의 소리에 둘의 소리 없는 대화는 부스러졌다. 한층 높아진 곡소리와 부산스럽게 움직이는 사람들의 몸짓 속에 파묻힌 마량을 노려보던 담징은 허탈함에 어깨를 늘어뜨렸다. 스승을 죽음으로 이르게 한 것은 증오나 미움이 아니었다. 그림을 바라보는 시선의 어긋남이 스승을 좁고 어두운 널방 안에서 죽음에 이르게 한 것이었다. 소리 없는 눈물이 구겨진 소맷자락에 떨어졌다. 관이 널길 안으로 완전히 사라지자 곡을 하던 사람들은 일제히 무덤 뒤편에 놓인 물건들을 손에 넣기 위해 사라졌다. 마량도 사라져버렸다.

머물고 있는 천막으로 돌아온 을지문덕은 어둠이 내리깔린 천막 한가운데 우두커니 서서 생각에 잠겼다. 자신과 다른 존재라는 이문진의 외침이 귓가에 메아리쳤다. 뭐가 다르고 왜 다른 것인지 모르겠지만 이문진의 외침에는 분명 두려움이 섞여 있었다. 을지문덕은 두 손으로 얼굴을 가렸다. 굴곡진 손의 주름을 간신히 뚫고 들어온 빛이 손바닥과 하나가 되어 그의 눈을 가득 채웠다. 문득 도망치고 싶다는 생각이 들었다. 을지문덕은 스스로에게 반문했다.

  -어디로, 아니 뭘 피해서 도망치겠다는 거지?

그건 알 수 없는 힘이라고 을지문덕은 중얼거렸다. 어린 시절부터 그의 주변을 감싸고도는 이상스러운 기운은 그에게 천재라는 수식어를 안겨주었지만 정작 그 힘의 근원에 대해서는 아는 것이 없었다. 어느 순간 그 힘을 인식한 순간, 더 정확히는 그 힘을 마음대로 움직일 수 없다는 것을 깨달은 순간부터 을지문덕에게는 그 알 수 없는 힘이 곧 두려움이 되었다.

　-혹시 이문진이 말한 다른 존재가 내 힘을 가져다주는 원천일까?

　하지만 이문진의 말은 이해할 수 없었다. 체념하듯 고개를 돌린 을지문덕의 시선에 우연히 모본들이 쌓인 탁자가 들어왔다. 이문진의 말대로 거타지의 죽음으로부터 시작된 이번 일은 풀린 것이 아니었다. 다만 살인 조각들과 흔적들을 이리저리 맞춰보고 말을 꾸며낸 것에 불과했다.

　을지문덕은 자신도 모르는 사이 모본으로 향했다. 탁자 앞에 서서 이리저리 흩어진 모본들을 유심히 살펴보았다. 무엇이 날 여기로 이끌었을까? 담징이 그린 것으로 밝혀진 모본은 더 이상 이번 살인의 실마리나 단서가 될 수 없었다. 하지만 분명 무언가가 더 있다는 생각이 그의 머리를 바늘처럼 찔러댔다. 대체 무엇일까?

　그 순간 멀리 무덤 쪽에서 들려오던 소음들이 뚝 그쳤다. 그리고 그의 머리 안쪽 어딘가에서 다른 울림이 들려왔다.

　담징이 모본을 그렸다면 다른 화공들은 그 사실을 몰랐을까? 백선같이 일꾼들 사이에 섞여 있었던 것도 아니고, 더군다나 미오가 거타지의 벽화를 그리는 걸 도와주었는데…….

　딱딱해진 침이 목을 메어왔다. 진실, 왜 하필이면 지금…….

　그리고 어둠이 그의 눈앞을 가렸다.

담징은 사라진 마량을 찾기 위해 문상객들 사이를 헤치고 지나갔다. 죽은 자를 기리는 슬픔은 사라지고 값진 물건들을 차지하기 위한 아귀다툼만이 남은 모습이었다. 담징은 물건을 손에 넣기 위해 주먹다짐을 벌이는 사내들을 보았다. 그들의 뒤쪽으로는 부인과 아이들이 악을 쓰며 소리를 질렀지만 싸움을 말리는 것이 아니라 이기기를 바라며 외치는 소리였다. 짧은 의전용 창을 든 병사들과 주인을 따라온 노비들이 그런 그들을 손가락질하며 비웃는 것도 보였다. 삶의 악다구니가 부글거리는 그곳에서 담징은 아무리 찾아도 보이지 않는 마량을 찾아 헤맸다. 눈가를 스치고 지나간 굵은 땀방울에 상처 입은 한쪽 눈이 자꾸만 껌뻑거렸다. 손등으로 눈가를 문지르던 그의 귀에 마량의 목소리가 들려왔다.

"미오가 얘기해주더구나. 매일 밤늦게 스승이 벽화를 그리고 새벽에 석회로 마감칠을 한다고 말이야. 밝은 갈색 계통의 색을 많이 써서 불빛을 갖다 대지 않으면 절대로 보이지 않는다고."

담징은 몸을 돌리려고 했지만 억센 두 손이 그의 어깨를 내리누르는 바람에 꼼짝도 할 수 없었다. 원하는 물건을 손에 넣었다고 기뻐하는 젊은 아낙네의 웃음소리가 매운 연기처럼 그의 눈을 시리게 만들었다.

"다 이해할 수 있었어. 나를 무시하고, 바보 취급했던 것들 말이야. 그런데 감히 고귀한 사신을 더럽히고 무시하는 건 용서할 수 없었어."

그의 귓가에 대고 속삭이던 마량의 말끝은 신경질적인 웃음으로 변해갔다. 마음의 한쪽이 사라져버린 불균형한 웃음이었다.

"사실 말이야. 우린 모두 살인자야. 물감에 독을 탄 건 나지만 다른 놈들 역시 나와 똑같은 심정이었을 거야. 너 역시 살인자야."

"난 아니야."

그의 말에 담징은 버럭 소리를 지르며 저항했지만 아무 소용이 없었다. 버들고리 상자를 품에 안고 그들을 가로질러가던 어린 소년 둘이 힐끔거렸다.

"아니, 너도 살인자야. 들어온 지 삼 년밖에 안 된 놈이 스승의 총애를 받아서 우리의 질투를 불러일으켰잖아. 십 년 넘게 온갖 고생을 마다하지 않았던 우리들이 너를 향한 스승의 애정 어린 눈길을 보면서 무슨 생각을 했을까? 더 열심히 해야겠다는 생각?"

마량은 낄낄거렸다. 귀중한 물건을 찾았는지 굳어진 시선 한쪽 끝에서 비명과 환호성이 한꺼번에 터져 나왔다. 아직까지 빈손이던 문상객들이 소리가 들린 쪽으로 우르르 몰려갔다. 사람들의 아우성 사이로 마량의 속삭임이 들려왔다.

"그 어둠 속에서 백선이 널 구해준 줄 알고 있었지. 그렇지?"

그 순간 담징은 깨달았다. 뒤엉킨 어둠 속에서 들려오던 상처 입은 목소리가 백선의 것이 아니었음을······.

눈앞의 어둠은 곧 사라졌지만 을지문덕의 마음속에는 깊은 잔상이 남았다. 그는 아랫입술을 지그시 깨물며 천막 안을 빙빙 돌았다. 머릿속에서 휘몰아치는 생각들을 하나씩 잡아나가고 싶었다. 어둠은 의도

적인 것이었다. 어둠은 담징을 속였고, 을지문덕과 이문진도 속였다. 어
둠 속에서 깨어난 담징은 들려오는 목소리가 미오와 백선이라고 믿었
고, 실제로 담징이 빠져나온 구덩이 안에서 미오와 백선의 시신이 발견
되었다. 하지만…… 백선은 이미 죽어 있었고, 미오가 담징을 죽이려는
마량을 막았던 것이다. 그리고 마량은 미오를 죽이고, 다른 통로를 통
해 빠져나가버린 것이다. 그러고는 물이 가득 찬 구덩이 안에 뛰어들어
서 몸에 묻은 흔적을 지워버렸다. 더 많은 흔적을 남겨버림으로써 원
래의 흔적을 감춰버린 것이다. 거타지가 원래의 그림 위에 다른 그림을
그려서 세상의 눈길을 속인 것처럼…….

생각에서 깨어난 을지문덕은 자신도 모르게 무덤 쪽으로 고개를 돌
렸다. 연태조와 마주치기 싫어서 장례식에 참석하지 않았지만 벽화를
그리는 일에 참여한 화공들은 관례대로 무덤 주변에서 상주와 관을
맞이하기 위해 아침 일찍 무덤에 가 있었다. 천막 입구를 걷어 찬 을지
문덕의 눈에 하얀 옷을 입은 사람들에게 포위당한 무덤이 보였다. 무덤
은 석회와 진흙을 섞어서 쌓아올린 봉분 덕분에 멀리서 보면 그냥 작
은 언덕처럼 보였다. 을지문덕은 차갑게 가라앉은 숨을 내뱉었다.

담징은 꼿꼿이 서서 귓가로 들려오는 슬픔을 고스란히 받아들여야
만 했다. 마량은 여전히 담징의 양쪽 어깨를 누르며 그의 귓가에 속삭
였다.

"내가 먼저 그 녀석을 알아봤지. 수염을 잔뜩 길러서 얼굴을 가렸지

만 그 녀석 걸음걸이는 백리 밖에서도 알아볼 수 있거든……. 막두지를 죽이고 한숨 돌렸다고 생각했는데 그놈을 보니까 덜컥 겁이 나더군. 분명 거타지와 어떤 교감이 있지 않고서야 그렇게 은밀히 우리 곁에 있을 이유가 없잖아. 비가 오는 날 무덤 위에 쳐놓은 천막을 손보러 놈이 나가는 걸 보고 나도 얼른 따라 나갔지. 그러고는……."

마량의 속삭임은 그들의 눈앞으로 떠밀려 온 한 무리의 사람들이 사납게 짖어대며 주먹질을 하는 바람에 멈추고 말았다. 허공에 뜬 옷가지들은 사방에서 잡아당기는 손길에 찢어졌고 작은 곡옥을 꿰어서 만든 목걸이도 줄이 끊어지면서 순식간에 흩어져버렸다. 담징은 주먹질을 해대던 사람들 중 누군가가 떨어뜨린 작은 칼이 발밑으로 굴러온 것을 눈치챘다. 손때가 묻어서 새까매진 나무 손잡이에는 너무 오래 써서 찌그러진 칼날이 간신히 붙어 있었다. 상대방에게 떠밀린 사내의 등이 담징의 가슴에 부닥치면서 함께 주저앉고 말았다. 사내와 뒤엉켜 쓰러진 담징은 칼을 슬쩍 집어 들어서 낡은 소매 안에 집어넣었다. 담징을 일으켜 세운 마량이 그를 끌고 사람들 틈을 빠져나갔다. 끌려가던 담징이 그에게 물었다.

"나를 어디로 데려가는 거예요?"

"너의 운명을 시험하러……."

"죽일 거면 여기서 그냥 죽여요."

"그럴 순 없지."

어깨를 움켜쥔 마량의 손아귀를 뿌리치기 위해 발버둥을 치며 외치는 담징에게 마량이 차갑게 말했다.

"내 손에 또 다시 피를 묻힐 생각은 없어."

마량의 낄낄거림은 길고 축축한 혀처럼 그의 귀를 핥고 지나갔다. 눈앞을 가린 사람들이 없어지자 담징의 눈에 연태조가 보였다. 옆에 있는 늙은 관리와 말을 주고받던 연태조가 담징과 마량을 보더니 눈살을 찌푸렸다. 연태조를 지키고 있던 가병들이 두 사람을 가로막자 마량이 소리 높여 외쳤다.

"나리, 이 아이가 할 얘기가 있답니다."

"고맙다는 얘기는 을지문덕에게나 가서 하거라."

잔뜩 얼굴을 찌푸린 연태조가 귀찮다는 듯 대답하더니 늙은 관리 쪽으로 얼굴을 돌렸다.

"그게 아니오라 주활 어르신이 나리를 속여 넘겼다는 말씀을 드리려는 겁니다."

딱딱하게 굳어진 연태조의 시선이 불현듯 돌아왔다. 금테를 두른 검은색 책을 쓴 늙은 관리가 인사를 하고 눈치껏 사라지자마자 연태조가 두 사람에게 가까이 다가오라고 손짓했다. 앞을 막고 있던 가병들이 마량의 몸을 수색했고, 그 광경을 본 담징은 소매 안에 숨겨둔 칼을 생각했다. 다행스럽게도 지체되는 것을 짜증낸 연태조의 고함에 가병들이 뒤로 물러나버렸다. 두 다리를 벌리고 양손을 허리에 댄 연태조가 두 사람을 번갈아 쳐다봤다.

"하나도 남김없이 사실대로 고하거라."

담징을 힐끔 바라본 마량이 마른침을 삼키고는 입을 열었다.

"사실 살인을 저지른 자는 미오가 아니라 백선이었습니다. 그자가 거타지의 사주를 받고 일을 저지른 겁니다."

"말도 안 되는 소리. 먼저 죽은 자가 살인을 사주했다고? 네놈이 나를 놀리고도 살기를 바라느냐?"

담징은 당장이라도 칼을 뽑아 들고야 말 것 같은 서슬 퍼런 연태조의 고함소리에 움츠러들었다.

"거타지는 나이가 들면서 눈이 나빠져서 그림을 제대로 그리지 못했습니다. 근래에 그린 벽화나 모본들은 대부분 제자들이 그린 걸 약간 손본 정도였습니다."

"뭐 하고 있는 게냐? 당장 저놈을 끌고 가거라."

으르렁거리는 연태조의 외침에 가병들이 마량의 어깨와 팔을 붙잡았지만 마량은 개의치 않고 소리쳤다.

"거타지는 제자들이 이 사실을 다른 사람들에게 발설하는 것이 두려워서 하나씩 죽이기로 결심하고는 쫓아냈던 제자를 불러들였습니다. 그자에게 다른 제자들을 죽이면 다시 제자로 받아들인다고 했지만 그자는 거타지의 제안을 거절하는 것은 물론 거타지를 없애버렸습니다."

"왜? 제안을 거절하면 그만이지 죽일 필요까지는 없었잖느냐."

마량의 말에 흥미를 느꼈는지 가병들을 물러나게 한 연태조가 다시 물었다.

"사주를 받은 자가 바로 백선이었는데 그자는 쫓겨나기 전에 담징을 몹시 애지중지했습니다. 그런데 거타지가 담징까지 죽이라고 하니까 화가 난 나머지 거타지를 죽인 겁니다."

담징은 호기심 어린 연태조의 시선에 온몸이 옭아매진 것처럼 꼼짝도 할 수 없었다. 숨을 쉴 수조차 없는 공포와 당혹감 앞에서 힘없이 서 있는 담징의 귀에 마량의 말이 홍수처럼 밀려들었다.

"백선은 거타지를 죽이고 나서 숨겨진 벽화와 관련된 비밀을 지키기 위해 막두지를 죽이고 저까지 죽이려고 했습니다만, 겨우 그자를 쓰러뜨릴 수 있었습니다."

"그렇다면 왜 그때 얘기하지 않고 지금에 와서야 말하는 것이냐?"

"주활이 이 아이를 싸고도는 걸 똑똑히 보았는데 어떻게 그에게 말할 수 있겠습니다. 주활의 부하들이 바깥으로 나가지 못하게 해서 나으리께도 알리지 못했습니다. 일단 구덩이에 가둬놓고 후일을 도모하려고 했는데 도망쳤던 담징이 돌아와서 백선을 풀어주려고 하다가 지키고 있던 미오와 싸움이 벌어졌고, 그 와중에 구덩이 안에 불이 붙은 겁니다. 그리고 주활이 이 사실을 알았다면 저를 그냥 살려둘 리도 없었을 테고 말입니다."

담징은 딱딱해진 가슴에 조금씩 균열이 생기는 것을 느꼈다. 가마의 불기를 제대로 맞추지 못해 금이 간 항아리처럼 눈에 보이지 않을 정도로 작고 미세한 균열은 어느새 그의 마음 끝까지 도달했다. 지금까지 그가 믿고 있었던 사람들, 지키고자 했던 가치, 그림에 대한 열정과 애정이 밑바닥부터 부글거리며 꺼져갔다. 고개를 떨어뜨린 담징이 멈췄던 눈물을 다시 흘렸다. 그런 그에게 연태조가 다가왔다.

"이자의 말이 사실이냐? 아는 대로 고하면 너에게는 아무런 벌도 내리지 않을 것이다."

"거짓말입니다. 마량 형님은 지금 거짓말로 나리를 속이는 겁니다."

고개를 든 담징의 말에 연태조는 쯧쯧 소리를 내며 눈빛을 번득였다. 아주 짧게 빛난 눈빛 안에서 소름끼치는 욕망을 읽어낸 담징은 절망감에 눈을 감아버렸다. 돌아오지 말았어야 했다. 돌아오지 말고 멀리 도망쳤어야 했다. 돌아오지 말았어야 했다. 후회와 절망이 주룩주룩 흘러내렸다. 그런 그의 귀에 승리감에 가득 찬 연태조의 들뜬 목소리가 들렸다.

"가서 중군 주활을 데려오너라."

그 순간 담징은 소매 속에 숨겨놓은 칼을 떠올렸다. 그 칼을 가지고 목숨을 끊는다면…… 주활 어르신을 살릴 수 있을 것 같았다. 담징은 떨리는 손으로 칼이 숨겨진 소맷자락 안을 더듬었다. 단숨에, 한 순간의 망설임도 없이 목에 칼을 찔러야만 한다는 마음이 번개처럼 그의 마음속에서 번뜩였다.

"부르실 필요 없습니다."

승리감에 젖은 연태조의 목소리가 채 사라지기도 전에 을지문덕의 목소리가 들려왔다. 눈을 뜬 담징은 땀이 들어가 따끔거리는 눈으로 연태조의 가병들을 제치고 나타난 을지문덕을 보았다. 그와 눈이 마주친 을지문덕은 쓸데없는 짓 하지 말라는 듯 고개를 살짝 저었다.

"이번에도 제 발로 나타났군. 방금 이자가 재미있는 얘기를 들려주었소."

"재미있다기보다 솔깃한 얘기였겠지요."

"자네한테는 등골이 오싹한 얘기일 테고."

둘 사이에 흐르는 강렬한 긴장감에 그들의 뒤에 드리워진 세상은 묵묵히 침묵을 지켰다.

"사람들이 비웃을 겁니다. 저에 대한 질투 때문에 미천한 화공의 거짓말에 속아 넘어갔다고 말입니다."

"아니지. 감히 동부 대인의 장자를 속여 넘긴 자네의 어리석음을 비웃을 것이야."

"이자의 말을 믿으시는 겁니까?"

"안 믿을 이유가 없지 않은가?"

두 팔을 활짝 벌린 연태조가 미소를 지으며 대답했다. 머리에 쓴 절풍의 양쪽 옆에 꽂은 금으로 만든 새깃이 하늘거리는 햇살을 받으며 칼날 같은 빛을 뿜어냈다.

"담징도 거짓말을 둘러대고 가병들이 지키는 이곳을 빠져나갔습니다. 작정했다면 빠져나가지 못할 이유가 없었을 테고, 거기다 찬노도 있었는데 말하지 않을 이유가 없습니다."

"겁이 났습니다. 확실하지 않았는데 선불리 입을 열었다가는……."

"당사자한테 자백까지 받았으면서 뭐 주저할 만한 이유가 있었느냐?"

날카롭게 다그치는 을지문덕의 말에 마량은 연태조에게 도움을 요청하는 듯한 눈빛을 던졌다. 연태조가 마량을 노려보는 을지문덕에게 말했다.

"남부 욕살에게 고해서 처음부터 다시 조사해볼 생각이네. 불만 없겠지."

누르는 듯한 연태조의 눈빛 아래서 을지문덕은 어금니 아래로 신음 소리를 삼켰다. 그때 담징의 귀에 마량이 속삭였다.

"아무래도 내 운명이 나를 좋아하는 모양이구나. 이제 어떤 일이 벌어질지 알려줄까? 세상 사람들 앞에 늙은 스승이 저지른 일이 남김없이 밝혀질 거다. 그걸 보고 두 번 죽는다고 하지."

"왜 이런 짓을 하는 거죠? 조용히 지나가면 당신이 저지른 죄는 잊힐 텐데요."

마량은 버둥거리는 담징에게 조롱하듯 대꾸했다.

"사람에게 주어지는 가장 큰 벌이 무엇인 줄 아니? 그건 죽음이 아니라 기억에서의 소멸이야. 거타지나 너는 죽은 다음에도 사람들의 입에 오르내리겠지. 널방 문이 닫히면 더 이상 볼 수 없는 벽화에 대해 말할 때마다 사람들은 너희들을 기억할 거야. 내가 아무리 오래 살고, 많은 재산을 모은다고 한들 진짜 행복해할까? 거타지만 죽이면 모든 게 다 잘될 줄 알았지. 그런데 그 늙은이는 죽음 덕분에 오히려 불멸을 얻었어. 내가 왜 그 구덩이 안에서 너를 놔줬는지 알겠지."

마량의 손아귀에 잡혀 있던 담징의 어깻죽지에서 옷자락 찢어지는 소리가 났다. 담징은 마량의 몸이 앞으로 쏠린 틈을 타 그의 손아귀에서 빠져나왔다. 마량은 손에 남은 옷자락을 움켜잡으며 소리쳤다.

"이리 와. 이제 조금만 있으면 끝이야."

담징은 활짝 웃은 마량의 이빨 사이에 걸린 햇살의 찌꺼기를 보았다. 분노는 분노를 넘어서 살육에 대한 욕구로 변했고, 뜨거워진 질투는 살인을 막을 수 있는 자제심을 녹여버렸다. 광기와 집착으로 번들거리던 마량의 이빨이 닫힌 입술 사이로 사라져버렸다. 그리고 마량은 믿을 수 없다는 듯 피에 젖은 옷자락을 내려다보았다.

"네 놈이 날 찔러……."

"그게 아니고 당신이 날 죽이려고 한 거지."

담징이 옷자락을 벗어던지며 소리쳤다. 왼쪽 겨드랑이 쪽에 생긴 상처에서 쉴 새 없이 피가 흘러나오고 있었다. 고개를 돌린 담징이 연태조에게 말했다.

"이자의 말은 전부 거짓입니다. 저에게 칼로 위협하면서 시키는 대로 하지 않으면 죽인다고 하고는 지어낸 말을 떠든 겁니다. 저기 칼……."

피가 뚝뚝 떨어지는 담징의 손끝이 가리킨 마량의 발밑에 피가 잔뜩 묻은 칼이 놓여 있었다. 그제야 상황을 눈치 챈 마량은 두 손을 내저으며 아니라고 소리쳤고, 겨드랑이에 난 상처를 움켜쥔 담징은 그 자리에 주저앉아서 비명을 질러댔다. 얼굴을 잔뜩 찌푸린 연태조가 가병들에게 둘 다 끌고 가라고 지시하고는 바닥에 침을 뱉었다. 가병들이 다가가는 순간 같은 말만 반복하던 마량이 발밑의 칼을 집어 들고 담징에게 덤벼들었다. 주저앉아 있던 담징이 피할 생각도 하지 못하고 지켜보는 사이 담징을 향해 몸을 날린 마량이 기괴한 웃음소리를 냈다. 놀란 을지문덕은 담징을 향해 손을 뻗는 순간 사람들의 모습 사이로 검은 그림자가 펄럭이는 것을 보았다. 검은 얼룩 같은 그림자가 사람들 사이를 뚫고 마량의 바로 뒤에 내려섰다. 그러고는 마량이 담징을 찌르기 위해 높이 치켜든 오른쪽 손을 단숨에 베어버렸다. 칼을 움켜쥔 손이 꽃잎 같은 핏방울을 흩뿌리며 허공에 둥실 떠올랐다가 떨어졌다.

마량이 사라진 손을 절망감 어린 눈으로 바라보았다. 허공에 칼을 휘둘러 피를 털어낸 찬노가 곧장 마량의 목덜미를 향해 칼을 내리쳤다. 나무 몽둥이가 부드러운 것을 가격할 때처럼 둔탁한 소리가 사람들의 귀를 울렸다. 마량의 왼쪽 목덜미를 파고든 찬노의 칼은 명치 부근까지 파고들었고, 칼날에 갈라진 틈으로 피와 체액이 터져 나왔다. 옆으로 꺾인 마량의 목은 오른쪽 어깨에 걸쳐진 채 몸속에서 쏟아져 나오는 것들을 내려다보고 있었다. 그러고는 천천히 뒤로 넘어갔다.

피 묻은 칼을 옆에 내려놓은 찬노가 무릎을 꿇고 고개를 숙였다.

"주인어른의 허락을 받지 않고 함부로 칼을 뽑은 불충함을 저질렀습니다. 벌을 내려주십시오."

"물러가 근신하거라."

오른쪽 눈 아래 튄 피를 손등으로 문지른 연태조가 허탈하게 웃으며 을지문덕을 돌아보았다.

"다시 위기에서 빠져나왔군. 소감이 어떤가?"

"모든 건 다 순리대로 돌아가는 법 아니겠습니까? 어제 중군 주활 직에서 물러난다는 서신과 부절*을 고추가 어른께 보냈습니다."

"그게 사실인가?"

미심쩍은 눈길을 주는 연태조에게 을지문덕이 부절을 넣어두는 작은 가죽 주머니를 던졌다. 안에 아무것도 없음을 확인한 연태조가 믿을 수 없다는 듯 중얼거렸다.

"정말이군. 중리의 주활을 자기 뜻으로 관둔 건 자네가 처음일 거야."

"이제 담징을 놓아주실 겁니까?"

을지문덕의 간곡한 말에 연태조는 고개를 저었다.

"아니, 마랑까지 죽었으니 담징은 이번 일에 연루된 자들 중에 유일하게 살아남은 자야. 심문할 게 많으니까 당분간 내가 데리고 있겠네."

"말도 안 됩니다."

"난 담징을 풀어준다고 한 적 없네. 자네의 어림짐작을 가지고 날 윽박지를 생각은 말게."

"주활 직에서 물러나는 걸로 부족합니까?"

"자기 발로 물러나는 것과 죄를 짓고 쫓겨나는 것이 같다고 보나? 지금 물러나서 내 반발을 누그러뜨렸다가 적당한 때를 봐서 돌아올 수작이라는 것쯤 내 모를 줄 알고? 자네는 나를 너무 쉽게 보는군."

잔혹한 연태조의 웃음 앞에서 을지문덕은 무릎이 떨려오는 것을 느꼈다. 좌절한 을지문덕이 우두커니 서 있는 틈을 타 연태조의 가병들이 담징을 붙잡았다. 그 순간 눈 깜짝할 사이에 칼을 뽑아 든 을지문덕이 연태조의 목에 칼을 댔다. 놀란 연태조의 가병들이 일제히 칼을 뽑아들자 술간을 비롯한 을지문덕의 부하들도 칼을 뽑아들고 앞으로 나섰다. 무덤 앞은 순식간에 아수라장이 되고 말았다. 허둥거리며 몸을 피한 귀족들과 관리들이 안전한 먼발치에서 호기심 어린 눈길로 기묘한 대치를 벌이고 있는 두 사람을 지켜보았다.

"주활, 미쳤소?"

"당신이 날 미치게 만들었소."

"그래봤자 넌 날 죽이지 못해."

"장담하오? 난 이제 주활이 아니오. 딸린 식구도 없고. 내가 당신을 죽이지 못한다고 하는데 판돈을 걸 생각이라면 신중하시오. 목숨은 하나밖에 없으니까."

을지문덕이 연태조의 목에 칼날을 살짝 그었다. 손톱만 한 상처에서 피가 흘러나와 칼날을 타고 내려왔다.

"고작 화공 한 놈 때문에 이런 어리석은 짓을 하다니……."

"당신이야말로 돼먹지 않은 자존심 때문에 일을 어렵게 만들었지. 재미있는 얘기나 들려줄 테니 들어보시오. 만약 일이 잘못되어서 당신이 죽으면 저기 저 사람들이 뭐라고 할지 생각해보셨소? 쓸데없는 고집을 부려서 주활을 핍박하다가 죽었다고 다들 비웃을 거요. 당신 아버지의 서자들과 친척들은 슬퍼하는 당신 아버지를 유혹해서 후계자 자리를 차지하려고 할 테고. 당신이 가지고 있는 모든 권력과 힘이 한 순간 사라질 테지. 이 모든 게 당신의 어리석은 고집이 자초한 일이 된 다면?"

한 손으로 연태조의 목을 단단히 움켜잡은 을지문덕이 뒤로 꺾은 연 태조의 목에 다시 상처를 냈다. 머리에 큼지막한 가채를 올린 귀족 부 인이 자지러지는 비명을 질렀다.

"어떻소? 아직도 내가 당신을 죽이지 못할 것이라는 데 판돈을 걸겠 소?"

"널 죽이고 말겠어. 사지를 찢어서……."

"아직 착각하는 모양인데 너에겐 내 운명을 결정할 힘이 없어. 좀 더 공손하게 굴지 않으면 네 애비는 목이 날아간 아들과 대면하게 될 거 야."

"너만 죽이는 게 아니고 저놈도 함께 죽여버릴 거야. 아니지, 산 채로 무덤 속에 처넣겠다."

핏발 선 눈으로 담징을 노려보며 외치던 연태조의 말이 끝나기가 무 섭게 발로 그의 뒷무릎을 걷어찬 을지문덕이 한 손으로 그의 상투를 단단히 움켜잡고 목에 바짝 칼을 가져갔다. 푸르스름한 핏줄이 마구 꿈틀거리며 피를 모아올린 덕분에 연태조의 얼굴은 금방 붉게 달아올 랐다. 을지문덕이 주춤거리며 거리를 좁히던 연태조의 가병들에게 물러 서라고 외쳤다.

"원하는 걸 말씀하십시오."

찬노였다. 다른 가병들처럼 칼을 뽑아들지 않은 찬노가 천천히 앞으로 나섰다.

"담징을 놓아주게."

"알겠습니다. 하지만 지금의 대치가 끝나고 주인께서 담징을 잡으라는 명령을 내리면 저는 그 명령을 따라야 합니다."

고개를 끄덕이며 대답한 찬노에게 을지문덕이 다시 말했다.

"자네의 주인이 아버지와 할아버지의 이름을 걸고 담징을 뒤쫓지 않겠다고 맹세할 걸세. 맹세를 어길 시에는 아버지의 자식이 아니라는 단서까지 달아버리면 어떻겠나? 그래도 담징을 뒤쫓을 건가?"

잠시 침묵한 찬노는 을지문덕의 칼 아래 놓인 연태조를 흘끔거렸다.

"별 볼일 없는 화공 하나 때문에 주인님의 명예를 더럽힐 수는 없습니다. 주인께서 맹세를 하신다면 차후에 상반된 명령을 내려도 듣지 않을 것입니다."

"이놈! 너도 한통속이로구나."

"목에 칼이 떨어져도 주인님의 이름에 먹칠하는 짓을 할 수는 없습니다. 용서해주십시오."

고개를 깊숙이 숙인 찬노가 결연한 어조로 연태조에게 대답했다.

"미안하다. 여기까지밖에는 도와줄 수가 없구나. 내 말을 타고 가거라."

담징을 바라보는 을지문덕의 시선엔 어느덧 눈물이 고였다. 벗어던진 옷가지로 겨드랑이에 난 상처를 막고 있던 담징이 고개를 저었다.

"저 때문에 어르신이 고초를 겪게 할 수는 없습니다. 개의치 마시고 칼을 내려놓으세요."

"아니다. 여기서 굽히면 우린 둘 다 죽어. 하지만 네가 멀리 떠난다면 너도 살고 나도 죽지 않을 수 있다."

"정말 그럴 수 있는 겁니까?"

"시간이 없다. 어서 가거라. 저 아이의 앞길을 가로막는 놈은 나중에 이 자의 애비에게 왜 그런 어리석은 행동을 해서 아들을 죽게 했는지 설명해야 할 것이다."

연태조의 턱 밑에 바짝 칼을 들이댄 을지문덕의 호통에 연태조의 가병들이 옆으로 물러나 길을 만들어주었다. 사람들이 사라진 자리에 난통로 앞에 선 담징에게 을지문덕이 소리쳤다.

"넌 특별한 재능을 가지고 있다. 그걸 잊지 말거라."

그 순간 담징은 뭘 해야 할지 깨달았다. 힘차게 고개를 끄덕인 담징은 겨드랑이의 통증을 무시한 채 달려 나갔다. 담징이 천막 쪽으로 달려가는 걸 바라보던 을지문덕이 연태조를 내려다보았다.

"당신은 필요하다면 맹세 따위는 헌신짝처럼 내버리는 성격이라는 건 잘 알고 있소. 하지만 이렇게 많은 사람들 앞에서 말을 바꾸면 너무 많은 걸 잃게 될 거요. 다시는 담징을 괴롭히지 않겠다고 당신 아버지와 할아버지의 이름으로 맹세하시오. 그 맹세를 어기면 당신은 더 이상 연씨 집안의 장자가 아니라는 맹세도 한꺼번에 해두는 게 좋을 거요."

씩씩거리던 연태조는 차가울 대로 차가워진 을지문덕의 눈빛을 보고 숨을 삼켰다. 미친 듯한 분노가 가라앉자 차츰 두려움이 밀고 올라왔다. 굴복해야만, 시키는 대로 해야만 한다는 강박관념이 그의 양쪽 관자놀이를 힘껏 눌렀다.

두려움에 굴복한 연태조가 천천히 입을 열었다.

"나 연태조는……."

을지문덕은 꾸르륵거리는 소리를 내며 침을 삼켰다. 연태조의 말은 더 이상 그의 귀에 들려오지 않았다. 오직 환한 햇살과 허공을 떠도는 먼지조차 보일 정도로 아름다운 세상만이 그의 눈에 가득 들어왔다. 왠지 모르게 흘러나오는 눈물이 의미를 알 수 없는 그의 킬킬거림을 적셨다. 누군가 을지문덕의 어깨에 손을 올렸다. 흠칫 놀란 그에게 술간이 말했다.

"이제 다 끝났습니다. 칼을 천천히 내려놓으세요."

"다 끝났다고?"

"수하에게 담징을 말에 태워 보내라고 지시했습니다. 지금쯤이면 말에 올라타고 출발했을 것이니 이제 다른 마음은 먹지 마십시오. 저와 제 부하들이 주활 어르신을 지킬 것입니다."

을지문덕은 껄껄거리며 대답했다.

"난 더 이상 주활이 아니네."

"누구 맘대로요? 고추가 어르신께서 승낙을 하시기 전까지 나으리는 저와 제 부하들에게는 섬겨야 할 주인입니다. 저를 믿으십시오."

단호한 술간의 말에 을지문덕은 천천히 고개를 끄덕이고서 연태조의 목에서 칼을 거두었다. 연태조가 두 팔과 다리로 기어나가는 모습을 지켜보던 귀족들이 숨을 죽이고 웃었다. 가병들의 부축을 받은 연태조가 그들의 손길을 뿌리치고 소리쳤다.

"뭐 하느냐! 당장 저놈과 담징을 잡아라!"

하지만 연태조의 가병들은 움직이지 않았다. 격분한 연태조가 그들에게 발길질을 하고 칼로 위협했지만 꼼짝도 하지 않았다. 그런 그에게 술간이 말했다.

"이분은 아직까지 중리부의 중군 주활이십니다. 나으리께서 비록 동부대인의 장자라고는 하시나 함부로 핍박하실 수 없습니다."

"뭐라고? 네놈도 죽고 싶으냐!"

"저희들은 모두 중리부의 관직을 가진 무사들입니다. 저희들에게 손을 대는 것은 중리부 대상이신 고추가 어르신께 칼을 들이대는 것과 마찬가지입니다."

당당하게 외친 술간의 말이 끝나기 무섭게 그의 부하들이 일제히 칼을 뽑아들고는 두 사람의 앞에 벽을 쌓았다.

"저희들은 이제 주활 어르신을 모시고 도성으로 돌아갈 것입니다. 오늘 일에 대해서 따질 일이 있으시다면 고추가 어르신께 직접 고하십시오."

말을 마친 술간이 좌우를 둘러보며 소리쳤다.

"물러간다. 빈틈을 보이지 말아라."

담징은 말이 땅을 디딜 때마다 안장을 통해 느껴지는 통증을 참기 위해 이를 악물었다. 밤에 잠깐 쉰 것을 제외하고는 계속 남쪽으로 달렸다. 담징은 피로에 젖은 눈을 깜빡거리며 흔들리는 세상을 바라보았다. 아무리 달리고 또 달려도 땀에 젖은 등에 달라붙은 죽음을 털어내지 못했다. 고삐를 쥔 손이 후들거렸다. 말도 지쳤는지 천천히 속도를 줄이는가 싶더니 결국 멈춰서고 말았다. 그제야 담징은 사람들의 눈길을 피해 좁은 산길을 달리고 있었다는 것, 이제 막 해가 떨어져 가는데 자신과 말은 하루 종일 물밖에 먹은 게 없다는 사실을 기억해냈다. 땅에 내려온 담징은 순간 밀어닥친 울렁거림에 못 이겨 길가 구석으로 가 구역질을 했다. 쓰디쓴 위액을 뱉어내자 속이 한결 개운해졌지만 대신 배고픔과 피로가 한층 강렬하게 몰아쳤다.

담징이 숨을 돌리고 있는 사이 스멀스멀 내려온 어둠이 하늘을 향해 솟은 울창한 숲과 울퉁불퉁한 협곡을 뒤덮어버렸다. 당황한 담징은 말고삐를 힘껏 움켜잡고 아직 어둠이 완전히 깔리지 않은 길을 따라 달리기 시작했다. 지친 말이 힘겨운 울음소리를 뱉어내며 그의 뒤를 따랐다.

고추가 건무는 평상 위에 걸터앉은 을지문덕의 앞을 왔다 갔다 하면서 입을 열었다.

"입이 있으면 말을 좀 해봐. 무슨 생각으로 그런 어마어마한 일을 저질렀는지 말이야."

아무 말 없이 눈을 감고 있던 을지문덕을 흘끔거리며 바라보던 건무는 기가 막힌다는 듯 코웃음을 쳤다.

"애당초 내려 보내는 게 아니었어. 네놈이 항상 제멋대로 굴었다는 사실은 익히 알고 있었지만 감히 동부대인의 장자 목에 칼을 들이대고 협박할 줄은 꿈에도 몰랐지!"

"저도 일이 이렇게 될 줄 몰랐습니다. 책임을 통감하고 있으니 어떤 처벌이든 달게 받겠습니다."

"책임! 책임! 책임!"

버럭 고함을 지른 건무가 을지문덕의 멱살을 틀어잡았다.

"네놈이 저지른 일 때문에 내가 동부대인에게 얼마나 머리를 조아렸는지 알아? 잘못했으면 태왕폐하까지 나설 뻔했어! 고작 너 같은 놈 때문에 말이야."

"시장에서 제 목을 베서 후환을 없애버리십시오. 저를 죽이면 저들도 아무 말 하지 못할 겁니다."

깊은 숨을 들이마신 을지문덕이 차분하게 대답했다. 그의 멱살을 놓은 건무가 기가 막힌다는 듯 두 손을 높이 쳐들었다.

"도무지 말이 안 나오는군. 죽여 달라고? 너를 죽이는 걸로 일을 끝낼 수 있었다면 도성까지 오게 하지도 않았어."

"그냥 절 죽이시면 모든 문제가 풀리지 않겠습니까?"

"네놈을 사람들 앞에서 죽이면 태왕폐하와 나의 위신이 땅바닥에 떨어진다는 사실은 한 번도 생각해보지 않았느냐! 어찌되었건 신하의 눈치를 보느라고 심복을 처벌한 모양새가 될 거야. 저쪽에서 바라는 것도 그걸 테고 말이야."

"그럼 고향으로 돌아가겠습니다."

"돌아가서 경당 선생이라도 할 생각인가?"

비아냥거리던 건무가 그에게 등을 돌리고는 그 자리에 그대로 섰다. 한동안의 침묵을 깨고 건무가 몸을 돌리며 말했다.

"도성 남쪽에 한시산 기슭에 물매홀이라는 곳이 있지. 황궁에 필요한 기와들을 만드는 곳이네. 본래 소형 관등*의 사인이 그 일을 관리했으니 네놈을 그곳으로 보내면 동부대인에게는 나름대로 처벌했다고 말할 수 있겠지. 죽고 싶다고 자기 입으로 말했으니 그곳에서 죽을 때까지 푹 썩어."

"왜 그런 아량을 베푸십니까?"

"네놈을 왜 살려두는지 궁금하겠지."

을지문덕의 말을 가로챈 고추가 건무가 비스듬히 기울인 얼굴에 미소를 띠었다.

"네가 보기에는 쓸데없는 자존심 싸움 같아서 우습게 보이겠지. 하지만 다스리고 통치한다는 일은 남들보다 더 깊이, 그리고 더 멀리 생각해야만 해. 추모성왕께서 고구려를 세우신 이래 왕권과 신권은 끊임없는 주도권 다툼을 벌였어. 어느 한쪽이 우세할 때가 많았지만 힘을 쥔 쪽도 다른 한쪽을 완전히 말살시키지는 않았지. 이런 일에서 중요한 건 승리가 아니라 균형이니까. 아무것도 모르는 놈들은 그런 걸 가지고 비웃기도 하고 손가락질을 하지만, 결국 다스리고 통치하는 건 우리들이야."

"정말 이해할 수 없습니다."

"넌 우리 쪽에 여러모로 쓸모 있어. 다른 놈들처럼 힘을 실어주면 기고만장해지거나 욕심 부릴 생각을 안 하니까 말이야. 정 쓸모가 없어진다면 그땐 저쪽과 협상할 때 희생양으로 쓰면 되고. 그러니 지금 당장은 널 죽이지 않겠다. 나중에 네가 다시 쓸모가 있어질지 모르니까 말이야."

건무는 기분이 좋아졌는지 한결 누그러진 말투로 말을 이어갔다.

"당장 여기서 꺼져. 술간이 네놈을 데려다줄 거야."

자리에서 일어난 을지문덕은 천천히 고개를 숙여 인사하고 미닫이 문 쪽으로 걸어갔다.

"그런데 말이야."

멈춰선 을지문덕이 고개를 돌렸다. 주저하던 건무가 나머지 말을 뱉어냈다.

"왜 죽이지 않았나? 차라리 그랬다면 일이 더 쉬워졌을 텐데."

건무는 을지문덕이 미처 대답할 말을 찾기도 전에 나가라고 손짓하면서 등을 돌렸다. 을지문덕이 대답했다.

"잠이 돌아왔기 때문이죠."

"뭐라고?"

"일을 끝내고 나니까 불면증과 악몽이 사라져버렸습니다. 잠을 제대로 잘 수 있다고 생각하니까 죽음이 싫어졌습니다."

을지문덕은 어이없다는 듯 웃음을 터트리는 고추가 건무를 뒤로하고 밖으로 나왔다. 어스름한 저녁 햇살이 잘 다듬은 돌을 깔아놓은 뜰 한구석에 모여들고 있었다.

푸른 어둠 너머에서 늑대 우는 소리가 들려왔다. 먹이를 보고 활짝 입을 연 맹수의 이빨처럼 날카롭게 돋아난 산꼭대기를 돌고 돈 울음소리에 질린 말이 공포에 휩싸여 달아났다. 담징은 멀어져가는 말 울음소리를 들으며 그 자리에 주저앉았다. 금방 마을에 도착할 것 같다는 희망은 같은 자리를 계속 도는 것 같다는 불길함으로 변했고, 배고픔과 갈증은 이내 두려움으로 바뀌었다.

담징은 간신히 힘을 내 산등성이를 돌았다. 아래쪽에서 개울물 흘러가는 소리가 들리는 것 같았다. 하지만 한층 더 짙어진 어둠을 뚫고 아래로 내려갈 용기가 나지 않았다. 거친 바윗돌에 찢긴 짚신을 벗어버린 담징은 길 한복판에 튀어나온 돌에 걸려 앞으로 고꾸라졌다. 발끝에 차인 돌이 톡톡 소리를 내며 어둠 속으로 빠져 들어갔다.

지칠 대로 지친 담징의 눈에 희미한 불빛이 들어왔다. 산속에서 길을 잃은 후 처음 보는 불빛이었다. 기쁜 마음에 아픈 다리를 질질 끌고 가던 담징은 가도 가도 거리가 줄어들지 않는 것을 보고 다시 절망에 빠졌다. 숨을 헐떡거리다가 끝내 돌뿌리에 걸려 앞으로 넘어지고 말았다. 시끄러운 소리를 내며 바닥을 굴러가는 자갈들과 함께 삶에 대한 희망도 사라져버리는 것 같았다. 담징은 그대로 눈을 감고 말았다. 지난 며칠간의 일들이 그의 눈앞을 스쳐지나갔다. 눈앞에 깔린 죽음을 딛고, 울분과 증오에 가득 찬 비명을 지나, 죽음의 끝자락까지 도달한 그는 결국 일어나는 것을 포기했다. 바닥에 깔린 자갈과 흙의 따끔거림이 한없는 차가움으로 변해갈 무렵 그의 귀에 낯선 목소리가 들렸다.

"너 재모 아니야? 여기서 대체 뭐 하는 거야?"

힘겹게 고개를 든 담징은 횃불을 든 채 그를 내려다보는 덕보와 눈이 마주쳤다. 그리고 다음 순간 정신을 잃고 말았다.

꽃

잠자리에 누운 이문진은 눈을 감기 전 거미줄이 처지고 대들보 위에 먼지가 켜켜이 쌓인 여관 지붕을 뚫어지게 올려다보았다. 길을 나선 것이 두려움 때문일지 모른다는 생각을 털어버리려 애썼지만 그럴 때마다 그의 내면에 있는 또 다른 목소리가 칼날처럼 튀어나와서 그를 괴롭혔다.

　─두려움 때문이지, 두려움 때문이야. ……네가 좋아하는 그의 진짜 정체를 알게 될지 모른다는 두려움 말이야.

　하지만 정말 그가 세상 속에 잠식되어 있는 다른 존재일까? 단군께서 조선을 세우기 이전 세상의 모든 것들을 아는 어머니들이 있었을 그때부터 이어져온 존재일까?

　옆으로 몸을 뒤척인 이문진은 눈앞에 맞닿아 있는 또 다른 어둠을 한동안 노려보다가 힘껏 눈을 감았다. 다른 질감의 어둠이 그를 무감각의 세계로 구겨 넣었다.

🏃

　"이것 좀 마셔 봐."

　덕보가 건네준 작은 잔에서 김이 모락모락 피어올랐다. 양손으로 조심스럽게 잔을 넘겨받은 담징은 뜨거운 차를 한 모금 홀짝거렸다. 모닥불이 타오르고 있었다. 그동안 보았던 그 어느 모닥불보다 더 황홀하고 아름답게 타오르는 모닥불을 정신없이 바라보는 담징에게 덕보가 유쾌한 목소리로 말을 건넸다.

　"그러니까…… 두상이 밀린 품삯을 안 준다고 해서 그 작자 말을 훔쳐가지고 도망치다가 길을 잃었단 말이지. 그렇게 안 봤는데 생각보다 배짱이 두둑한 녀석일세."

"힘들게 일했는데 안 준다고 하니까 눈에 보이는 게 있어야지. 말을 놓쳤지만 이건 따로 챙겨놨어."

뜨거운 차를 후후 불던 담징이 허리춤에 차고 있던 주머니를 덕보에게 건네주었다. 덕보는 쩔그렁거리는 주머니를 열어 안을 들여다보고 휘파람을 불었다.

"이거, 말 앞걸이에 거는 드리개 장식이잖아! 은판에다가 유리구슬을 박았으니까 팔면 제법 받겠는데……."

"그나저나 사람들이 많이 준 것 같다? 서역인들도 안 보이고."

담징의 말에 덕보가 혀를 찼다.

"네가 가버리고 한참 놀고 있는데 산 아래 움막 쪽에서 무슨 일이 났었나 봐. 연기랑 불꽃이 갑자기 치솟더니 사람들이 다들 난리를 치더라고. 그래서 짐 싸서 빠져나왔지. 어차피 선금은 다 받았으니까. 근데 그 난리 통에 서역 애들이 사라져버렸어."

"사라졌다고?"

"응, 원래 서역 애들은 대가리가 위도에 있는 포구에서 수나라 상인에게 사들였대. 처음에는 십 년만 일하면 풀어준다고 했는데 십오 년이 지나도 풀어줄 생각을 안 하니까 다들 도망칠 기회만 노리고 있었나 봐. 뭐 그러다 일이 터져서 다들 정신을 못 차리고 있으니까 그 틈을 타서 도망친 거지."

"그렇구나."

"대가리가 위도 쪽으로 사람을 보내긴 했는데, 설사 찾는다고 해도 순순히 돌아올 것 같진 않아."

담징은 속박을 벗어나 훨훨 날아가버린 서역인들을 떠올리며 작은 나뭇가지를 집어 들고 모닥불가의 땅을 긁어댔다.

"그나저나 너희들은 어디로 가는 거야?"

"한성 쪽으로 갈 것 같아. 대가리가 거기 유곽에 있는 왜국 출신의 유녀한테 푹 빠져 있거든. 아마 우리가 번 돈을 그 여자에게 다 쏟아부었을걸? 젠장, 나도 서역 놈들처럼 어디 멀리 도망가고 싶어."

"이거면 당분간 굶지 않을 거야. 나랑 같이 멀리 도망갈래?"

"어디로?"

건너편 모닥불을 흘끔거린 덕보가 그의 옆에 바짝 붙으며 물었다.

"더 남쪽으로. 아예 아무도 못 찾게 백제로 건너가는 건 어때?"

"생각만 해도 신나는데! 하지만 그러긴 힘들어."

갑자기 시무룩해진 덕보가 어깨를 축 늘어뜨리고는 모닥불 안에 침을 뱉었다. 지직거리며 타오른 침은 매캐한 연기가 되어서 흔적도 없이 증발되었다.

"서역 놈들이 도망치고 나니까 대가리가 독이 바짝 올랐어. 저기 대가리 옆에 있는 게 뭔지 알아? 송아지만 한 개들이야. 은화를 다섯 닢이나 주고 샀는데 정말 사나워. 대가리가 다들 불러다가 도망치면 개를 풀어버린다고 했어."

"그럼 개들을 풀어놓으면 되잖아."

"개는 대가리랑 먹이를 주는 놈 말고 낯선 사람이 다가오면 무조건 짖어대. 밥도 우리보다 먼저 먹고, 우리는 구경도 못하는 고기까지 먹는다고. 거기다 먹이를 줄 때는 목 막히지 말라고 중간에 물까지 줘. 정말 웃기지 않아?"

다시 한 번 모닥불에 침을 뱉은 덕보가 타오르는 불꽃의 틈 사이로 웅크리고 앉아 있는 개들을 노려보았다. 담징은 그런 덕보의 어깨를 살짝 잡아당겼다. 덕보는 담징이 품 안에서 꺼낸 작은 주머니를 뒤집어 하얀 가루들을 손바닥에 놓는 것을 보고 고개를 갸우뚱했다.

"그게 뭐야?"

담징은 아무 말 없이 다른 손 엄지와 검지로 하얀 가루를 약간 집어 들고는 앞에 내려놓은 잔에 떨어뜨렸다. 하얀 가루는 차 속에 들어가자마자 부글거리며 뽀얀 연기를 피워 올렸다. 눈이 휘둥그레진 덕보가 담징을 쳐다보았다.

"불에 굽지 않은 생석회야. 이렇게 물에 닿으면 열이 나고 연기가 나지."

"그럼 이걸로 저 개새끼들을 죽일 수 있는 거야?"

"아니, 대신 화상을 입힐 수는 있어. 밥을 먹다가 중간에 물을 부어준다고 했지?"

"응."

"개들이 먹는 그릇 바닥에 이 가루를 깔고 위에 밥을 덮으면 아무도 모를 거야. 개들이 한참 밥을 먹을 때 옆에서 물을 부어주면……."

"코를 박고 밥을 처먹던 개새끼들이 자지려지겠군."

덕보는 생각만 해도 흐뭇한지 미소를 지었다.

"개들이 난리를 치면 그 틈을 타서 도망치면 돼. 설사 개들을 푼다고 해도 코를 다쳐서 냄새를 맡지 못할 테니 쫓아오지도 못할 거야."

"이야, 생각만 해도 신나는데……. 내일 아침?"

"안 돼. 어차피 한성으로 간다고 했으니까 도착할 때까지 기다려."

손바닥에 올려놓았던 가루를 조심스럽게 주머니 안에 도로 넣은 담징은 손바닥에 묻은 하얀 가루를 바지자락에 문질렀다.

입맛을 다신 덕보가 고개를 끄덕거렸다. 모닥불 너머에서 대가리가 어서 잠이나 자라고 소리쳤다. 험악한 외침에 고개를 돌린 덕보는 알았다고 대답하고서 모닥불에 침을 뱉었다. 불 옆에 바짝 누운 덕보가 담징 쪽으로 고개를 돌렸다.

"그런데 그 가루 정말 효과가 있을까?"

"걱정하지 마."

삐죽 튀어나온 돌을 피해 몸을 비튼 담징이 연기 냄새가 물씬 배어 있는 이불을 머리에 뒤집어쓰고 하늘을 올려다보았다. 징징거리며 별이 우는 소리가 어둠 속에 메아리쳤다. 담징이 얕은 한숨을 쉬며 나지막이 대답했다.

"이미 한 번 써봤거든……."

작가의 말

중국 길림성의 집안(集安)에 있는 고구려의 무덤 중에 '환문총'이 있다. 장군총이나 무용총, 안악 3호분, 삼실총에 비해서 잘 알려지지 않았으나 이곳엔 다른 무덤에 없는 비밀이 하나 있다. 1935년 이곳을 조사하던 일본인 학자들에 의해 발견되었는데 관을 넣어두는 널방의 벽에 둥근 무늬들이 그려져 있었다. 널방의 벽에 회칠을 하고 그 위에 그린 것인데 여러 겹이 더해진 둥근 무늬를 본 일본인 학자들은 이 무덤에 '환문총(環文塚)'이라는 이름을 붙였다.

그런데 이게 전부가 아니다. 이 정도라면 당시 종종 발견되었던 벽화가 있는 고구려의 무덤 중 하나 정도로 남았을 것이다. 환문총이 특별한 것은 둥근 무늬들 사이로 희미하게 춤추는 것 같은 자세를 취한 사람의 모습이 그려진 흔적 때문이다. 애초에 다른 형태의 그림을 그렸다가 그 위에 다시 회칠을 하고 둥근 무늬를 그려 넣은 것이다. 꼼꼼하게 회칠을 해서 가렸지만 오랜 세월이 지나는 동안 안쪽에 숨어 있던 원래 그림이 모습을 드러낸 것이다. 물론, 벽화는 그림이기 때문에 잘못 그릴 경우 회칠을 하고 수정하는 경우가 많다. 하지만 환문총처럼 그림 자체의 양식이 변경된 경우는 처음이다.

무덤은 대략 5세기 중엽, 그러니까 서기 450년 즈음에 만들어진 것으로 추정된다. 이 시기는 고구려 무덤에 그려진 벽화에 중대한 변화가 진행되던 시점이다. 대략 3세기에서 5세기 초에 만들어진 무덤의 벽화는 생활 풍속도, 그러니까 일상의 모습을 그린 것들이 많다. 주로 무덤에 묻힌 사람의 위용이라든지, 살아생전에 누렸던 풍요로움을 남겨 놨는데 당시 고구려의 모습을 그림으로 볼 수 있기에 사람들의 관심을 많이 끌었다. 대표적인 것이 씨름과 비슷한 각저를 하는 모습을 그린 '각저총(角抵塚)'과 춤을 추는 사람의 모습을 담은 '무용총(舞踊塚)'이다. 그 뒤 6세기 초반까지는 생활 풍속도와 사신도가 공존하는 시대에 접어들었는데 이때 불교를 상징하는 연꽃무늬 같은 것들이 그려지기도 했다. 이후부터 고구려가 멸망할 때까지는 사신도가 주류를 이뤘다. '강서대묘(江西大墓)'가 바로 사신도를 그린 대표적인 무덤이다. 전체적으로 현실을 담은 모습에서 사후 세계에 대한 고민을 담은 모습으로 넘어간 것으로 이해할 수 있다.

무덤에 그려진 벽화의 양식이 변한다는 것은 곧 시대적인 흐름이 변화하고, 사회적인 분위기가 달라지고 있음을 뜻한다. '환문총' 역시 그런 흐름을 담고 있는데 문제는 왜 이미 그려진 벽화를 다 지우고 바꾸었냐는 점이다. 무덤을 만드는 사람, 즉 묻힌 사람의 자식이 결정했을 가능성이 높은데 과연 그 과정에서 벽화를 그리던 화가들은 어떤 생각을 했을지 호기심이 일었고 나름대로 고민하게 되었다. 그 고민의 결과물을 담은 것이 바로 『무덤 속의 죽음』이다. 명확한 기록은 없지만 고구려에는 무덤에 벽화를 그리는 전문화가 집단이 존재했을 것이고, 그들은 어떤 그림을 그릴지 고민하고 번뇌했을 터다. 그리고 어쩌면 그 과정에서 극단적이고 파멸적인 행동 혹은 사건이 벌어졌을지도 모른다. 『무덤 속의 죽음』은 그런 상상을 형상화한 것이기도 하다.

역사 소설은 역사를 바탕으로 하지만 이야기의 전개를 위해 몇 가지 상상력의 산물을 도입하기도 한다. 일단 온달장군의 무덤이 환문총일 가능성은 없다. 사망한 시기가 다를뿐더러 그때는 이미 평양이 도읍이라서 그 근처에 묻힐 가능성이 높았기 때문이다. 아울러, 담징이 벽화를 만드는 작업에 참여했을 가능성도 희박하다. 하지만 동시대(同時代) 사람이었고, 고구려 화가들 중에 이름이 널리 알려진 몇 안 되는 사람이기에 나의 이야기에 등장시켰다.

책을 만드는 일은 작가 혼자만 할 수 있는 일이 아니다. 편집자와 마케터, 디자이너의 도움이 필수적이다. 그들이 없다면 작가는 단 한 발자국도 앞으로 나아갈 수 없다. 이 책을 만드는 데 많은 도움을 준 분들에게 깊은 감사의 뜻을 남긴다.

도움말 사전

각저희: 길림성(吉林省) 집안시(集安市)의 고구려 각저총 벽화 등에 보이는 전통 민속놀이로 힘겨루기를 하는 씨름이다.

공양도: 부처님께 음식을 바치는 모습을 그린 그림.

관등: 관리나 벼슬의 등급.

구양: 중국 전한시대의 방어용 무기. 소형 방패의 상하에 갈고리가 부착되어 있어서 적의 공격을 막았다. 추양 혹은 구인이라고도 불렀다.

권축: 두루마리의 가운데 있는 가늘고 긴 나무.

다경문: 평양시 평천구역 원 평천리 지역에 있는 옛 성문터. 평양성 외성의 성문이었다.

달구질: 달구로 집터나 땅을 단단히 다지는 일.

당: 바지의 두 가랑이 사이에 덧댄 천을 가리킨다. 무용총의 남자 무용수의 바지를 보면 당의 존재를 확인할 수 있다.

동복: 후기 청동기시대 말 또는 초기철기시대 분묘 유적에서 발견되는 대형 화분형태의 청동제 용기.

동유: 유동(기름오동나무)이라는 식물의 종자로부터 채취한 기름.

마사희: 말을 타고 달리면서 화살을 쏘아 과녁을 맞히는 마상 궁술 놀이.

백희기악: 궁중 행사 때에 벌이던 노래와 춤 및 온갖 놀이.

부경: 집집마다 집에 가지고 있는 조그만 창고.

부절: 예전에, 돌이나 대나무·옥 따위로 만들어 신표로 삼던 물건. 주로 사신들이 가지고 다녔으며 둘로 갈라서 하나는 조정에 보관하고 하나는 본인이 가지고 다니면서 신분의 증거로 사용하였다.

사대: 활을 쏠 때에 서는 자리.

사신: 네 방향을 맡은 신. 동쪽은 청룡, 서쪽은 백호, 남쪽은 주작, 북쪽은 현무로 상징된다.

수박: 주먹을 불끈 쥐고 침.

신수: 신령스러운 짐승. 용, 봉황, 해태, 주작, 현무 따위를 이른다.

연화화생도: 연못에 가득 핀 연꽃 속에 왕생하는 사람들과 그들을 인도하는 불보살을 그린 것.

오두미교: 오두미도(伍斗米道) 또는 천사도(天師道)·정일도(正一道)라고도 하며, 후한(後漢) 순제(順帝, 재위 126-144) 때 장릉(張陵)이 중국 사천(四川) 학명산(鶴鳴山)에서 창시한 도교 교단이다.

오행: 우주 만물을 이루는 다섯 가지 원소. 금(金), 수(水), 목(木), 화(火), 토(土)를 이른다.

완함: 중국 현악기의 하나. 진(晉)나라 때 문인인 완함이 비파를 개량해서 만들었다고 한다.

욕살: 고구려 때에 둔 지방 오부(伍部)의 으뜸 벼슬.

절풍: 삼국시대에, 머리에 쓰던 고깔 모양의 건. 새의 깃털을 꽂거나 붉은 비단으로 만들어 금은 장식을 하였다.

조벽지법: 나무 붓 등으로 안료를 찍어 누르듯이 벽화를 그리는 기법. 조벽지법은 벽면에 회를 바른 뒤 그림을 그리는 화장지법에 비해 보존성이 좋다.

찰갑: 작은 쇳조각을 이어 붙여 만든 갑옷.

척목: 무덤 벽화에 그려진 백호와 청룡의 목 뒤나 엉치 부근에 불꽃과 유사하게 덧붙여지는 표현 양식. 본래는 용이 승천하는 데 필요한 매개물이었다.

첨차: 한식 나무구조 건물의 주두 또는 소로 위에 도리와 평행 방향을 얹힌 짧막한 공포 부재의 한 가지.

축국: 예전에, 장정들이 공을 땅에 떨어뜨리지 않고 차던 놀이.

필률: 구멍이 여덟 개 있고 피리서를 꽂아서 부는 목관 악기. 향피리, 당피리, 세피리가 있다.

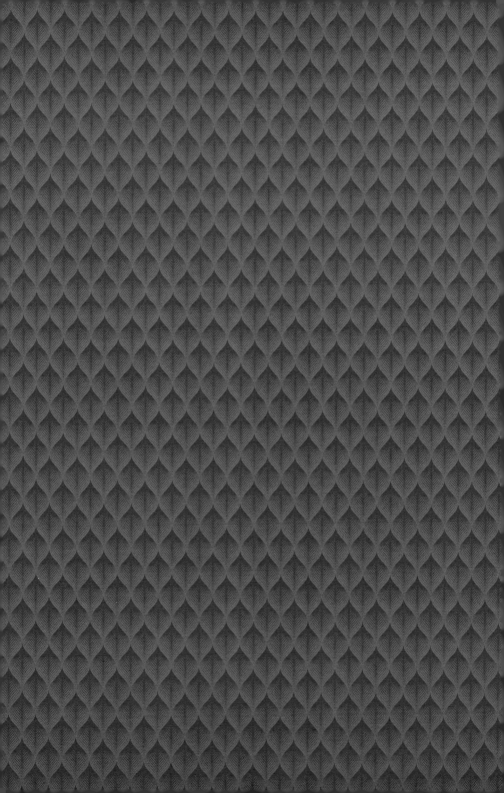